天地十分春風吹き満つ

―大正天皇御製詩拝読―

西川泰彦

錦正社

大正天皇御尊影

「皇太子殿下御降誕記念皇室畫鑑」(國際情報社・昭和九年刊)より

大正天皇御宸筆
提供 乃木神社

序

靖國神社宮司　南　部　利　昭

國際化といはれる今日、外國へ學びに行く者が極めて多くなつてゐる。外國へ行けば、必ず問はれることがある。「あなたの國の誇るべきものは何か」と。我が國の歴史と傳統を學んでゐなかつた者には、答へることが出來ず、口惜しい思ひをしたにちがひない。答へはいろいろあらうが、「百二十五代連綿と續いてゐる、萬世一系の天皇を戴いてゐることである」と答へれば、如何なる國へ行つても通用するであらう。

近現代に於ては、明治・大正・昭和・平成と續いてゐるが、明治・昭和兩天皇については、知らぬ者はゐない。今上陛下については、皇室の祭祀に、外國御訪問に、その他各種の御公務にお盡くし戴いてゐるお姿は、國民の目に焼きついてゐる。ところが、大正天皇については、如何であらう。御在位十五年といふ短い間であつたこと、『大正天皇紀』といふべきものが作られてゐないこと、御病弱であられたこと、さらに、敗戰後皇室を誹謗する不敬の徒が現はれ、そのため大正天皇の眞の御姿を覆はしめてゐたことを、知らねばなるまい。

このやうな、歪められた大正天皇像であつてはならないと、『大正天皇御製詩拜讀刊行會』が、『天地十分春風吹き滿つ』といふ本書を刊行された。この題は、「大御心いともゆたけくましました大正天皇を仰ぎ奉り、神州の不滅を壽いだもの」である、と著者は記してゐる。

著者西川泰彦氏は、國學院大學文學部文學科中國文學專攻科に學び、漢文の泰斗藤野岩友敎授に見込まれた氣鋭の研究者である。氏は、本書の目的を、「大正天皇の御聖德を仰ぎ奉らんとする書である。」として、御聖德を中心にまとめられた。

大正天皇が御病弱であられたことは事實であるとしても、その全御生涯が御不例であられたわけではない。明治二十七年より、大正八年に至るまでは、ほとんど全國各地を行幸啓遊ばされたことは、忘れてはならないことである。

大正天皇の御製詩は、一千三百六十七首あるとされてゐるが、御製詩をお詠みになられた天皇は、嵯峨・後光明兩天皇の九十八首、後水尾天皇三十六首、靈元天皇二十五首、一條天皇二十三首、あとの方は、十首代二天皇、一桁の方が二十二天皇とみれば、大正天皇がいかに御歷代隨一であるかが明白であらう。本書は、戰前の宮內省が幾回かの審議の末、採錄を決定した、二百五十一首を謹解し、注記もなされてゐる。この御製詩を拜讀すれば大御心の廣く豐かな詩情に心うたれるが、また一方では、「北畠親房」・「元寇圖」・「金剛山ヲ望ミ楠正成ニ感有リ」等の一連の御作は、我が國を守らむとして活動された勤皇、殉國の士を思ひ出させずにはおかない。

現在、靖國神社に對する政治家、學者、經濟人からマスコミに至るまで、常識を失つた論が横行してゐるが、大正天皇は、實に明確なる英靈顯彰の御心をもたれてゐた。當社で毎朝拜禮の際、『明治・大正・昭和天皇御製集』から一首づつ奉唱してゐるが、その中に次の一首がある。

臨《ミテ》二靖國神社大祭《ニ》一有《リ》レ作（大正四年）

武夫《もののふ》重《ンジテ》レ義《ヲ》不レ辭《セ》レ危《キヲ》　想《フ》汝從《ヒテ》レ戎《たたかひニ》殞《おとス》レ命《ノ》時《ヲ》

靖國祠中嚴《ニス》二祭祀《ヲ》一　忠魂萬古護《ル》二皇基《ヲ》一

義により難に殉じ、永く皇基を護る忠魂に對し、祭祀をおごそかに行はんとの御意である。

この書が、廣く國民また青少年に讀まれ、大正天皇の國民と自然とを慈愛される大御心に觸れることによつて、眞の大正天皇像が明らかにされることを願つてやまない。

『天地十分春風吹き満つ』の刊行を慶ぶ

『天地十分春風吹き満つ—大正天皇御製詩拝読』刊行會々長
富山縣護國神社宮司　栂野守雄

大正天皇が東宮であられた時、富山縣に行啓遊ばされたのは、明治四十二年九月二十九日より十月二日にかけての事であり、その行啓の途次、富山市の呉羽山頂にての御感懐をお詠みになつた漢詩「登呉羽山」の御製詩碑が呉羽山頂に建立されたのが昭和二十六年十月の事でありました。

富山縣民は、この明治の御代の行啓の慶事を忘れること無く、平成の御代を迎へ、平成十二年十月十三日、今上陛下の國民體育大會臨御の砌の御製碑を富山縣總合運動公園に建立申上げるや否や、直ちに、呉羽山頂の「登呉羽山」の御製詩碑の修復にも當り、平成十四年十月三十日、これが修復も目出度く成りました。この折に畏友西川泰彦君が「登呉羽山」の御製詩に懇切な謹解を附した事も記憶に新しいのであります。

その西川君は豫てより　大正天皇の御聖徳を敬仰する心頗る篤く、平成十四年、宮内廳より『大正天皇實錄』及び『大正天皇御集』披見の申し出が許可されるや否や富山縣護國神社遺芳館研究員として宮内廳書陵部に出向、日夜拝讀、研究に努めてまゐりました。私はその次第に纏められつつある原稿を拝見し、これをこのまま埋もれさせることを忍び難く思ひながら久しく過してをりました處、本年平成十八年は、大正天皇崩御八十周年の年を迎へる譯であり、この事に導かれるが如くに、今や、大正天皇御製詩の新たなる謹解、研究書を待望する氣運が滿ちやうとしてをります。

この時に當り、西川君は眞心籠めて拜讀、謹解を重ねてきた『大正天皇御集』收載の御製詩二百五十一首全てを『天地十分春風吹き滿つ―大正天皇御製詩拜読』の題下に纏め終へました。そこで、西川君の高き志をよしとし、その刊行實現の爲、縣內外の有志諸賢に御賛同、御協力を呼掛けました處、早速お應へ頂き、此處に刊行の運びとなりました事は、何よりも、邦家の爲に洵に意義深きことであります。

なほ、この好著に靖國神社宮司南部利昭様より懇篤なる序文を賜りました事は、この刊行事業に類無き光彩をお添へ頂いたことであり、篤く深く感謝、御禮申上げる次第であります。

先人の業績の上に、この本に依りまして、更に、大正天皇の大御心が多くの國民同胞に知れ渡りますやう衷心より願ひまして、刊行を慶ぶ辭と致します。

平成十八年　節分の日に識す

『大正天皇御製詩集』の「奉呈本」及び訓読・解説本並に「稿本」に就いて

はじめに

大正天皇の御製詩に関しては「奉呈本」は別格として、その全般的な訓読・解説の本が管見では平成十七年九月現在三種類有る。刊行年順に

昭和二十三年　「大正天皇御集」の「御製詩集」の部　同刊行会

（以下「刊行会本」・「奉呈本」の訓読のみ）

同　三十五年　大正天皇御製詩集謹解　木下彪著　明徳出版社

（以下「謹解本」・「奉呈本」の訓読及び多くの謹解）

平成十七年　大正天皇御製詩の基礎的研究　古田島洋介著　明徳出版社

（以下「基礎的研究」・一部の御製詩の専門的研究書）

之等の中、「奉呈本」「刊行会本」「謹解本」の三種に就き概観し、併せて「稿本」に就き若干の説明を加へる。

一、「奉呈本・御製詩」の部の成立経緯概観

本項に就いては「大正天皇御集・御製詩」の部編纂に宮内省御用掛として実質的に深く関つた木下彪氏の「謹解本」に拠つて概観する（管見に依れば該書以上にこの事に詳しい書は見当たらない）。同書の当該部分を要約し、加註すると、

①大正天皇崩御の後、側近であつた落合爲誠侍従は図書寮に転勤、八・九年勤めた間に、大正天皇の御遺稿を整理し、自ら拝写して「大正天皇御集」として上司に提出、次いで皇太后陛下（筆者註・大正天皇の皇后、後の貞明皇后）に献上。これには六百六十九首の御製詩が録されてあつた。

②昭和十一年八月、大正天皇御集の編纂が始められる事となり、木下彪氏が御製詩の担当となり、①の際の資料が下付された。

③昭和十二年八月、これまでの成果を浄書の上皇太后陛下に献上。これには御製詩として確認し得た（筆者註・即ち、これ以上あるかも知れない、の意）一千三百六十七首が全て録されてあつたと思はれる。

④昭和十三年四月、皇太后陛下より木下氏に御集の御下渡しがあり、重大な思召が伝へられたので、思召に副つたものを作り、重ねて皇太后陛下に上り、御内閲頂いた。

⑤昭和十四年十二月、④の思召に副つたものを浄書の上皇太后陛下、天皇皇后両陛下に献上（筆者註・この時、五部浄書された由で、詩体別の分類となつてゐたやうである）。
⑥皇太后陛下より御作の年月不明確のものにつき今一度よく調べよとの仰せあり、更めて精査、考証、昭和十八年中に編年体によるものを作成した。
⑦昭和十九年三月、宮内省にては『明治天皇御集』の先例に倣ひ、大正天皇御製の和歌、漢詩各々の集を謹輯、刊刻せんとし、皇太后陛下の懿意をお伺ひの後、勅裁を仰ぎ、大正天皇御製謹輯規定を作り之を内達。
⑧昭和二十年三月、何回かの審議等を経て御製詩約三百首を精選、更に考究の上、二百五十一首の採録を決定、その後木下氏はこれを編年体に再編し上下二巻とし、上刊の底本を作成。これが同年七月。
⑨昭和二十年十月、宮内省は株式会社便利堂に命じて御製集（四百六十五首謹載）、御製詩集（二百五十一首謹載）の刊刻に当たらせた。終戦直後の事とて、種々の障礙あり、明けて昭和二十一年十二月に至りやうやく完成（筆者註・これが仮に「奉呈本」と申上げる『大正天皇御集』であり、言はば原本である）。そして、その正本は直ちに、天皇、皇后両陛下、皇太后陛下に進献。而してその直後十二月二十五日大正天皇二十年式年祭が斎行されるに当たり、昭和天皇はこの御集を多摩御陵に奠献遊ばされた。そして副本は宮内庁図書寮に収蔵された由。な

ほ後日勅許を得て残りの小部数を一部関係者に頒たれたと云ふ。

以上が『大正天皇御集』の特に「御製詩」の部「奉呈本」成立までの経緯概観である。なほ、「謹解本」によると⑨の直後に、刊刻に当たつた便利堂より、普及版刊行の申し出があり、宮内庁はこれを許可、木下彪氏はその謹解を囑されたと言ふ。但し同氏によれば、この普及版刊行計画は「事態と世情は愈々この種の書の行はれる望の無いことが明かとなり、遂に相議して刊行を見合せることにした」由。

二、「刊行会本」に就いて

『大正天皇御集』は前述の⑨にあるが如き事情で、一般国民には全くと言つてよいほど知られてゐなかつたが、それは時代背景から考へても実に無理からぬ事ではあつた。そんな中で、偶々その存在を知つたごく少数の国民の有志が、敗戦乱離の中、皇室奉護、祖国再建の至誠と悲願とに燃えて起ち上がつたのが、『大正天皇御集』の普及版謹刊、頒布の大運動であつた。事は当局の許可を得て大正天皇御集刊行会（委員長山岸徳平氏）によつて進められたのであるが、GHQによる検閲への対策等、現代では思ひも及ばぬ当時の特殊事情もあり堅く秘匿されてゐたが、御集刊行会の実態は当時GHQ

により解散を命ぜられて地下に潜つてゐた、皇室奉護・純正民族主義を以て立つ大東塾（塾長影山正治・追放中）であつた。あの混沌とした時代に在つて、大正天皇御集普及版刊行のことを決意された影山正治塾長の志の高さ、着眼点の確かさは同塾長の伊勢神宮御造営奉讃活動と共に、何れ我が国史に特筆大書さるべき壮挙であらう。影山塾長が初めて『大正天皇御集』の一部関係者に頒たれたと思はれる書を手にしたのは昭和二十二年十二月の頃であつた由。そして、その普及版謹刊を決意するに至つた間の事情を、その著書『占領下の民族派─弾圧と超克の証言』（『影山正治全集』第二十四巻・平成五年同刊行会刊）に見よう（原文旧漢字使用）。

ともあれ、占領治下の絶頂期、民心虚脱のまつただ中、日共暴虐の最盛期に、全く思ひもかけなかつた『大正天皇御集』の存在を知り、はしなくもその一本を手にし、つぶさに拝読した時の感激はまことに言語に絶するものがあつた。

当時日本共産党は、戦犯第一号として　今上天皇（筆者註・昭和天皇）を指名し、極力　陛下を連合国の戦犯裁判にかけることを策するとともに、常に「ヒロヒト」と呼びすてにして極度の悪声を放ち、且つ機関紙「赤旗」をはじめ、系列下にある雑誌、新聞のすべてをあげ、またパンフレット、単行本を盛んに刊行し、その他ビラ、プラカード等あらゆるものを用ゐて、全面的な皇室否定、天皇制抹殺の宣伝活動に狂奔してゐた。

（中略）

そして、これら天皇制抹殺を目標とする皇室誹謗の赤色宣伝活動は、その重要目標の一つを大正天皇に集中してゐた。御病弱であられた、大正天皇に対するありとあらゆる推測的讒謗が書きまくられた。それは、まことに耳目を覆はしむるていの悪魔的言辞であつた。覚めたる少数国民有志の憤怒と悲嘆は実に骨髄に徹するものがあつた。

この関頭に於て、黒雲をひき裂いて直下する一條の太陽光の如く輝き現れたのが『大正天皇御集』の一本であつた。この『御集』によつてこそ、一系の御皇統―天津日嗣のうちに於ける　大正天皇の偉大なる御本質と現実面に於ける非常なる御苦悩のほどが明らかとなり、大正の時代の栄光面と悲劇面とが鮮明となる。この一大真実相を確認することによつて、大正の十年から、大正天皇の摂政の宮となられ、次で昭和の天皇となられた　今上陛下の御本質と昭和の時代の本姿を明らかにし昭和再建への魂の指標を得ることができる。何とかして此の秘められた聖典を世に出さねばならない。世に出し、世に弘めることそのことによつて民族復興、祖国再建への道標をうちたてることになる。またそのことによつて、極く極く少数の、事に関係した者以外の日本国民のすべてが全く知らなかつた『大正天皇御集』編纂の一大事実を国民の胸底と昭和史の上に刻みつけることができる。そこから、日本民族は中心者　天皇の天空の如き高大な御心によつて、大東亜戦争の戦勢すでに悲境におちいり、暗澹の気四辺に立ちこめはじめてゐた昭和十九年三月といふ時点に於て「大正天皇の詩歌集編纂」といふ美心和魂の一大文化事業を起し、建国未曾有の終戦に際会してもこれを休断することなく、勝敗の彼方に光流する無窮の神の大道を確信しつつ、奉勅一年八ヶ月、終戦三ヶ月にして完成をとげたといふ世界戦争史上空前の歴史事実を確認し、更に終戦の聖断はここに貫通し、終戦の大詔はここに根源するものであることを自覚し、みづから洋々の自信をとりもどし、みづから烈々と奮ひ立つ契機をつかむにちがひない。僕はこのやうに考へそして万難を排しての『大正天皇御集』刊行を決意するに至つた。

斯くしてこの「刊行会本」の『大正天皇御集』は昭和二十三年十二月二十五日刊行を見た。この「刊行会本」は御製と御製詩の双方を一冊に纏めて共に謹載申上げる。又、その普及の趣旨に則り至徳専門学校新田興教授により訓点が附されてゐる。

なほ、「謹解本」にも、原武史氏著『大正天皇』(平成十二年朝日新聞社刊)にも何故か「刊行会本」に就いては片言隻句も触れられてゐない。苟も、大正天皇御集や、大正天皇の伝記に関して語らう、書かうとするならば、「刊行会本」に触れずしては、その全きは期し難い。無知とあらば致し方ないが、故意に無視したのであれば、学者、研究者としてそれは如何なものか。大東塾や影山正治の業績を「右翼」の俗評に惑はされて無視或は否定するなどの態度は学問的とは言ひ兼ねる。その点古田島氏の「基礎的研究」は良心的である。

三、「謹解本」に就いて

この本は大正天皇御製詩を読解するに当つては二つと無い手引書である。ただ惜しむらくは「謹解本」刊行当時との時代背景の違ひ（中学、高校に於る、日本の国柄や漢文の教育の有無、程度）が甚だしく、木下氏が「意義は謹解を要しない程明か」などとして謹解を付してをられない御製詩の殆どは、恐らく現代の高校生には「謹解本」の「謹解」だけでは理解不可能であらう。無論これは木下氏の関知せぬ事である。而してその謹解を付してをられない御製詩が之又実に多く見受けられる。

又、「謹解本」には腑に落ちない「奉呈本」との詩句や用字の異同が些か目立つ。「刊行会本」にも若干のそれは有るものの、誤植と思はれるものが殆ど。併し「謹解本」は何と言つても「奉呈本」の編纂に直接、深く関はつた方の著作であり、特に詩句の異同は如何なものかと思はれる。

念の為「刊行会本」「謹解本」の「奉呈本」との異同の箇所を左にまとめておかう。

「刊行会本」

Ⅰ、大正四年の御作「元寇図」の第二句、「勇武臣」（勇武ノ臣）とあるが、これは「有武臣」（武臣有リ）の誤りである。「奉呈本」は「有武臣」となつてをり、念の為各種の稿本（これに就いては後述する）にも当つてみたが全て「有武臣」とあり、大正天皇の御推敲の段階においても「勇武臣」とされた痕跡はない。

Ⅱ、明治四十年の御作「舞鶴軍港」の初句、「霽漢」は「霄漢」。

Ⅲ、明治四十年の御作「鹽溪偶成」の第四句、「潺溪」は「潺湲」。

Ⅳ、大正二年の御作、題が「禁苑所見」とあるが、目次には「禁園所見」とあり、本文の初句にも「禁園」とある。「奉呈本」に照らしても題は「禁園所見」。

Ⅴ、大正四年の「詠鶴」の結句の最初の字が脱落してゐるが、此処には「縞」が入る。

Ⅵ、大正五年の御作、「偶成」の初句「三千」は「三十」。

Ⅶ、大正五年の「晩歩庭園」の誤植と思はれる箇処は本文を参照されたい。

「謹解本」

Ⅰ、明治三十一年の御作「金閣寺」第三句、「秋高」は「奉呈本」には「秋深」。「秋高」は稿本にある。即ち、御推敲の過程にあつて「秋高」とされたのは事実であらうが此処は「秋深」である。

Ⅱ、明治四十年の御作「天橋」の第四句、「超超」とあるが「奉呈本」には「迢迢」。稿本にも「迢迢」とある。

Ⅲ、明治四十二年の御作「登呉羽山」の第九句、「旅団兵営」は「奉呈本」には「兵営一路」。次の「接」は「奉呈本」には「連」。共に稿本との混同であらう。

Ⅳ、同じく「登呉羽山」の第十句、「連」は「奉呈本」には「接」。これ又稿本との混同であらう。

Ⅴ、大正二年の御作「秋雲」の第二句、「淡淡」は「奉呈本」には「浅淡」。これも稿本との混同であらう。

Ⅵ、大正三年の御作「盆栽茉莉花盛開涼趣可掬乃成詠」の初句、「月明皎皎」は「奉呈本」には「月光如水」。こゝも亦稿本との混同であらう。

なほこの外にも、異同の箇所が多々ある。例へば、「奉呈本」の「烟」を「煙」、「游」を「遊」、「慙」を「慚」。等々「奉呈本」との異同が目立つ。その異同を指摘する事は本書の目的ではないので、指摘を略した処もある。

以上であるが、著者自身も歌集や詩吟教本等々多くの編纂、出版に携つた経験があり、あるまじきことではあるが、結果として現実に冷汗三斗の思ひは一度や二度ではない。決して先賢の事を論ふことの出来る身ではないのであるが、敢へて指摘した次第である。

四、稿本に就いて

「稿本」とは完成本の前段階として、その完璧を期して作られる本であり、校正用の本とは違ふ。『大正天皇御集』の御製詩の部の三種類ある「稿本」の中の二種類は和綴の製本もしつかりしてをり、能書の楷書体で書かれた中々の書物である。

三種類はいづれも宮内庁書陵部が所蔵してをり、少なくとも一般に目にすることが可能なのはこの三種類以外には無いと思はれる。それは以下の三種類であり、書名竝に内容の説明文は宮内庁書陵部の索引カードに依る。

Ⅰ、大正天皇御製詩集稿本（二冊）

昭和写。図書寮編修課。〔筆者註・この稿本は墨にて手書きされてをり、ごく一部にペン書きが見受けられる。又、所々に「雑」等の書き込みがある。〕

第一冊　東宮時代（四季別、雑）。同補遺（年次別）。御製宸筆下賜録（年次別）。

第二冊　御在位時代（四季別、雑）。

〔筆者註・この二冊の稿本は題簽には「大正天皇御製集稿本」と書かれてをり、恰も御製（和歌）の部の稿本かと勘違ひしさうであるが、内容は紛れも無く御製詩（漢詩）の稿本である。なほ、この作成年代は「昭和写」とあるだけであるが、筆者の見た処、①『大正天皇実録』に掲載の御製詩はその用字から見て、この稿本と同一である。②『大正天皇実録』には夫々の記事の末尾にその記事の典拠となつた文献、例へば官報、「大正天皇謹話集」等が明記されてゐるが、御製詩掲載の記事の典拠文献にはほぼ例外無く「大正天皇御製集稿本」が記載されてゐる。以上の二点から、この稿本（宮内庁書陵部の索引カードでは「大正天皇御製詩集稿本（二冊）」）は『大正天皇実録』のタイプ刷り本完成年である、昭和十二年以前に作成されたことは確実である。収録御製詩約六百首〕

Ⅱ、大正天皇御製詩集（四冊）

稿本。詩体別。大正天皇御集編纂委員会編。昭和１９《（ママ）》・２０写。

〔筆者註・この稿本は能筆の楷書体にて清書されてをり、和綴の立派な本である。又、この稿本四冊の題簽には夫々「大正天皇御集総目」「大正天皇御集　一」（以下三まで）と書かれてをり、又、その索引カードには「第二次稿本か」とも書き込まれてゐる。収録御製詩一千三百六十七首〕

Ⅲ、大正天皇御製詩編年集（三冊）

稿本（明治二十九～大正六）。大正天皇御集編纂委員会編。昭和１９《（ママ）》・２０写。

〔筆者註・この稿本も能筆の楷書体にて清書されてをり、和綴の立派な本である。収録御製詩五百六十一首〕

ⅡとⅢとの間には収録御製詩数には大差があるものの、御製詩の詩句に就いては異同は殆ど見られない。ところが、此の二種とIとの間には詩句に相当の異同が見られる。そして中には、題名も変つてゐるものも有る。拙著では稿本は時には拝読の参考とはしたが、「奉呈本」と稿本との異同に就いては、それ程穿鑿はしなかつた。拙著の目的は「拝読」であり、大正天皇の御推敲の跡を追究することでは無いからに他ならない。

「大正天皇御製詩の基礎的研究」は一般向きではないが、非常に参考になる好著である。之に就いては一点だけ触れておく。

この書には「奉呈本」には採録が無いものの「大正天皇実録」などに見える大正天皇御製詩の中で、題が付されてゐない（と、著者が思ひ込んでゐる）御製詩五首に、自ら「仮題」なるものを付けてゐるが、これは如何なものか。現に「仮題」を付けられた中の、少なくとも次の三首は稿本（前記I）に在り、勿論「題」が付けられてゐる。上のゴチック体が作者即ち大正天皇が付けられた題、下の括弧内が古田島氏の言ふ「仮題」。

『大正天皇実録』巻五十二・三十頁

七月二十五日還京有作　（宮中苦熱）

『大正天皇実録』巻五十二・三十八頁

哭有栖川宮威仁親王　（懐有栖川宮威仁親王）

『大正天皇実録』巻五十五・三十二頁

聞山座圓次郎訃　（追悼支那公使山座圓次郎）

他の、今は題が付されてゐないと思はれてゐる御製詩にも、稿本類を精査すれば必ず何処かに題が付されてゐるものと筆者は期待してゐる。何れにしろ、師でもなく、当局者でもない者がたとへ「仮題」とは言へ、付すべきではないと筆者は考へる。

凡例

一、本書は大正天皇御製詩の解説書でも研究書でもない。御製詩（漢詩）竝にその関連の御製（和歌）の拝読を通じて、大正天皇の御聖徳を仰ぎ奉らんとする書である。

一、右の趣旨により特に青少年にも普及致したく、漢字、仮名遣に就いては左の方針を以てした。

・漢字に関しては、御製詩の白文（訓読の付して無い文）は前記『御集』（奉呈本）の用字自体「卽・即」「雪・雪」の如く正俗（旧新）字体の混用、又「閒・間」の如く判読に苦しむ箇所も多く、已む無く、原則として旧字体の使用を旨とした。白文以外の箇所はおほむね新字体とする。とは云へつい旧字体に惹かれ、不統一の謗は甘受する。

口絵にある乃木神社々宝の御宸筆「寿」にも拝する如く、大正天皇は必ずしも所謂正字のみを用ゐてをられた訳ではないやうである。

・仮名遣は歴史的仮名遣とし、引用箇所等には現行の仮名遣を併用した。

・訓読、引用文等のルビは特にことわりが無いものは筆者が付した。

一、宮内省刊刻の『大正天皇御集』には守られてゐる、天皇陛下或は御陵等に対し奉る、闕字《けつじ》（上を一、二字分空白とする）、擡頭《たいとう》（改行して、他の行より一、二字分上げる）の礼は之を略した。

一、本書編纂に当つては、御製詩に就いては昭和二十一年十二月宮内省刊刻の『大正天皇御集』奉呈本の副本（宮内庁書陵部蔵）の、「御製詩」の部を底本とした。御製に関しては、昭和二十三年十二月刊行の、前記御集の普及版『大正天皇御集』（大正天皇御集刊行会発行）の「御製」の部を底本とし、『大正天皇御集・おほみやびうた』（邑心文庫平成十四年発行）を参考とした。

一、宮内省刊刻の『大正天皇御集』「御製詩」の部は白文のみであるが、訓読に当つては、前記の普及版『大正天皇御集』「御製詩」の部及び『大正天皇御製詩集謹解』（木下彪著、明徳出版社平成十二年再版）を参照させて頂いた。又、「奉呈本」には東宮時代を「巻之上」、御即位後を「巻之下」と分けてあるが、本書では分けてはゐない。

一、一部引用した貞明皇后の御詩（漢詩）に就いては昭和三十五年六月宮内庁書陵部編成の『貞明皇后御詩集』を底本とし、訓読に当つては『貞明皇后御詩集』（研志堂漢学会木部圭志、平成元年発行非売品）を参照させて頂き、語釈、意訳は筆者が付した。御歌（和歌）に関しては、『貞明皇后御歌集』（全国敬神婦人連合会企画、主婦の友社昭和六十三年十月発行）を底本とした。明治天皇、昭和天皇、今上天皇及び皇后宮方の御製、御歌にあつては、出典はその引用箇所に示した。詔勅類は特にことわりの無い限り『皇太子殿下御成婚記念　みことのり』（平成七年六月九日錦正社刊）を参照した。

一、紀年には本朝に関しては皇朝紀元と元号とを併用した。因みに本年は皇紀二千六百六十六年で西暦に先んずること六百六十年である。外国のことには西暦も用ゐた。

一、本書の書名は、御製詩の第一首目にある「天地十分春」、最後の二百五十一首目にある「春風吹満老松枝」から採つた。大御心いともゆたけくましました大正天皇を仰ぎ奉り、神州の不滅を寿いだものである。

以上

天地十分春風吹き満つ
――大正天皇御製詩拝読――

目次

大正元年

大正二年

大正四年

大正六年

明治二十九年　宝算十八

新春偶成

東風梅馥郁
天地十分春
喜見昌平象
謳歌鼓腹民

新春偶成

東風梅馥郁《ふくいく》
天地十分《じふぶん》ノ春
喜ビ見ル昌平ノ象
謳歌鼓腹《こふく》ノ民

〔**語釈**〕東風―春風。　馥郁―えも言はれぬ芳香がふんはりと漂ふこと。　昌平―国がよく治まり、平穏なこと。　象―有様。　謳歌―皆揃つて喜び讃美する。　鼓腹―満足してはらつゞみを打つ。

〔**意訳**〕春の風に梅の芳ばしい香が満ち満ちて、天地は春の真盛りである。国はよく治まり、波風立たず、民は泰平の御代を謳歌してゐる。この有様を見るのは何と喜ばしいことではないか。

〔**参考**〕「鼓腹」は支那の史書「十八史略」等に見える「鼓腹撃壌《げきじやう》」の故事。その昔聖帝と称へられた堯帝《げうてい》の頃、その善政のお蔭で何時の間にか泰平の世が五十年過ぎた。堯帝はこの平穏無事は本物であらうかと一抹の不安を覚え、お忍びで民情視察に出掛けた。すると路上で子供達が、歌ひながら遊んでゐる「天子さま、天子さま、僕たち私たちがこんなに元気で楽しく暮らせるのも、みんな天子さまのお蔭です」。堯帝はこの様子を見て一旦は「ふむ、よしよし」と喜んだものの、「それにしても出来過ぎではないか。誰か大人が入れ知慧したのでは」との不安も湧いてきた。そして町外れに来たところ、白髪頭の百姓が何か美味しさうな物で口をもぐもぐさせながら「木ごま遊び―壌《きごま》を撃ち（ぶつけ）合ふ遊び」に興じ腹をぽんぽん叩いて楽しさうに歌つてゐる「朝日が昇れば畑へ行かう。日が沈んだらゆつくり寝よう。喉が渇けば井戸が有るし、食ひ物田畑に一杯だ。天子さまなんてをられましたかな」と。これを聞いて堯帝は「よし、これこそ本物である。民は何の不安も無く鼓腹撃壌、天子の存在すら自覚してをらぬ。これぞ天下泰平、我が治世に誤り無き証拠である」と、満足した。

還　京

京ニ還ル

東京有命促歸旋　　東京命有リ帰旋ヲ促ス

卽發沼津猶曉天　　即チ沼津ヲ発ス猶ホ曉天

一日三秋今再謁　　一日三秋今再ビ謁ス
九重依舊起祥煙　　九重《きうちよう》旧ニ依リテ祥煙起ル

〔語釈〕三秋―三秋は九ヶ月。又は三年。要するに一日会はなかつたら長年月も会はなかつたやうな懐かしい思ひをいだくこと。　九重―古《いにしへ》、王城の門を幾重にも造つた（「九」は「多い」の意）ことから、宮城或は都を指す言葉ともなつた。

〔意訳〕東京（の天皇陛下）よりの帰京の御命令に接し、直ちに沼津を発つたのはまだ明け方であつた。一日三秋の如き懐かしい思ひで今再びお会ひする為に参内《さんだい》（皇居に参上する）してみれば、皇居には何時もに変らぬ芽出度い雲煙が棚引いてゐる。

〔参考〕東宮（後の大正天皇）には前年の十一月二十五日より葉山、沼津の御用邸に御滞在。この年四月二十五日沼津御用邸より東宮御所に還御、翌日参内された。

漢詩は明治二十八年頃よりお始めの模様で、翌二十九年六月漢学者三島中洲が漢学の侍講に就任、愈々漢詩の御作が本格化された。同時に国学の侍講には本居宣長の曾孫、豊穎《とよかい》が任命されてゐる。なほ、豊穎は前年から、中洲はこの年の侍講就任の前に、夫々東宮職御用掛を拝命してゐた。

東宮には明治二十七年前後、体調万全ならざることもおありで二十七年八月学習院での勉学を取止められ、御学問所にて学ばれることとなつた。本居、三島が御用掛、侍講に任ぜられたのは此の頃であり、国学漢学の他、軍事学やフランス語も学び給ひし由。

至尊

至尊九重内
夙起見朝廷
日曜無休息
佇立負金屏
萬機聽奏上
仁慈憫生靈
餘暇賦國雅
諷詠不曾停
日晩始入御
聖體自安寧

至尊《しそん》

至尊九重ノ内
夙《しゆく》起《き》朝廷ヲ見ル
日曜休息無ク
佇立《ちよりつ》金屏ヲ負フ
万機奏上ヲ聴キ
仁慈生霊《せいれい》ヲ憫レム
余暇国雅ヲ賦シ
諷詠曾《かつ》テ停メズ
日晩《く》レテ始メテ入御《にふぎよ》
聖体自ラ安寧

〔語釈〕至尊─天皇陛下。「至」は「この上は無い」の意である。夙起─朝夙《はや》く起きること。朝廷─天子が政《まつりごと》をみそなはす処。ここでは政そのものを意味する。日曜─日曜につき若干の考察を加へると、十五代将軍徳川慶喜が大政奉還上表を奉呈したのが慶応三年十月十四日、翌日勅許。十二月九日王政復古の大号令が発せられ茲に、天皇親政による新政府が発足した。その翌年、明治元年一月二十一日（この時点ではまだ慶応四年であり、明治と改元されたのは慶応四年九月八日である）官吏の休日は一と六の日と定められた。そして、官庁の日曜全休、土曜半休が実施されたのは明治九年四月一日からである。佇立─「佇」一字に「久しく立つ」の字義がある。万機─よろづのまつりごと。生霊─くにたみ。国雅─その国独特の風雅の道。我が国においては和歌。明治天皇の御製は『類纂新輯明治天皇御集』（平成二年明治神宮編纂発行）の「後記」に九万三千三十二首とあり、御歴代随一にまします。始─木下彪氏はこの語を「初めて」と訳してをられるがこの訳では意味が通り難い。此処の「始めて」は、「いろいろの経過があつた後に、その状態になる」ことを表はす語であり「漸《やうや》く」と訳すのが宜しからう。聖体─天子のお体。玉体とも。

〔意訳〕ここのへの内にましますす御父明治天皇は、毎日早朝に御起床、表御座所に出御、まつりごとをみそなはし給ひ、日曜日と雖もあまりお休みにもならぬ事が多い。そして、たとへ長時間に亘るとも、金屏風を背にきちんとお立ちになり、文武の官僚等もろもろの奏上をお聴きになり、仁慈の大御心まことに広大無辺にて常に蒼生《あをひとぐさ》（国民）をいつくしみ給ふのである。その上、暇あれば和歌をお作りになり、そらんじ給ふ事を久しい間お止めになられず今も続けてをられる。斯様に御励精あつて後、日もくれた頃やうやく奥へお入り遊ばすのであるが、それでも聖体にはお障りもなく、いとも御健勝にましますのである。

〔参考〕「日曜無休息」「日晩始入御」とお詠みになられたが、では一体当時はどのやうな時代であつたであらうか。この御製詩の御作は明治二十九年であるので、明治二十七、八年頃よりの主な出来事を参考までに列挙し「日曜無休息」「日晩始入御」とお詠みになつた事情を拝察申し上げてみよう。先づ挙げられるのは二十七年（明治天皇宝算四十二）八月一日に勃発した日清戦争であらう。この前哨戦である処の朝鮮の紛擾は略すが、以下主要事項は左の如くである。

九月　十三日　大本営を広島に進め給ひ、同十五日明治天皇大本営に入り給ふ。

十五日　明治天皇大本営に入り給ひし光栄に感奮した広島の第五師団はこの日を期して平壌総攻撃を開始、翌日これを占領。

十七日　我が連合艦隊、黄海海戦に勝利。以後の主たる戦果は、十一月七日大連湾占領。同二十一日旅順口占領。

二十八年

二月　二日　威海衛（清国北洋艦隊占拠地）占領。

三月　二十日　下関にて清国と第一回媾和会談。

二十三日　澎胡列島に上陸、二十六日占領。

二十四日　清国の媾和全権李鴻章第三回媾和会談の帰途狙撃され負傷。
三十日　日清休戦条約調印。
四月　十七日　日清媾和条約調印（朝鮮独立承認。遼東半島、台湾、澎湖列島割譲、賠償金支払等）。
二十三日　独墺伊三国の公使、遼東半島の清国への返還を迫る（三国干渉）。我が国内には、対露復讐の世論沸騰。而して「臥薪嘗胆」の声澎湃として起こる。
五月　五日　遼東半島の清国への返還を閣議決定。同十日、返還の詔書渙発。
二十五日　台湾島民反乱。（六月二十日、日本軍、反乱鎮圧の為台北占領）。
十月　八日　朝鮮の親露反日派閔妃殺害事件発生。
二十九年
二月　十一日　朝鮮国王ロシア公使館に播遷、親露政権樹立（註①）。
三月　十六日　近衛師団改編。
三十一日　台湾総督府条例公布。拓務省官制（台湾、北海道に関する政務管掌）公布。
四月　十七日　駐朝鮮公使小村寿太郎、米国人に対する鉄道敷設権付与は約束違反として朝鮮政府に抗議。
六月　十五日　三陸大津波発生（死者二万七千百七十七人、被害家屋八千八百九十一戸）、我が国未曾有の津波被害となる。

八月二十八日　第二次伊藤博文内閣閣内不一致にて辞表提出。九月十八日に至り第二次松方正義内閣成立。

なほ、媾和条約が調印されたからとて大本営が解散された訳ではなく、戦後処理等に対処の為、明治二十八年四月二十七日大本営を京都に、更には五月三十日東京に移し給ひ、天皇はやうやく還御遊ばされた。そしてもろもろの事どもを終へて大本営解散奉告祭を斎行、大本営解散の詔書が渙発されたのは明治二十九年四月一日に至つてからである。この御製詩を東宮にあらせられた大正天皇が御詠みになられた月日は詳らかではないが、明治二十九年に御詠みになられたこの御製詩は同年の御作として御製詩集に載せられてゐる七首のうちの三番目であり、或は大本営解散前の御作とも推察し得るのである。そして、曾ての広島城の跡、第五師団営内に設けられた大本営に於ける明治天皇の御日常に就き『明治天皇紀』（註②）は次のやうに記してゐる。原文、漢字は旧字体。

〔明治二十七年九月十五日〕

（前略）侍臣或は安楽椅子を進めんとし、或は冬期煖炉を進めんとしたれども、戦地に斯くの如きものや有ると宣《のたま》ひて允《ゆる》したまはず、寝御の際は御寝台を運び来りて設備せしめ、翌朝御洗面の際、之れを撤して御机、御椅子と代へしめたまふ、毎朝概ね六時半より七時の間に御離床、御朝食の後、暫くありて軍服を著したまひ、以て寝御の時に至らせらる。御座所狭隘にして且御滞在長期に亘れるを以て、増築を請ひたてまつる者ありしに、朕の不便の故を以て増築を図るは朕の志にあらず、出征将卒の労苦を思はば不便何かあらんと宣ひて允したまはず、御遊行の事の如きは勿論なく、数十歩外に天守閣ありて山海の眺望絶佳なれども、亦遂に登閣あらせられず。（以下略）

おほよそ右の如くであるが、誤解されぬやう付言すれば、何も非常時のみの御励精であつた訳ではなく、木下彪氏によれば「この御詩（筆者註―この大正天皇の「至尊」の御製詩）は短篇中に能く明治天皇の御日常を尽されてあるが、やがて其の御一生をも括尽《くわつじん》（筆者註―漏らす所なく言ひ尽くす）する結果となつたといふべきであらう。即ち天皇は長い四十五年を殆ど一日の如く励精治を図り給ひ」と記し、更に明治天皇宝算四十前後の頃の御起居の一斑を記録した侍従藤波言忠の『御逸事』と題する写本六巻の該当部分を紹介してゐるが、此処に孫引きさせて戴かう。

（明治天皇は）午前六時比《ころ》に御起床。午前九時半より十時迄の間に御学問所へ出御、而して百般の政務を御覧ありて或は拝謁又は召されて御対話、午餐の為に午後一時比に入御に相成る。午後三時前には出御、御学問所に於て御親裁、午後御用なければ四時比御用あれば六時比に入御。午後八時には両陛下御一緒に晩餐を召す。十一時に御寝所に被為入《いらせらる》。

又、木下彪氏は御自身の筆にて「（明治天皇は）早朝に御起床、表御座所（一名御学問所）に出御して堆き文書を御覧あり、大臣百官の奏上を聞召し、万機を親裁あらせられる。政務多端の時は御昼餐は二時にも三時にもなり、入御も六時七時になることがある」「記録によると日曜は原則として御休みであるが、御多用のため御休みにならない事が度々であつた。天皇の御一日はそれが一年中であり、更に十年二十年と遂に御一生続いたのである。其の間一度も避暑避寒遊ばされず、御慰みの行幸とても無かつた」とも記してをられる。

明治天皇は当時、東宮にましました大正天皇に、将来に備への教育の一環として御傍にて万機御親裁の御模様等を見学せしめんとの思召《おぼしめし》にて、東宮は屢《しばし》ば参内され、御父明治天皇の御日常を具さに御覧遊ばしてをられた、とは木下彪氏謹解にも見る通りであり、斯くして自づからこの一首を詠みなし給ひしものと拝察申し上げる次第である。而して、大正天皇も亦、明治天皇御同様に文武官の奏上、復命の際には「佇立負金屏、万機聴奏上」の御態度にてましましたとは、木下彪氏の書き記してゐる処である。

なほ、『明治天皇紀』の前述の日付の後半部分には、明治天皇が明治四十年に広島大本営当時の事を回想遊ばされて読み給ひし御製として

たむろしてよな〳〵見てし広島の月はそのよにかはらさるらむ

たむろせし時をそおもふ広島の里のうつしゑ見るにつけても

の二首が記録されてゐる。

註①朝鮮国王露館（「俄館」とも言ふ。俄もロシア）播遷《はせん》事件

これは前年の閔妃殺害事件と関連が深いので併せて略述しよう。

三国干渉で我が国がロシアに屈したと見た閔妃一党は日本を侮り、それ迄の清国に代へて親露政策を露骨にし親日派への弾圧を始めた。そこで危機を感じた親日派は日本人有志の力を借りて反閔妃クーデターを起こし閔妃を殺害した。日本政府はこれを遺憾とし事件に関係した三浦駐韓公使等約四十人を罰した。列国は日本政府の不関与を認めたが、反面日本政府がいかにロシアを恐れてゐるかが露呈され、韓国王朝は愈々ロシアへの依存を深め、遂にロシア公使館に播遷、その親露政策の妨げとなる臣下を斬首してロシア公使館に持つて来い、などと云ふ恥知らずな詔勅まで出す始末となり総理大臣金宏集等が虐殺された。苟も国王たる者が外国公使館に入り、外国軍隊（ロシア極東艦隊海兵隊）に守つて貰ひ、自国の臣下の斬首を命ずるのである。異常といふもおろか、世界史未曾有の亡国の惨状である。因に多くの歴史書や年表には単に「ロシア公使館に遷る」とするものがあるがこれは正確ではない。「播遷」とは単に「遷る」に止まらず「遠方にさすらふ」ことを意味する。この語感を蔑ろにしたのでは事の真相を見誤る。儒教原理主義に硬直した小中華朝鮮の王侯両班《りやんばん》（貴族）の多くには抑々自主独立の観念など稀薄であつたと言ふ外なく、これから察すると、筆者は日韓の対等の「合邦」は、日本の「あまりにも善意の片思ひ」に過ぎざりしかとの悲しみを覚えざるを得ない。なほ、本項に関しては『日韓共鳴二千年史』（名越二荒之助編、平成十四年、明成社刊）を是非々々併せ読まれたい。

註②『明治天皇紀』

明治天皇の御降誕から崩御まで、その御一代に亘り、官報、侍従日録、侍従武官日誌等々公文書を始め、

御製集、重臣の日誌等厖大な資料に基づき克明に記し奉つた記録文書。その編纂は大正三年十二月宮内省に臨時編修局（同五年十一月臨時帝室編修局と改称）を設けて開始され、昭和八年九月編修完了。本文二百六十巻、摘要目次十巻、索引十四巻、絵画一帙の大部のものであつたが公刊は見なかつた。そして、昭和四十三年に至り閣議決定による明治百年記念事業の一環として『明治天皇紀』の公刊が実現する事となり、この公刊本『明治天皇紀第一』の昭和四十三年十月付の宮内庁書陵部による例言によれば、この刊本は前記の大冊の本文を「十二冊にまとめ、新たに索引一冊を作成して付録」とした十三冊で、一冊およそ九百五十頁であり、最後の十三冊目が刊行されたのは昭和五十二年十月三日であつた。

過目黑村

目黒村ヲ過《よぎ》ル

雨餘村落午風微　雨余ノ村落午風微ナリ
新綠陰中蝴蝶飛　新緑陰中蝴蝶飛ブ
二樣芳香來撲鼻　二様ノ芳香来リテ鼻ヲ撲《う》ツ
焙茶氣雜野薔薇　茶ヲ焙《あぶ》ル気ハ雑《まじ》ル野薔薇

〔語釈〕過—訪れる。

〔意訳〕〔目黒村を訪ねてみれば〕雨上がりの村落の昼過ぎ、風が微かに吹き、新緑の木々の間には蝶が舞つてゐる。すると、何であらうか、二様の素晴らしい香りが鼻を撲つやうに匂つてくる。それは茶を焙る匂ひと、野薔薇の香りとが雑《まじ》つたかぐはしいものであつた。

〔参考〕「謹解本」に依れば、五月十八日午後、東宮は目黒村に遊び給ひ、同村の西郷従道別邸にて御休憩。能狂言や手品等の御慰めもあり、夕刻還啓遊ばされた由。

遊小倉山

小倉山ニ遊ブ

松杉深處杜鵑啼　　松杉深キ処杜鵑啼ク

時有鶯聲隔一溪　　時ニ鶯声ノ一渓ヲ隔ツル有リ

山麓人家堪俯瞰　　山麓ノ人家俯瞰ニ堪フ

夕陽影裏暮烟迷　　夕陽影裏暮烟迷フ

〔語釈〕小倉山―日光にある山。外山《とやま》とも呼ばれる。標高八百八十メートル。

〔意訳〕小倉山に松や杉の深い林には杜鵑が啼き、時には渓流を隔てた向う側から鶯の鳴声も聞えて来る。山上からは山麓の人家がよく見下ろせる。その山麓は夕陽を受けて影長く、夕餉の支度であらうか、煙がたゆたつてゐる。

〔参考〕この御作に、筆者は支那の詩人陶淵明の住んだと言ふ村が連想される。淵明の「園田《ゑんでん》の居《きよ》に帰る」の一節「曖曖《あいあい》たり遠人《ゑんじん》の村、依依《いい》たり墟里《きより》の煙（遠くには、人里がおぼろに霞んで見え、寂れた村里には夕餉の煙がかそけくゆらめいてゐる）」。御製詩は夏の日光での避暑の折の御作である由。

遊田母澤園　　田母沢園ニ遊ブ

雨過溪水忽跳珠　　雨ハ過ギテ渓水忽チ珠ヲ跳ラス
一帶青山影有無　　一帯ノ青山影有リヤ無シヤ
磯上釣魚人已去　　磯ノ上魚ヲ釣ル人已ニ去リ
夕陽煙樹鳥頻呼　　夕陽煙樹《せきやうえんじゆ》鳥頻リニ呼ブ

〔語釈〕煙樹―霞んでぼんやりとして見える木。

〔意訳〕雨後の渓流は流れも早く、岩を噛む飛沫は珠と散り、辺り一帯の青い山々も今だにかかる雨雲に見え隠れ、磯の上の釣人ももう帰つてしまつた。夕陽のさす木立は煙り、鳥が頻りに鳴き交はしてゐる。

〔参考〕或はこの時であらうか、この年には次のやうな御製もお詠み遊ばした。

田母沢にて夕立しける折に

なき蟲の山のかくると思ふまに青空みえて雨の晴れ行く

（「なき蟲の山」は近くに在る標高千百四メートルの鳴虫山。）

日光田母沢御用邸は明治三十二年七月、東宮御所御造営の折、赤坂離宮の旧御殿の一部を此処に移して建て、御用邸とされたもので、大正五年には附属邸も営まれた。面積凡そ三万七千坪。大正天皇は東宮の御頃より、日光を大変愛された由。明治二十九年日光東照宮近くに在つた山内御用邸にて、初めてひと夏を過し給ひ、その三年後に約一キロ西に建てられたのが日光田母沢御用邸である。大東亜戦争後、宮内省の管轄を離れ、日光植物園の一部や日光田母沢御用邸記念公園となつた。大正二年の「乗馬到裏見瀑」「到塩原訪東宮」を併せ読まれたい。

櫻花

瓊葩燦燦映春陽
暖雪流霞引興長

桜花

瓊葩《けいは》燦燦春陽ニ映ズ
暖雪流霞興ヲ引クコト長シ

爛發東風千萬樹　東風ニ爛発《らんぱつ》ス千万ノ樹
此花眞是百花王　此ノ花真ニ是レ百花ノ王

〔語釈〕瓊葩—瓊は赤く美しい玉。これより広く美しいものを形容するにも用ゐられるやうになつた。葩は花。燦燦—きらきらとあざやかに光りかゞやくさま。長—此処の長は長短の長いではなく、寧ろ「甚・はなはだしい」に近い。爛発—花が爛漫と咲き乱れるさま。

〔意訳〕桜の花が美しく光り輝やき春の陽に照り映えてゐる。その白く清らかなことは雪のやうで、沢山の花が群がり連なる所はゆつたりと棚引く霞のやうでもあり、大いに興が惹かれるのである。千本万本の桜樹が春風に爛漫と咲き乱れるさまを見れば、この花こそまことに全ての花の中でも花の王であると頷けるではないか。

〔参考〕桜を詠んだ漢詩の嚆矢《かうし》（物事の最初）は平城天皇の「賦櫻花」の五言律詩であるといふ（因みに和歌に於ける初出は万葉集巻第三、鴨君足人《かものきみたりひと》香具山歌の長歌）。平城天皇の「櫻花ヲ賦ス」は『凌雲集』（註①）『列聖全集』（註②）に見える。その末尾は

擅美九春場（美を九春の場にほしいままにす—その美しさは春の空間を独りほしいままにしてゐるやうである）

と結ばれてをり、此処でも桜の花が春の花の筆頭とされてゐる。

木下彪氏はその「謹解本」に於いて「大正天皇のこの御作の如きは、一氣呵成、まともに櫻花の美を絶讃された、華麗にして威嚴あり、王者の詩と申す外はない」と記してゐる。

「静心なく花の散るらむ」「春の心はのどけからまし」の心も慥かに捨て難いが、此の如く正面から堂々と「櫻花の美を絶讃」し給ひし御製詩への木下彪氏の謹解は洵に正鵠を射たものである。

註①『凌雲集《りようううんしふ》』

最初の勅撰漢詩集。全一巻。嵯峨天皇の御下命により小野岑守《をののみねもり》、菅原清公《すがはらのきよとも》等が撰。皇紀一四七四年（約千二百年前）成る。

平城天皇、嵯峨天皇、淳和天皇を始め奉り、臣下では小野岑守等作者合せて二十四名、詩数九十一首を収める。

註②『列聖全集』

後掲「大正天皇竝に御歴代の御製詩小論」を参照されたい。

明治三十年　宝算十九

梅　雨

乍雨乍晴梅熟時
仰天偏願歳無飢
青苗插遍水田裡
看到秋成始展眉

梅　雨

乍《たちま》チ雨乍チ晴梅熟スルノ時
天ヲ仰ギテ偏《ひとへ》ニ願フ歳飢ウル無キヲ
青苗《せいべう》插《さしはさ》ミ遍シ水田ノ裡《うち》
看テ秋成ニ到リテ始メテ眉ヲ展《の》ブ

〔語釈〕乍―この漢字を用ゐる「たちまち」には「ひょいとさうなる」と云ふ語感がある。梅雨―つゆ。ばいう。梅の実の熟する頃に降るながあめ。一説に、この季節に黴《かび》（音読みすれば「ばい」）が生じ易いので「黴雨・ばいう」とも。　青苗―早苗の頃の青々とした苗。　秋成―秋になつて穀物が実ること。　展眉―喜んで眉を伸ばす。愁眉を開く。開眉。

〔意訳〕降つたり晴れたりしながら梅の実も熟れる梅雨の候となつた。この梅雨の空を仰いで願ふのは、今年もこの雨の恵を受けて穀物がよく実り、たゞたゞ民の飢ゑざらむこと、そのことのみである。水田には一面に青々とした苗が植ゑわたされてゐる。この苗が風水害にも旱魃にも遭はず無事すくすくと成長し、黄金波打つ秋を迎へたならその時こそ愁眉を開くことが出来るであらう。

〔参考〕此処で大正天皇の農事に関する御製を抄出しておかう。

秋田（東宮時代、年不詳）

おのがじゝ暇なげにもいそしみて山田の稲を今日も刈りつゝ

早苗（大正三年）

あまの子も早苗とるらむ湊田のあし原がくれうたふ声する

苗代（大正六年）

苗代の水ゆたかにもみゆるかな引くしめ縄のひたるばかりに

苗代（大正七年）

雨はれしあしたの風に苗代のみなぐち祭るしめなびくなり

御歴代の農事に関する御製と申せば最も人口に膾炙してゐるのは、かの「小倉百人一首」劈頭、天智天皇御製「秋の田のかりほのいほのとまをあらみ我衣手は露にぬれつつ」であらう。まことに「農は国のもとゐ」。御歴代に数へ切れぬくらゐの農事に関する御製を拝し奉ることはたゞたゞありがたく、たふとく、めでたきかぎりである。

大正六年の「插秧」も併せ読まれたい。

池亭観蓮花

茅亭瀟灑碧池傍
出水蓮花自在香
倚檻風前閒誦詠
濂溪周子舊詞章

池亭蓮花ヲ観ル

茅《ぼう》亭瀟灑《せうしや》碧池ノ傍《かたはら》
水ヲ出ヅルノ蓮花自在ニ香ル
檻《かん》ニ倚リテ風前閒《しづか》ニ誦詠ス
濂渓《れんけい》周子ノ旧詞章

〔**語釈**〕池亭—池の辺の亭（ちん・あづまや）。庭園に休息や展望用に設けられた小建造物。茅亭—茅葺きの亭。瀟灑—さつぱりと、上品な趣。檻—手摺り。おばしま。欄干。欄檻。閒—この「しづか」には「動」の反の「静」ではなく、多忙の合間に生じた暇、即ち「閑」の語感を読み取るべきであらう。誦詠—諳じて詠ずる。濂渓—支那湖南省を流れる川。此処は周子（北宋の学者周敦頤《しうとんい》）の故郷である。周敦頤は濂渓先生と呼ばれた。周子旧詞章—周子は周敦頤。「子」は男性の敬称。彼は蓮を愛好し、蓮の花を以て君子の徳に比した文「愛蓮説」（「古文眞寶」等に所載）を作つたが、その文のこと。後掲。

〔**意訳**〕あをい池のほとりには、さつぱりと、上品な趣をした茅葺きの亭がある。蓮の花はその水の上に開いて、えも言はれぬ芳香を放つてゐる。そこで亭の手摺りに凭れ、心地よい風に吹かれつ、、この光景に自づから思ひ出される周子の「愛蓮説」をしづかに誦じてみたことである。

〔**参考**〕「愛蓮説」

水陸草木ノ花、愛スベキモノ甚ダ蕃《おほ》シ。晉ノ陶淵明ハ獨リ菊ヲ愛ス。李唐ヨリ來《このかた》、世人甚ダ牡丹ヲ愛ス。予ハ獨リ、蓮ノ泥ヨリ出デテ染マラズ、清漣ニ濯ギテ妖ナラズ、中通外直、蔓セズ枝セズ（蔓も伸ばさず、枝も分けない様を君子の純一孤高な風格にたとへた）、香遠益清、亭亭淨植、遠觀（遥かに眺める）スベクシテ褻翫《せつがん》（なれて、もてあそぶ）スベカラザルヲ愛ス。予謂《おも》ヘラク、菊花ハ之隱逸者也、牡丹花ハ之富貴者也、蓮花ハ之君子者也。噫菊之愛、陶後聞ク有ル鮮《すくな》ク、蓮之愛予ト同ジウスル者何人ゾ、牡丹之愛宜《むべ》ナルカナ衆《あまた》ナルコト。

江上試馬

春色江邊望欲迷
漁舟繫在夕陽西
墨堤十里花如雪
半入輕風趁馬蹄

江上《かうじやう》馬ヲ試ム

春色江辺望ミ迷ハント欲ス
漁舟繫ギテ夕陽ノ西ニ在リ
墨堤《ぼくてい》十里花雪ノ如シ
半バ軽風ニ入リテ馬蹄ヲ趁《お》フ

〔語釈〕江上―川のほとり。　墨堤―隅田川のつつみ。　軽風―そよ吹く風。

〔意訳〕〔隅田川のほとりで馬に乗つてみた〕春の景色が綺麗で、見る目も迷ひさうである。漁舟は夕陽の照る西の堤に繋がれ、十里も続くやうな隅田川の堤防の桜は満開を過ぎて、雪の如くに散り敷き、半ばはそよ吹く風と共に吾が乗る馬に花吹雪となつて散りかかる。

〔参考〕大正天皇の御製の東宮時代、年代不詳の部に、「をりにふれて」の詞書のある

ちる花の雪ふみわけてかへるさは駒のあがきにうちまかせつゝ

は、或はこの頃の御作にあらずやとも思はれる。

龜井戶

紫藤花發映淸池
池上風微雲影移
步步緣欄過橋去
鼓聲斷續出神祠

亀井戸

紫藤花発《ひら》キテ清池ニ映ズ
池上風微ニシテ雲影移ル
歩歩欄ニ縁リ橋ヲ過ギテ去ル
鼓声断続神祠ヲ出ヅ

〔語釈〕龜井戸―今の江東区亀戸。　神祠―亀戸天満宮（亀井戸天神社）。帝都の藤の名所として殊に名高い。

又、境内の池には太鼓橋も架かつてゐる。

〔意訳〕藤の花は紫に見事に開き、清らかな池に映り、その池の面には微風がわたり、流れ行く雲の影も亦映つてゐる。境内の池に架かる太鼓橋は湾曲も急であり、一歩一歩欄干に手をかけて通り過ぎた。すると、天満宮の太鼓が断続して聞えて来た。

〔参考〕「謹解本」に依れば、明治二十年と二十一年に亀戸天満宮にお成り、その思ひ出の御作かと。なほ、大正天皇の御製集に東宮時代ではあるものの、御作の年不明の部に「藤」の御製が見える。或はこの時の御作か。

ときはなる松にかゝれど藤の花春を忘れぬ色に匂へり

天長節

雲晴日暖拜天閽
萬歳聲中謝聖恩
昭代佳辰祈寶壽
九重賜宴酌芳樽

天長節

雲晴レ日暖ク天閽《てんこん》ヲ拝ス
万歳声中聖恩ヲ謝ス
昭代佳辰宝寿ヲ祈ル
九重ノ賜宴《しえん》芳樽ヲ酌ム

〔語釈〕天閽—皇居の御門。　聖恩—天皇陛下の御恩。　昭代—よく治まつてゐる御代。　佳辰—よき時。宝寿—天子の御齢。宝算。　賜宴—天子が臣下に賜るうたげ。　芳樽—美酒の満ちた樽。又、美酒そのもの。

〔意訳〕雲は晴れ、日は暖かい天長節の佳き日、宮城を拝し、万歳を唱へる中に聖恩を謝し奉つた。治まる美代のこの佳き時に天子の御齢の無窮ならんことを祈り、宮中に祝賀の宴を賜り、お祝ひの美酒を頂戴したのである。

〔参考〕天長節は天皇陛下の御誕生日。当時は十一月三日。今の「文化の日」とは実は「明治天皇の御誕生日をお祝ひし、聖恩に感謝申上げる日」なのである。昭和二年「明治節」として国家の祝日と制定されたが、大東亜戦争後の同二十三年アメリカ占領軍の強権により「文化の日」と改称させられ、その意義もわざと曖昧にさせられた。紀元節（二月十一日）等の祝祭日も同様である。

この御作を明治三十年とすれば疑問が生じる。この年一月十一日英照皇太后（孝明天皇の皇后）崩御あらせられ、喪中の故を以て天長節の祭典は掌典岩倉具綱をして代拝せしめ給ひ、観兵式も祝宴も取止め、諸員の参賀も停止された（『明治天皇紀』）。従つてこの御作が明治三十年といふことは有り得ない。

この年に最も近いのは二十九年と三十一年であるが、三十一年は雨天により観兵式も中止されたくらゐで「雲晴日暖」といふ天候ではなかつた。二十九年には青山練兵場にて観兵式が行はれ、皇居豊明殿にて賜宴も催された。依つてこの御作は明治二十九年と推察仕る。さうすると、東宮は十八歳、「酌芳樽」は群臣諸員の様子と拝される。

聞陸軍中佐福島安正事

陸軍中佐福島安正ノ事ヲ聞ク

踏破山川此却回　山川ヲ踏破シテ此《ここ》ニ却回ス

高秋騎馬壮懐開　高秋騎馬壮懐開ク

獨行萬里非徒爾　独行万里徒爾《とじ》ニ非ズ

鼓舞神州士氣來　神州ノ士気ヲ鼓舞シ来ル

〔語釈〕福島安正―後掲参考参照。　却回―もとの所にかへる。　高秋―秋たけなはの候。　壮懐―勇壮なる志。　徒爾―いたづら。無益。爾は形容詞の下に添へる助辞（文意を補ふ為の字）。莞爾等。

〔意訳〕偉なり壮なり、福島中佐は万里の山川を踏破して祖国に帰つて来た。その壮図は正に艱難辛苦の連続であつたであらうが、西シベリアからアルタイ山脈を越える頃は大陸の秋もたけなは、さぞかし馬上に勇壮なる志も開けた事であらう。独り万里を超えたこの未曾有の一大事は決してただの冒険旅行ではなかつたのだ。これに依り我が神州、日本男児の士気がどれ程鼓舞された事であらうか。

〔参考〕 福島安正は嘉永五年信州松本の産。明治元年官軍に従ひ戊辰の役に従軍。同十一年陸軍中尉。翌年清国偵察。同十六年清国駐在武官。同十九年ビルマ、インド視察。翌年ドイツ駐在武官。同二十五年二月シベリア単騎横断の壮図決行、翌年六月これを成し遂ぐ。以後日清戦争従軍の後、明治二十八年十月より三十年三月迄の一年六ケ月に亘りアジア、中東、欧州、アフリカに跨がる全行程七万キロと云ふ、シベリア横断をも凌ぐ大視察旅行実施。そして日露戦争従軍等を経て大正三年陸軍大将。同八年二月十九日逝去享年六十九。

福島安正の視察、偵察の旅の真の目的は現在只今の眼だけを以てしては決して分からない。福島はロシア当局には目的秘匿の為、個人の冒険旅行として許可を得てゐたが、真意は奈辺に存したか此処で『日本を護った軍人の物語』（岡田幹彦著、平成十四年祥伝社刊）の当該の項より引用しよう。

十九世紀後半から二十世紀にかけての世界は、欧米列強によるアジアやアフリカへの侵略が頂点に達した時代、すなわち帝国主義の時代である。イギリス、フランス、ロシアの三国が鎬《しのぎ》を削り、遅れてドイツとアメリカが加わった。

明治という時代を知るために何より重要なことは当時のアジアの状況である。インド、ビルマ、インドシナ、マレー、インドネシア、フィリピンは完全に植民地として支配されていた。清は名目上は独立国だったが、イギリス、ロシア、フランス、ドイツによって半ば分割支配され、欧米列強による完全支配は時間の問題と言ってよかった。タイも形式上は独立国だったが、イギリスとフランスに領土の一部を奪われた状態だった。日本以外の国々は次々に欧米の餌食になっていたのである。このことを忘れて明治は語れない。

福島中佐の視察、偵察の旅は正に対露祖国防衛の為の、捨身奉公の決死行であったのである。では『日本を護った軍人の物語』を参照しつゝ、念の為シベリア単騎横断の行程を略記すれば左の如し。

明治二十五年紀元節を期してベルリン出発、二月二十四日ワルシャワ、三月二十四日ペテルブルグ、四月二十四日モスクワ、この後愛馬凱旋号斃れ、中佐はその鬣《たてがみ》を涙ながらに懐紙に包む。新たに馬を求めウラル号と名付く。七月八日欧亜の境ウラル山頂に到達、八月七日オムスク、九月十七日アルタイ、此処にてアルタイ山脈越えに馬二頭を求め、夫々にアルタイ号、興安号と名付く。中佐はこの壮挙の間十頭の馬を使つたが、最後まで行を共にしたのはこの二頭を含め三頭だけであつた由。九月下旬清露国境標高約三千メートルのアルタイ山頂到達、出発以来七千キロ、全行程の凡そ半分。十一月十二日外蒙古クーロン、十二月八日バイカル湖畔イルクーツク、明けて明治二十六年一月十五日チタ、一月二十二日或る町にて妻より、明治天皇が福島の壮挙を嘉し給ひ、お手元金二千円を御下賜あらせられたる旨の手紙を受取り感泣、勇気百倍。二月十一日出発以来一年のこの日、零下五十度シルカ河氷上に紀元節を祝ひ奉り東方遥拝。このシルカ河渡河の途中乗馬せんとせし折誤つて引きずられ氷の角にて頭を強打瀕死の怪我を負ふも辛くも一命を取り留める。激痛に耐へつつ黒龍江の氷上を前進、極寒のシベリアを気力で突破、三月八日ブラゴベ到着、三月下旬満洲入り、四月三日神武天皇祭の日チチハルへ、そして吉林付近にて熱病に罹り四十度近い熱により十八日間寝込む。そして六月十二日福島と三頭の馬はウラジオストックに到着した。ベルリン出発このかた四百八十八日、一万四千キロ。ここに前人未到の一大快挙成る。

前掲の書に曰く「その日、ウラジオストック在住の日本人は熱狂して福島を迎えた。福島はこの地にある日本貿易事務所に着くや、安置されていた明治天皇の写真の前に立ち、最敬礼して無事到着を報告した。四〇歳の福島の両眼に熱い涙が溢れ、同席した人たちも頬を濡らした」と。

大正天皇が漢詩をお詠みになられるのは明治二十九年頃からであり「謹解本」に依れば、この御製詩は福島中佐の壮挙の四年後に当時を追想してお詠みになられたものである由。

明治三十一年　宝算二十

遊宇治

清閒此地有僧房
何止露芽稱擅場
最愛鳳凰堂結構
猶憐源頼政詞章
舊碑文字惜磨滅
古寺規模思擴張
一派溶溶流水外
鳥啼花落又斜陽

宇治ニ遊ブ

清閒此ノ地僧房有リ
何ゾ止《ただ》ニ露《ろ》芽《が》擅場《せんぢやう》ヲ称スルノミナランヤ
最モ愛ス鳳凰堂ノ結構
猶ホ憐ム源頼政《みなもとのよりまさ》ノ詞章
旧碑ノ文字磨滅ヲ惜シミ
古寺ノ規模拡張ヲ思フ
一派溶溶流水ノ外
鳥啼キ花落チ又斜陽

〔語釈〕清閒—清閑。清く、もの静か。　僧房—寺。此処は宇治の平等院を指す。　露芽—茶の別称。　擅場

―同じ所に匹敵するものが無い。　結構―善美を尽した建造物。　一派―一つの流れ。此処は宇治川を言ふ。溶溶―水の流れの盛んなさま。

〔意訳〕清閒な此処宇治の地に名刹平等院が有る。此の地は単に比類無き茶所であるのみではない。平等院鳳凰堂の結構は最も良しとする処であり、その上、此処で自刃した源頼政の辞世は憐れ深いものがある。境内の古い石碑の文字の磨滅を惜しむと共に、この古い寺の規模の拡張も願はれる。宇治川の溶溶と流れる辺りに、鳥は啼き、花は散り、陽は将に傾かんとしてゐる。

〔参考〕平等院へのお成りはこの年十一月六日であつた由。

平等院は藤原道長の子頼道が永承七年（皇紀一七一二年）別業であつた建物を仏寺に改装、平等院と名づけたもの。凡そ千年前の建造物や仏像が残され、今や世界遺産に登録されてゐる。

治承四年（皇紀一八四〇年）源頼政は後白河天皇の皇子以仁王よりの平家追討の令旨を奉じて五月に挙兵するも破れ、此処平等院に「太刀のきつ先を腹に突き立て、たふれかかり」（「平家物語」巻第四・頼政最後）自害して果てた。行年七十六。普通ならこのやうな場面では歌も詠めない処であるが、大歌人頼政は辞世を遺し、その墓は平等院に在り、墓の由緒書には辞世の歌も記されてゐる。

埋木《うもれぎ》の花さくこともなかりしにみのなるはてぞ哀れなりける

（自分は、埋木の如く花の咲くことも無かつた。その身のなる果てこそ真に哀れである）
墓碑には「哀れなりける」とあるが、平家物語には「かなしかりける」とある。

金閣寺

林間風冷日方晴
鳬鴨馴人渾不驚
幽境秋深金閣寺
坐聴清籟動吟情

金閣寺

林間風冷ニシテ日方《まさ》ニ晴ル
鳬鴨《ふあふ》人ニ馴レテ渾《すべ》テ驚カズ
幽境秋ハ深シ金閣寺
坐《そぞろ》ニ清籟ヲ聴キテ吟情ヲ動カス

〔語釈〕 金閣寺―京都にある臨済宗相国寺派鹿苑寺の通称。寺内に金閣が建てられてゐる。金閣もさること乍ら、その林泉殊に幽且つ雅なりと。　鳬鴨―漢字の字義としては鳬は野がも、鴨は家畜のかもといふ相違はあるが、ここでは金閣寺の池に棲むかもを指す。なほ、鳧は鳬の俗字であるが、「奉呈本」には鳧、「謹解本」には鳬が用ゐられてをり、「刊行会本」には「奉呈本」に忠実に鳧が用ゐられてゐる。　清籟―樹木に風がわたり、おのづから発せられる清らかなひゞき。　吟情―詩歌を詠まんかな、のこゝろ。

〔意訳〕 林を吹き渡る風は冷たく、日はすがすがしく晴れ上がつてゐる。池のかもはよく人に馴れ、近づいても全く驚く様子も見せない。そして、しづけくも、かそけき雰囲気に包まれた金閣寺に秋はたけなは。聞くともなく清籟を聴いてをれば、おのづと「うたごころ」が湧いてくるのである。

【参考】東宮（大正天皇）はこの年十月十二日より翌十一月九日までの間京都に行啓遊ばされた。但し、ここで注意を要するのは、当時は現代の如く国内であれば殆ど例外なく即日目的地に到着といふやうな交通事情では素よりなく、まして皇族であれば尚更。この時も東宮の大磯（神奈川）御出発は十月十日、還啓の為の京都御出発は十一月九日であつたが赤坂離宮への還啓は十一日であつた。又、その翌十二日には参内、両陛下に謁し天機を候された。

この間山陵御参拝を始め、神社仏閣等に行啓あり、この御製詩にある金閣寺への行啓は十一月七日であり、その前日六日には宇治に行啓、平等院にお成りになられ「宇治ニ遊ブ」の七言律詩をものしてをられる。

なほこの行啓の間の十一月三日天長節には、東宮に陸海軍少佐への陞任の御沙汰があつた。この陞任に就いては前年三十年にその議があつたが、明治天皇は「陸海軍士官の進級は何れも正規あり、條例の定むる所なり、濫りに陞すべからず」として聴許し給はなかつた由（『明治天皇紀』）。

秋日

秋深籬畔菊花黄

秋日

秋深クシテ籬畔《りはん》菊花黄ナリ

紅葉經霜映夕陽　紅葉霜ヲ経テ夕陽ニ映ズ
偏喜村人務農事　偏《ひとへ》ニ喜ブ村人農事ヲ務メ
家家無穀不登場　家家穀ノ場ニ登ラザル無キヲ

〔語釈〕籬―まがき。ませがき。竹や柴を編んで作られてゐる。穀―広く稲や麦等の「たなつもの」を指すが、題（秋日）から考へると、この「穀」は稲であらう。場―穀物を干す広場。

〔意訳〕秋も深まり、まがきのほとりの菊の花も黄の色を増し、紅葉は霜にあふ毎に愈々その色を鮮やかにして夕陽に照り映えてゐる。村は今や収穫の秋酣。農民は精励之努め、どの家も、どの家もその稲架《はさ》には十二分に稲が干されてゐない所は無い。これはなんと喜ばしいことではないか。

〔参考〕大正天皇はこの年に、この御製詩と同様の御製もお詠みになられた。それは「修学院離宮より風景をみて」との詞書がある次なる御製である。

この岡にのぼりてみればをちこちの稲もみのりて年豊なり

この京都行啓の際の御泊所は当時の二條離宮であつたが、同じ京都市内の修学院離宮にもお出でになり、これらの御製詩及び御製をお詠み遊ばしたのであらう。

木曾圖

木曾ノ図

木曾山中景
畫師寫雲烟
蕭森千萬樹
行行不見天
溪上有茅屋
高人獨閒眠
恍惚想眞境
飄然身欲仙

木曾山中ノ景
画師雲烟ヲ写ス
蕭森《せうしん》千万樹
行行天ヲ見ズ
渓上茅屋有リ
高人《かうじん》独リ閒眠
恍惚真境ヲ想フ
飄然身仙ナラント欲ス

〔**語釈**〕図―絵。以下に多く見ゆ。　蕭森―樹木の多いさま。　高人―世に出でず、志高遠に人格高潔の士。　真境―俗気の微塵も無い所。　飄然―俗事に煩はされぬこと。

〔**意訳**〕木曾山中の景に画師は雲烟を描いてゐる。いと数多の樹木が繁茂し、行けども行けども空も見えない。渓流のほとりには粗末な家が有り、其処には仙人のやうな人が、独り静かに居眠りをしてゐる。こんな画を見てゐると、うつとりとして仙境が想はれ、身も自づから飄然と、仙人になりたく思ふくらゐである。

〔参考〕「謹解本」には「雲煙」とあるが、「奉呈本」は「雲烟」である。

明治三十二年　宝算二十一

三島驛

遙見煙霞山色新
天晴風暖絶埃塵
來遊偏覺衣巾爽
二月梅花古驛春

三島駅

遥ニ見ル煙霞山色新ナルヲ
天晴レ風暖ニ埃塵《あいぢん》ヲ絶《ぜっ》ス
来遊偏ニ覚ユ衣巾《いきん》ノ爽ナルヲ
二月梅花古駅ノ春

〔語釈〕煙霞―山水のぼんやりと霞む景色。　衣巾―着物と頭巾。　二月―旧暦の二月。　古駅―昔の宿場町。

〔意訳〕遥かに霞む山の景色も実に新鮮であり、天は晴れ、風は暖かく塵も埃も立たない。早春、梅花馥郁たる古の三島宿に来てみれば、春風の中、衣服も帽子も爽やかなること、この上無い。

〔参考〕御乗馬にてお出かけの御様子であり、次の「三島矚目」を併せ読まれたい。

三島矚目

三島矚目

明神祠畔聴鶯聲　　明神《みやうじん》祠畔鶯声ヲ聴ク
天外芙蓉嶽色清　　天外ノ芙蓉嶽色清シ
百里煙霞春滿野　　百里煙霞春野ニ満ツ
梅花落盡已開櫻　　梅花落チ尽クシテ已ニ桜ヲ開ク

〔語釈〕 矚目―心をとめてよくみる。「矚」は注意してみる、の意。　明神―此処では旧官幣大社三島神社。静岡県三島市鎮座。御祭神は玉籤入彦嚴《たまぐしいりひこいづ》之《の》事代主神《ことしろぬしのかみ》。但し別に、大山祇神《おほやまつみのかみ》を御祭神とすると云ふ古来の説もある。なほ、「明神」の語に就いては「名神」との関連と共に諸説あるが、要するに神への尊称である。
芙蓉―富士山の異名。　煙霞―ややかすみにぼんやりと見える良い景色。

〔意訳〕 三島明神のあたりに来て見れば、鶯の囀りが聞こえてゐる。そして、目を転ずれば、天高く聳《そそ》り立つ富士の山容の何と清らかなことか。その裾野には見渡す限りの春の野に、ぼんやりと霞が棚引き、早くも梅花は散り終へ、桜がもう開いてゐるではないか。

〔参考〕 東宮（大正天皇）は前年明治三十一年十二月二十五日よりこの年四月一日までの間沼津御用邸に御滞在。その間よく三島方面にお出でになつた。三島神社に御参拝、幣帛料をお供へ遊ばされたのは明治三十二年三月二十三日である。なほ同じ頃「三島駅」と題する七言絶句もお詠みになつてをられる。又これより少し前「沼津用邸にて二月十六日雪のふりけるを」の詞書にて

春の雪花にまがひて庭きよくつもるをみれば楽しかりけり
の和歌の御作も拝する。

夢遊歐洲　　夢ニ欧洲ニ遊ブ

春風吹夢臥南堂　　春風吹キテ臥シテ南堂ニ夢ム
無端超海向西方　　端《はし》無ク海ヲ超エ西方ニ向フ
大都樓閣何宏壯　　大都ノ楼閣何ゾ宏壮ナル
鶯花幾處媚艷陽　　鴬花幾処カ艶陽ニ媚ブ
倫敦伯林游觀遍　　倫敦《ロンドン》伯林《ベルリン》游観遍シ
文物燦然明憲章　　文物燦然憲章明カナリ
誰問風俗辨長短　　誰カ風俗ヲ問ヒテ長短ヲ弁ゼン
發揮國粹吾所望　　国粋ヲ発揮スルハ吾ガ望ム所ナリ

〔語釈〕 夢―「夢ム」は自動詞マ行上二段活用。口語では「夢見る」である。 無端―思ひがけず。 鴬花―

鶯は鳴き、花は咲く。春風駘蕩たる様。　艶陽—華やかなる春も末の頃。　媚—すがた、かたちの美しいこと。文物—学問、芸術、教育等文明の発達により整へられるもの。　憲章—おきて、法規。　弁—分ける。区別する。「弁」は本来「かんむり」等の意味の字であり、「辨・辯・瓣」の略字とするのは数多の国語政策の誤りの一つである。「辨—わきまへる。区別する等」「辯—明らかにする。論争する。上手に言ふ等」「瓣—うりの中味。花びら。血管にあつて血液の逆流を防ぐもの等」の違ひは明確にさるべきである。

〔意訳〕春風心地よく吹きわたる中、南向きの暖かい部屋で横になつてゐるうちにいつの間にか寝てしまひ、欧州に遊ぶ夢を見た。

思ひがけず海を超えて西の方欧州に向つた処、その大きな都のなんと広く、大きく、堂々としてゐることか。春爛けて鳥の囀り、花のかをり真に艶やかである。ロンドン、ベルリンと彼の名だたる都を遍く観て回つたが、文明の発達し、法規類の明らかなること中々良い夢であつた。

かく言はゞとて、彼の国々の風俗を問ひ、長所短所を弁別するなどよりも、万邦無比の、我が国ならではの素晴らしいところを発揮することこそ私の望む所である。

〔参考〕明治十年代末以来の鹿鳴館時代と呼ばれる亡国的風潮が終息したのが明治二十年代初頭。その後立憲政治緒に就き、日清戦争に勝利、そして三国干渉への反発沸騰といふ時代、これが大正天皇の少年時代であつた。これを思ひ奉ればこの御製詩、ことに味はひ深からう。

海濱所見

暮天散歩白沙頭
時見村童共戲遊
喜彼生來能慣水
小兒乘桶大兒舟

海浜所見

暮天散歩ス白沙ノ頭《ほとり》
時ニ見ル村童ノ共ニ戯遊スルヲ
喜ブ彼ガ生来能ク水ニ慣レ
小児ハ桶ニ乗リ大児ハ舟

〔語釈〕頭—その辺り。社頭の「頭」。

〔意訳〕夕方、白い砂浜を散歩してゐると、時に村の子供達が皆一緒に遊んでゐるのを見ることがある。子供達が生まれつきよく水に慣れてゐるのは喜ばしいことである。小さい子は桶に、大きい子は舟に夫々乗つて遊んでゐる。

〔参考〕これは御用邸の在る沼津の海浜にて御散歩の折の所見である由。

十月七日暴風雨有感

十月七日暴風雨感有リ

静浦海濱波浪堆
西風捲雨響如雷
眼看松樹忽摧折
恐報農田五穀災

静浦《しづうら》ノ海浜波浪堆《うづたか》シ
西風雨ヲ捲キテ響雷ノ如シ
眼《まなこ》ニ看ル松樹ノ忽チ摧折《さいせつ》スルヲ
報ズルヲ恐ル農田五穀ノ災

〔語釈〕 静浦―今の沼津市南部の魚業地帯。旧静浦村。

〔意訳〕 静浦の浜には波浪が盛り上がるやうに打ち寄せ、雨を捲いて西風が吹き荒び、その音たるや雷が響くやうな凄まじさである。眼前には松が強風に忽ち摧《くだ》き折られるのを看た。これだけの暴風雨では、田畑の作物への被害もさぞ相当なものであらう。その知らせを聞くことが恐れられる。

〔参考〕 汽車にて沼津御用邸に向はれる途次、この暴風雨に遭遇し給ひし由。

遠州洋上作

夜駕艨艟過遠州
満天明月思悠悠

遠州洋上ノ作

夜艨艟《もうどう》ニ駕シテ遠州ヲ過グ
満天ノ明月思ヒ悠悠

何時能遂平生志　　何レノ時カ能ク遂ゲン平生ノ志
一躍雄飛五大洲　　一躍雄飛セン五大洲

〔語釈〕遠州―都に遠い海、遠つ淡海（浜名湖）のある国、今の静岡県。特に静岡県御前崎から愛知県伊良湖岬にかけての沖合一帯は遠州灘と言ひ、波荒く、港少なく難所であつた。「洋上」は此処を指す。艨艟―いくさぶね。軍艦。　五大洲―世界の大陸を五つに区分した呼称。亞細亞（アジア）歐羅巴（ヨーロッパ）亞非利加（アフリカ）亞米利加（アメリカ）濠太剌利（オーストラリア）の各大陸。

〔意訳〕夜、軍艦浅間に乗り遠州灘を過ぎて行く。仰ぎ見れば、満天一片の雲すらなく、明月は清光を放ち、我が心も澄み、悠々たるものがある。このやうにしてゐると、一躍五大洲に雄飛せんとの平生の志を、何時の日かきつと遂げようとの思ひが勃々と湧いてくるのである。

〔参考〕『明治天皇紀』十月十九日の記録に依れば「皇太子、今月七日より沼津に行啓、居ること旬余、是の日軍艦浅間に駕して神戸港に航し、威仁親王〈筆者註・東宮輔導有栖川宮威仁《たけひと》親王〉の舞子の別邸に止宿すること三日、二十三日軍艦高砂に駕し、途に小豆島及び鞆に遊び、二十五日宇品に上陸し、広島に至りて旧大本営に館す、滞留六日、第五師団司令部、歩兵第十一・第四十一・野戦砲兵第五・騎兵第五の各聯隊、幼年学校、偕行社等に臨み、呉に出でて鎮守府及び造兵・造船両廠を視察、江田島に行きて海軍兵学校を臨覧し、又厳島に遊ぶ、既にして三十一日汽車に倚りて広島より舞子に還り、淹留半月、十一月十六日再び軍艦浅間に駕して沼津に還啓せらる云々」の由であり、この御製詩はその折の御作である。

なほ、稿本にこれも恐らくその折の御作であらうと思はれる御製詩が載つてゐる。『大正天皇御集』にはこの御作は採られなかつたのであるが、参考までに茲に掲げ奉る。それは「大正天皇御製集稿本・一」には「有栖川宮舞子別邸所見」の題で、「同・二」には「有栖川宮舞子別業賦所見」の題で夫々見える。これは正に稿本であり、題に若干の推敲のあとを拝するやうに、詩句にも僅かの相違（推敲の痕）をお見受けするが、此処では後者の方を掲げ奉る。訓並びに語釈は筆者が付した。

有栖川宮舞子別業賦所見　　有栖川宮ノ舞子ノ別業ニ所見ヲ賦ス

沙白松青相映清　　沙白ク松青ク相映ジテ清シ
晴天海穏小舟行　　晴天海穏カニ小舟行ク
近観淡嶋在眉睫　　近ク淡嶋ヲ観レバ眉睫ニ在リ
遠望西方明石城　　遠ク西方ヲ望メバ明石ノ城

舞子―今の神戸市垂水区の海辺。淡路島に向けて明石海峡大橋がかかつてゐるあたりである。　別業―別邸。別宅。　淡嶋―記紀に見る淡嶋にあらず。此処では淡路島。　眉睫―まゆとまつげ。非常に近いことの譬。現在、明石海峡大橋がこの地より延びてゐるのも宜なる哉である。　明石城―松平氏（六万石）の居城であつた。現在のＪＲ神戸線の駅で言へば、舞子公園駅より明石城のある明石駅までは駅の数にして五つである。

ところで当時、東宮（大正天皇）には海外への御旅行を強く願望してをられた模様であり、それは前作「夢遊欧州」からも拝察申し上げることが出来る。そこで東宮は東宮輔導顧問であつた伊藤博文に、御父明治天皇にお伺ひを立てることまで仰せになられ、博文は可否の御返答も叶はず、洋行には先づフランス語の習得が必要と進言申し上げた処、東宮は御熱心にフランス語習得に励まれ、非常に御上達遊ばされたといふ逸話も伝はつてゐる。

なほ「謹解本」には威仁親王が東宮輔導を命ぜられたのはこの年五月九日とするが、『明治天皇紀』には前日八日としてある。この威仁親王に就いては次に取り上げる。

さて、この御製詩「遠州洋上作」の結句「一躍雄飛五大洲」に関し、木下彪氏は「謹解本」の解説に「普通なら軍艦に乗じ洋上に出でて、一躍雄飛五大洲と詠へば、直ちに威武を海外に奮はんとするの意に取られ易い、武将ならそれで宜しい、然し叡製の意味は違ふ」とし、それは飽迄、海外御旅行への強い願望であり、現にその為の、フランス語御習得であつたとする。私も同感である。

何につけても、天皇と侵略とを結び付けんとする不勉強といふより、為にせんとする不逞の輩は実に許し難い。似たやうなことに、昭和天皇が昭和十七年にお詠み遊ばした「連峰雲」と題し給ふ御製「峰つづきおほふむら雲ふく風のはやくはらへとただいのるなり」に対する見当違ひの曲解がある。この御製は「日本の前途に立ちはだかる密雲を一日も早くはらつて活路を見出せといふ御製」（鈴木正男著『昭和天皇のおほみうた』）であり、普通の感性を持つ人間であれば理解出来るものである。同書は更に言ふ〈ある人どもは、この「連峰雲」の御製一首をとらへて鬼の首でも取つたかのやうに、天皇が国民を戦争にかりたてた歌だとして天皇の戦争責任を論ずる向きもあるが、まことに心なき人どもである〉と。普通の感性すら持ち合はせぬ人間とは実にあはれである。

訪欽堂親王別業　欽堂親王ノ別業ヲ訪フ

青松林裏有高堂　　青松林裏高堂有リ
日看白波翻大洋　　日ニ看ル白波ノ大洋ニ翻ルヲ
放艇渉園多興趣　　艇ヲ放チ園ヲ渉《わた》リ興趣多シ
清閒眞是養生方　　清閒《せいかん》真ニ是レ養生ノ方

〔語釈〕 欽堂―有栖川宮威仁《ありすがはのみやたけひと》親王の号。有栖川宮家は寛永二年、後陽成天皇の皇子好仁親王が「高松宮」の称号を賜つて創始されたのに始まり、第三代幸仁親王の時に有栖川宮と改称せられた。

威仁親王はその十代目。文久二年一月十三日京都に御誕生。明治二十八年、兄熾仁《たるひと》親王の薨去後有栖川宮を継承。明治十一年海軍兵学校予科卒業後、英国軍艦に乗り組み更に英国海軍大学校に留学。その後戦艦艦長、常備艦隊司令官等を歴任。明治三十一年東宮賓友、三十二年五月八日東宮輔導を拝命。東宮（大正天皇）より十七歳年長でありその良き相手として、明治天皇の特別の思召に依る御任命であつた。三十六年東宮輔導を免ぜられ、三十七年海軍大将。大正二年七月七日元帥、仝十日薨去（実際には五日）。享年五十二。威仁親王は特に東宮の健康に留意、地方巡啓実現等に尽瘁した。これ等のことにより、東宮も亦威仁親王を篤く信頼し給うたがそれは、後年大正二年、威仁親王の薨去により有栖川宮家が絶える事となつた際（威仁親王の後嗣栽仁《たねひと》王が夭折された為）、大正天皇は特旨を以て第三皇子宣仁親王に「高松宮」の称号を賜つて有栖川宮の祭祀を継承せしめられた処からも窺ひ奉ることが出来る。有栖川宮家は特に歌道、書道に長けた家柄としても有名であつた。　高堂—立派な建物。　清閒—相手の閑暇あるを称へて云ふ語。

〔意訳〕舞子なる欽堂親王の別邸を訪ねたが、それは青々とした松林の中の立派な建物であつた。日々白波の立つ大海原を眺め、時に小船を浮かべて海に遊んだり、庭園内を散策したりと、この超俗の閑暇こそまことの養生のてだてと云ふものであらう。

〔参考〕威仁親王は病を得て明治二十九年夏より二ケ月間この別邸にて養生され、大いに恢復され、その後も屢々此処に来遊された。東宮もこの事をご存じであられたので斯くお詠みになつたのであらう。

起句に「高堂」とあるが、此処を『明治天皇紀』に見てみよう。明治天皇は三十三年（「謹解本」には明治三十年とあるが、これは誤り。抑々明治三十年には一月十一日に皇太后陛下崩御あらせられ、四月十七日より、英照皇太后陵親拝の為皇后陛下御同列にて京都に行幸啓、諸般の事情あり東京への還幸啓の為の京都御発輦は八月二十二日であつた。従つてこの年には海軍大演習などは行はれてゐないし、明石行幸の事もなかつた。）四月二十六日海軍大演習親閲の為兵庫県明石に向けて宮城を出御、翌二十七日舞子に着御。以下は『明治天皇紀』明治三十三年四月二十七日の記述の抜粋であるが「高堂」の実際を知るは素より、舞子の今昔を考へる上からも興味深からう。

行在所は威仁親王の別邸にして、兵庫県明石郡垂水村に在り、舞子停車場を距ること東数町、柏山と称する小丘の上に位置す、丘下平沙数町、青松林を作し、海に浜す、之れを舞子浜と呼び、古来風光の美を以て称せらる、御座所は邸の正室を以て之れに充つ、方二間半、結構清楚、南に面す、北に床・違棚あり、床には剣璽を安置し、繞らすに屏風を以てす、（中略）又階上眺矚に宜しき室あり、十五畳を敷く、内に小卓を置き、椅子を配し、以て登臨の所と為す、自余十余室云々、

「謹解本」にこの別業を他から購入、改築したのは「威仁親王の御父熾仁親王」とあるが前述の如く熾仁親王は兄にてあられる。御父は幟仁《たかひと》親王であり、既に明治十九年薨去されてゐる。この別業は明治二十一年御兄熾仁親王が他から購入、同二十七年に改築竣成したものである。

観布引瀑

登阪宜且學山樵
吾時戯推老臣腰
老臣噉柹纔醫渇
更上危磴如上霄
忽見長瀑曳白布
反映紅葉爛如燒

布引ノ瀑ヲ観ル

登阪宜シク且《しばら》ク山樵《さんせう》ヲ学ブベシ
吾時ニ戯ニ推ス老臣ノ腰
老臣柿ヲ噉《くら》ヒテ纔《わづか》ニ渇ヲ医シ
更ニ危磴《きとう》ニ上ルハ霄《せう》ニ上ルガ如シ
忽チ見ル長瀑ノ白布ヲ曳クヲ
紅葉ニ反映シテ爛トシテ焼クガ如シ

〔語釈〕 布引瀑―神戸市の生田川上流にある滝。華厳の滝、那智の滝と共に日本三大神滝と言はれてゐる。雄滝、雌滝と、その間に有る夫婦滝、鼓ケ滝の四つを合せて「布引の滝」と称される。雄滝が一番大きく落差四十三メートル。「伊勢物語」に描かれ、「金葉集」に「天の川これや流れの末ならむ空より落つる布引の滝」と詠まれるなど、摂津の国の歌枕である。 阪―坂に同じ。 樵―きこり。 推―前方におし遣る。 老臣―此処は、供奉の侍講三島中洲。時に七十歳。 噉―健啖家の「啖」と同義で、よく食べること。 纔―辛うじて。 磴―石段、又は石の坂道。

〔意訳〕 山道を登るには、とりあへずは山の樵を見習ふが良からうが、時には戯れに老臣の腰を推しつつ登つた。老臣は柿を食べて辛うじて喉の渇きを癒し、更に険しい石段を登らなければならぬ所にさしかかると、まるで空高くに登るかのやうな大変な思ひをしたやうだ。すると急に、白い布を長く引いたやうな滝が見えてきた。白布の如き滝と鮮やかで焼けるやうに真赤な紅葉とが互ひに映り合つて、絶妙の美を成してゐる。

〔参考〕「謹解本」に曰く。

先帝（筆者註―「謹解本」は昭和の御代の本であり、先帝とは即ち、大正天皇）にお仕へした者の一様に言ふ所は、先帝は非常に老人を御いたはりになつたと云ふことである。年七十に近くして、東宮侍講と為つた三島の如きは、常にその慈眷《じけん》（筆者註・いつくしみ、めぐむ）に感泣した者であつた。右の御詩の時は三島はてうど七十、東宮は二十一である。阪路を御手づから三島の腰を推しておやりになつたのである。平生でも三島の講義をお聴きになるため階上にお上《あが》りになる時は、必ず三島を先に上らせられ、危いから下から見てゐてやる、と仰せられたと云ふことである。それが阪路だから猶更であつたのだ。俗な言ひ方で恐多いが此の詩は実に面白い。老臣をいたはり給ふ、やさしく、温い御気持の中に、諧謔味の有るところが殊に面白い。それに明治時代の治まれる御世には、皇太子は何の警戒もなく、山野の間にこのやうな気軽な御遊行が出来たのである。

三島中洲はこの時の御仁慈に感泣して七言絶句を作つた由。「謹解本」に依れば「無限の慈恩、行きて泣かんと欲す」と詠んでゐる。この御製詩集の明治四十二年の部には三島の傘寿を賀し給ふ御作が有るが、「大正天皇御製集稿本　一」には古稀を祝ひ給ひし御作も有る。之を御紹介しよう。訓読、意訳は筆者。

壽中洲侍講　　　中洲侍講ヲ寿ス
師道文章天下魁　　師道文章天下ノ魁
中洲矍鑠喜顏開　　中洲矍鑠顔開クヲ喜ブ
古稀猶講宣尼學　　古稀猶講ズ宣尼《せんぢ》ノ学
弟子爭來侑壽杯　　弟子争ヒ来リテ寿杯ヲ侑《すす》ム

〔**意訳**〕中洲侍講が伝授する学問も文章も天下第一である。その中洲の年老いても元気で、楽しげな笑顔を見るのは実に喜ばしい。古稀を迎へても猶孔子の教へを講じ、弟子達は続々と師にお祝ひの杯を侑めにやつて来る。

明治三十三年　宝算二十二

恭謁神宮途上用伊藤博文韻

恭シク神宮ニ謁スル途上伊藤博文ノ韻ヲ用フ

納妃祇告謁神宮
一路馳車雨後風
繼述敢忘天祖勅
但慙菲徳意無窮

納妃《なうひ》祇《つつし》ミ告ゲント神宮ニ謁ス
一路車ヲ馳ス雨後ノ風
継述敢テ忘レンヤ天祖ノ勅
但ダ菲徳《ひとく》ヲ慙ヂテ意窮リ無シ

〔語釈〕 韻ヲ用フ―和韻（他人の詩と同じ韻を用ゐて詩を和し作ること）の一種。和韻には依韻、用韻、次韻の三種があるが、用韻は原作の文字を先後の序に拘はらずに襲用する作詩方。御製詩に用韻の栄を賜つた伊藤博文の詩は参考の箇所に載せる。　納妃―妃をいれる。妃は皇太子の嫡室。　祇―自らの敬意を相手方に伝へる場合に特に用ゐる。　神宮―伊勢神宮。　継述―前人のあとを継ぎ、ことを明らかに述べる。紹述に同じ。　天祖―天照大神《あまてらすおほみかみ》。「天祖勅」は天孫降臨に際し、天照大神が天津彦彦火瓊瓊杵尊《あまつひこひこほのににぎのみこと》に下し給ひし神勅「宝祚《はうそ》天壌《てんじやう》無窮《むきう》の神勅」。参考の箇所に載せ奉る。　菲徳―徳がうすい。薄徳に同じ。

〔意訳〕つつしんで、納妃のことを奉告の為、神宮に参拝した。一路、神宮へと馬車を走らせたこの日（五月二十五日）は、雨の後の風いとすがすがしい日であつた。さて、皇太子として、いづれ天祖の御神勅を継述すべき身である事は、素より決して忘れるものではない。たゞ徳薄き我が身、慙愧に堪へず思ひ窮まり無いものがあるのである。

〔参考〕伊藤博文は五月二十四日神宮に向はれる皇太子同妃両殿下の汽車に陪乗を許され、沼津から静岡迄御一緒申し上げた由。その間「沼津離宮ヲ辞シ鶴駕ニ陪シ静岡ニ抵《いた》ル車中ノ作」を賦して上《たてまつ》つた。それは次の如き作である。訓は筆者が付した。

鶴車衝雨出離宮　　鶴車雨ヲ衝イテ離宮ヲ出デ
滿道臣民仰德風　　満道ノ臣民徳風ヲ仰グ
寶祚之隆天祖勅　　宝祚之隆天祖ノ勅
千秋紹述卽無窮　　千秋紹述シテ即チ窮リ無シ

「宝祚天壌無窮の神勅」（森清人博士の訓に拠る）

豊葦原の千五百秋の瑞穂国は、是吾が子孫《うみのこ》の王《きみ》たるべき地《くに》なり。宜しく爾皇孫《いましすめみま》就《ゆ》きて治《しら》せ。行《さき》矣《くませ》。宝祚《あまつひつぎ》の隆《さか》えまさむこと、当《まさ》に、天壌《あめつち》の與《むた》窮り無かるべきものぞ。

皇太子嘉仁親王（大正天皇）と従一位大勲位公爵九條道孝公四女節子《さだこ》姫との成婚の礼はこの年五

月十日修められた。ところで、結婚の礼は伊邪那岐、伊邪那美二柱の神が天之御柱《あめのみはしら》を行き廻り逢ひ給ひしに始まるのであるが、今日の所謂「神前結婚式」が庶民の間にも広がる契機となつたのが実はこの、明治の御代の皇太子殿下御成婚であつたのである。

結婚の儀には神代の昔より幾多の変遷があり、種々の礼法故実もあつたが、今日から見ての特徴としては、祀職（神職）の司祭のもとに神明に奉告或は誓約する、と云ふやうな事は無かつた。

明治三十二年八月、翌年の皇太子殿下御成婚を控へて帝室制度調査局が設置され、婚儀の検討が為され、三十三年四月に至り皇室婚嫁令が制定され、五月に御成婚の御儀となつた訳である。そして、翌三十四年三月三日神宮奉賛会国礼修業部が東京大神宮に於て、皇太子殿下の御婚儀に倣つた「神前模擬結婚式」を行つた。そして同大神宮では更に実情に合ふやう手を加へて「神前結婚式」を汎く一般に普及せしめたと云ふ。

この御成婚当日の『明治天皇紀』に「儀畢《をは》りて十一時二十分皇太子、妃と馬車を同じくして東宮御所に還啓す、時に宮城正門外群衆堵を作し（群衆が恰も垣根をめぐらしたやうに回りに並び立つて―筆者意訳）、行列の進まざること二十分、僅かに路を開きて通ずるを得たり」と云ふ記述がある。御代を超えた国民の奉祝の熱誠と、君民和楽の様とが見えて実にめでたく、尊いことである。

結句「謹解本」に「慚」とあるが「奉呈本」は「慙」である。

夏日遊嵐山

薫風吹度茂林間
遠近喈喈鳥語閒
昨日紛華不須說
緑陰幽景領嵐山

夏日嵐山ニ遊《あひ》ブ

薫風吹キ度《わた》ル茂林ノ間
遠近喈喈《かいかい》鳥語閒《しづか》ナリ
昨日ノ紛華説クヲ須《もち》ヒズ
緑陰幽景嵐山ヲ領ス

〔**語釈**〕 嵐山―京都市右京区に在る丹波高地東部の山、標高三百八十二メートル。但し、中には所在地を西京区、標高を三百七十六メートルとする本もある。古くは荒樔山《あらすやま》。今「らんざん」とも呼ばれる。古来、紅葉の名所として名高かつたが、第八十八代後嵯峨天皇（御在位、紀元一九〇二～一九〇六・仁治三～寛元四）が離宮亀山殿御造営の際、桜を植ゑ給ひしより桜の名所ともなつた。 喈喈―鳥の鳴き声の穏やかなるさま。昨日―此処の「昨日」は、「今日の前の日」の意ではなく「ごく近い過去」の意。 紛華―はなやかで、にぎはふこと。 幽景―閑静にして俗気の無い景色。

〔**意訳**〕 薫風が嵐山の茂り合つた林の間を吹きわたり、をちこちに鳴く鳥の声もなんと穏やかなことか。ついこの前には花見で華やかに賑つたことであらうが、それはまあよい。今日のこの日の嵐山は、新緑の陰に閑静にして俗気の無い景色が全山をおほつてゐるが、このたたずまひこそ吾が心に適ふものである。

作である。

〔参考〕前項に御成婚の後、五月二十五日神宮御参拝の事を書いておいたが、これはそれに続く御

東宮は妃殿下御同道にて五月二十三日より六月二日の間伊勢を始め奈良、京都にも行啓。神宮御参拝のほか神武天皇畝傍山東北陵、孝明天皇後月輪東山陵、英照皇太后御陵等御参拝、嵐山への行啓は五月三十日であつた。なほ、東宮はこれら御参拝終了後学校や病院へも行啓になつたが、この点に就き原武史著『大正天皇』を参照し略述しよう（該書は参考にはなるが、現代の所謂学者、研究者の通弊とは云へ言葉遣ひがＮＨＫ以上に甚だ不敬である）。

東宮は京都帝国大学や第三高等学校に行啓、授業や運動を台覧、京都帝国大学附属病院に於ては外科病棟入院中の十四歳の脊髄病患者と二十二歳の火傷患者とに症状等に就き御下問、全く予定外の事で、お側に居た病院長が咄嗟にお答へしたのであるが、この思はぬ出来事に患者達は感涙に咽んだといふ。

「茂林間」と「鳥語閒」、「謹解本」「刊行会本」共に前者を「間」（門構へに日）、後者を門構へに月と書き分けてゐるが、「門構へに月」が正字、「門構へに日」が俗字と言はれるもので（正俗の違ひではなく、「閒」が「しづか」「間」が「あひだ」とする説もある。筆者は之に従ふ。）字義は多岐であり、解釈には注意を要する。「奉呈本」は活字ではないのでやゝ判読し難いが矢張前者が「間」、後者が門構へに月のやうに見える。それで「謹解本」も「刊行会本」も態々そのやうに書き

分けたのであらう。

この箇所、稿本には「鳥語閒」の「閒」が「閑」となつてゐる。この御作は七言絶句正格で、三種の字は何れも「平」であり承句のをはりに用ゐるに、平仄の上からは問題は無い。

沼津眺望

黄稲知平野
青松認遠山
大洋靜如鏡
船在水雲間

沼津眺望

黄稲《くわうたう》平野ヲ知リ
青松遠山ヲ認ム
大洋静ニシテ鏡ノ如シ
船ハ水雲ノ間ニ在リ

〔語釈〕黄稲―収穫も近く、黄ばんだ稲。

〔意訳〕広く波打つ黄ばんだ稲に平野であることが知られ、青々とした松並木に遠くの山が認められる。果てしない太平洋の海面は凪いで鏡のやうである。そんな海と雲の間を船が行く。

〔参考〕十月十四日より十二月三日にかけて九州をお回りになられた。その始めに一旦沼津にお泊りの砌の御作である。

過千代松原

雨後松林翠接空
人家幾處暮烟籠
遙望一片孤帆影
去入渺茫波浪中

千代松原ヲ過ル

雨後松林翠空ニ接ス
人家幾処カ暮烟籠ム
遥ニ望ム一片孤帆ノ影
去リテ渺茫波浪ノ中ニ入ル

〔語釈〕 千代松原—博多湾沿岸一帯の松林の称。この松林の中に筥崎宮《はこざき》（筥崎八幡宮）が鎮座まします。 翠—萌黄色。やや黄色みを帯びた緑色。 渺茫—広く、果てし無い。

〔意訳〕 雨後の松林はその翠が空に接し、幾処かの人家が暮烟に包まれてゐる。海上遥かに一艘の帆影が望まれ、舟は果てし無い波の彼方に去つて行つた。

〔参考〕 千代松原は嘗ては筥崎宮の御神木と称され、伐採を犯した者は罪科六親（一切の血族。父母兄弟妻子）に及ぶとされた。

箱崎

一帯青松映白沙
祠前北望海天賒
胡元來寇已陳迹
伏敵門高立日斜

箱崎

一帯ノ青松白沙ニ映ズ
祠前北ニ望メバ海天賒《はるか》ナリ
胡元ノ来寇已ニ陳迹
伏敵門高ウシテ日斜ニ立ツ

〔**語釈**〕箱崎—今の福岡市東区の中心部、筥崎八幡宮（正しくは「筥崎宮」と称せらるゝ由）の鎮座まします地。博多湾に望む此の地に千代の松原があり、筥崎八幡宮はその松原の中に鎮座まします。念の為申し添へると、題の「箱崎」は地名。同地に鎮座ましますお宮さんは「筥崎」。「はこ」の同訓異字は十数あるが「箱」は「大きなはこ」、「筥」は「物を盛る円形のはこ」といふ字義の相違はあるが、此処では字義に拘泥する必要はない。筥崎宮、御祭神は應神天皇、神功皇后、玉依姫命《たまよりひめのみこと》。宇佐神宮、石清水八幡宮と共に日本三八幡と称せらる。第一次の蒙古襲来（文永の役・皇紀一九三四年、今より七百三十二年前）の時の外、屢々兵燹《へいせん》に焼亡せるも常に復興。文永の役の翌年、建治元年亀山上皇は（一説に延喜二十一年・皇紀一五八一年、醍醐天皇とも）紺紙に金泥にて揮毫し給へる「敵國降伏」の宸筆を納め給ひ、今この四文字を拡大して楼門に掲げ、これを伏敵門と言ふ。　賒—音は「シヤ」。「掛け買ひ（現金を払はずに物を買ふ）」「おごる（奢）」等の意味があるが此処では「はるか」「とほい」の意味である。正字は「貝」に「余」であるが、奉呈本には賒が用ゐられてをり、刊行会本、謹解本共にこれに倣つてゐる。　胡元—支那の元朝のこと。「胡」は「北のえびす」、元は北方蒙古より起りしゆゑかく言ふ。　陳迹―「陳腐」の熟語に見る如く「陳」には「古い」の意味もある。陳迹は古い時代に物事があつたそのあとどころ。

〔意訳〕箱崎一帯は青松が白沙に映え、その中に鎮座まします筥崎宮の前より北の方を望めば海も天も遥か彼方に続いてゐる。思へば此処はその昔、元が我が国を侵さんと攻め来り、これを撃攘したその古跡ではないか。勅額を掲げた伏敵門はいや高く、日は正に没せんとしてゐる。

〔参考〕東宮はこの年十月十四日より約一ヶ月の御予定にて中国、四国、九州に行啓。各所に於て軍隊の教練、工場、赤十字社、炭鉱等の有様を台覧。福岡への行啓はこの月二十七日である。『明治天皇紀』の関係箇所には「二十七日福岡に抵り、第七区土木監督署に館す、滞在三日、西公園を遊歩し、元寇襲来の地理竝びに戦況の説明を聴き、官幣大社香椎宮・官幣中社筥崎宮・同太宰府神社に詣す、」とあり、十二月三日東京に還啓遊ばされた。なほ「謹解本」によればこの時稚松一株を御手植になられたと云ふ。

大正四年の「元寇図」を併せ読まれたい。

元寇の「寇」は誤用か

平成十四年十月一日発行の伊勢神宮崇敬会講演録8『蒙古襲来と伊勢神宮』の中で、皇學館大学助教授岡野友彦といふ方が、「元寇」といふ言葉は最近の日本中世史学界では全く使はれてゐない、として三つの理由を挙げてをられる。先の二つはさて措き、三番目の理由に筆者には異見がある。

岡野助教授曰く、

「元寇」という言葉は「寇」という漢字の正確な使い方からいってもおかしな言葉なのです。本来この「寇」という漢字は、「アダナス」「カスメトル」などと読んで、徒党を組んだ略奪行為を意味し、国家が起こした戦争行為を意味する漢字ではありません。例えば朝鮮半島では、十四世紀に日本の海賊が繰り返した略奪行為を、当時から「倭寇」と呼んでいましたが、十五世紀に豊臣秀吉が攻めてきた朝鮮出兵、いわゆる文禄・慶長の役については、これを「壬辰・丁酉の倭乱」と呼んでいます。日本の盗賊が略奪に来たらこれは「倭寇」、日本の軍隊が攻めてきたらこれは「倭乱」なのです。したがって、いやしくもユーラシア大陸を席巻した大帝国が、十四万の大軍を以て攻撃してきた戦争行為を、こそ泥扱いの「寇」と呼ぶのはあまりにもおかしい。

筆者惟へらく。

漢字の字義は実に多種多様です。今、「寇」と「乱」に就き茲に関連のあると思はれる意味（つまり、他にも意味があるがそれは省く）を『大漢和辭典』に拠り列挙してみませう。

「寇」Ⅰ、**あだする。**①あらす。②そこなふ。いためる。③うばふ。④かすめる。

Ⅱ、**あだ。**①敵。かたき。②外乱。③兵。④盗賊。羣をなして人民を劫掠するもの。

「乱」Ⅰ、**みだれる。みだす。**Ⅱ、**反逆。不軌。無道。**

「寇」のⅡの②からも明らかなやうに、又、「外寇・外国から攻めて来るあだ。外役」の熟語が『大漢和辞典』にも見られるやうに「元寇」は決して〈「寇」と呼ぶのはあまりにもおかし〉くはないのです。多種多様の漢字の字義から或る一つの意味のみを可とするのは間違ひのもとです。朝鮮での用例を我が国に当て嵌める必要はありません。

此処には取り上げないが、第一、第二の理由も、「本日のお話で使はせていただく用語（筆者註—講演録にかう書いてある）」としてはいざ知らず、殊更大上段に振り被つて、「元寇」の言葉は、をかしい、と言ふほどの理由でもない。伊勢神宮崇敬会講演録といふ権威の影響甚大なるに鑑み、敢へて管見を披瀝した次第。

海上釣鼇圖

萬頃煙波海上春
扁舟何處好投綸
機心不問群魚逸
特釣巨鼇眞快人

海上釣鼇《てうがう》ノ図

万頃《ばんけい》ノ煙波《えんぱ》海上ノ春
扁舟何ノ処カ好シ綸ヲ投ゼン
機心問ハズ群魚ノ逸スルヲ
特《ひと》リ巨鼇ヲ釣ル真ニ快人

〔語釈〕鼇―海亀。万頃―原野、水面等の非常に広いこと。煙波―靄のかかる水面。扁舟―小舟。綸―釣糸。機心―策をめぐらす心。特―独り。快人―痛快な人物。

〔意訳〕広々とした海面には一面靄がかかり、海は正に春。小舟を漕ぎ出して、さあ何処に釣糸を投げようか。海中を探る心には雑魚が逃げ散ることなど気にも掛けない。そして見事に大きな海亀だけを釣り上げた。これぞ真に痛快な釣り人と言ふべき者である。

〔参考〕「基礎的研究」には結句の訓の私案として「特《とく》に巨鼇を釣らんとす、真に快人」とし〈「釣らんとす」を私案とするのは、「巨鼇」と言ふ以上、単に巨大な海亀を意味するわけではなく、神仙の住む五山を背負つて支へる十五匹の「巨龜」(『列子』湯問)を指し、何らかの寓意がこめられた絵柄であつたらうと想像するからである。〉と説かれてゐる。傾聴に値する解である。

墨堤

墨堤一路長幾里
遙天雙碧認馬耳
游人雜沓來賞櫻

墨堤

墨堤一路長サ幾里
遥天双碧《えうてんさうへき》馬耳《ばじ》ヲ認ム
游人雑沓来リテ桜ヲ賞ス

爛漫影映溶漾水
渡頭扁舟往又來
香塵起處綺羅美
簫鼓時響春風中
太平有象殊可喜

爛漫影ハ映ズ溶漾《ようやう》ノ水
渡頭ノ扁舟往キ又来ル
香塵《かうぢん》起ル処綺羅美ナリ
簫鼓《せうこ》時ニ響ク春風ノ中
太平象有リ殊ニ喜ブベシ

〔語釈〕 馬耳―茨城県南西部の筑波山地の主峰筑波山。男体山（標高八百七十メートル）と女体山（標高八百七十六メートル）との二峰に分かれてゐるので「馬耳山」とも称される。「双碧」はその二峰の樹木青々としてゐる様。　溶漾―水豊かに、波ゆらめくこと。　渡頭―渡し場の辺り。　香塵―香気を帯びた塵。落花。　綺羅―あやぎぬと、うすぎぬ。美しく着飾ること。　簫鼓―ふえとつづみ。　象―或る形となつて、その事が表れる。

〔意訳〕 墨田川の堤は何里続くのであらう、遠くの空には樹木も青々と馬耳成す筑波山が見える。堤の上は花見の客で雑沓し、爛漫の桜は墨田のゆつたりした流れに影を映してゐる。渡し場の辺りには小舟が行き交ひ、花散る下に人々は美しく着飾つてゐる。笛や太鼓の音も賑やか春風の中、この天下泰平の様は殊に喜ばしい。

〔参考〕 帝都墨堤とは趣の違ふ村里の花見は御製に詠み給ふところである。大正天皇御製、明治三十三年の部より。

花

さくら花さかりになりぬ里人もひさご携へみにや行くらむ

なほ、大正五年の「庶民歓楽図」を併せ読まれたい。

明治三十四年　宝算二十三

清見寺

清見寺《せいけん》

駿嶺明殘雪　駿嶺残雪明ラカニ
日暄清見濱　日ハ暄《あたた》カナリ清見《きよみ》ノ浜
我今來駐駕　我今来リテ駕ヲ駐ム
卽有早梅新　即チ早梅ノ新ナル有リ

〔語釈〕清見寺──静岡市に在るお寺。「参考」に略記。

〔意訳〕駿河の山々にはまだ残雪がはつきり分るくらゐであるが、清見の浜に日差しはあたたかく降り注いでゐる。此処清見寺に来てみれば、早咲きの梅はもう新しい花を著けてゐる。

〔参考〕「謹解本」にある通り、東宮（大正天皇）は沼津御用邸御滞在の期間中、一時清見寺をも宿舎とされたのであり、題名から考へても此の梅は清見寺の有名な「臥龍梅」かと思はれる。

清見寺は静岡市清水区興津清見寺町に在る巨鼇山《こがうさん》興国禅寺。臨済宗妙心寺派。奈良時代創建の東

海の名刹。同寺の略年表に依れば、弘長二年（皇紀一九二二年）無学祖元禅師が「清見寺を題して詩あり」と記録するが、この大正天皇御製詩の記録が無いのが惜しまれる。なほ、その年表に依れば「明治二十一年東宮殿下海水浴の為」御泊りの由で、明治三十四年には御泊りの記録は無い。当時は清見寺から三保の松原の眺望は天下の景勝であつたやうであるが、今は境内を東海道線が走り、警笛喧しく、昔日の面影も乏しいさうで、かの有名な貼り絵画家山下清は「清見寺スケッチの思い出」に「自分のお寺がきれいと思われるのがいいか、自分のお寺から見る景色がいい方がいいか、どっちだろうな」と書き残した由。

觀梅花

一溪凝碧水流平
石徑崎嶇日欲傾
樹老著花偏有態
天寒持節孰同貞
清香馥郁牽詩興

梅花ヲ観ル

一渓凝碧《ぎょうへき》水流平カナリ
石径崎嶇《きく》日傾カント欲ス
樹老イテ花ヲ著クル偏ニ態有リ
天寒クシテ節ヲ持ス孰《たれ》カ貞ヲ同ジクセン
清香馥郁詩興ヲ牽キ

古幹槎枒動畫情
偶坐孤亭忘歸去
臨風恰好有鶯聲

古幹槎枒《さが》画情ヲ動カス
偶《たま》マ孤亭ニ坐シテ帰去ヲ忘レ
臨風恰モ好シ鶯声有リ

〔**語釈**〕凝碧―濃い青色。　嵜嶇―山道の険しいさま。　槎枒―木の幹や枝が入り組み、角立つさま。　臨風―風の吹く所に身を置く。

〔**意訳**〕渓流は青色も濃く、流れは静か、傍の険しい石の径を行くと日は傾かうとしてきた。梅の老木に花が著く様にも趣が有り、この寒天《さむぞら》にも屈する事無く花を咲かせた、志固く、操正しい姿は他に比すべきものも無い。その清らかな香りには「うたごころ」が牽き出され、古い幹の入り組み、角立つ自然の巧みさには「ゑごころ」が動かされる。丁度この好時節に孤亭に坐して、かうして帰ることも忘れて梅を観てゐるのは本当に好いものだ。風に乗り鶯の声も聞えて来るではないか。

〔**参考**〕この年に、本当に「帰去ヲ忘レ」給ひたるにや、と思へるやうな御製がある。

夜梅

うち霞む月かげふみてちかからぬ梅の林の花をみるかな

過土方久元環翠荘

土方久元《ひぢかたひさもと》ガ環翠荘《くわんすゐさう》ヲ過ル

老翁矍鑠有仙容
退隠南湖多植松
吾始訪來環翠墅
山光海色隔林濃

老翁矍鑠《かくしやく》仙容有リ
南湖ニ退隠シテ多ク松ヲ植ウ
吾レ始メテ訪ヒ来ル環翠ノ墅《しよ》
山光海色林ヲ隔テテ濃カナリ

〔語釈〕土方久元―高知の産。宮内大臣等を歴任。　南湖―南の方の水辺、此処では環翠荘の在る湘南茅ヶ崎。墅―別荘。

〔意訳〕老いたる土方は益々元気で、その姿は仙人の様相を帯びて、湘南茅ヶ崎に引退し、別荘の周辺に沢山の松を植ゑてゐる。その名も環翠荘と言ふ別荘を始めて訪ねてみると、松林を隔てた山も海も、色濃やか、まことに美しい。

〔参考〕土方久元は維新の志士にして、明治の政治家。天保四年（皇紀二四九三年）土佐藩士土方久用の長男として今の高知市に生る。三條実美の側近として国事に奔走。維新後は内閣書記官長、宮中顧問官等を歴任、明治二十年第一次伊藤内閣の農商務大臣。次いで宮内大臣。二十八年伯爵。

三十一年宮内大臣辞任後、國學院大學学長、東京女學館館長。大正三年臨時帝室編修局総裁に就任、『明治天皇紀』編纂に尽力。自らの維新への活動を記した日記「回天実紀」を遺した。大正七年歿。行年八十七。

皇后宮台臨恭賦　皇后宮台臨恭シク賦ス

此日青山玉輦停　此ノ日青山玉輦《ぎょくれん》停マル
迎拜溫容喜且驚　温容ヲ迎ヘ拝シテ喜ビ且ツ驚ク
何幸天賚降男子　何ノ幸ゾ天賚《てんらい》男子ヲ降シ
得慰兩宮望孫情　慰スルヲ得タリ両宮孫ヲ望ムノ情
兒辱叡覽定歡喜　児ハ叡覧ヲ辱《かたじけな》ウシ定メテ歓喜
嬌口恰發呱呱聲　嬌口恰モ発ス呱呱ノ声
妃猶在蓐不得謁　妃ハ猶ホ蓐ニ在リ謁スルヲ得ズ
吾獨恐懼荷光榮　吾レ独リ恐懼光栄ヲ荷《にな》フ

〔語釈〕台臨―皇后、皇太后、皇族がその場に臨ませ給ふ事。天皇の場合は臨幸、親臨。なほ、天皇、皇后、皇太后がその場に臨ませ給ふを臨御とも申し上げる。　玉輦―「玉にて飾つた輦」「玉にて飾つたやうに美しい輦」とする解説本もあるが此処の「玉」はさうではなからう。「玉」には「玉稿」の如く他人のものへの美称の場合もあるが、此処では皇后の御乗物の事。井原頼明氏の『増補　皇室事典』（昭和十七年、冨山房発行）に拠れば、天皇の御乗物は鳳輦、聖駕、車駕、龍駕、鳳駕。「玉輦」は皇后、皇太后の御乗物。皇太子の御乗物は「鶴駕」と申し上げる由。　驚―この字、所謂「おどろく」の意味もあるが、呉音で「キャウ」漢音で「ケイ」で「敬」が音を表し、語原は仰向けになる意の「仰」であり、「おそれる」の意味合ひを持ち、「はっとして、心のしまる」ことである。所謂「あっとおどろく」は「愕」。　天賚―賚は「たまもの」。　両宮―天皇皇后両陛下。　嬌口―愛くるしい口もと。

〔意訳〕此の日（五月三日）青山の東宮御所に皇后陛下が行啓遊ばされた。温かくおやさしきお姿をお迎へ申し上げ喜びと共に心の引き締まる思ひがするのである。天の賜物、男子の誕生とは何と幸なことであらうか。これで両陛下の世継ぎを望まれる御心をお慰めする事が出来たのである。この子も皇后陛下にご覧戴いて定めし喜んでゐるのであらう、愛くるしい口もとから元気な泣き声をあげてゐる。産後間も無い妃はまだ産蓐に在つて、皇后陛下に謁を賜ることは叶はず、今日は自分独りだけがその光栄を身に受けたのである。

〔参考〕この御製詩は言ふ迄もなく昭和天皇御降誕の折の御作である。四月二十九日午後十時十分、皇太子妃殿下は東宮御所にて親王御出産。この頃東宮（大正天皇）には葉山に御滞在であつたが、四月二十九日先づ午後十一時十五分、中山東宮大夫よりお産の兆候おありの旨の電報があり、その僅か十分後に再び電報「妃殿下本日午後十時十分御分娩親王御降誕御二方共御健全ニ在ラセラル」とあつた。素より両陛下には当直侍従より上奏あり、皇后陛下には即夜典侍高倉壽子を東宮御所に御差遣になつた。

東宮は五月三日葉山より東京に向かはれ、直ちに参内の後午前十一時東宮御所に還啓、新宮に御対顔の儀。皇后陛下にはこの日午後二時東宮御所に台臨、皇孫に御対面遊ばされ同三時半還啓あらせられた。五月五日皇孫生後七日に当り明治天皇は「迪宮裕仁《みちのみやひろひと》」と名字及び称号を撰び、御自らこれを大高檀紙に書し給ひ、徳大寺侍従長をして東宮御所にてこれを伝へしめ給うた。なほ、生後三十日に当たる五月二十八日（偶まこの日は地久節の日でもあつた）親王初参内、宮中三殿に御参拝、次いで両陛下賜謁のことがあつた。

更に、東宮（大正天皇）には「皇后宮台臨恭賦」の御製詩と共に次なる御製もお詠み遊ばされた。

吾が子の生《あ》れたるを見そなはすとて
皇后宮のいでましけるをかしこみて
このもとに今日仰がむと思ひきやわがははそはの高きみかげを

蘭

幽蘭香馥郁
花發古巖傍
此物眞君子
清高冠衆芳

蘭

幽蘭香《かをり》馥郁
花ハ発《ひら》ク古巖ノ傍
此ノ物真ニ君子
清高衆芳ニ冠タリ

〔語釈〕幽蘭―深山幽谷に生えた蘭。　君子―梅、竹、蘭、菊の雅称。四君子と称され気高い君子に喩へる。冠―多くの中でも第一等、首位。

〔意訳〕奥深い谷間の苔生《む》した巖の傍らに蘭が花を開き、香気が辺りに満ちてゐる。この清らかな孤高の姿こそ、真に君子と称ふべきもので、諸々の花の中でも第一等の花である。

冬至

木葉紛紛散有聲
待看明歳競春榮

冬至

木葉紛紛散ジテ声有リ
待チ看ン明歳春栄ヲ競フヲ

可知天地陰窮處　　　知ルベシ天地陰窮マル処
來復一陽今日生　　　来復ノ一陽今日生ズルヲ

〔語釈〕冬至―十二月二十二、三日頃。夜最も長く、昼最も短い日。

〔意訳〕木葉が木枯しに散らされ、枯枝も鳴つてゐる。この寒々とした風景にこそ、明年の春に咲き競ふ花を見る日が待ち望まれる。今日は冬至。天地の陰は窮まり、陽気の生ずることが知られる。

〔参考〕起句に東宮時代の、御作の年不明の部に見える「落葉」の御製が思はれる。

吹く風に立つ小鳥かとみるばかり林の木の葉ちりみだれつゝ

明治三十五年　宝算二十四

聞青森聯隊慘事　青森聯隊ノ惨事ヲ聞ク

衝寒踊躍試行軍　寒ヲ衝キ踊躍《ようやく》行軍ヲ試ム
雪滿山中路不分　雪ハ山中ニ満チテ路分《わか》タズ
凍死休言是徒事　凍死言フヲ休《や》メヨ是レ徒事ト
比他戰陣立功勳　他ノ戦陣ニ功勲ヲ立ツルニ比ス

〔語釈〕青森聯隊の惨事―明治三十五年一月青森の歩兵第五聯隊が八甲田山にて雪中訓練の際遭難した事件。参加者二百十名中死者百九十九名（救出後の死者六名を含む）を数へ、世界山岳遭難史上最大の惨事と言はれる。当初事情不明のまゝ、世評は軍隊の無謀として冷淡であつたが、近い将来に不可避と思はれる対露戦争を想定しての耐寒訓練であつた事が判明、殊に明治天皇の優渥なる大御心が国民にも知れ渡るに及び俄然同情の声が起つた。此の貴重な体験、教訓により軍は装備の改善や、耐寒訓練に努め後日その成果は日露戦争に生かされたのである。詳細は参考欄に譲る。　踊躍―動作の勢ひよい事を形容する語。　不分―区別がつかなくなる事。　徒事―無駄な事。　他―自に対する他のやうに具体的な意味のある字ではなく、訳すとすれば「あの」とでもならうか。

〔意訳〕寒気を衝き、勇み立つて雪中行軍訓練に出発した一隊は、想像を絶する満山の雪に行路を失ひ、遂に凍死するに至つたが、これを決して単なる無駄事と言つてはならぬ。軍事上に裨益せること、あの戦陣に功勲を立てる事になぞらへるべきである。

〔参考〕『明治天皇紀』同年一月二十八日の条に詳記されてゐるので長文ではあるが抜粋しよう。括弧内は筆者註。

青森衛戍の歩兵第五聯隊第二大隊雪中行軍中風雪に埋没せるの報、侍従武官の許に至る（中略）

初め大隊長陸軍歩兵少佐山口鋠の此の行を計画するや、冬季積雪最も多き時に於て、青森市より八甲田山の北麓田代を経て三本木平野に出づるの難易を検せんがため、其の経路の一部たる青森・田代間約六里を一泊行軍に由りて試みんと欲し、二十三日朝間、闔隊二百十人隊伍を整へて屯営を発す、時に雪天、風死し、冬季此の地方に於て見る尋常の天候なりしが、午後に至りて風雪俄に起り、鋠以下二百余の将卒をして営を距《へだた》る僅かに四里余、東津軽郡田茂木野付近に於て既に進退を失はしむるに至れり、抑々《そもそも》此の地域たる、夏季に在りては諸隊屢《しばしば》行軍するの処、一隊皆地理を暗《そら》んず、然れども寒気肌膚を破り、飛雪視野を奪ふ、進退如何ともすべからざるなり、而して聯隊に在りては、二十四日一行の帰営を予期し、兵を営外二里の地に出して以て迎へしむ、待つこと終日、還らず、二十五日更に人を出して之れを偵せしむ、杳として消息を伝へず、是に於て聯隊長以下大に疑惧し、遽《にはか》かに救援隊を編成して以て行軍隊の蹤《しよう》迹《せき》（人の行つたあと）を求めしむ、然るに行くこと未だ幾ばくならざるに、二十六日猛烈なる風雪の襲ふ所と為り、已むことを得ずして営外村落に宿し、翌日を俟《ま》ちて更に前進せるに、途《みち》に当りて一兵士の佇立せるに会す、近づけば則ち行軍隊の一下士の将に死に頻せんとするなり、乃《すなは》ち救護を加へ、人事を辨ずるに及びて、始て二百有余の一隊悉く惨状に陥れるを知り、急を聯隊に報ず、是れより聯隊は全力を捜索と救護とに竭《つく》しゝが、時寒天に際し、尋常手段を以てしては、到底其の效を収むること能はざるのみならず、動《やや》もすれば捜索隊も亦行軍隊と同一運命に陥らんとするの虞あるを以て、乃ち後方の連絡を完全にし、給養と防寒とをして遺算なからしめんため、追次哨所を前方に進むるの策を取り、二十九日に至りて始て行軍隊埋没の処に達し、翌三十日より遭難者の尚生存せるもの及び既に死せるものを続々発見するに至れり（中略）、五月二十八日を以て全遭難者を発見するに至れり、初め此の報一たび伝はるや、事情未だ明かならざりしを以て、地方の民、揣《し》摩《ま》臆《おく》測《そく》（根拠も薄弱なまゝ、あれこれ勝手に想像する）を逞しくし、恣《ほしいまま》に空言虚言を蜚《と》ばし、惨事は軍隊無謀の致す所なりとし、喧々囂々之れ釈《と》けを譲《せ》めて已まず、一時人心恟々たるものありしが、日ならずして事の真相判明し、疑惑の念釈《と》け、殊に侍従武官の命を奉じて来莅《らいり》（来り臨む）するや、惶懼感激措く所を知らず、前に軍隊の無謀を声《な》らし、もの、忽ち霧散して同情を表するに至り、特に遭難将卒の遺族の如きは、児孫の死も亦徒爾《とじ》（無駄）に終らず、異日軍国の作戦に資せらるべく、剰《あまつさ》へ天恩を垂れたまふの渥き、死して猶余栄ありと為し、皆一死国に奉ずる所ありしを喜ぶと云ふ、而して今次の事一たび宸聰《しんそう》（天皇のお耳）に達するや、憂心惨々、侍従武官に命じて、遭難将校竝びに同相当官の氏名を録上せしめ、尋《つ》いで命を侍従武官宮本照明に下し、其の地に臨みて親しく状況を視しめたまふ、実に一月三十一日の事なりとす（以下略）

なほ、明治天皇は病者には菓子料を、死者には祭粢料を、遺族には勅令を以て一時金を下賜され、東宮（大正天皇）も亦東宮武官を青森に差遣し給ひ、優渥なる令旨《りやうじ》（皇太子、皇太后、皇后等の御命令或いはお考へ）を伝へ給うたのである。

福島安正中佐の単騎シベリア横断と云ひ、青森聯隊の雪中行軍と云ひ、明治の先人達の祖国防衛の為の並々ならぬ苦心惨憺に、平成の御代に生きる我等は深甚の敬意と感謝とを捧げるべきである。なべて祖国防衛の心を喪失せるは亡国への道にあらずや。

次は余談であるが、『明治天皇紀』を読む度に歴史研究の上に於ける『天皇紀』の重要性をつくづく実感する。今の世に汗牛充棟とも言ふべき唯物史観や自虐史観の本はもう沢山、その上所謂〝保守派〟と称される人達の著書にも眉唾物が無きにしもあらず。既に編輯の終へられてゐる『大正天皇紀』（現在一部分公開されてゐるが、それは『大正天皇実録』となつてゐる）の公刊を鶴首申し上げる所以である。参考迄にその概要を記すと、『大正天皇実録』は大正天皇崩御直後の昭和二年よりその編纂が開始され、昭和十二年十二月に終了したと云ふ。御降誕から崩御迄の御事蹟を編年体に纏め、本文八十五冊、年表、索引等十二冊、計九十七冊、六千八百二十頁に上る由である。因に「昭和天皇紀」も目下編纂中である由漏れ承つてをり、筆者の目の黒いうちは洵に残念ながら、それを拝することは叶はぬであらう。

春日山

越將昔居春日山
精兵八面守城關
吾登絶頂頻懷古
北陸風雲指顧間

春日山

越将昔居リシ春日山
精兵八面城関ヲ守ル
吾絶頂ニ登リ頻リニ懐古
北陸ノ風雲指顧《しこ》ノ間

〔語釈〕 春日山—越将（上杉謙信）の居城春日山城の在つた所。今の新潟県上越市。　八面—あらゆる方面。城関—城の要所。　北陸—今の新潟、富山、石川、福井方面。嘗ての北陸街道沿ひ。　指顧間—呼べば答へるくらゐの近い距離。指呼の間。

〔意訳〕 此処は昔越将（上杉謙信）の居城春日山城の在つた春日山である。当時は精強な兵がこの大きな山城の要所を守つてゐた。今、昔日の面影を偲ばせる春日山の頂上に立てば頻りに昔の事が思はれ、風雲急を告げた北陸の様相が指顧の間に見えるやうである。

〔参考〕 この年五月二十日から六月八日にかけて信越、北関東方面を巡啓し給ひし折、五月二十八日、此処に駐駕あらせられた。

春日山の初期の築城は南北朝時代と伝へられるが、凡そ五百年前の永正年間に越後守護代長尾爲景の手に依り城砦化され、息子長尾景虎（上杉謙信）、養子上杉景勝と三代に亘り本格的築城の手が施された。その後、上杉氏の会津への改易後、城主となつた堀秀治は山城では治世に不便として平地に福島城を築き始め、その子忠俊の代に至り、慶長十二年（皇紀二二六七年）春日山城は廃城となつた。

「春日山」は凡そ千年前、奈良の春日大社の分霊を祀つた事に由来する名称で、春日山城の跡地にはその春日神社が鎮座し、別に、明治に至り、上杉謙信を祀る春日山神社が創建された。

謙信は頼山陽の「日本《につぽん》楽府《がふ》・皮履児《ひりのじ》」に「鞍に拠り槊《ほこ》を横たふ北海の月、一檄姦雄胆破裂す。—

馬上、槊を横たへて、霜は軍営に満ちて秋気清し、と詩を賦し、書面を以て織田信長に、貴公は雪駄履きの柔弱な都人を相手に得意がつてゐるが、北陸人の強さは知るまい、と会戦時期を予告し、信長の度胆を抜いた。―意訳筆者」とある程の英傑であつたが、病を得て遂に志を得なかつた。

階前所見

階前流水自澄清
竹外風涼幽鳥鳴
好是紫薇花一樹
斜陽映發更分明

階前所見

階前ノ流水自ラ澄清
竹外風涼シク幽鳥鳴ク
好シ是レ紫薇ノ花一樹
斜陽映発更ニ分明

〔語釈〕幽鳥―奥深く、静かな所に棲む鳥。　好是―後に続くことを強調する語。　紫薇―さるすべり。百日紅。　映発―互ひに映り、煌めき合ふ。　分明―極めて明らか。

〔意訳〕きざはしの前を流れる水は自然に清らかに澄み、竹林を吹く風も涼しく、その奥には鳥の声も聞える。側には一本の百日紅が花の色も鮮やかに、夕陽に照り輝いてゐる。

壽伊藤博文周甲　伊藤博文ノ周甲《しうかふ》ヲ寿《じゆ》ス

多年獻替盡忠誠　多年献替《けんたい》忠誠ヲ尽ス
洞察政機如鏡明　政機ヲ洞察スル鏡ノ如ク明カナリ
緑野堂中回暦宴　緑野堂《りよくやだう》中回暦ノ宴
祝卿壽考保功名　祝ス卿ガ寿考功名ヲ保ツヲ

〔語釈〕 周甲―還暦。回暦、華甲とも言ふ。　献替―献は進、替は廃。臣下が君主に善を進め、悪を捨てるやう翼《たす》ける。　政機―政治の動き。　緑野堂―三十年の長きに亘り唐の憲宗に仕へた名臣裴度《はいど》の別荘の名。晩年緑野堂を営み文人等と詩酒の交はりを為した。博文の別荘滄浪閣《さうらうかく》を緑野堂に比し給うた。　寿考―長寿。祝―将来のことを、祈りことほぐ。　卿―君が臣を呼ぶ時の言葉。

〔意訳〕 多年に亘り、献替を怠らず忠誠を尽くし、その政治の動きを洞察する識見、眼力は鏡に映して見るやうに明らかである。今、滄浪閣に還暦を祝ふ宴を催すと聞き、卿が益々長寿と功名とを保つやう、祝ふものである。

〔参考〕 十月二十四日伊藤博文は大磯の滄浪閣に還暦の祝宴を開いた。東宮は之に侍従長を差遣してシャンペン二ダース、紅白の縮緬各一疋を賜ひし由。「謹解本」に曰く「伊藤公の生前、滄浪閣を訪ねた者の皆伝ふる所によれば、閣の楼上には皇太子嘉仁親王の大きな御写真が額にして掲げられ、公は時々客を延て其の前に至り、端然襟を正して、皇太子殿下御大患の時、伊勢の皇大神宮に御平癒の祈願を籠めた時のことを語つて声涙倶に下るに至り、聴く者みな感動せざるは無かつたと云ふ。」と。伊藤博文は明治天皇の信任も厚く、東宮の側近への出仕も申し付けられ、東宮亦公を信頼し給ひ、漢詩の唱和をし給ふなど、「水魚の間なればこそ」（『謹解本』）であつたと言ふ。明治四十二年伊藤公がハルピンにて殉難の折、東宮は長編の七言古詩を詠じて「廟堂済済多士と雖も、尽忠報国卿は絶倫」「至尊廃朝、勳臣を悼む、千歳不朽柱石の名」などと深く哀悼の意を表し給うた。

歴史の際物的評価は心ある人の慎む処である。現代では特に韓国では伊藤公を暗殺した人物は義士と称へられてゐるが、明治四十二年伊藤公がハルピンにて殉難の当時は、伊藤公哀惜の声が韓国の朝野にも満ちてゐたのである。一例を挙げれば伊藤公国葬の当日、ソウルでは官民一万人が参列して追悼会が催された。更に昭和七年に至つてなほ韓国では伊藤公慰霊の為に、ソウルに面積四万坪、総建坪五百坪といふ壮大な春畝山博文寺（「春畝」は伊藤公の雅号）が建立されたのである。但し、大東亜戦争後は壊されホテルが建てられたが、歴史上の出来事の是非善悪を〝今だけの視点〟で云々する前に、史実を直視すべきではなからうか。

詠馬

龍種名驥勢似龍
人人歎賞好形容
近時飼養勝洋産
騎出遠郊蹄不鬆

馬ヲ詠ズ

龍種《りようしゆ》名驥《めいき》勢龍ニ似タリ
人人歎賞ス好形容
近時飼養洋産ニ勝ル
騎シテ遠郊ニ出ヅ蹄鬆《しよう》ナラズ

〔語釈〕 龍種―優れた馬。駿馬。 鬆―粗《あら》い。引き締まつた処が無い。

〔意訳〕 駿馬、名馬と言はれるやうな馬は、その走り、跳ぶ様は恰も龍に似て、馬体亦人々の歎賞する処である。これ等の馬は近年我が国に産するやうになつた馬で、西洋産の馬にも勝るものがあり、郊外に遠乗りしてみると、成程四肢の引き締まつた優駿である。

〔参考〕 大正二年の「吹上苑習馬」を併せ読まれたい。
では、大正天皇の馬に関する御製の中より、若干を抄出、拝読致しませう。

年代不詳（東宮時代）

馬

手綱とる手のくるへるはのる人の心の駒のくるふなりけり

明治三十三年

花時鞍馬多

咲きにほふ花の下道行くほどは馬にもむちをうつな諸人

大正三年

馬上雪

降り積る雪をけたてゝつはものも駒もいさめり青山のはら

大正四年

馬上聞蜩

もり陰に駒をやすめて風まてば涼しくおつるひぐらしの声

農家圖

郭外參差屋數椽
東風籬落碧桃姸
鳥聲喚夢清晨日

農家ノ図

郭外《くわくぐわい》参差《しんし》屋数椽《すうてん》
東風籬落《りらく》碧桃《へきたう》妍《けん》ナリ
鳥声夢ヲ喚ブ清晨ノ日

霞色怡情晚霽天
稼穡艱難非偶爾
庭闈悅樂自悠然
白頭翁媼經辛苦
又撫兒孫送暮年

霞色情ヲ怡《よろこ》バス晚霽《ばんせい》ノ天
稼穡《かしよく》艱難偶爾《ぐうじ》ニ非ズ
庭闈《てい ゐ》悦楽自ラ悠然
白頭ノ翁媼《をうあう》辛苦ヲ経テ
又児孫ヲ撫シテ暮年ヲ送ル

〔語釈〕 郭外—「郭」は都市の周囲を囲む壘壁。その外、つまり郊外、田舎。 参差—不揃ひ。散在してゐる。此処は後者か。 椽—たるき。此処は家を数へる数詞の如く用ゐてある。 籬落—まがき。垣根。 碧桃—「桃の一種で実を結ばない果樹」又は、「桃の実の碧色の物」。他に紅、緋、白等の色の桃も有る由。此処では何れか断定し得ざるも、「まがき」に用ゐてある点、又「妍‐うるはしい」の語から見て、前者かと思はれる。霽—晴。「晚霽」は「夕方の雨上がり」。 稼穡—作物を植ゑつけ、刈り取る。農業。 偶爾—偶然。 庭闈—親の居室。転じて父母、又、広く家庭。 翁媼—翁(おぢいさん)と媼(おばあさん)。

〔意訳〕 郊外には数軒の農家が散在し、春風に吹かれる垣根には桃の花が美しい。清々しい朝には鳥の声に夢が覚め、雨上がりの夕空に霞棚引く様には顔もほころんでくる。農作業の辛く厳しい事は決して偶然ではないものの、それだけに、ゆったりとした暖かい家庭の楽しみは更に格別のものがある。白髪頭の老夫婦は長年の苦労の末、今や孫を可愛がりつつ、心穏やかに老いを養ひ、真に結構なことではないか。

三島驛観富士見瀑

三島駅ニ富士見ノ瀑ヲ観ル

雲霧蓋天催雨雪
蕭條孤驛行人絶
停車一路訪林園
寒瀑灑衣氷欲結

雲霧天ヲ蓋《おほ》ヒ雨雪《うせつ》ヲ催ス
蕭條《せうでう》孤駅行人《かうじん》絶ユ
車ヲ停メテ一路林園ヲ訪フ
寒瀑衣ニ灑《そそ》ギ氷結バント欲ス

〔語釈〕 駅―この日は馬車でのお出掛けであつた由で、「汽車の駅」ではなく、「うまや・宿場」の意であらう。雨雪―雪交りの雨。　蕭條―ものさびしい。　行人―旅人。道を行く人。　孤駅―寂しい宿場。

〔意訳〕 空は雲霧に閉ざされ雪交りの雨が降り、もの寂しい三島の町には人気《ひとけ》も無い。馬車を停めて富士見の滝近くの林を訪ねたが、この寒さに衣に降りかかる滝のしぶきも氷らんばかりである。

〔参考〕「謹解本」に依れば、沼津御用邸に御滞在中の一月十九日に、妃殿下御同道にて富士見の滝を御覧になる為三島にお出掛け際の御作。
「謹解本」に結句「氷」を「冰」とするが「奉呈本」は「氷」。

聞鼠疫流行有感　鼠疫流行ヲ聞キテ感有リ

如今鼠疫起東京　如今《じょこん》鼠疫《そえき》東京ニ起ル
我正聞之暗愴情　我正ニ之ヲ聞キ暗ニ情ヲ愴《いた》マシム
一掃祲氛須及早　祲氛《しんふん》ヲ一掃スル須《すべか》ラク早キニ及ブベシ
恐他刻刻奪民生　恐ル他ノ刻刻民生ヲ奪フヲ

〔**語釈**〕鼠疫―ペスト。黒死病。主に鼠に寄生する蚤から人間に感染する事より名づけられた。五月インドより横浜に入港せる船に患者発生、一時横浜、東京に伝染流行した。「疫」は流行病。　如今―現今。　愴―いたむ。　祲氛―「祲」も「氛」も悪しき氣。　民生―人民の生活や生命。

〔**意訳**〕今、東京にペストが発生したと聞き、秘かに心を痛めてゐる。この悪気は少しでも早く一掃すべきもの。日々刻々民生が奪はれるのは恐るべき事である。

高松栗林公園

小春來過栗林園
魚躍禽遊水不渾
與衆同觀耐偕樂
千秋想得孟軻言

高松栗林公園

小春来リ過グ栗林園《りつりんゑん》
魚躍リ禽《とり》遊ビ水渾ラズ
衆ト同ジク観テ偕《とも》ニ楽シムニ耐フ
千秋想ヒ得タリ孟軻《まうか》ノ言《げん》

〔**語釈**〕栗林公園―高松市に在る純日本式庭園。渾―にごる。「混」に同じ。孟軻言―孟軻は孟子《まうし》。凡そ二千四百年前支那の魯の人。「孟子・梁恵王《りやうけいわう》章句上《しやうくじやう》」の一節「古《いにしへ》の人、民と偕に楽しむ、故に能く楽しむ也」。

〔**意訳**〕小春日和に栗林公園を訪れてみると、池には魚が躍り、鳥が遊び、その池の水は澄んでゐる。此処は民衆と共に観て楽しむにも丁度恰好の公園であり、遠い昔の孟子の「古の人、民と偕に楽しむ、故に能く楽しむ也」の言も想起される。

〔**参考**〕回遊式大名庭園として有名な栗林公園は凡そ五百年前の元亀年間、讃岐高松藩主生駒公に仕へた佐藤氏が作庭したのが始まりとされる。その後藩主生駒高俊公、更に生駒公の後、寛永十九年（皇紀二三〇二年）に藩主となつた松平頼重公に引き継がれ、以来歴代藩主が改修、修築を重ねつつ明治維新に至る迄松平家十一代二百二十八年間に亘り下屋敷として使用されて来た。下屋敷とは言へ、鴨猟や茶事等の他、庭園としての景観を楽しむ場でもあり、又、治水対策の一環としての園内の水流改修、薬草園造成も行はれてゐた。御作に「千秋想得孟軻言」と詠じ給ひし所以である。明治八年に「栗林公園」として一般公開。昭和二十八年文化財保護法に依り「特別名勝」に指定さる。面積は背景の紫雲山（五十九ヘクタール）を含め約七十五ヘクタール。特別名勝の庭園中では最大。同園の「作庭年表」に依れば「明治三十六年十月十日」に、皇太子殿下（大正天皇）の御訪問を機に星斗館（江戸時代初期建築の数奇屋風書院造。庭園の中心的施設。七棟の建物が北斗七星の形に建つてゐたが、今は五棟となり、池の月を観るに絶好なので掬月亭と称される。掬月亭は元来は七棟の中の一棟の名であつた。）の一部を増築。四日間其処に御滞在なされたる由の記録がある。その折の御作がこの「高松栗林公園」である。

岡山後樂園

經營想見古人工
黄樹清泉亭榭風
歩到池邉聞鶴唳

岡山後楽園

経営想ヒ見ル古人ノ工《たくみ》
黄樹清泉亭榭《ていしや》ノ風
歩シテ池辺ニ到リ鶴唳《かくれい》ヲ聞ク

恍然身在畫圖中

恍《くわう》然《ぜん》身ハ在リ画図ノ中

〔語釈〕岡山後楽園—岡山市に在る池泉回遊式庭園。岡山藩主池田綱政の命により約三百年前に造られた。想見—推し量り、察する。　亭樹—庭園や公園に設ける休憩等に用ゐる小さな建物。亭《ちん》。あづまや。　鶴唳—鶴の鳴声。　恍然—うつとり。

〔意訳〕この見事な庭園を造つた古人の巧みな築庭技術を想ひ見つつ、あづまやに坐し風に吹かれて、黄葉した木々や清らかな泉を歎賞してゐる。やがて、池の辺りに近付いて行くと鶴のなきごゑが聞えた。身は都塵を遠く離れ画図の仙境に在るが如くうつとりとしてくる。

〔参考〕前の栗林公園、この後楽園、次の清水寺は何れもこの年十月の行啓の折の御作である。『明治天皇紀』に依りその御旅程を略記しよう。

十月五日、参内して行啓の暇を奏せられ、六日御出発。名古屋を経て、七日和歌山に入られ三日間滞留。和歌山中学校、物産陳列場、由良要塞砲台御視察、和歌浦御遊覧。十日海路高松へ、栗林公園掬月亭に四日間御泊まり。この間、博物館、高松中学校、屋島古戦場御視察、國幣中社金刀比羅宮御参詣、善通寺にて第十一師団閲兵式等に臨まる。十四日海路愛媛県三津浜より松山へ、御泊まりは県庁、三日間滞留。歩兵第二十二聯隊、師範学校御視察、道後温泉御遊覧。十七日岡山へ、後楽園内に御泊り、滞在三日。物産陳列場、岡山中学校、津山中学校御視察、後楽園御遊覧。二十日岡山より京都へ。京都でのお出掛けは『明治天皇紀』に記録は無いが、清水寺等にお出掛けあつた。二十三日沼津、三十日東京に還啓、三十一日参内。以上が主な御日程であつた。

なほ、転句の「邉」は「奉呈本」に拠つた。

清水寺

満目東山秋色酣
晩登古寺對晴嵐
歸鴉點點鐘聲緩
一道飛流落碧潭

清水寺

満目東山秋色酣ナリ
晩ニ古寺ニ登リ晴嵐《せいらん》ニ対ス
帰鴉《きあ》点点鐘声緩ク
一道ノ飛流碧潭《へきたん》ニ落ツ

〔語釈〕清水寺―延暦十七年（皇紀一四五八年）坂上田村麻呂創建と伝へられる古寺。断崖にせり出した舞台造りの本堂が特に有名。　満目―見える限り。　晴嵐―晴れた日に立ち上る山の気。　飛流―清水寺の南の崖にかかる「音羽滝」。「滝」とは言ふが、そそぎ落ちる清水と言つたところか。

〔意訳〕見える限りの東山は秋真盛り。夕暮、清水寺に登り、立ち上る山の気に相対した。塒《ねぐら》を目指す烏は黒く点点と見え、鐘の音もゆつたりと聞える中、一筋の早い流れの清水があをい淵に落ちてゐる。

賀土方久元七十　土方久元ノ七十ヲ賀ス

夙昔誠忠奏偉勳　夙昔《しゆくせき》誠忠偉勳ヲ奏シ
古稀退隱謝塵氛　古稀退隱塵氛《ぢんふん》ヲ謝ス
期卿長作白衣相　期ス卿ガ長ク白衣《びやくえ》ノ相《しやう》ト作《な》リ
身在青山心在君　身ハ青山《せいざん》ニ在リテ心ハ君ニ在ルヲ

〔語釈〕夙昔―ずつと昔から。　塵氛―汚れた気。汚れた気の満ちた俗界。　白衣相―「白衣」は無位無官の常人の着るもの。官を辞して猶宰相の待遇を受ける人。　青山―木の青々と茂る山。「塵氛」に遠い仙界を象徴する語。

〔意訳〕幕末の昔から勤皇の事に励み、立派な功績を残し、今や古稀を迎へ、引退し塵氛を謝絶すると云ふ。併し、卿のやうな人物は長く白衣の相として、仮令身は青山に在るとも、心は常に天皇のお側に在るやうに、期待してゐる。

〔参考〕土方久元の略歴は既出。久元公の古稀に当り、東宮には紅白の縮緬各一疋、シャンペン二ダースを賜ひ、更に此の詩を贈り祝はれた由。

「大正天皇御製集稿本　二」の「大正天皇御製宸筆下賜録」の最初に、明治四十二年十二月一日に「次土方伯爵韵」の御製詩を土方久元に下賜されたと記録されてゐる。「土方伯爵韵」は不詳であるが、下賜の御製詩は左の通り。訓読、意訳は筆者。

次土方伯爵韵　　土方伯爵ノ韵ニ次ス

一碧湘南浪渺漫　　一碧湘南浪渺漫

海荘晨夕足奇觀　　海荘晨夕奇観ニ足ル

優游養老長松下　　優游老ヲ養フ長松ノ下

匹似臥龍山澤蟠　　臥龍山沢ニ蟠《わだかま》ルニ匹似《ひつじ》ス

〔意訳〕湘南の海は紺碧に限りなく広く、其処に在る別荘からの朝夕の眺望は正に奇観とするに足る。（土方が）丈の高い松の傍らに老いを養ふ様は、恰も奥深い山や沢にとぐろを巻き、天下の風雲を睨む臥龍の如くである。

菅原道眞詠梅花圖

菅原道真梅花ヲ詠ズルノ図

丱童才穎出名家　　丱童才穎《くわんどうさいえい》名家ニ出ヅ

春夜題詩月影斜　　春夜詩ヲ題シテ月影斜ナリ

畫裏風姿眞秀絶　　画裏ノ風姿真ニ秀絶

想他心事似梅花　　想フ他ノ心事梅花ニ似タルヲ

〔語釈〕 丱童―丱（髪型を「あげまき・髪を束ねて両の角のやうにした小児の髪型」）にした童。　才穎―才智が非常に優れてゐる。　風姿―姿。様子。

〔意訳〕 神童道真は名家の出で、十一歳にして「月夜に梅花を見る」と題する漢詩を詠んだ。今その様子を描いた画を見ると、描かれた姿からして他に比べやうのないくらゐに秀でてをり、道真の心も亦終生、少年の日に詠じた梅花の如く清らかに香るものがあつたであらう。

〔参考〕 菅原道真は是善の子、平安前期の学者にして政治家。宇多・醍醐両朝に歴事。文章博士等を歴任、右大臣となる。この間、遣唐大使に任命されたが、道真の建議により遣唐使廃止。昌泰三年（皇紀一五六一年）藤原時平の讒の為大宰権帥に左遷され、翌々年配所に歿す。謹厳清廉、至誠純忠の人。殊に和歌、漢詩、書に優れ歿後天神様として祀られる。「類聚国史」等を編纂、詩文集「菅家文草」「菅家後集」が有る。この御製詩に詠み給ひし道真の詩とは「菅家文草」の冒頭を飾る

「月夜見梅花」であり、時に道真十一歳、処女作である。訓読、意訳は筆者。

月夜見梅花　　月夜ニ梅花ヲ見ル
月耀如晴雪　　月ノ耀《あきら》カナルハ晴レタル雪ノ如ク
梅花似照星　　梅花ハ照レル星ニ似タリ
可憐金鏡転　　憐ムベシ金鏡転《めぐ》リ
庭上玉房馨　　庭上玉房馨《かを》ルヲ

〔意訳〕月の明るいことは、晴れた日の雪のやうで、梅の花はまるで煌く星に似てゐる。天上の月の動きと共に、庭では美しい梅の花が香り、その様は美しくもあり、又、人の心の感傷をそゝる風情すらあるではないか。

明治三十七年　宝算二十六

巌上松

霜心雪幹秀孤松
巌上蟠根似臥龍
鬱鬱葱葱長不變
宛然君子肅威容

巌上ノ松

霜心雪幹孤松秀ヅ
巌上蟠根臥龍ニ似タリ
鬱鬱葱葱長ク変ゼズ
宛然君子威容肅タリ

〔語釈〕霜雪―節操の堅固なること。　心幹―「心《しん》」は物の中央部。「幹」と同義。　鬱葱―気の盛んなるさま。鬱鬱葱葱はそれを強調したもの。　宛然―さながら。　肅―威厳あること。

〔意訳〕ただ一本立つてゐる松は、節操の堅固なる人を象徴するやうに卓立し、巖の上に露れ出るくねつた根は臥した龍を思はせる。長く変ること無く極めて盛んなる気を発して、宛《さなが》ら、威厳に満ちた君子の威容の如くである。

〔参考〕「巌上松」はこの年の歌御会始《うたごくわいはじめ》の勅題である。歌御会始は当初恒例の十八日に行はれる筈のところ、六日に韓国の明憲太后の訃があつた為、延期して二十日に催された。『明治天皇紀』に載る御製、御歌を揚げ奉らう。

御製

苔むせる岩根の松のよろつよもうこきなき世は神そもるらむ

皇后陛下御歌

大内の山の岩根にしけりゆくこまつの千代もみそなはすらむ

皇太子殿下御歌

吹きさわぐ嵐の山のいはね松うごかぬ千代の色ぞしづけき

皇太子妃殿下御歌

うごきなくさかゆる御代を岩のうへの松にたぐへて誰かあふがぬ

この時、七名の国民が選に預かつてゐる。日露開戦必至と云ふ状況下、些かも揺るぎ無きこの雅なる御催し。我が日の本の国柄の尊さ、有り難さをしみじみと思ふ。『大正天皇御集』の刊行も大東亜戦争終戦直後と云ふ非常時の最中であつた。

賀本居豐穎古稀

七十遐齡意氣豪
著書矻矻不辭勞
百年繼述先世學
能使家聲山斗高

本居豊穎《とよかい》ノ古稀ヲ賀ス

七十遐齢意気豪ナリ
著書矻矻《こつこつ》労ヲ辞セズ
百年継述ス先世ノ学
能ク家声《かせい》ヲシテ山斗《さんと》高カラシム

〔語釈〕 遐齢―長命。　矻矻―骨折り、努める。　継述―先人の後を継いで、事を明らかに述べる。　家声―家の名誉。　山斗―泰山と北斗星の略。世の人に仰ぎ慕はれるものの譬。

〔意訳〕 七十の長寿にして意気益々壮ん、書を著すに懸命に骨折り、努めて已まない。百年の長きに亘つて祖先以来の学問を受継ぎ、著述し、能くその家門の誉れを泰山北斗の如く高からしめてゐる。

〔参考〕「謹解本」に依れば東宮（大正天皇）はこの賀に銀杯一個等と共に、この御作も下賜されたとある。但し、「大正天皇御製集稿本　一」の「大正天皇御製宸筆下賜録」にはその記録は見当たらない。

日比谷公園

園中曠豁徑西東
心字池頭楊柳風
我愛夏初光景好
杜鵑花發淺深紅

日比谷公園

園中曠豁《くわうくわつ》径《みち》西東《にしひがし》
心字池頭楊柳ノ風
我ハ愛ス夏初光景ノ好キヲ
杜《と》鵑《けん》花《くわ》発《ひら》キ浅深紅《くれなゐ》ナリ

〔**語釈**〕日比谷公園―東京都千代田区に在る我が国最初の洋式公園。　曠豁―広々としてゐる。　西東―東西南北のみならず凡ゆる方向の意。　楊柳―やなぎ。　楊は多く水辺に生じるので「川やなぎ」で枝は垂れ下がらない。　柳は枝垂やなぎ。「楊柳」は「柳」のこと。　杜鵑花―さつき。　杜鵑《ほととぎす》の鳴く時季に開花する事からの名称。　浅深―花の色の濃淡。

〔**意訳**〕広々とした日比谷公園にはあちこちに園路が通じてをり、心の字の形をした池の畔には柳が風に揺れてゐる。この初夏の光景は殊に素晴らしい。さつきも濃淡様々に花開いてゐるではないか。

〔**参考**〕此処は維新前は松平肥前守等の屋敷地であつたが、明治に入り陸軍の練兵場となつた。その後公園としての造成が為され、明治三十六年六月一日に開園の運びとなつた。総面積約四万九千坪。心字池は有楽門から入つた、日比谷見附跡の傍に在る園内最大の池。

明治三十八年　宝算二十七

大中寺観梅

快晴三日覺春囘
乘暖逍遙流水隈
野寺老梅映殘雪
愛他玉蕾半將開

大中寺観梅

快晴三日春ノ回《めぐ》ルヲ覚ユ
暖ニ乗ジテ逍遥ス流水ノ隈《くま》
野寺ノ老梅残雪ニ映ジ
愛ス他《か》ノ玉蕾半バ将ニ開カントスルヲ

〔語釈〕大中寺—沼津御用邸近く、愛鷹山《あしたかやま》の裾野、同市中沢田に在るお寺。観梅の為何度か御成り遊ばされた由。　隈—水が岸に曲がり込んだ所。愛鷹山に源を発する流れが大中寺の庭園に注ぎ込んでゐる。その流水の隈。　野寺—野の中に在る寺。此処では大中寺。　玉—ものを尊んだり、称へたりする美称。

〔意訳〕(今はまだ一月であるが) 快晴が三日間も続くと、春がめぐつて来たかと思はれ、この暖かさを幸ひに大中寺庭園の流水の隈の辺りを逍遥した。野中の寺の老梅は残雪に映え、殊にあの固さうな蕾のやがて開かんとしてゐる風情が佳い。

〔参考〕之は、この年一月十五日、二十八日の両度、大中寺にお出掛けあらせられての御感懐を詠ませ給ひしもの。同寺にはこの御製詩の碑が建立されてゐる。なほ、この御製詩の御作の年に就き異説があるが、明治三十八年一月十五日、二十八日の大中寺御訪問の折の御作に相違無い事は「基礎的研究」に詳しい。同書に依れば一月十五日の観梅の帰途、梅一枝を手折りお持ち帰り遊ばされ、大中寺ではお手折り梅を「龍潜梅《りようせんばい》」（「龍潜」は皇太子の意）と命名、由来を記した記念の石碑と共に、今も大切に保存してをられる由。更に、大中寺には明治四十二年に、皇族の観梅の御用に供する為「大中寺恩香殿」を建設、之又今も建つてゐる。

秋日田家

農村連日好晴天
秋事怱忙稲滿田
戰後今年値豐熟
家家歡樂起炊烟

秋日《しうじつ》ノ田家《でんか》

農村連日晴天ヲ好《よろこ》ブ
秋事《しうじ》怱忙稲ハ田ニ満ツ
戦後今年豊熟ニ値《あ》フ
家家歓楽炊烟起ル

〔語釈〕田家―ゐなかや。農家。又、田舎そのものを指す場合もある。　好―甚だよろこぶ。　秋事―秋の収穫作業。　値—丁度それに出会ひ当る。

〔意訳〕農村は連日の晴天を大いに喜び、大豊作の田に稲刈りに大忙しである。日露戦争も大勝利に終はつたこの戦後、今年は大豊作となつた。家々は歓びの声に沸き、炊烟も盛んに立ち上つてゐるではないか。

〔参考〕「謹解本」に「明治三十七、八年の御吟詠の数は至て少い。日露戦争に当り、宮中に大本営が置かれ、東宮は大本営附として専ら御心を軍事に注がせられた為であらうと拝察する。」とあるが確かに少ない。『御集』採録の詩数のみを数へても未採録の御作も数多有つて余り意味が無いので、試みに、稿本の一つ「大正天皇御製編年集」に依り、日露戦争前後の年と比較してみよう。この「編年集」とて収録の詩数は五百六十一首であり、全体で確認されるだけでも少なくとも千三百六十七首有ると言はれる大正天皇御製詩の半数にも満たないが、今のところ御作の年を特定し得る資料は「奉呈本」並びに之に基く「刊行会本」、「謹解本」は別として「編年集」以外には見当たらず、一応の目安にはなると思はれる。

括弧内は『御集』に採録の数である。御作の数に比例して採録されてゐると云ふ訳ではないことがお分かり頂けやう。

明治三十六年　　三十三首　（七首）

三十七年　　五首　（三首）
三十八年　　三首　（二首）
三十九年　　十首　（三首）
四　十　年　　九首　（六首）
四十一年　　二十五首　（四首）

因みに、「大正天皇御製編年集」に載る合計五百六十一首に就いてみると、最多は大正三年の七十五首（『御集』採録数四十四首）、次が翌四年の五十八首（三十六首）、二年の四十八首（三十二首）。初めて漢詩を詠み給ひたる年とされる明治二十九年には四十一首（七首）を拝する。

明治三十九年　宝算二十八

嚴島

古祠臨海曲廊浮
煙水茫茫山色幽
昔日征韓籌策處
英雄遺跡足千秋

厳島

古祠海ニ臨ンデ曲廊浮ブ
煙水茫茫山色幽ナリ
昔日征韓籌策《ちうさく》ノ処
英雄ノ遺跡千秋ニ足ル

〔語釈〕古祠―厳島神社。　山色―山は厳島の最高峰彌山《みせん》（標高五百三十メートル。御山とも書かれる。）籌策―はかりごと。英雄遺跡―豊臣秀吉が征韓の軍議を凝らした大經堂千畳閣。天正十五年に自らが寄進したもの。なほ境内には豊臣秀吉を祀る末社豊國神社（明治五年鎮座）も在る。

〔意訳〕歴史の古い嚴島神社は海に臨み、曲廊は海に浮ぶやうで、かすみけぶる海は広々と、山の景色も奥深い。その昔太閤秀吉が征韓の軍議を凝らした大經堂千畳閣は英雄の遺跡であり、永く後世に伝ふるに足るものである。

〔参考〕此の度の厳島行啓は軍艦生駒進水式臨場の御帰途にてあらせられた。『明治天皇紀』この年三月三十一日の記録に載る。

皇太子、呉軍港に於ける一等巡洋艦生駒の進水式に臨まんとするを以て、是の日参内して暇を奏せらる、既にして明日東京を発し、二日舞子に抵《いた》り、駕を威仁親王の別邸に駐《とど》めらるゝこと五日（中略）七日軍艦磐手に駕して呉軍港に至り、九日式に臨ませられ、帰途厳島及び小豆島に過《よぎ》り（中略）、十三日還啓せらる、

大正三年の部の「豊臣秀吉」も併せ読まれたい。

初秋偶成

新涼氣方動
初秋意較寛
遠山雲漠漠
池碧水漫漫
閒談徐移榻

初秋偶成

新涼気方《まさ》ニ動キ
初秋意較《やや》寛ナリ
遠山雲漠漠
池碧《へきすゐ》水漫漫
閒談徐《おもむろ》ニ榻《たふ》ヲ移シ

微吟靜凭欄　　微吟静ニ欄ニ凭《もた》ル

古人好詩在　　古人好詩在リ

轉覺次韻難　　転《うたた》覚ユ次韻難キヲ

〔語釈〕新涼―初秋の涼しさ。　較―比べてみれば、幾らか。　碧水―濃い青色の水。　閒談―寛いで話す。榻―腰掛。　次韻―他人の詩と同じ韻を用ゐて詩を詠むこと。

〔意訳〕丁度秋の初めの涼気がして来て、初秋、幾らか気持もゆつたりとする。遠くの山の彼方に雲は沸き、池には碧い水が満ち満ちてゐる。寛いで語り合ひ、或は席を移し、欄干に凭れて静かに詩など口ずさむ。古人の詩には中々佳い作品が有り、その韻を用ゐて自らも詠むと言ふのは中々難しいものであると覚らされる。

〔参考〕東宮は八月五日より凡そ二十日間を塩原に（八日には妃殿下も御出でになられた。）、其の後日光に御避暑、その間の御作。九月七日妃殿下と御一緒に還啓遊ばされた。

第五句「閒談」を「謹解本」は「閑談」とするが「奉呈本」は「閒」である。

墨田川

二州分境墨田川
遠近風帆上下船
秋月添光何皎皎
春花涵影亦妍妍

墨田川

二州境ヲ分ツ墨田川
遠近ノ風帆《ふうはん》上下ノ船
秋月《しうげつ》光ヲ添へ何ゾ皎皎《けうけう》タル
春花《しゆんくわ》影ヲ涵《ひた》ス亦妍妍

〔語釈〕墨田川―今の隅田川。　二州―武蔵、下総の二国。隅田川はその境を流れる。　風帆―風をはらんだ帆。　皎皎―光つて明るい。　春花―春の花。春華とも。

〔意訳〕墨田川は武蔵、下総二国の境を分ち、船が遠く近く、或は上流へ下流へと、帆に風を孕んで行き来してゐる。秋の夜、川面には月の光も皎皎と風情も一入、春の花の影が水に涵されその美しさが一段と際立つて見える。

〔参考〕隅田川は秩父山地に源流を発し、時代によつて区域や名称も様々で、些か錯綜してゐる。古くは「宮古川」「住田河」の名も見え、「墨水」の雅名もある。「すみ」にも澄、墨、角の字も宛てられた。江戸時代頃には吾妻橋近辺からの下流は「大川」、浅草附近では「浅草川・隅田川」、上流は「荒川・宮古川」と言ふのが大凡の経過である。明治四十三年の大水を機に荒川放水路が造られ、昭和四十年に至り放水路を荒川と呼称し、北区の岩淵水門から下流、荒川、墨田、足立、台東、江東、中央の各区を流れて東京湾に注ぐ迄の凡そ二十五キロメートルを隅田川の名称にするやう定められた。

明治四十年　宝算二十九

春暖

頓覺今朝春暖生
林園處處見遷鶯
山茶花赤梅花白
淡日和風適我情

春暖

頓《には》ニ覚ユ今朝春暖生ズルヲ
林園処処遷鶯《せんあう》ヲ見ル
山茶花赤ク梅花白シ
淡日和風我ガ情ニ適ス

〔**語釈**〕遷鶯―山奥から里近くの林に遷つた鶯。　淡日―うららかな天気。　和風―穏やかな風。春風。

〔**意訳**〕今朝、頓に春の暖かさが生じるのを覚えたが、さう言へば林園の処処に山から遷つて来た鶯が鳴いてゐる。その林園に見える山茶花の赤や梅花の白、そして、うららかな春の一日、こんな日こそ我が思ひ通りの日である。

〔**参考**〕東宮御夫妻は一月二十七日より四月十八日迄の間葉山御用邸に避寒遊ばされた。この「春暖」と次の「春浦」とはその折の御作の由。

春浦

春風海上暖方生
曲浦晴沙任歩行
仰見芙蓉聳天半
夕陽殘雪兩分明

春浦

春風海上暖方《まさ》ニ生ズ
曲浦晴沙歩ニ任セテ行ク
仰ギ見ル芙蓉天半《てんぱん》ニ聳ユルヲ
夕陽残雪両ツナガラ分明

〔語釈〕曲浦—相模湾。　天半—空の中程。中天。中空。　分明—明らか。

〔意訳〕海上に春風渡り、丁度暖かくなつて来た、相模湾に沿ふ葉山の広々とした砂浜を足取りの侭に歩いた。中天に聳える富士山を仰ぎ見る時、夕陽も残雪も共にくつきりと見える。

天橋

風光明媚說天橋
一帶青松映碧潮
海上雨過帆影淡

天《てん》橋《けう》

風光明媚天橋ヲ説ク
一帯ノ青松碧潮ニ映ズ
海上雨過ギテ帆影淡シ

夕陽堆裏望迢迢

夕陽《せきやう》堆裏《たいり》望ミ迢迢《てうてう》

〔語釈〕天橋―天橋立《あまのはしだて》。　風光明媚―自然の景色の大変優れてゐること。　堆裏―直訳すれば「堆《うづたか》く積もつた中」。辺り一面の雲が夕陽に赤く染まつてゐる様子。　迢迢―遥かに遠い。

〔意訳〕風光明媚と言へば先づ語られるのは天橋立であらう。天橋立一帯の青松は宮津湾の碧い海に映え、雨が過ぎた海上には帆の影も淡く浮び、辺り一面の雲が遥か遠くまで、夕陽に赤く染まつてゐるのが望まれる。

〔参考〕この年五月、六月と東宮は山陰の鳥取・島根に行啓遊ばされたが、この「天橋」と次の「舞鶴軍港」とはその際の御作である。

『明治天皇紀』に依りこの間の事を略記すると、明治二十七年鳥取・島根の二県は行幸を願ひ奉つたが万機御多端にて実現せず、三十六年に改めて東宮行啓を願ひ出た。然し之も日露戦争勃発の為叶はず、平和克復を待つて三十九年五月、更に東宮行啓を願ひ出た。此処で明治天皇は「二県民が積年の至情を憫み、遂に之れを聴したまふ」（『明治天皇紀』四十年五月九日）事と相成り、五月十日御出立あらせられたものである。

大凡の御旅程は十一日、舞鶴御着、翌日海兵団・水雷団・下士卒集会所・鎮守府・海軍工廠御巡覧。十三日、駆逐艦追風にて要塞砲兵大隊・要塞司令部御巡覧の後天橋立に御出でになり、宮津町にて京都府立第四中学校・水産講習所御巡覧。十四日、軍艦鹿島に御搭乗、島根県美保関に仮泊の後、十五日、境港に御上陸、陸路米子へ。翌日米子よりお召列車にて御来屋《みくりや》町へ、南朝の忠臣名和長年を主祭神とする別格官幣社名和神社御参拝、その途上、後醍醐天皇隠岐より潜幸御上陸の地を御覧、（その後の諸学校、兵営等御巡覧は大きく省略して）、二十七日、官幣大社出雲大社御参拝、千家宮司家に御小憩。六月四日、隠岐にて後醍醐天皇行宮址を御覧、又、後鳥羽天皇行宮址並びに御火葬所を御覧。この後、舞鶴軍港、福知山、京都等を経て六月九日東京に還啓あらせられた。

舞鶴軍港

青葉山高霄漢間
自然形勝別成寰
汪洋大海波濤穏
艦影參差灣又灣

舞鶴軍港

青葉山《あをばやま》ハ高シ霄漢《せうかん》ノ間《かん》
自然ノ形勝《けいしよう》別ニ寰《くわん》ヲ成ス
汪洋タル大海波濤穏カニ
艦影参差湾又湾

〔**語釈**〕舞鶴軍港―舞鶴湾全域を占める舞鶴港は、特に冬季季節風の影響を受けない天然の良港である。東西両港に分かれてゐるが、東港が軍港であり、現在も海上自衛隊の基地が在る。　青葉山―舞鶴西方の山。標高六百九十八メートル。形状富士山に似て若狭富士、丹後富士の異称を持つ。霄漢―大空。形勝―地勢優れた、要害の地。寰―一つの世界（空間、区画）。汪洋―海の広々としたさま。

〔意訳〕青葉山は天空に聳え、舞鶴の地は天然の要害を形成してゐる。広々とした大海原は波も穏やかに、様々に入り組んだ湾には各種の艦影が認められる。

〔参考〕この折の御作と拝察される大正天皇御製三首。

明治四十年六月福知山兵営に行き将校
以下の撃剣を見ける時雨降りければ
福知山雨もきほふと見ゆるかなもののふどもが勇む手業に
浜田より隠岐にいたる海上にて
海原は波しづかにて遠くみしおきのしまにも船近づきぬ
伯耆国西伯郡御来屋にて後醍醐天皇
の御上陸地にある御腰掛岩を見て
大御こしかゝりし岩のものいはば昔の事も問はましものを

余談であるが、「大正天皇御製集」には右の如く排列されてゐるが行啓の日を逐ふと、五月十六日御来屋、六月四日浜田より隠岐へ、そして福知山は六月六日である。つまり排列の順が逆ではなからうか。更に「浜田より隠岐」と「伯耆国西伯郡御来屋」の御製の間に、「威仁親王が第一第二艦隊等の特命検閲使として出立するを送る」旨の詞書のある御製二首が挿入されてゐる。然し、右の三首の御製は五、六月の山陰等行啓の折の御作であり、謂はば連作である。威仁親王が第一第二艦隊等の特命検閲使に任ぜられたのは三月八日であり、四月二十七日には検閲を終へて参内、復命してゐる。由つて「大正天皇御製集」の明治四十年の部には何等かの錯綜があるのではなからうか、と思はれるが、如何であらうか。

鹽溪偶成　　塩渓偶成

鹽溪何奇絶　　塩渓《えんけい》何ゾ奇絶

層巒壓南軒　　層巒南軒ヲ圧ス

溪流魚可釣　　渓流魚釣ルベシ

清涼響潺湲　　清涼 響《ひびき》潺湲《せんくわん》

山筍味還美　　山筍《さんじゆん》 味還《また》美

盤上供晩餐　　盤上晩餐ニ供ス
散步何所望　　散歩何《いづ》クノ所カ望マン
雲低林下門　　雲ハ低《た》ル林下ノ門
消夏幾旬過　　消夏幾旬カ過ギ
偏喜事不煩　　偏ニ喜ブ事煩《はん》ナラザルヲ
讀書閒坐好　　読書閒坐好シ
千載道自存　　千載道自ラ存ス
萬峰長凝翠　　万峰長ク翠ヲ凝ラス
誰同探水源　　誰カ同ジク水源ヲ探ラン

〔語釈〕 塩渓—渓谷、渓流に富む塩原の地。　奇絶—優れて珍しい。　層巒—連なり重なり合つた山々。潺湲—さらさらと流れる水音の形容。　山筍—山中に生えてゐる筍。　消夏—夏の暑気を払ひ除ける。　閒坐—閒《しづ》かに坐る。「謹解本」は「閑坐」とするが、意味は同じであるが、やゝ判読し難いものの「奉呈本」は「閒坐」と読める。「刊行会本」には「間坐」とある。

〔意訳〕 塩原の景観たるや何と妙趣に富むことか。幾重にも連なり重なり合つた山々は用邸の南の軒に覆ひ被さるやうに迫り、渓流は魚を釣るに宜しく清らかにさらさらと流れてゐる。山の筍亦美味で之は晩餐の膳に供する。散歩するに何処を望むことがあらう、雲は用邸の林間の門に垂れ込めてゐる。此処塩原に暑を避けて、幾十日か過ぎたが、その間煩はしい事の無かつたのが只々喜ばれる。この環境は閒坐して読書するにも最適であり、その書には千載変らぬ道が存してゐる。山々は何時までも青々とした美しさを保ち続けてゐるが、その山々の奥にある水源を誰と共に尋ねようか。

〔参考〕「謹解本」は終はりの二行を「山々はとこしへに翠を凝らして変る所がない。道の古今に通じて変らざるが如くに。其の山々の奥には此の渓谷の水源が有るであらう、誰か路を知つた人と共に探つて見たい。それと同じく道の蘊奥をも窮め尽したいものであると、蓋しこのやうな含蓄の叡藻と拝察される。」と。

東宮は御夫妻にて塩原御用邸に一ヶ月間御避暑、その折の御作。九月六日還啓。

觀華嚴瀑　　華厳ノ瀑ヲ観ル

仰望山中大瀑懸　　仰望ス山中大瀑懸ルヲ

隨風雲氣自泠然　　風ニ随ヒテ雲気自ラ泠然

恍疑天上銀河水　　恍トシテ疑フ天上銀河ノ水

瀉作飛流在眼前　　瀉《そそ》ギテ飛流ト作《な》リテ眼前ニ在ルカト

〔語釈〕華厳瀑―日光市に有る華厳の滝。落差九十九メートル、幅十メートル。　雲気―雲のやうに空中に現れる気。　冷然―清らか。　恍―おぼろげなこと。　瀉―高い所から降りそそぐ。

〔意訳〕山中に大きな滝が懸かる様を仰ぎ望むと、滝の起す風に随つて雲のやうに空中に現れる気は自づから清らかである。そのおぼろげなる有様たるや、恐らく天上の銀河が飛流となつて眼前に降りそそぐのであらうと思はれるくらゐである。

〔参考〕之は前記御避暑中、日光田母沢御用邸に御出での際の御作。

明治四十一年　宝算三十

葉山南園與韓國皇太子同觀梅

葉山南園ニ韓国皇太子ト同ジク梅ヲ観ル

不管春寒飛雪斜
喜君來訪暫停車
葉山歡會興何盡
共賞園梅幾樹花

管《くわん》セズ春寒飛雪斜ナルニ
喜ブ君来訪暫ク車ヲ停ムルヲ
葉山歓会興何ゾ尽キン
共ニ賞ス園梅幾樹ノ花

〔語釈〕管―拘束する。

〔意訳〕春猶寒く雪も斜めに飛ぶ程の寒さにも拘らず、君が此処に訪ねて来てくれ、暫らく車駕を停めることは大変嬉しい。葉山でのこの歓びの出会ひに、共に庭園のあちこちに咲く梅花を賞し、どうして興が尽きやうか。

〔参考〕韓国皇太子は英親王垠《えいしんわうぎん》。日本留学の為前年十二月七日下関に来航。時に十歳。十五日新橋停車場に、東宮（大正天皇）の迎接を受けて入京、威仁親王陪乗の馬車にて宿舎芝離宮に入る。十八日参内、明治天皇に対面。天皇は午餐を賜ふ。なほ、東宮並びに妃殿下も御出での御予定であつたが、お二人共折悪しく風邪を召されて御出ましはなかつた。

東宮並びに妃殿下は、この年一月二十日より三月九日迄、避寒の為葉山に御滞在であつた。此の御製詩に詠まれた韓国皇太子の葉山御用邸訪問は、その間の二月二十四日のことであつた。

韓国皇太子は、初代大韓帝国皇帝高宗と側室嚴妃との間に、西暦一八九七年（明治三十年）誕生。明治四十年日本に留学。四十三年日韓併合に依り、大韓帝国皇太子ではなく日本の皇族に順ずる待遇となり「王世子《わうせいし》李垠殿下」の敬称を受ける。「王世子」は「王の世継ぎ」。大正六年陸軍士官学校卒業。同九年梨本宮方子《まさこ》女王と結婚。昭和十年陸軍大佐、宇都宮の歩兵第五十九聯隊長。同十二年陸軍士官学校教官等と累進。終戦時は陸軍中将、軍事参議官。戦後、臣籍降下、日本国籍離脱。昭和三十八年韓国の朴正熙大統領の配慮により韓国国籍を回復、帰国、その七年後に七十三歳にて逝去。

李方子様はその後、韓国に於て心や体に障害を負つた児童の福祉活動に尽瘁、亡夫李垠殿下の雅号明暉から名付けた明暉園や慈恵学校を創設、韓国では「障害児の母」と敬愛されてゐたが平成元年八十七歳にて逝去。その自伝『流れのままに』（啓佑社刊、平成六年第九版）の一節、

たとえ、たどった道はけわしく、つらい道のりであったとしても、それに耐えぬく私達夫婦に

対して、『つつがなかれ』と、心ひそやかにお祈り下されたばかりか、人間としてご立派だった李垠様におつかえする私を、むしろ、しあわせであったとおよろこび下された母上様を、私はお恨みするどころか、かえって誇りにさえ思いました。

母上様が申されましたように、李垠様と私は、人間としての結びつきと愛情の深さであったと思います。すでに、李垠様はこの世にはおられませぬが、李垠様の御心は、いま、私の心とご一緒なのです。

お二人には男子のお子様が二名をられたが、長男は夭逝、次男李玖氏は平成十七年七月十六日東京にて逝去。享年七十三。これに依り李王家は断絶した。

観蛍

薄暮水邊涼氣催
出叢穿柳近池臺
輕羅小扇且休撲

観蛍

薄暮水辺涼気催ス
叢《くさむら》ヲ出デ柳ヲ穿《うが》チ池台《ちだい》ニ近ヅク
軽羅小扇且《しばら》ク撲《う》ツヲ休《や》メヨ

愛見熒熒去又來　　愛シ見ン熒熒《けいけい》去リ又来ルヲ

〔語釈〕薄暮—日暮れ。　池台—池に臨んだ台《うてな》（高殿）。　軽羅小扇—「薄物の絹の衣を着て、小さな扇を持つ美人」とする解もあるが、此処は「薄絹を張った小さな団扇」と解する。　熒熒—ぴかぴか光る。

〔意訳〕日暮れの水辺、やうやく涼しくなつて来た。蛍も叢を出たり、柳の枝を縫ふやうに飛んだりして、時には池台の辺りまで飛んで来る。その小さな団扇で蛍を撲つのは、まあやめよう。それよりも、あのぴかぴかと光りながら行つたり、来たりしてゐるさまを愛でようではないか。

〔参考〕大正五年にも同じく「観蛍」と題し給ふ御製詩が見えるので併せ読まれたい。

紫苑　　紫苑

紫苑新秋發　　紫苑《しをん》新秋ニ発《ひら》ク
幽姿似菊花　　幽姿菊花ニ似タリ
湛湛風露氣　　湛湛《たんたん》風露ノ気
佳色十分加　　佳色十分ニ加ハル

〔語釈〕紫苑—紫苑。菊科の多年草。主に東アジアに自生し、鑑賞用に栽培もされる。初秋に傘状、淡い紫色の花を天辺《てっぺん》に著ける。　湛湛—露の多いさま。　風露—風と露。

〔意訳〕初秋ともなれば紫菀が花を著け、其の花の幽《かそ》けき姿は菊の花に似てゐる。辺り一面に風と露の気が満ちて、其の風景を紫菀の佳い色が一層引き立ててゐるではないか。

〔参考〕「謹解本」は之を何処かの山地の風景を詠み給ひしものとするが、その根拠（他の場合、行啓等の記録が明記されてゐる。）は明示されてゐない。或は、「謹解本」に言はれる通りかも知れぬが、皇居勤労奉仕の砌、皇居の奥深くまで参入させて頂いた筆者の経験からすれば、今尚殆んど自然に近い内苑の御様子であり、所々に紫菀も見受けられる。況して大正の御代ならば尚更であったらうと拝察され、内苑の何処かの御様子を詠み給ひし御作にあらずや、とも思へる。

登臨江閣

天晴氣暖似春和
高閣倚欄吟興多
白雪皚皚淺間嶽
碧流滾滾利根河

臨江閣ニ登ル

天晴レ気暖ニ春和ニ似タリ
高閣欄ニ倚リテ吟興多シ
白雪皚皚《がいがい》浅間ノ嶽《たけ》
碧流滾滾《こんこん》利根ノ河

〔語釈〕臨江閣―群馬県前橋市に在り。明治十七年利根川に面した松林の中に、数奇屋風に迎賓館として建築された。現在之を本館と称し、明治四十三年貴賓館として建てられた書院風建築は別館とされてゐる。
春和―春の和やかなこと。　皚皚―雪や霜の白いこと。　嶽―すぐれて高い山。「高《たか》千《ち》穂《ほ》之《の》久《く》士《し》布《ふ》流《る》多《た》気《け》」と言ふが如し。　滾滾―水流の湧き立つ如くさかんなること。

〔意訳〕天気は晴天温暖、春を思はせる佳き日、臨江閣の高殿に登り、見れば、浅間山は雪を戴き真白に、利根川亦水碧く滾々と流れてやまない。この絶景に「うたごころ」も大いに動かされる。

〔参考〕この年十一月九日より二十日迄、明治天皇は陸軍特別大演習統監並に海軍大演習親閲の為、奈良、兵庫両県に行幸あらせられた。そして、その間の十四日より十九日に至る六日間、埼玉、群馬両県に跨り近衛師団が機動演習を実施した。東宮はこの機動演習御視察の為行啓、期間中臨江閣に御宿泊遊ばされた。その折の御作である。

明治四十二年　宝算三十一

恭謁皇后宮沼津離宮

恭シク皇后宮ニ沼津離宮ニ謁ス

晴天吹暖暮春風　　晴天暖ヲ吹ク暮春ノ風
富岳巍巍聳半空　　富岳巍巍《ぎぎ》半空ニ聳ユ
無限恩光霑草木　　無限ノ恩光草木霑《うるほ》ヒ
海波静蘸夕陽紅　　海波静ニ蘸《ひた》ス夕陽ノ紅《くれなゐ》

〔語釈〕 謁―身分の高いお方にお会ひ頂く。　巍巍―山が高く大きい。　半空―天の中程。中天。　恩光―万物を育てる春の光。又、天子の御恩。　霑―恩恵を受ける。　蘸―影が水にうつる。

〔意訳〕 天は晴れ暮春の風は暖かく、富士山は中空に高々と聳えてゐる。草木は無限の春の光にうるほひ、海の波は静かに紅の夕陽を映してゐる。

〔参考〕 東宮は妃殿下と御一緒に、一月一日より三月二十五日迄葉山御用邸に避寒。その間の二月二十六日、汽車にて沼津御用邸に御出でになり、皇孫裕仁、雍仁、宣仁のお三方も御一緒にて、皇后宮と午餐を共にされた。

なほ、題には「沼津離宮」とあるが、正式には「御用邸」である。皇后宮が御滞在あらせられたので「離宮」とされたもの。「稿本」には「行宮《あんぐう》」（仮の御所）とされてゐる。当時の「離宮」と言へば、赤坂離宮（東京赤坂）、霞関離宮（東京麹町）、浜離宮（東京築地）、修学院離宮（京都左京区）、桂離宮（京都右京区）、武庫離宮（神戸須磨）、函根離宮（神奈川箱根）の七箇所であった。「謹解本」には「恩光」を「国母陛下の御恩」と解してある。寧ろ、その方が此の御作に相応しいかとも思はれる。

恐らくこの時の事であらう、妃殿下（貞明皇后）も御詩をお詠み遊ばした。訓読、意訳は筆者。

赴沼津汽車中作　　沼津ニ赴ク汽車中ノ作

數驛過來國府邊　　数駅過ギ来ル国府ノ辺
野梅的歴滿山田　　野梅的歴山田ニ満ツ
遙望函嶺猶殘雪　　遥カニ望メバ函嶺猶残雪
青帝分春亦有偏　　青帝春ヲ分ツ亦偏有リ

〔意訳〕 汽車は数駅を過ぎて大磯の国府の辺りに差し掛かりました。野の梅は真に鮮やかに（的歴）山の田に満ち、一方、遠く箱根の山々を望むとまだ残雪が見えます。春を司る神様（青帝）

が、春をお分けになるのにも、こちらは花、あちらは雪と、偏りがあるやうですね。

「謹解本」に行啓は二月二十六日であり「暮春」に「少しそぐはぬやうだが云々」とあるが、「国母陛下の御恩」と解すればそれで良い。この行啓の一ヶ月程前に、乃木大将が沼津御用邸に、皇后陛下の御機嫌伺ひに参上し

冬ながら后《きさい》の宮のましませば春心地なる静浦の里

と詠んでゐる。

過元帥山縣有朋椿山荘

元帥山縣有朋ノ椿山荘ヲ過ル

輕風嫩日夏初天　　軽風嫩日《どんじつ》夏初ノ天
綠野堂開樹色鮮　　綠野堂開キテ樹色鮮カナリ
園圃時聞採茶曲　　園圃時ニ聞ク採茶ノ曲
坐中筆墨見雲煙　　坐中筆墨雲煙ヲ見ル

〔語釈〕 椿山荘―山縣有朋の私邸。今の東京都文京区関口の辺り一帯に広大な敷地を占めてゐた。 嫩―やはらかい。 綠野堂―名臣の別荘。三十五年の「寿伊藤博文周甲」を参照されたし。 雲煙―書画の筆勢躍動し、色遣ひ亦鮮やかなこと。

〔意訳〕 夏の初め、風はそよ吹き、日差しはやはらかい。今日は山縣有朋が、其の私邸椿山荘を開き、招いてくれたが、そこは樹林の新緑も鮮やかに、園中の茶畑からは茶摘の歌も聞えて来る。別荘の中では、画人達が筆の運び、色遣ひ共に素晴らしい画を描いてゐるのを見た。

〔参考〕 山縣有朋は長州の人。天保九年生れ。二十歳の頃松下村塾入門。明治十八年第一次伊藤内閣に内務大臣、二十二年には内閣総理大臣、日露戦争の折は参謀総長。陸軍大将、元帥。四十年公爵等位人臣を極む。大正十一年逝去。行年八十五。国葬を賜ふ。

賀三島毅八十

三島毅ノ八十ヲ賀ス

白髪朱顔志益堅
朝朝説道侍經筵
後凋松柏堪相比

白髪朱顔志 益《ますます》 堅シ
朝朝道ヲ説キ経筵《けいえん》ニ侍ス
後凋《こうてう》ノ松柏相比スルニ堪ヘタリ

冒雪凌霜八十年　　雪ヲ冒シ霜ヲ凌グ八十年

〔**語釈**〕経筵―経書（儒教の教へを書いた書）を講義する席。　後凋―凋《しぼ》むに後《おく》れる。仮令、他の樹木は寒さに凋むとも、松や柏は凋まずに残る。そのやうに、君子が晩節を全うすること。艱難辛苦にも屈しない節操。「論語・子罕編」に曰く「歳寒くして、然る後、松柏の凋むに後るるを知る。」と。

〔**意訳**〕傘寿を迎へ頭髪白きを加ふとは言へ、顔色は艶々と、志は益々堅く、朝毎に経書の講義の席に侍してゐる。八十年の長きに亘り艱難辛苦にも屈せず能く節操を持し、松柏後凋の節に比《たぐ》ふものである。

〔**参考**〕「謹解本」に依れば、東宮は五月二十六日に三島侍講に八十のお祝ひとして、銀製御紋付巻煙草函、金一万匹（「匹」は古くは金銭を数へる単位でもあつたが、明治時代に用ゐられてゐたとは思へないが「謹解本」にはさうある。）竝に此の御作を賜はりたる由。

「稿本」の「宸筆下賜録」に「賀三嶋侍講八十壽」として載り、「三嶋侍講ニ下賜」「明治四二、一二、日缺グ《ママ》」とある。三島侍講の誕生日は十二月九日なので下賜の日付は或は「宸筆下賜録」の方が本当かも知れぬ。なほ「宸筆下賜録」には転句、結句は「遐齢（筆者註―長寿・長生き）殊賀同松柏。冒雪凌雲八十年」とある。

三島毅、号は中洲、桐南等。幕末から明治大正にかけての漢学者。天保元年十二月九日、備中国窪屋郡中島村今の岡山県倉敷市に生まれた。幼にして親を失ひ、伊勢の津や江戸に学び、安政六年備中松山藩藩校有終館学頭となる。明治五年司法官、同十年東京に漢学塾二松学舎創立。又、東京帝国大学等に教鞭を執り、同二十九年東宮御用掛、次いで東宮侍講を仰せ付かり、後、宮中顧問官。文学博士。勲一等。大正八年五月歿。行年九十。

望金華山

金華山ヲ望ム

九月秋風暁霧開
大垣城裏望悠哉
何人彩筆描佳景
突兀金華翠作堆

九月秋風暁霧開ク
大垣城裏望《のぞみ》悠ナル哉
何人ノ彩筆カ佳景ヲ描カン
突兀《とっこつ》タル金華翠堆《たい》ヲ作《な》ス

〔語釈〕金華山―岐阜市東方、標高三百二十九メートルの山。岐阜城（金華山城、稲葉山城）が在つたが、関が原の戦の後、廃城となる。最後の城主は織田信長。　大垣城―戸田氏十万石の居城。四層四階建て天守閣を有する優美な城として、昭和十一年国宝に指定された程であつたが、同二十年戦災にて焼失、三十四年に元の姿を模して再建された。　突兀―山などが高く聳え立つ。

〔意訳〕秋九月、朝風が霧を吹き払ひ、大垣城からは何と遠く迄見渡せることか。遥か彼方には翠《みどり》の金華山が盛り上がるやうに聳えてゐる。この絶景に誰か彩色も美しい筆を揮はぬ者があらうか。

〔参考〕東宮は九月十五日より十月六日に至る間、岐阜、福井、石川、富山各県に行啓遊ばされた。「望金華山」「金崎城址」「登呉羽山」はその折の御作である。

巡啓の概要は岐阜県には九月十五日より三日間。御訪問先は県庁、諸学校、歩兵第六十八聯隊、名和昆虫研究所、大垣城等。福井県には九月十八日より二十三日迄。武生の中学校等、福井の松平侯爵家に御泊り、県庁、諸学校、工場、足羽山公園、福井城址、新田義貞戦死の地、永平寺等、敦賀にて歩兵第十九聯隊、明治十一年御巡幸の際の行在所、官幣中社金崎宮等、鯖江にて歩兵第三十六聯隊等へ。その後、丸岡城を経て石川県へ、大聖寺物産陳列館、粟津の馬政局石川種馬所、小松では中学校、明治十一年御巡幸の際の行在所等、金沢の前田侯爵別邸に御泊り、県庁、諸学校、第九師団・第六旅団各司令部や兵営、そして観兵式もあり、兼六公園より七尾、和倉、松任の各学校等へ、そして、二十九日富山県伏木港、福野農学校、県庁に御泊り、各学校、歩兵第六十九聯隊、薬剤製造場、織物模範工場、呉羽山公園等へ、又、魚津にて中学校、明治十一年御巡幸の際の行在所へ、高岡にて諸学校、瑞龍寺等へ、十月三日富山を発して静岡、沼津経由にて六日東京に還啓遊ばされた。

金崎城址

登臨城址弔英雄
日落風寒樹鬱葱
身死詔書在衣帯
千秋正氣見孤忠

金崎《かねがさき》城址《じやうし》

城址ニ登臨シテ英雄ヲ弔ス
日落チ風寒ク樹鬱葱《うつそう》
身死シテ詔書衣帯ニ在リ
千秋正気孤忠ヲ見ル

〔語釈〕 金崎城―延元元年（皇紀一九九六年）後醍醐天皇の命を奉じ、新田義貞が郎党を率ゐて拠つた越前国敦賀の城。　鬱葱―こんもりと茂る。鬱蒼。　孤忠―南風競はず（皇室の御威光が暗雲に蔽はれ、世が乱れる）、賊軍天下に蔓延《はびこ》るとも、仮令《たとへ》味方は自分一人となつても命を懸けて、忠義の道を践むこと。

〔意訳〕 金崎城址に登り、かの日、王事に死した英雄を弔へば、日は已に落ち、風は膚寒く、樹木鬱葱と、凄愴の感が深い。新田義貞が今は是迄と自害して果てた時、後醍醐天皇の御宸筆の詔書を膚守の中に秘してゐた。此の孤忠の姿に、国史を貫いて変ること無き、天地に漲る正しい気性を見るのである。

〔参考〕 「太平記」巻十六より巻二十迄を参照しつつ此の「金崎城址」の背景を略述しよう。

延元元年、後醍醐天皇の命を奉じ、新田義貞は東宮恒良親王と尊良親王とを擁して、長男義顕、気比神宮大宮司氏治等と金崎城に拠り足利勢と戦つたが翌年金崎は落城、恒良親王は捕へられ尊良親王、新田義顕等は自害、義貞は更に杣山城、藤島城に拠つて戦つた。同三年後醍醐天皇の御宸筆の詔書が新田義貞に降つた。其処には「朝敵征伐の事、叡慮《えいりよ》の向ふ所は、ひとへに義貞の武功に在り、選んでいまだ他を求めず、ことに早速の計略をめぐらすべきものなり」とあつた。詔書をお受けした義貞は「源平両家の武臣、代々大功ありといへども、ぢきに宸筆の勅書を下されたる例、いまだ聞かざるところなり」と感激、これは新田家にとり分不相応な名誉であり、此処で一命を鴻毛の軽きに比して戦はなければ、一体何時忠義を尽すべき時があらう、と奮戦之努めたが、武運拙く遂に藤島城の近くで敵の矢に眉間の真中を射られ、今は是迄とみづから首掻き切つて自害した。御作は此の往時を偲び給ひしものである。

承句の「鬱」を「謹解本」は「欝」とする。本書も「刊行会本」も「奉呈本」に従ふ。

登呉羽山

呉羽山ニ登ル

雨後無風秋氣溫　雨後風無ク秋気温カシ

呉羽峻阪留履痕　呉羽ノ峻阪《しゆんぱん》履痕《りこん》ヲ留ム

維昔秀吉進征旆　維レ昔秀吉征旆ヲ進メ
敵將力窮降軍門　敵将力窮リテ軍門ニ降ル
吾來此地見形勢　吾此ノ地ニ来リテ形勢ヲ見ルニ
中越全景眼中存　中越ノ全景眼中ニ存ス
立岳衝空向東聳　立岳空ヲ衝キ東ニ向ヒテ聳エ
神通水漲指北奔　神通水張リ北ヲ指シテ奔ル
兵營一路連城市　兵営一路城市ニ連リ
海灣直接罷稏原　海湾直ニ接ス罷《は》稏《あ》ノ原
眺望如此難多得　眺望此《かく》ノ如キハ多クハ得難シ
眞是北國好公園　真ニ是北国ノ好公園

〔**語釈**〕罷稏―稲。

〔**意訳**〕呉羽の山は雨もあがつた後で秋の温かい気配が辺りに漂つてをり、その雨上がりの急な坂道には、靴の痕が残つてゐる。思へば、此の地はその昔、羽柴秀吉が戦の旗印も勇ましく軍勢を進め、秀吉にとつては敵将であつた流石の佐々成政も力窮まつてその軍門に降つた古戦場ではないか。そして今、此の地に来てその形勢を見てみると、富山県の素晴らしい景観の全体が見渡せるのである。

峨々たる立山の峰々は空を衝いて東に向つて聳え立ち、神通川には水が漲り北を指して奔流となつてゐる。又、此の地に駐屯する歩兵第三十一旅団司令部と歩兵第六十九聯隊の兵営は広い道路ただ一すぢに富山城のある市街に連なり、富山湾と豊かな稲田の越中平野とは恰も直接続いてゐるかの如くである。このやうな眺望はさう多くは得られるものではなく、この呉羽山こそまことに北国の素晴らしい公園である。

〔参考〕「謹解本」には九・十行目が「旅団兵営接城市。海湾直連罷稏原」となつてゐる。奉呈本の編纂に携つた方の著書に何故に奉呈本とは大いに相違する字句にされたのか、考へられる理由としては、稿本の中には確かに「旅団兵営接城市。海湾直連罷稏原」となつてゐるものもある。歩兵第三十一旅団司令部、歩兵第六十九聯隊が富山市五福に移駐したのが明治四十一年六月二十五日であり、このやうに詠まれても何ら不自然ではない。大正天皇は推敲の過程でこのやうにされた事もあつたのは紛れもない事実である。それで長年宮内省御用掛として事に当つてこられた木下氏が後年（昭和三十五年）『大正天皇御製詩集謹解』を著す際に錯誤、混同を起こされたのではなからうかと筆者は想像する。

筆者は右の異同を調査する為、宮内庁書陵部に赴き各種の稿本にも目を通した。稿本であるので公刊される筈もなく、又、最終的に詩句の決定をみた奉呈本と異同があるのは当然である。それだけに大正天皇さまの推敲の跡を拝し得て、まことに恐れ多く畏き限りであつた。

その稿本の中に「昭和十九、二十年写」である由の「大正天皇御製詩集・稿本・詩体別」（総目、本文計四冊）と「大正天皇御製詩編年集・稿本」（総目、本文計三冊）と云ふ、共に大正天皇御集編纂委員会編の稿本があつた。その稿本に載る「登呉羽山」の御作には数箇所奉呈本との詩句の異同が見られたが、その双方の四行目、奉呈本に「敵將力窮降軍門」とある部分が「成政力窮降軍門」となつてゐたのである。徒に大御心を忖度し奉ることは慎まなければならないが、筆者としては「敵將」といふ詩句に些か腑に落ちぬ感があつただけに、強ち所謂「敵将」とのみ思召てましましたのではないと知り、心和むところがあつた。「意訳」に「秀吉にとつては敵将であつた流石の佐々成政」とした所以である。この点に就きいま少し考察を加へよう、つまり、恐れながら、大正天皇は、御自分から御覧になつて、羽柴秀吉を味方、佐々成政を敵といふ意味で「敵将」の語を用ゐ給うたのではない、といふ事を述べようと言ふ訳である。

「謹解本」にはこの部分の謹解は〔天正十三年豊臣秀吉（筆者註―秀吉の越中攻略が成つたのは天正十三年八月二十六日、従つてこの時は今だ「羽柴」であつた。豊臣への改称勅許は同年九月九日説と、翌天正十四年十一月七日、後陽成天皇御即位以後説の二通りがある）大軍を率ゐて富山城主佐々成政を攻め、遂に之を降した」となつてゐる。しかしこれだけでは恰も、大正天皇も亦佐々成政を所謂「敵将」と思召してをられたかの如くであり違和感が強く、一視同仁（貴賤貧富、官民朝野はおろか、敵味方の別すらなく、あまねく慈しみ給ふ宏大無辺なる御聖徳）の大御心より拝察申上げて、更には前述の如き御推敲の跡を拝して「秀吉にとつては敵将であつた流石の佐々成政」と意訳した次第である。

「成政」を推敲の上「敵将」とされた理由は素より分らないが、筆者は前述の如く「徒に大御心を付度し奉ることは慎まなければならない」事を念頭に置きつつ、恐れながら次のやうに考察し奉る。

①「勝てば官軍、負ければ賊軍」の俚諺があるが、之を戒めとして佐々成政の実像果たして奈辺に在りやと深思すべきである。此処に若し「賊将」とあればそれこそ末代の恥であらう。しかし、織田家への忠節を貫かんとして一度は敢然と秀吉に「敵対した将」である事は、一戦も交へずに初めから保身栄達の途を行く事に比べれば武士として寧ろ誇るべきことにあらずや。しかも成政は民百姓に無用の惨害を及ぼさざるべく已む無く「軍門に降」つたのであり、大正天皇は之を憐れと思召された。

②大正天皇の皇后であられる貞明皇后は公爵九條家から皇室に上られたのであり、佐々成政はそ

の九條家の遠祖である。『読史備要』を参照しつつ大略を記せば、九條家を溯れば関白左大臣鷹司信房に至る。この信房の夫人岳泉院は佐々成政の次女である。その佐々家は第五十九代宇多天皇の子孫、佐々木家より岐れた家柄なる由。

以上の二点よりして大正天皇は実名「成政」を出して「軍門に降」ったとするのをわざわざ避け給ひ、推敲の末「秀吉に敵対した将」の意味で「敵将」とされた、と筆者は拝察申上げる。

昭和二十六年十月一日、呉羽山の一角「皇儲駐駕處《くわうちょ》」に「登呉羽山」の御製詩碑が建立された。之は、大正天皇の聖蹟を長く記念、保存し、更に、折から九月八日にはサンフランシスコ講和会議に於て平和条約調印の事があり、大東亜戦争が正式に終結したこの時に当り、祖国復興の心の拠り所とすべく建立されたものであり、十一月十五日の除幕式には三笠宮殿下の台臨を仰いだ。

この御製詩碑も長年月の間に本体の剥落、基壇の緩みが進行し、心有る人々の憂慮する処であったが、平成十四年十月、今上陛下御製碑（平成十二年、国民体育大会臨御の砌の御製）の建立に併せ、修復が為された。「修復」は「原状復元」の謂ではあるが、現実には碑面の「大正天皇」という肝腎の部分を始め各所の剥落は想像以上のものが有り、その状態での保存工事は技術的には可能であるものの、却て「不敬」の謗は免れず、物理的に「修復・復元」は不可能な状態であつた。併し、風致地区の公有地に「新修」は認められず、飽く迄「修復」として許可を得る以外に途は無かつた。其処で石材の専門家の意見をも徴し、出来得る限り元の状態を残し、且つ当局の許可必須条件である「修復」の名目をも立てる為、基壇の石垣石階や、その上に繞らされた石の玉垣の緩みなどは修復の上継続使用し、碑石の材質も尊厳、耐久性、美観等を考慮し、「御製詩」の文字は工藤壮平揮毫の原本は八方手を尽くしても見当たらず、拓本も無く、已む無く昔の写真に之を求めるなど、考へ得る最善の策を講じて〝修復〟されたのである。これ以上を求めるのは無い物強請《ねだ》りであらう。なほ、基壇から取り外された元の御製詩碑は富山縣護國神社の境内に保管される事となつた。当事者は誰一人として筆者に、事成就する迄の間の苦労は語つてくれなかつたが「他人《ひと》知れぬ苦労」とは之を言ふのであらう。

なほ、この修復された御製詩碑の除幕式は平成十四年十月三十一日、つまり、大正聖代の天長節の代日に斎行されてゐる。

明治四十三年　宝算三十二

養老泉

飛流百尺下高岑
古木蒼蒼雲氣深
聞昔樵夫能養老
至今純孝感人心

養老泉

飛流百尺高岑《かうしん》ヲ下ル
古木蒼蒼雲気深シ
聞ク昔樵夫能ク老ヲ養フト
今ニ至ルモ純孝人心ヲ感ゼシム

〔語釈〕養老泉—孝子伝説で名高い岐阜県大垣市の山中の瀧。岑—みね。蒼蒼—草木が青く茂る。「蒼」は草木の濃い青色。雲気—雲の如く空に現れる気。純孝—真心を以てする親孝行。

〔意訳〕飛ぶが如き百尺の瀧が小高い岑から流れ落ち、辺りは古木蒼々と雲気も深く漂つてゐる。昔、樵《きこり》の男が老いた父親に孝養を尽くしたと言ふ話を聞くが、その伝説の瀧が之であり、昔話の真心籠めた親孝行は、今も人の心に感動を与へてゐるのである。

〔参考〕養老の瀧は今の岐阜県養老郡養老町に在る。養老山地北部の東側断崖から流れ落ちる、落差三十余メートル、幅数メートルの瀧。

「古今著聞集・巻第八孝行恩愛」に載るその話を意訳、略記しよう。

元正《げんしやう》天皇（第四十四代。女帝。凡そ千三百年前の天皇さま）の御代に美濃の国に老いた父親に孝養を尽くす樵が居た。その父親は朝夕に酒を欲しがり、子は厭ひもせず毎日瓢箪に酒を買つて来てゐた。或る時山中で薪を取らうとしてゐた時に苔に足を滑らせ、うつ伏せに転んだら、酒の香がする。おや、と思ひ辺りを見ると、石の中から流れ出る水の色が酒の色のやうなので、嘗めてみると、「旨い。本当に酒だ。バンザーイ。」、と言ふ次第で、それからは毎日この酒を汲み、不自由無く父親を養ふことができた。

天皇陛下はこの事をお聞きになられ、霊亀三年（皇紀一三七七年）九月其処へ行幸され天覧遊ばされた。そして、「これは又と無い親孝行に天神地祇が感応し給ひ、あらたかな霊験を示されたのである。」と感心なされて、その樵を美濃の守になされた。お蔭さまで樵は裕福になり、愈々孝養に励んだ。そして、その酒の出る所を「養老の瀧」と名づけ、十一月には年号を「養老」と改元された。

改元に関し別伝では、元正天皇が美濃の不破の行宮に逗留の折、近くの泉で体を洗ふと、肌はすべすべ、痛みも取れたので、老いを養ふ霊泉であるとして「養老」と改元された、とある。この泉は「養老の瀧」近くの「菊水泉」である。

大正天皇御製の東宮時代の御作の、年代不詳の部に載る御製を「養老泉」関連の御作として掲げる。

　　をりにふれて

おいが身もなほ長かれと祈るかなさか行くみよの末もみるべく

この時の岐阜県行啓は四月十四日からの参謀演習旅行御見学の為のもので、養老の瀧御観瀑はその終了後の四月二十一日の事であつた。

琵琶湖

西風斜日水泠泠
縹渺烟波接遠汀
舟向竹生洲畔去
瑠璃盤上點螺青

琵琶湖

西風斜日水泠泠《れいれい》
縹渺《へうべう》烟波《えんぱ》遠汀《てい》ニ接ス
舟ハ竹生洲畔ニ向ヒテ去リ
瑠璃盤上螺青《らせい》ヲ点ズ

〔語釈〕 泠泠—水の清涼なこと。　縹渺—広く、遥かなこと。　烟波—遠い水面が靄がかかつたやうにぼんやりしてゐること。　汀—みぎは。水際。　竹生—竹生島。琵琶湖の中に在る島。　瑠璃—紫紺色の宝玉。

螺青―青螺。青色の「にし貝」。「螺」は法螺貝に似た貝で「にし」とも「にな」とも呼ばれる。押韻の上から顚倒されたもの。

〔意訳〕黄昏行く琵琶湖。西風に夕陽は斜めに、湖水は冷たく澄み切り、広々とした湖面の彼方には靄がかかり、そのまま遠くのみぎは迄つづいてゐる。そんな時、竹生島に向けて舟が行く。その様は、まるで瑠璃色の盤の上に青色の「にし貝」を置いたやうに美しく見える。

〔参考〕九月二十四日、東宮は特別工兵演習御視察の為京都に行啓された。二條離宮に御泊りの上、演習御視察の他、孝明天皇陵や英照皇太后陵等の御参拝、京都帝国大学や公私立各種学校、第十六師団司令部等も御視察あつた。ところが、十月六日離宮近くに流行病発生、急に御泊り先を滋賀県大津市の円満院に変更された。此処でも学校や兵営を御視察、十日には舞鶴軍港にて駆逐艦海風の進水式に臨まれる等の事があり、十二日東京に還啓遊ばされた。この「琵琶湖」と後の「望湖」「臨進水式」の三首はこの折の御作である。

望湖　　湖ヲ望ム

青山登高處　　青山高キニ登ル処
天晴俯太湖　　天晴レ太湖ヲ俯ス

煙波何縹渺　煙波《えんぱ》何ゾ縹渺
帆影白糢糊　帆影白糢糊
清風來吹袂　清風来リテ袂ヲ吹キ
且喜塵埃無　且ツ喜ブ塵埃無キヲ
徘徊不忍去　徘徊去ルニ忍ビズ
此地眞名區　此ノ地真ニ名区

〔語釈〕太湖―琵琶湖の別名。　煙波縹渺―遠く広い水面に、もやが立ちこめて水面と空との境がはっきりしない様子。　糢糊―「模糊」に同じ。分明でない。景色がどんより、ぼんやりとしてゐる。　名区―優れた所。

〔意訳〕緑の山の高所に登り、晴天の下、眼下に広がる琵琶湖を眺め渡した。煙波の何と縹渺たることか。帆影の白も模糊としてゐる。清風は袂を吹き来り、その上、塵埃も無いのが喜ばしい。ぶらりと歩いてをれば去るに忍びず、此処は真に好い所である。

臨進水式

嶺雲送雨氣爽涼
迂回如蛇鐵路長
下車丹州舞鶴驛
直臨軍港進水場
新製大艦横半空
當面喜見容姿雄
萬人整肅陪觀處
大臣命名曰海風
廠長擧槌斷索條
船體滑走破波濤
待見他年海戰日

進水式ニ臨ム

嶺雲雨ヲ送リ気爽涼
迂回蛇ノ如ク鉄路長シ
下車ス丹州舞鶴駅
直ニ臨ム軍港進水場
新製ノ大艦半空ニ横タハリ
面ニ当リ喜ビ見ル容姿ノ雄
万人整粛陪観ノ処
大臣命名シ海風ト曰フ
廠長槌ヲ挙ゲテ索條ヲ断チ
船体滑走波濤ヲ破ル
待チ見ン他年海戦ノ日

赫赫聲譽內外高　　　赫赫声誉内外ニ高キヲ

〔語釈〕鉄路長—御泊りの円満院を午前六時御出発、近くの馬場停車場にて御乗車、舞鶴御到着は十一時。
赫赫—名声がかがやき現れる。

〔意訳〕嶺の雲が雨を見送つたか、天気も気分も爽やかで心地好い。くねくね蛇行する長い鉄路に乗り、丹後の国、舞鶴の駅に着き、直ちに舞鶴軍港の進水場に臨んだ。

新しく造られた大きな軍艦は中天に横たはり、その雄姿を眼前に喜び見たのである。沢山の人々が緊張して居並び陪観する処で、海軍大臣はこの新造軍艦に「海風」と命名した。

工廠長が槌を挙げ索條を断ち切ると、船体は台上を滑走し、波濤を勢ひよく押し分けて見事進水した。何時の日か、一旦緩急あらば海戦に出動、戦果も高く、赫赫たる誉を内外に称へられるのを待望しよう。

〔参考〕大正天皇御製詩の中、分類の仕方にも依らうが「御集」に載るものだけでも、軍事関連の御作は二十首を超える。総計千四百首に近い中から公表されてゐるのは二割程度なので是以上の穿鑿はしないが、二十首余は割合としては多い方であらう。御作の年は離れてゐるが、次の御製に依つても、国防に寄せ給ふその大御心の一端を拝し奉ることが出来る。

猫（大正九年）

国のまもりゆめおこたるな子猫すら爪とぐ業《わざ》は忘れざりけり

中村公園

中村公園

一路西風日色晴　　一路西風日色晴ル

中村景物最牽情　　中村ノ景物最モ情ヲ牽ク

當年舊宅今何在　　当年旧宅今何《いづく》ニカ在ル

蓋世英雄此地生　　蓋世ノ英雄此ノ地ニ生ル

〔語釈〕中村公園―名古屋市に在る、豊臣秀吉、加藤清正の生誕地を記念する公園。　西風―秋風。　蓋世―気性が大きく且つ優れてゐて、天下を一呑みにする程の勢ひ。

〔意訳〕秋風の中の名古屋の道中、晴天の日の下、此の地では中村の景物に最も心牽かれるものがある。蓋世の英雄秀吉は此処で生まれたと言ふが、あの頃の旧宅は一体今のどの辺りであらうか。

山中

山中

山中一静閒　　山中一ニ静閒

老樹皆千古　　老樹皆千古

白雲時下垂　　白雲時ニ下垂

忽作瀟瀟雨　　忽チ瀟瀟《せうせう》ノ雨ト作《な》ル

〔語釈〕静閒―ものしづか。静閑。　瀟瀟―雨の寂しく降るさま。又、風雨の烈しいこと。この御作の場合「静閒」で「白雲時下垂」の状態であり、当然「風」は無い筈。前者の意味を採る。

〔意訳〕山の中はものしづか、老樹は皆樹齢千年は超えてゐる。そんな森に時に白雲が垂れ込め、忽ち静かな雨となつた。

明治四十四年　宝算三十三

擬人暮春作　人ノ暮春ノ作ニ擬ス

百花歴亂趁東風　百花歴乱東風ヲ趁《お》フ
寂寞園林夕日空　寂寞タル園林夕日空シ
回首天涯人已遠　首《かうべ》ヲ回《めぐら》セバ天涯人已ニ遠シ
暗愁寄在暮雲中　暗愁寄セテ在リ暮雲ノ中《うち》

〔語釈〕歴乱―花が咲き乱れる。　天涯―極めて遠い所。　暗愁―人知れず懐く悲しみ。

〔意訳〕〔人の暮春の作に擬《なぞら》へて詠む〕百花咲き乱れ、春風に舞ひ散り、ひつそりとした園林に夕日が空しく傾いてゐる。振り返れば人は已に、遥か彼方に去り、人知れず懐く吾が悲しみはあの暮雲の中に遣るのみである。

擬送別詩　送別ノ詩ニ擬ス

河梁分手柳如絲
目送歸鴻天一涯
男子常懷四方志
不辭前路幾艱危

河梁《かりやう》手ヲ分ツ柳絲ノ如シ
帰鴻《きこう》ヲ目送ス天ノ一涯
男子常ニ懐《いだ》ク四方《しはう》ノ志
辞セズ前路ノ幾艱危《かんき》

〔語釈〕 梁―橋。　絲―細長く「いと」のやうなもの。他に「きいと」「いとを紡ぐ」等の意味もある。古来「糸」（細いいと。等）と通用されてゐる。　鴻―かり。其の大きいのが「鴻」、小さいのが「雁」。　四方志―天下の諸国を遊歴し、終《つひ》には天下の諸国を経営せんとの大志。　艱危―悩むこと（艱難）や、危ない（危機）局面。

〔意訳〕 友と別れる橋の畔には絲のやうな柳がゆれてゐる。大空の遥か遠く、北へ帰る鴻も見える。男子たる者、常に天下経営の大志を忘れず、故郷遠く、如何なる艱難、危局に遭ふとも恐れること無く、初志を貫徹せよ。

〔参考〕「送別詩」と言へば先づ思ひ浮ぶのが王維のそれである。道中の安全を祈るのに柳の枝を折り、輪にして旅立つ人に渡す風習があつた由。王維は唐代の人であるが、それ以前漢代に已にこの風習があつたと言ふ。

新冠《にひかつぷ》牧場

良駒駿馬風ヲ逐ヒテ行ク
氣爽カニ秋来毛骨成ル
喜ビ見ル雄姿軍用ニ適スルヲ
山野ヲ馳《ち》駆《く》シテ四蹄軽シ

新冠牧場

良駒駿馬逐風行
氣爽秋來毛骨成
喜見雄姿適軍用
馳驅山野四蹄輕

〔語釈〕新冠牧場―北海道日高に在つた御料牧場。

〔意訳〕駿馬の群が風をおつて走つてゐる。空気も爽やかな秋となり、毛並にも艶があり、骨格も逞しく成長した。四つの蹄も軽やかに山野を駆け巡るその雄姿を見れば、軍用馬に相応しい事がよく分り、誠に喜ばしい。

〔参考〕新冠御料牧場は北海道日高の静内《しづない》、新冠、沙流《さる》の三郡に跨る大牧場で、明治五年黒田北海道開拓使長官が牧馬改良の為新冠に開設したのが始まりである。主管部局に時代に依り変遷があつたが、この御作を詠まれた明治四十四年当時は宮内省主馬寮の主管であり、国産、洋産の馬の外、乳牛や緬羊も飼育されてゐた。大正十一年には東宮（昭和天皇）も此処を訪ねてをられる。その後昭和三年帝室林野局の主管となり最盛期には三万三千二百二町歩余の牧場に内地産の軍用乗馬、挽馬九百頭余を飼養した。大東亜戦争後は新憲法第八十八条の規定により、他の多くの皇室財産と共に国有財産に移管された。

東宮（大正天皇）はこの年八月十五日東京を発し、九月十四日還啓と約一ヶ月間北海道各地を巡啓あらせられた。新冠御料牧場へは巡啓も終盤の九月八日に御着きになり、牧場に三日間御宿泊遊ばされた。

晩秋山居

寒溪聲遠草堂幽
寂寞山中又晩秋
風掃簷端霜葉亂
月臨窓外夜猿愁

晩秋山居《さんきょ》

寒渓《かんけい》声遠ク草堂幽ナリ
寂寞山中又晩秋
風ハ簷端《えんたん》ヲ掃ヒテ霜葉乱レ
月ハ窓外ニ臨ミテ夜猿《やゑん》愁フ

〔**語釈**〕山居—山中に在る住ひ。　寒渓—寂しい山中の谷川。「冬の谷川」の意味もあり「晩秋」とあるので微妙なところ。　草堂—茅葺きの家。多く隠遁者が住む。　簷端—簷端《のきば》。

〔**意訳**〕寂しく、ものしづかな晩秋の山中。せせらぎが遠く聞え、草堂はひっそりとしてゐる。風はのきばをなでるが如く吹き、霜枯れた葉は散り乱れ、月は窓外にかかり、夜啼く猿の声はもの悲しく聞えてくる。

歳晩

北風凛冽透人肌
正是今年欲暮時
愛日已臨南殿外
寒梅早有著花枝

歳晩

北風凛冽人肌ニ透ル
正ニ是レ今年暮レント欲スルノ時
愛日《あいじつ》已ニ臨ム南殿ノ外
寒梅早ク有リ花ヲ著《つ》クルノ枝

〔**語釈**〕愛日―冬の日。

〔**意訳**〕歳《とし》の晩《すゑ》ともなると北風殊のほか厳しく、人の肌を刺すやうであり、ああ今年も暮れて行くのであると実感される。そんな中でも、愛すべき日光の照る暖かい日に南殿の外に行つてみると、早咲きの梅の中にはもう花を著けた枝もある。

明治四十五年　宝算三十四

葉山卽事

數聲漁笛入風聞
海氣清涼絕俗氛
檻外遠山如染黛
林間斜日又微曛
望來曲浦參差樹
吟送長天縹渺雲
白髮儒臣依舊健
侍筵時講古人文

葉山即事

数声ノ漁笛風ニ入リテ聞ユ
海気清涼俗氛《ぞくふん》ヲ絶ツ
檻外《かんぐわい》ノ遠山黛ヲ染ムルガ如ク
林間ノ斜日又微曛《びくん》
望ミ来ル曲浦《きよくほ》参差《しんし》ノ樹
吟ジ送ル長天《ちやうてん》縹渺ノ雲
白髪ノ儒臣旧ニ依リテ健ニ
筵ニ侍シテ時ニ講ズ古人ノ文

〔語釈〕漁笛―漁師が吹く笛の音。又、漁村に聞える笛の音。　俗氛―世俗の塵。　檻外―檻《てすり》の外。　微曛―

長天―広い空。

薄い夕陽。　曲浦―曲がりくねつた入江。此処では葉山一帯の海岸線。

〔意訳〕誰が吹くのか、漁村より風に乗つて数声の笛の音が聞えて来て、海の気の清涼なること世俗の塵を謝絶するものがある。手摺の彼方の遠い山々は黛を染めたやうに見え、林の間の夕陽は薄暗い。一帯の入り組んだ浜辺にならぶ木々を見渡し、大空遠く遥かに行く雲を詩など口ずさみつつ見遣るのである。白髪の儒臣三島中洲は変らず矍鑠と、定刻には講義の席に侍して古人の教へを講ずるのである。

〔参考〕東宮は一月十三日より三月二十日迄の間、葉山に避寒遊ばされた。これは其の折の御作である。但し、二月十日一旦御帰京、紀元節の行事に御出席の後、更めて葉山に赴かれた。なほ、三月二十日還啓後、二十六日には早くも近衛歩兵第一旅団幹部演習御視察の為、山梨県下に行啓、四月四日還啓あらせられた。なほ「即事」はその場の事を詠む詩。

春日偶成

暖氣隨風漸可人

桃花楊柳望中新

春日偶成

暖気風ニ随ヒ漸ク人ニ可ナリ

桃花楊柳望中ニ新ナリ

方知天地生生意
現出艷陽三月春

方《まさ》ニ知ル天地生生ノ意
現出ス艷陽三月ノ春

〔語釈〕 楊柳―前出（明治三十七年「日比谷公園」）。望中―見渡す中。艷陽―晩春。「晩春」は陰暦三月の異称であり、御作は新暦では二月の頃の光景と拝察される。

〔意訳〕 暖気が風に乗つたやつて来て、漸く人にも程好い気候となつた。桃は花開き柳は芽吹き目に入るもの皆新鮮。まさに天地に生気の漲るのが知られ、今や艷陽三月の春の光景が現出してゐる。

晴軒讀書

園林日暖鳥呼晴
脈脈透簾花氣清
貪睡北窗予豈敢
讀書偏想古人情

晴軒読書

園林日暖カニシテ鳥晴ヲ呼ブ
脈脈簾ヲ透シテ花気清シ
睡ヲ北窗ニ貪ル予豈敢テセン
読書偏ニ想フ古人ノ情

〔意訳〕 園林に差し込む日は暖かく、この晴天に鳥は鳴き、簾を透して絶え間無く清らかな花の香が漂つてくる。この結構な環境の中、北の窓辺に思ふ存分昼寝でもすれば、それは楽ではあらうが、自分は決してそんな安易なことはしない。ただ読書に励み、古の聖賢の心を学ぶのみである。

御製・読書（大正五年）

いとまえてひとりひもとく書の上に昔のことを知るがたのしさ

梅雨

梅雨瀟瀟灑四檐
園中竹樹次第沾
有時稍覺氣涼冷
一爐焚來香可添
城上陰雲猶漠漠
林端何時挂素蟾
想見田家正多事
村村插遍秧針尖

梅雨

梅雨瀟瀟四檐《しえん》ニ灑《そそ》グ
園中ノ竹樹次第ニ沾フ
時有リテカ稍《やや》覚ユ気涼冷
一炉焚キ来リテ香《か》添フベシ
城上ノ陰雲猶ホ漠漠
林端何ノ時カ素蟾《そせん》ヲ挂《か》ケン
想ヒ見ル田家正ニ多事
村村挿《はさ》ミ遍ネシ秧針《あうしん》ノ尖《せん》

〔語釈〕瀟瀟—前出（明治四十三年「山中」）。灑—（撒水するやうに）そそぐ。檐—ひさし。のき。炉—火鉢。城上—皇居辺りの上空。陰雲—雨雲。漠漠—暗い。素蟾—月の異称。「素」は「白」で月の色を表し、月には「蟾《ひきがへる》」が棲むとの伝説より、月の異称となつた。他に月の異称には蟾《せん》、蟾蜍《せんじよ》、蟾魄《せんぱく》、蟾兎《せんと》等がある。挿—早苗を指の間に挿む。秧針—田植に用ゐる早苗。先端が針のやうに尖つてゐるので斯く言ふ。

〔意訳〕梅雨がしとしとと処々の軒端に降り注ぎ、禁園の竹林も次第に湿りを増して来て、時には時季よりも少し涼し過ぎるくらゐに感じられる。手焙りに火を入れて香でも焚かうか。皇居辺りの上空には、まだまだ暗い雨雲が垂れ込めてゐるが、何時になつたら禁園の木々の端に月が出るのであらうか。それにしても、今頃は丁度農家が一年中で一番多忙な季節、村々の田圃ではあの直《すつく》とした秧《なへ》を植ゑ渡してゐることであらう。

〔参考〕東宮時代に年代不詳ながら「大屋村にて田植をみて」の詞書のある御製「おくれじと田毎に早苗とるさまを今日珍しくきてみつるかな」と詠ませ給うた。この御作「梅雨」はそのやうな実見を経ての御作であらう。又、大正四年には「梅雨」と題して「余りにもふる梅雨《さみだれ》のはれずして思ひやらるゝ民のなりはひ」と、長梅雨を案じ給ふ御製が見えるが、東宮時代のこの御作「梅雨」の、手焙りが欲しいくらゐの季節外れの涼しさや、中々晴れぬ梅雨空に農事を想ひ見る、との内容に、「思ひやらるゝ民のなりはひ」と同様の思ひを懐き給ふ事が拝察される。

大正元年　宝算三十四

示徳大寺實則

夙贊中興諧聖衷
星霜四十寵恩隆
喜卿謹恪無儔匹
奨美拾遺全始終

徳大寺実則《とくだいじさねのり》ニ示ス

夙《つと》ニ中興ヲ賛シテ聖衷《せいちゅう》ニ諧《かな》フ
星霜四十寵恩隆《さかん》ナリ
喜ブ卿ガ謹恪儔匹《ちゅうひつ》無ク
奨美拾遺始終ヲ全ウセルヲ

〔語釈〕徳大寺実則―天保十年（皇紀二四九九年）十二月、右大臣徳大寺公純の長男として京都に生まる。実則は尊攘派堂上の一人として忠勤を励んでゐたが、文久三年八月十八日の政変（公武合体派が実権を握り、七卿都落ちとなつた事件）に際し武家議奏を罷免さる。御維新成就の後、明治四年八月侍従長に任ぜられ、明治天皇崩御迄の間を勤め上ぐ。二十四年六月、先帝御事蹟取調掛長に補され『孝明天皇紀』の編修を主宰、二十九年十二月完成（『孝明天皇紀』に関しては後述する）。三十二年従一位。三十九年大勲位菊花大綬章。四十一年内大臣を兼任。四十四年公爵。大正元年八月十三日致仕（官職を辞すること）。八年六月歿。享年八十一。　諧―「かなふ」には幾つかの漢字があるが、適が「思ひ通りになる」、叶と協が「ちぐはぐしなくてほどよく合ふ」、諧は「調子がよく合ふ」の語感がある。この部分、稿本では「協」が用ゐられてゐる。　贊―助ける。「翼賛・天子をたすけ奉ること」の意。　謹恪―入念に、間違ひ無きやうに、つつしむこと。　儔匹―同類。ともがら。　奨美―「奨」は此処では「奨励」の意ではなく、「将」に通じ「扶・ささへ、助ける」の意である。「謹解本」は此処を「君主の美点は之をほめすゝめ」と解してゐるが、此処は「天皇さまの美（万機を統ぶるに宜しきを得給ふこと）を益々扶翼し奉る」ことである。なほ「刊行会本」には解は付してはないが此処を「美ヲ奨メ」と読んであり、これでは解としては「謹解本」と同様となる。此処は「美ヲ奨《たす》ケ」であらう。大正天皇は『漢書、杜周伝』の「補過（君主の過ちを補ひただし奉ること）将美」を踏まへ給うたのであらうと推察仕る。　拾遺―君主の気づき給はぬ過失を拾ひ上げ、諫め奉ること。『漢書、汲黯《きふあん》伝』に「補過拾遺」の語がある。

〔意訳〕徳大寺実則は維新中興の大業に挺身、翼賛、深く先帝の御意にかなひ、星霜四十年、並々ならぬ恩寵を忝うしたのである。その謹恪なること実にたぐひ無く、奨美拾遺能く臣子の分を全うしたるは洵に喜ばしい。

〔参考〕この御製詩の題は稿本では「贈徳大寺内大臣」となつてゐるが、徳大寺実則が致仕したのは、大正天皇践祚後約二週間の大正元年八月十三日である。従つて此の御製詩は御代替りの極めて御多忙にてあらせられた御時に詠み給うたものである。徳大寺実則の為人《ひととなり》に就いて「謹解本」に拠れば（括弧内は筆者註）、

鞠躬如《きくきゅうじょ》（身をかがめ、恐れ慎むさま）たる徳大寺の姿勢態度こそは、真に侍臣の典型と目せ

られたもので「誰も徳大寺の直立の姿勢を見た者は無い」とさへ言はれた程であつた。而もこれは決して追従、阿附の意味を帯びたものでは無かつた。伊藤、山縣等の元老が天皇に対して直言を憚る時には、必ず徳大寺を通じてし、又天皇の御使となつて元老重臣に聖旨を正しく伝達する適任者は亦徳大寺以外にはなかつた。

と云ふことである。かゝる徳大寺実則なればこそ、免官と同時に「特ニ大臣ノ礼遇ヲ賜フ」（『大正天皇実録』元年八月十三日）の栄に浴し奉つたのである。

『孝明天皇紀』に関して『國史大辭典』の記述を基に記せば次の通りである。なほ、その『國史大辭典』は藤井貞文先生（余談ながら、筆者は國學院大學時代に藤井教授の国史の講義を受けた）の『孝明天皇紀』解題を参考とせる由。

『孝明天皇紀』は孝明天皇御降誕の天保二年（皇紀二四九一年）六月十四日より、崩御後の慶応二年（皇紀二五二六年）十二月二十九日（崩御は十二月二十五日）に至る御一代三十六年間の編年史料集。全巻二百二十巻、合せて百十七冊。

明治二十四年五月公爵三条実美等相議り、天皇の御偉績を後世に伝へ奉らむとて、明治中興史編輯局を宮内省に設くる議を建じ、政府は翌六月先帝御事蹟取調掛を設置。長に徳大寺実則、掌典長九条道孝等五名の先帝遺臣に取調掛を、松浦辰男等に編修員を命じ事に当らせた。二十五年十二月初稿第一冊が成り、二十九年十二月に初稿の全巻百四十冊を脱稿。この稿本を『孝明天皇御事蹟』と称し、次いで修正増補を加へ『孝明天皇紀』と改称。三十八年三月その稿を畢へ、本巻二百二十巻、附図三十五図、四十五葉が成つた。四十年四月印刷に付しその業は完成をみたのであるが、当時の発行部数が極めて僅少であつた為、昭和四十二年に至り、孝明天皇を鎮祭し奉る平安神宮（桓武天皇と孝明天皇とを奉祀）が御祭神孝明天皇の百年祭を記念して復刻の事を図り、附図をも含めて全ての復刊が成つたのは昭和五十六年のことであつた。

『孝明天皇紀』の内容は、孝明天皇の御事蹟のみならず幕府、諸藩や外交の事にも及んでをり、単に孝明天皇の御一代記と言ふにとゞまらず、明治維新一般に関する史料としてもその価値は高い。

川越閱大演習

風度幕營生峭寒
曉來霜氣撲征鞍
兩軍方習攻防術
好自入間河上看

川越ニ大演習ヲ閲ス

風ハ幕営ヲ度《わた》リテ峭寒《せうかん》ヲ生ジ
暁来霜気征鞍ヲ撲《う》ツ
両軍方ニ習フ攻防ノ術
好シ入間河上ヨリ看ン

〔語釈〕大演習―この年十一月十四日より二十日にかけて、埼玉県の川越に大本営を設け行はれた陸軍特別大演習。なほ、この直前の十一月十二日には横浜沖にて行はれた海軍大演習観艦式に臨御の事があつた。峭寒―寒気の厳しいこと、ではあるが季節的に言へば厳寒といふより、中々に寒いと云ふ処か。好―此処では「良好」や「好悪」等漢語の「好」ではなく、国語の感動詞、決意や決断がついた時に用ゐる「よし」である。入間河―今の入間川。秩父山地、蕨山に源を発しほゞ南東流、川越市東方にて荒川に注ぐ。飯能から上流は名栗川と云ふ。古くは西多摩や江戸市中に至る重要な舟運路であつた。

〔意訳〕風は軍陣の営舎を吹きわたり、相当の寒気を生じてをり、暁の霜の厳しき事、軍旅の馬の鞍を撲つが如くである。両軍が方に攻防軍略の術を尽くして演習する様を、よし、入間河の上《ほとり》に之を看よう。

〔参考〕『大正天皇実録』所載の当時の御日程より主なる事項を抄出し、せめて往年の大演習の一斑を偲び奉らう。

十四日　午後一時三十五分青山離宮御出門、同三時四十五分川越大本営著御。

十五日　大本営内に設けられたる県下物産陳列場にて物産を天覧、午後八時三十分長谷川参謀総長を召し給ひ、演習の経過及び両軍司令官の決心等に関し詳細なる上奏を為さしめ給ふ。

十六日　午前三時三十五分御起床、五時十三分御出門、川越停車場より汽車に乗御、入間川停

車場著御、入間川町西南方高地にて演習統裁あらせられ、午後二時還御。

十七日　午前八時五分御出門、汽車に乗御、所沢停車場著御、臨時軍用気球研究会所沢試験場内気象測定所に行幸、航空演習を統裁あらせられ、午後三時十五分還御。午後九時十五分長谷川参謀総長に謁を賜ひ、本日御統裁後に於ける両軍の戦況を叡聞あらせらる。

十八日　午前三時三十分御起床、五時十五分御出門、川越停車場より汽車に乗御、立川停車場著御、夫れより御乗馬にて東京府北多摩郡に行幸、演習を統裁あらせられ、七時五十五分休戦喇叭にて大演習終了。（この後十九日は雨の為観兵式は取止め、関係者に謁或いは午餐を賜ひ、二十日午前九時二十分大本営御出門、十一時二十五分青山離宮に還幸あらせられた。）

大元帥として皇軍を統率し給ふ御英姿の彷彿たる御製詩である。

なほ国民として更に留意すべきは「物産天覧」等の事である。十五日の天覧の外に、この大演習に当り「産業御奨励ノ深キ思召」（『大正天皇実録』―大正元年十一月十四日の記録）を以て海江田侍従を川越の製糸工場に差遣、視察せしめ給ひ、又、東京府や埼玉県の産業開発功労者十名を大本営にお召しになつて宮内大臣をしてその状況を聴取、奏上せしめ給うたのであり、皇軍統率の御英姿と共に「産業御奨励ノ深キ思召」をも忘れるべきではないのである。

醫

珍重醫家術本仁
況逢藥物逐年新
好參天地生生理
億兆盡爲無病人

医

珍重ス医家ノ術仁ヲ本トス
況ンヤ薬物年ヲ逐《お》ウテ新ナルニ逢フ
好シ天地生生ノ理ニ参シ
億兆尽《ことごと》ク無病ノ人ト為セ

〔語釈〕珍重—尊び賛美する。　仁—あはれみ、いつくしむ。「仁術」の語は普通には「仁を行ふ方法」の謂であるが、そのものずばり「仁術即医術」の意味もある。　参—あづかり、加はる。　生生—生じて絶えぬこと。　億兆—数の極めて多いことから、天下万民を言ふ。

〔意訳〕医家の践むべき道が「仁」に存するは洵に尊い事である。況して今や医薬は年々歳々の進歩を見てゐる。然るが故に、循環無窮、天地生生の理にあづかり、天下万民をして一人として病に苦しむ者無からしめんことを。

〔参考〕この御製詩を拝読すれば、自づから思ひは明治四十四年紀元節の日に下し給ひし「施療済生に就き内閣総理大臣桂太郎に下されし勅語」に至るのである。「施療済生」とは蓋し「医療を施し、生民《あをひとぐさ》（蒼生）を済《すく》ふ」の謂であらう。勅語にのたまはく、（『みことのり』の漢字は旧字。括弧内の註は筆者。）

朕惟フニ、世局《せいきょく》ノ大勢ニ随ヒ、国運ノ伸張ヲ要スルコト方ニ急ニシテ、経済ノ状況漸ニ革《あらたま》リ、人心動《やや》モスレハ、其ノ帰向ヲ謬《あやま》ラムトス。政《まつりごと》ヲ為ス者宜ク深ク此《ここ》ニ鑒ミ、倍々《ますます》憂勤《いうきん》（至らざる所無しやと、反省を加へつゝ職務に精励する）シテ業ヲ勧メ、教ヲ敦クシ、以テ健全ノ発達ヲ遂ケシムヘシ、若《もし》夫レ無告ノ窮民ニシテ、医薬給セス、天寿ヲ終フルコト能《あた》ハサルハ、朕カ最軫《もっともしん》念《ねん》（天子がみこころを痛め給ふこと）シテ措カサル所ナリ。乃《すなは》チ施薬救療、以テ済生ノ道ヲ弘メムトス。茲ニ内帑《ないど》ノ金《かね》（天子の財貨）ヲ出《い》タシ、其ノ資ニ充テシム。卿《けい》（他への尊称、又は呼びかけの言葉。此処では桂太郎を指し給ふ）克《よ》ク、朕カ意ヲ体シ、宜キニ随ヒ之ヲ措置シ、永ク衆庶ヲシテ、頼《よ》ル所アラシメムコトヲ期セヨ。

この優渥なる大御心を体し奉り、同年五月三十日に設立されたのが恩賜財団済生会であり、その「施療済生」の活動は全国各地に在る済生会病院等、平成の今に継承されてゐる。

なほ今更付け加へるまでもない事であるが、我が国史には斯様な「施療済生」の勅語、宣命、御願文等は恩赦賑恤のそれと共に数多見る処である。その文献上の嚆矢は「続日本紀」聖武天皇の御代天平七年（皇紀一三九五年）であらうか。この年、凶作に天然痘の流行が重なり、軫念たゞならず八月十二日、疫民を賑恤し給ふ勅を出だし給ひ、神仏への祈禱並びに施薬加療を指示遊ばされたのである。この後も御歴代に亘りこれに類する事例は凡そ二十を数へ、近くは、大正天皇も昭和天皇もその先帝の御大喪に当り慈恵救恤、慈恵救済の勅語を下し給ひ、内帑金を頒賜し給うたのである。

養蠶　　養蚕

采桑兒女集籬邊　　采桑ノ児女籬辺ニ集ル
終日養蠶宵未眠　　終日養蚕宵未ダ眠ラズ
辛苦憐他尙年少　　辛苦憐ム他ノ尚ホ年少
鏡中不管減嬋姸　　鏡中管セズ嬋姸《せんけん》ヲ減ズルヲ

〔語釈〕管―かなめ。枢要なこと。　嬋姸―容貌の美麗なこと。

〔意訳〕養蚕の為の桑を採取するのに乙女達が籬の周りに集まつてゐる。朝から晩まで作業に励み夜も眠らないくらゐであり、その苦労たるや、他のうら若い者達に比しても大変なことである。乙女達は鏡に写る己が容貌の衰へも意に介せず励んでゐる。

〔参考〕養蚕は「古事記」「日本書紀」に既にその記述があり、産繭量は最盛期の大正末期から昭和初期にかけては年三十万トンを超えてゐた（現在は二万トン超）。数十年前までは各地の農家でごく普通に見られる副業でもあつた。その作業は製糸まで含めても凡そ三ヶ月（養蚕だけなら約一ヶ月）の短期集中、勢ひ副業が殆どで、しかもその主たる担ひ手は女性であつた。その所為か江戸期天明の頃より明治末期に至るまでの間、歌麿、広重と言つた著名な絵師を始め、五十名を超す絵師により百五十種以上の養蚕浮世絵が描かれてゐる。浮世絵の性質上「鏡中不管減嬋妍」とはいかぬやうであるが、養蚕を支へたのは主に若き女性であつたことは理解出来る。

皇室と養蚕は殊にゆかり深く、古くは「日本書紀」に遡り、幾度かの中断を経て、明治四年、昭憲皇太后が之を始め給ひ、御歴代の皇后陛下の受継ぎ給ふところである。これを世に「皇后陛下の御親蚕《しんさん》」とお称へ申上げる。特に、平成の御代に皇后陛下が御育てになられた品種「小石丸」に依り、平成十五年に正倉院御物の絹織物の復元が成つた事は有難くも尊い出来事であつた。では大正の御代に鑑み『貞明皇后御歌集』より「皇后陛下の御親蚕」に関するお歌若干を御紹介申上げよう。

大正二年

養蚕をはじめけるころ

かりそめにはじめしこがひわがいのちあらむかぎりと思ひなりぬる　　「こがひ」は「蚕飼」。

大正十二年

養蚕につきて

わが国のとみのもとなるこがひわざいよいよはげめひなもみやこも

上蔟後に

日頃へてそだちし蚕等のまゆのいろ光あるほどうれしきはなし

（註・養蚕の作業は大別すると五段階に分かれる。上蔟とはその第四段階で、繭を作るまでに成熟した蚕を集め、繭を作る所‐蔟《まぶし》‐に移す作業。平成十五年の「皇后陛下の御親蚕」では五月下旬に行はせられた。）

『貞明皇后御歌集』にはこれらの他、昭和の御代に入つてからの御歌も合せて十七首が載せられてゐる。次に香淳皇后と、今の皇后宮の御歌を掲げ奉る。

香淳皇后

桑の若葉（昭和二十六年）

桑の若葉すがすがしくもさし出でぬ蚕飼のわざを待つがごとくに

（『あけぼの集』昭和四十九年読売新聞社）

皇后陛下

五月晴れ（平成八年）

この年も蚕飼する日の近づきて桑おほし立つ五月晴れのもと

（『皇后さまの御親蚕』平成十六年扶桑社）

來燕

傍花掠水帶霏烟
飛入毿毿楊柳邊
畫閣雕梁夢應穩
春風依舊又今年

来燕

花ニ傍《そ》ヒ水ヲ掠《かす》メ霏烟《ひえん》ヲ帯ビ
飛ビ入ル毿毿《さんさん》楊柳ノ辺
画閣雕梁《てうりやう》夢応《まさ》ニ穏ナルベシ
春風旧ニ依ル又今年

〔語釈〕 霏烟―「霏」は「翻る」。「烟」は「煙」に同じ。普通は「烟霏―煙が棚引くこと」なるも押韻の関係上、字を顛倒なされた。　毿毿―柳の枝等の細長く垂れ下がる様。　画閣―絵のやうに美しい高殿。　雕梁―彫刻の施してある梁。

〔意訳〕 南の国から燕が飛んで来た。花の傍らに、水面すれすれに、又、棚引く煙をくぐり、風にそよぐ柳の辺りも飛び回つてゐる。絵のやうに美しい高殿の、彫刻の施してある梁に巣を営み夢も安らかであらう。春風は旧年と同じやうに吹き、今年又、燕がやつて来た。

歸燕

翩翩何事向南歸
海上煙波夕照微
期汝明春花發日
高樓重掠畫簾飛

帰燕

翩翩《へんぺん》何事ゾ南ニ向ツテ帰ルハ
海上ノ煙波《えんぱ》夕照微ナリ
期ス汝明春花発《ひら》クノ日
高楼重ネテ画簾ヲ掠メテ飛ブヲ

〔語釈〕翩翩―鳥の早く飛ぶこと。　何事―種々の場合に用ゐられるが、此処では「事情は分つてゐるが、どうしてか、と問ひ掛ける。」のである。　煙波―靄のかかる水面。　夕照―夕日。夕映え。　高楼―高い建物。

〔意訳〕燕よ、そんなに早く飛んで、南に向つて帰るのはどうしてか。行く手の海上には靄が広がり、夕日もかすかである。では、お前が明春の花開く頃に来て、又この高楼の美しい簾を掠めて飛ぶ日を待つとしよう。

大正二年　　宝算三十五

人日　　人日

新年七日喜新晴
内苑風暄春鳥鳴
一笑厨人諳節物
寒梅花下菜羹成

新年七日新晴ヲ喜ブ
内苑風暄《あたた》カニ春鳥鳴ク
一笑ス厨人節物《ちゆうじんせつぶつ》ヲ諳《そら》ンジ
寒梅花下菜羹《さいかう》成ルヲ

〔語釈〕人日―正月七日を指す。支那の古俗、一日から六日までは獣畜を占ひ（一日・鶏、二日・狗、三日・羊、四日・猪、五日・牛、六日・馬。なほ、八日には穀を占つた。）七日が人を占ふ日に当る。これらの日が清明温和ならば蕃息《ばんそく》（盛んにふえる）安泰、陰寒惨烈ならば疾病衰耗とされた。続いて「新晴ヲ喜ブ」とある所以である。嘗ては五節供の一つとして宮中にてもこの日に七草の羹を食する事が行はれてゐたが、明治六年五節が廃止され、この風習は廃れた。　新晴―辞書には「新たに晴れる」「雨上がり」等の意味の熟語とあるが此処では、その熟語として使はれたのではなからう。「新」は「鱻《せん》・鮮」で普通には「新しい」であるが「鮮やか」の意味もある。此処はその「鮮やか」と解すべき処であらう。意訳すれば「すつきりと晴れ上がる」。　内苑―当時の青山離宮の内苑。変遷の概略は「参考」に後述。　暄―日差しが行渡つてあたたかい。
厨人―料理人。　節物―季節のもの。　菜羹―野菜のあつもの。「菜羹」の中身は不明であるが、「羹《あつもの》」は「野菜や肉を混ぜてぐつぐつ煮た吸ひ物」で、今の「七草粥」から連想される淡白な食べ物とは大いに違ふと思はれる。

〔意訳〕正月の七日、すつきりと晴れ上がつたのは喜ばしい。内苑に吹く風はあたゝかく、春の鳥は囀つてゐる。大膳寮の厨人が季節の食べ物を十分に知つてゐて、寒梅のほころぶ下に「人日」の故事のまゝに野菜のあつものを食し得たのも微笑ましい。

〔参考〕青山離宮は当時の赤坂離宮（今の迎賓館の辺りに在つた）に隣接してゐた。その敷地は元の丹波篠山藩主青山下野守の屋敷跡が主要部分を占める。青山氏の後紀州徳川氏の邸となり、明治六年徳川氏より朝廷に献上。同七年以降青山御所と称され、同十二年八月三十一日、大正天皇は此処にて御降誕あらせられた。同三十一年青山離宮と御改称。東宮の御頃以来、大正天皇は長く此処に居られたが、大正二年七月皇居に移り給ひ、以後は再び青山御所と御改称。昭和十五年建物の多くを分割、明治神宮、大連神社、東京市等々に下附された。

右のやうな事から、この御製詩の「内苑」は、皇居ではなく、青山離宮の内苑であることは明らかである。天皇が皇居にお出まし遊ばされた場合『大正天皇実録』には必ず「何時何分青山離宮御出門、宮城ニ出御……何時何分青山離宮ニ還御アラセラル」とある。『大正天皇実録』二年一月七日には何の公式行事も無かつたやうで、従つて「青山離宮御出門、宮城ニ出御」の記録も無い。「人日」廃止については『明治天皇紀』明治六年一月四日の条に「太陰暦を太陽暦に改定せる結果（註・明治五年十二月三日を六年元旦とされた）人日・上巳・端午・七夕・重陽の五節を廃し、神武天皇即位日・天長節を以て祝日と為す」とある。

駐春閣

東風料峭帶餘寒
禁苑斑斑雪尙殘
今日來登駐春閣
早梅花白映欄干

駐春閣

東風料峭《れうせう》余寒ヲ帯ブ
禁苑斑斑雪尚ホ残ル
今日来リ登ル駐春閣
早梅花白ク欄干ニ映ズ

〔語釈〕駐春閣―当時吹上御苑内に在つた和風二階建の建物。昭和二十年戦災により焼失。　東風―東風《ひがしかぜ》の意味もあるが、此処は「春風」。　料峭―春風の寒いこと。　余寒―立春後なほ残る寒さ。

〔意訳〕春風膚寒く、余寒を帯びてゐる。吹上の苑内には残雪なほまだらであり、今日此処に来て駐春閣に登つてみれば、早咲きの白梅が欄干に映じてゐる。

〔参考〕 五行説（支那の戦国時代に、歴代帝王変遷の様を、天地の間に生々循環、已むこと無き五つの元素、木・火・土・金・水に宛てた説。）に説く季節では「春」は万物生長開始の季。「東」は万物活動開始の方角とされ、東を春にあてた。以下、南が夏、西が秋、北が冬。

禁園所見

禁園何所見
樹濕雨有痕
林間横幽石
苔生風漸溫
長松何磊落
徑邊認盤根
竹林帶晴日
幾處長龍孫

禁園所見

禁園何ノ見ル所ゾ
樹湿ヒテ雨、痕有リ
林間幽石横タハリ
苔生ジテ風漸《やうや》ク温カナリ
長松何ゾ磊落《らいらく》ナル
径辺盤根ヲ認ム
竹林晴日ヲ帯ビ
幾処カ龍孫《りようそん》ヲ長ズ

逍遙自適意　逍遥自ラ意ニ適《かな》ヒ
一笑解勞煩　一笑労煩《らうはん》ヲ解ク
黄鶯時宛轉　黄鶯時ニ宛転
行看草花繁　行《ゆくゆく》草花ノ繁キヲ看ル

〔語釈〕禁園―「禁」は「天子の坐すところ」の意。禁裏、禁中（共に皇居のこと）等と用ゐる。禁園は皇居内のお庭。なほ、よく似た語に「禁庭」があるが、之は「禁園」と同一の意ではなく禁裏、禁中のことである。幽石―森や林の中等、寂しい所に在る石。　磊落―その物の数が多く、しかも、入り交じつてゐる様。　盤根―大木の根が地表に露出し、それが入り組みわだかまつてゐる様。筆者はこの語に『萬葉集・巻第十九』大伴家持の歌「磯の上のつままを見れば根を延へて年深からし神さびにけり」を思ふ。この「根を延へて」に就いては澤瀉久孝氏の『萬葉集注釋』に詳細な論考があるが、越中国庁跡と言はれる筆者の居住地に程近い所に建立されてゐる古刹勝興寺の境内には「盤根―根を延へて」を髣髴とさせるつままの古木が現存する。龍孫―筍。　黄鶯―うぐひす。　宛轉―緩急自在に飛び且つ動き回る様。

〔意訳〕見渡す禁園は何処も雅趣に満ちてゐる。樹林は雨の痕もしるく、しつとりと湿つてゐる。その木々の間には石が寂かに横たはるが如くに在る。その石に、木の幹や根本のあたりに、又、小径にと林間のをちこちには苔が生じて、吹く風もやうやく温かく感じられるやうになつた。幾本もの丈高き松は、入り組むが如くに立ち、林間の径の辺にはその根がくねくねと見え隠れしてゐる。竹林は麗らかな日の光に包まれ、あちらこちらに筍が顔を出して来た。このやうな所をぶらり、ゆるりと歩くのは誠に我が心に適ひ、おのづから笑みももれて、いろいろな気苦労も雲散するではないか。鶯は時に樹間を飛び回つてをり、その下を歩いて繁茂してゐる草花も見よう。

〔参考〕この御製詩で問題となるのは最後の「行看草花繁」の訓である。「謹解本」では「行《ユクユク》看ン草花ノ繁キヲ―やがてここら一杯に草が長じ花が咲きしげるのを見ることであらう」とし、「刊行会本」は「行《ユクユク》看ル草花ノ繁キヲ」と訓じ、訳はない。

「行《ゆくゆく》」には「やがて・将来」の意味もたしかにあるが、筆者は此処は屈原の「漁父辞」に見る「江潭ニ遊ビ、行《ユクユク》澤畔ニ吟ズ」と同じで「歩きながら」であると思ふ。

この御製詩に詠み給うた禁園は、あの宏大な皇居内の何処の禁園か素より確とは判明する由もなく、又、先の大戦の折の戦災により禁園の御様子にも何らかの変化があつた事と拝察される。それでも、筆者は嘗て何回か（凡そ十回）勤労奉仕の為、皇居内に参入させて頂き、普通には決して入れぬ奥深き所まで参入を差し許されたが、その経験からして、恐れながら、この御製詩に詠み給うたやうな禁園の光景、雰囲気は、実感として鮮明に心に焼き付いてゐる。季節的にも「幾処長龍孫」と同時に「行看草花繁」とあつても不自然ではない。

『大正天皇御集』には採られてゐないが「大正天皇御製集稿本一」に「禁園春望」と題された御作があり、其処に「三月東風艶陽天、禁園佳景聚眼前、爛漫桜花云々」と詠ませ給うた。此処から見ても、「長龍孫」と「草花繁」は同じ時期と思はれ、よつて意訳に当つては木下彪氏の説は採らなかつた。

大正天皇御製詩（確認し得た一千三百六十七首）の詩形の内訳は

五言古詩	十四首	七言古詩	百三十一首
五言律詩	七首	七言律詩	九首
五言絶句	七十七首	七言絶句	一千百二十九首

合計一千三百六十七首であるが、この御製詩はその御作の詩形としては少ない方の五言古詩である。

では先程一部引用した「大正天皇御製集稿本一」にある七言古詩「禁園春望」の全文を載せよう。訓は筆者が施した。

三月東風艶陽天　　三月東風艶陽ノ天
　艶陽―華やかな晩春。
禁園佳景聚眼前　　禁園ノ佳景眼前ニ聚ル
爛漫櫻花如晴雪　　爛漫タル桜花ハ晴雪ノ如ク
青々柳枝帯霏烟　　青々タル柳枝ハ霏烟ヲ帯ブ
　霏烟―たなびくもや。煙霏に同じ
倚欄一望興何限　　欄ニ倚リテ一望スレバ興何ゾ限ラン

援筆時復題詩篇　　筆ヲ援《と》リ時ニ復タ詩篇ニ題ス
好與侍臣下階去　　好シ侍臣ト階ヲ下リテ去レバ
樹間時有鳥聲傳　　樹間時ニ鳥声ノ伝ハル有リ

明治四十五年の御作、七言絶句の御製詩「春日偶成」の結句に、この「禁園春望」の初句によく似た表現がある。それは「現出艶陽三月春」といふ詩句で、それでこちらの「禁園春望」の御作の方が『大正天皇御集』に採られなかつたのであらうか。いづれにしろ詩歌の実作に於ては同一の詩句、似た表現はよくあることである。

暇日　　暇日

萬機有餘暇　　万機余暇有リ
従容坐南堂　　従容南堂ニ坐ス
雨餘流水響　　雨余流水響キ
梧桐晩風涼　　梧桐晩風涼シ
前林催暝色　　前林暝色ヲ催シ

唯有歸鳥忙　　唯ダ帰鳥ノ忙シキ有リ

〔語釈〕万機―天子様のよろづのまつりごと。　南堂―南向きに造られた「表座敷」又は「大きな建物」。梧桐―あをぎり。　暝色―「暝」は「日暮れ」。暮色。

〔意訳〕よろづのまつりごと繁多な中にも、時には暇も有る。そんな或る日、ゆつたりと南堂に坐してゐたら、雨上がりの流れの音は高く、梧桐を吹き渡る夕風も涼しい。前の方の林には暮色がきざし、その林には時に帰る鳥の忙しげな様子がするのみである。

解籜　　解《かい》籜《たく》

花飛已委泥　　花飛《かひ》已ニ泥ニ委ス
無復怡人目　　復《ま》タ人目ヲ怡《よろこ》バス無シ
解籜散薰風　　解籜薫風ニ散ジ
一林修竹綠　　一林修竹緑ナリ

〔語釈〕籜―「籜」は竹の皮。解籜は竹が生長と共に筍の時の皮を落として行くこと。　花飛―花が飛ぶ（散る）こと。　怡―にこにことして如何にもうれしげである。　薰風―青葉を吹く心地よい風。　修―長い。

〔意訳〕花は已に散り泥に塗れてゐる。かうして散つた花は、もう一度人の目を怡ばせてくれることも無い。竹の皮は薫風に散り、竹林の長く伸びた竹は緑鮮やかである。

讀乃木希典惜花詞有感

乃木希典花ヲ惜シムノ詞ヲ読ミテ感有リ

草長鶯啼日欲沈　　草長ジ鶯啼キテ日沈マント欲ス
芳櫻花下惜花深　　芳桜花下花ヲ惜シム深シ
櫻花再發將軍死　　桜花再ビ発《ひら》キテ将軍死シ
詞裏長留千古心　　詞裏長ク千古ノ心ヲ留ム

〔語釈〕乃木希典―嘉永二年（皇紀二五〇九年）十一月十一日、父長州藩士乃木十郎希次、母壽子の第三子として江戸の毛利家上屋敷に生る。幼名無人《なきと》、元服の際等の改名を経て、明治四年十一月陸軍少佐に任官、十二月正七位に叙せられたる折に希典と改む。十年西南戦争に出征、激戦の間に軍旗を喪失、この事を終生心に刻む。十一年鹿児島県士族湯地定之四女静子（志津子）を娶る。二十七年日清戦争には歩兵第一旅団長として旅順攻略等に参加。

世には乃木旅団が旅順攻略の主役であつたかの如く伝へられてゐる事もあるが、此処では乃木旅団は言はば脇役で、日清戦争に於る乃木旅団の活躍は蓋平及び太平山の戦闘であり、寡兵よく大敵を支へた長期持久戦の完遂が高く評価されたのである。（桑原嶽著『名将　乃木希典』参照）

三十七年日露戦争には第三軍司令官に任ぜられ、陸軍大将に昇任。金城鉄壁と化した旅順の要塞を苦戦の末攻略。この時多数の将兵と共に二子（勝典、保典）も名誉の戦死。四十年学習院院長を拝命。大正元年九月十三日、明治天皇御大喪の日に静子夫人と共に自決、先帝に殉じ奉る。享年六十四。その忠勇と至誠とに国民の崇敬ただならず、東京を始め那須、長府、函館等々関連の地に乃木神社の創建を見たるのみならず、至誠奉公、質実剛健の乃木精神を継承すべく中央乃木会の設立も見て、その伝統は今に続いてゐる。惜花詞―乃木将軍作の和歌（『乃木将軍詩歌集』昭和五十九年中央乃木会編より）「色あせて木ずゑに残るそれならでちりてあとなき花ぞ戀しき」この歌は謹解本では「色あせて梢にのこるそれならで散りし花こそ戀しかりけれ」とあるが出典は明記されてゐない。　長―結句の「長」は「ながく」と読むが、起句のそれと違ひ単なる「短い」の反対ではない。「天長節」の「長」と同じく「とこしへに」の意味である。

〔意訳〕 草は伸び、鶯啼き、夕日まさに沈まんとする時、乃木希典は麗しい桜の木の下に花吹雪を浴びつゝ、残る花よりもなほ、潔く且つ美しく散る花を深く惜しむ心を歌に詠んだのである。然るに、年々歳々花同じく開くと雖も、その花を深く惜しんだ将軍はもうこの世に居ない。仮令将軍死すとは云へ、千古変らぬ、「残る花よりもなほ、潔く且つ美しく散る花を深く惜しむ」その心は、将軍のかの花を惜しむの歌の内にとこしへにとどめられてゐるのである。

〔参考〕 要らぬ穿鑿とは思つたが、この「桜」は「何桜」か予て気になつてゐたが、此処に詠み給ひし桜は「山桜」である。何故かと言ふと、この御製詩は「大正天皇御製集稿本　二」に、御推敲の段階の作「讀乃木大將惜花和歌有感」の題で載つてゐる。参考迄に白文のみ掲げよう。

花影鶯聲落日沈　將軍感慨對春深
山櫻已散英雄死　一片芳名千古心

ご覧のやうに転句に「山櫻」とある。此処からしてこの御製詩に詠み給ひし桜は「山桜」として間違ひなからう。乃木大将が惜しんだ花が「山桜」とは断定し難いが、大正天皇はそれを「山桜」と看做し給うたのである。

「謹解本」に依れば、当初三島中洲がこの意味の題で作り、天皇皇后両陛下がその韻（下平十二侵―沈・深・心）に依つてお作り遊ばされた由であるが、三島の作は伝はつてゐない。皇后陛下の御作を『貞明皇后御詩集』（宮内庁書陵部蔵）に依り左に御紹介申し上げる。訓読、意訳は著者。

次三島中洲讀乃木大將惜花和歌有感詩
三島中洲ガ乃木大將ノ花ヲ惜シムノ和歌ヲ読ミテ感有リノ詩ニ次ス

墜紫殘紅夕日沈　墜《つゐ》紫《し》残紅《ざんこう》夕日沈ミ
寂寥春晩感尤深　寂寥タル春晩感尤モ深シ
惜花名將如花散　花ヲ惜シム名将花ノ如ク散ル
追慕難忘殉主心　追慕忘レ難シ殉主ノ心

〔意訳〕 色褪せて散り残る花の紅色、そんな中夕日が沈んで行く。このやうにもの寂しい晩春の頃には、とりわけ心が深く動かされる。思へば散る花を惜しむ歌を詠んだ名将乃木希典は、その花の散るが如くに逝き去つた。再び会ふことも叶はぬ乃木大将よ、殊に先帝に殉じ奉つたその心は忘れ難い。

古来「桜」を詠じた名歌は数多である。中でも「山桜」を詠んだ歌を思ひつくまゝに挙げてみると

吹く風を勿来の関と思へども道もせに散る山桜かな　源義家
さざなみや志賀の都は荒れにしを昔ながらの山桜かな　平忠度
敷島の大和心を人とはゞ朝日に匂ふ山桜花　本居宣長

乃木大将の花を惜しむの名歌は、大正聖代の御製詩、御詩により光彩更に陸離たるを加ふるに至つたのである。

示高松宮

欽堂英邁竭誠忠
天潢疏派徳望崇
幾歳沈痾増憔悴

高松宮ニ示ス

欽堂英邁誠忠ヲ竭《つく》ス
天潢《てんこう》ノ疏派徳望崇《たか》シ
幾歳カ沈痾《ちんあ》憔悴《せうすゐ》ヲ増シ

杜門白沙青松中
眉目清秀儀容好
況復雅度而冲融
一旦遊仙雲縹緲
護國寺邉夕陽空
早有瓊樹孤孼折
錦幃哀涙思不窮
薤露歌悲何忍聴
遺恨父子命相同
朕第三子出爲嗣
特旨賜稱高松宮
學問不倦受慈訓

門ヲ杜《と》ヅ白沙青松ノ中
眉目清秀儀容好シ
況ヤ復《ま》タ雅度ニシテ冲融
一旦遊仙シテ雲縹緲《へうべう》
護国寺辺夕陽空シ
早《つと》ニ瓊樹《けいじゅ》ノ孤ナル孼《ひこばえ》ノ折ルル有リ
錦幃ノ哀涙思ヒ窮ラズ
薤露《かいろ》歌悲シク何ゾ聴クニ忍ビン
遺恨父子命相《あひ》同ジ
朕ガ第三子出デテ嗣ト為《な》ル
特旨称ヲ賜フ高松宮
学問倦マズ慈訓ヲ受ケ

自今長期福偏隆

自今長ク期ス福偏ニ隆《さかん》ナルヲ

〔語釈〕 高松宮―宣仁《のぶひと》親王。明治三十八年一月三日、大正天皇の第三皇男子として御誕生。御称号光宮《てるのみや》。大正二年七月有栖川宮威仁親王の薨去により有栖川宮が絶える事となりし折、之を憂ひ給ひし大正天皇は特旨を以て宣仁親王に有栖川宮の旧号である高松宮を賜ひ、有栖川宮家の祭祀を継がしめ給うた。高松宮の称は有栖川宮家の初代好仁親王が、その祖母の旧跡高松殿を居所とされた事に由来すると云ふ。欽堂威仁親王に関しては明治三十二年の御作「訪欽堂親王別業」を参照されたい。

高松宮宣仁親王に就き今少し記すと、大正九年海軍兵学校御入学。仝十四年御卒業、その後「比叡」等幾つかの軍艦に乗組まれた。昭和五年、威仁親王の外孫に当る、公爵徳川慶久侯の長女喜久子様と御結婚。支那事変に際しては海南島上陸作戦に御参加。仝十七年海軍大佐。大東亜戦争中は軍令部員、大本営海軍部参謀、横須賀海軍砲術学校教頭を務め給うた。戦後は恩賜財団済生会を始め数多の団体の総裁や名誉総裁に御就任、中でも御母宮貞明皇后の御遺志を体し給ひ藤楓協会の総裁としてハンセン病撲滅に御尽力。(これらの団体の総裁や名誉総裁には高松宮薨去の後、喜久子妃殿下が就いてをられたが、喜久子妃は平成十六年薨去された。)なほ、『好仁親王行実』以下の有栖川宮歴世行実の編修刊行も推進し給うた。昭和六十二年二月三日薨去。時に御歳八十三に坐しました。

竭―この「つくす」は殊に意味深長である。「つくす」と訓ずる意味の、似た漢字に「尽」があるが之は「つくす」に広く用ゐられ、本義は「さつぱりと、何も無いこと」である。そして同じ「つくす」でも、「竭」は「枯れて、つきはてること」である。明治天皇の聖慮を体し奉り、東宮の御時の大正天皇に近侍し奉つた有栖川宮威仁親王の「誠忠」を表現するにこの字に如く字はない。 天潢疏派―天潢は「あまのがは」。「天漢」とも。皇室、皇族にたとへる。「天潢之派」とも。疏は「疎」に同じく、「親疎」の意味の「疎」であり、疏派はいはば本流に対する支流。　沈痾—長患らひ。　雅度—態度の上品な事。　冲融—態度の和らげる様。　遊仙—仙遊に同じで、仙人となつて天に昇る意で、人の死を美化した語。　縹緲—高く、遠く棚引く様。瓊樹—玉の如く美しい樹。人品の高潔な事のたとへ。　孤孽—此処を諸本の如く「こげつ」と読んでは誤解を生じかねない。たとへさう読んでも間違ひにはあらざるも「孤孽—主君に見捨てられた家来と、身分の低い庶子」と云ふ孟子にも出て来る程の熟語がある以上、そのやうな読み方は避けた方が良からう。なほ筆者は勝手に前記の如く読んだ訳ではない。現に、この句は「大正天皇御製集稿本一」には「早有瓊樹一枝折」とあり、その御推敲後の句であるので寧ろ「孤ナル孽」と読むのが相応しからむ。つまり此処は威仁親王薨去以前、既にそのただ一人の嗣子も夭逝してしまつてをり、有栖川宮家の後継者が居なくなつた事を嘆き詠まれた部分である。　護国寺—東京都文京区大塚に在る新義真言宗豊山派の総本山。山号神齢山。明治六年、明治天皇の第一皇男子稚瑞照彦尊《わかみづてるひこのみこと》薨去の砌、この寺の境内を皇室用墓地とされ豊島岡墓地と称される。　薤露—薤《おほにら》の上に置く露、人の命の儚きことを歌つた支那の曲に由来し、挽歌を云ふ。薤露は王公貴人に用ゐ、庶人には蒿里《かうり》（泰山の南、死者の魂魄の来り止まる山、転じて墓地の意）と云ふ挽歌を用ゐた由。

〔意訳〕欽堂有栖川宮威仁親王は才智共に優れて、まことに能く忠義を竭くした。そして、皇族の一員としてもその徳望は一同のうやまふ処であつた。しかし、長患らひによる衰弱も加はり、殊に明治四十二年の秋からは白沙青松の舞子の別邸に門を閉ぢて静養を重ねてゐた。親王は中々の颯爽たる好男子で、威厳も備はり、尚且、折り目正しい上に武張つた所がなかつた。然るを、一たび、天高くまた遠く雲棚引く所に身まかるや、夕陽が空しくその墓所の在る護國寺のあたりを照らすのみである。

思へば、この人格高潔なる威仁親王のただ一人の嗣子裁仁《たねひと》王は明治四十一年四月、海軍兵学校在学中に亡くなつてゐる。その時、父親王は清らかにめぐらされたとばりの内に、哀しみの涙そゝぎつゝ、思ひ尽きること無きままに、挽歌もさぞ聴くに忍びなかつた事であらう。此くの如く、父子その命運を同じくし、有栖川宮家も断絶の已むなきに至りしは、まこと、恨みても余りあることである。

朕は此処に、第三子宣仁親王に特旨を以て有栖川宮の旧称である高松宮の称号を賜ひ、有栖川宮家の祭祀を継承せしめる事とした。宣仁親王よ、汝には倦む事なく学問に励み、いつくしみ深いさとしを受けて、幸福が偏へに隆盛となるやう長く期待する。

〔**参考**〕威仁親王が明治三十六年東宮輔導を免ぜられん事を乞ひ、それが聴許されたのは病もその一因であつた。『大正天皇実録』二年七月六日の条には、宣仁親王に高松宮の称号を賜ひ有栖川宮家の祭祀を継承せしめるゆゑ「卿其レ心ヲ安セヨ」との御沙汰に続き、威仁親王が以前より「病ヲ養フ事年アリ、本年三月ニ至リ病勢漸ク昂進」し、之を軫念あらせられた大正天皇が勅使を舞子の有栖川宮別邸に差遣し給ひし事、元帥の称号を賜ふ事、薨去に際しての宮中喪、廃朝、国葬、御誄、威仁親王の略歴等々が克明に記され（但し今回公開された、『大正天皇実録』二年七月六日の条、一頁十行で凡そ六頁の中、一行で凡そ二十五字の中約五行が墨塗り抹消されてゐる）、中に威仁親王の死を哭し給へる七言古詩の御製詩も記録されてゐる。この御作は「奉呈本」には採られてをらず、後程「拝読」しよう。

大正天皇がこのやうに「朕第三子出為嗣　特旨賜称高松宮」とされたのには、それなりの理由がある。

忠臣威仁親王は明治天皇の信任も厚く、その故に東宮（後の大正天皇）の賓友、後に輔導に挙げ給うたのである。「謹解本」に依れば「東宮無二の賓友として、十五、六年来の御親密さは恰も兄弟の如く、打とけて談笑遊ばさるる所は、常に和気藹々として芝蘭の室に薫ずるが如くであつたと。」、と云ふ風にある。

又、威仁親王も漢詩を能くされたさうで、「謹解本」には東宮に上られた詩四首が載せられてゐる。それらの中より「奉賀天長節」の一首を御紹介しよう。制作年代は記されてゐないが、『大正天皇実録』に依れば大正の御代の最初の天長節大正元年八月三十一日は「諒闇ニヨリ天長節ノ祝宴ヲ止メラ」れたのであり、仝二年の天長節の二カ月近く前、威仁親王は既に薨去されてをり、従つて此の詩にある天長節は明治の御代のそれである事は間違ひない。筆者の訓点を付し若干の語釈を付したので通釈するまでもなからう。

奉賀天長節　　天長節ヲ賀シ奉ル　　有栖川宮威仁親王作

旭旗閃閃影成群　　旭旗閃閃《せんせん》影群ヲ成ス
獻壽村翁情孔殷　　寿ヲ献ズル村翁情孔《はなは》ダ殷《ねんごろ》ナリ
隨處謳歌太平治　　随処ニ謳歌ス太平ノ治
一天佳氣自氤氳　　一天ノ佳気自ラ氤氳《いんうん》

閃閃―きらきらと光り輝くこと。　寿ヲ献ズル―「献寿」の熟語の意味は「お祝ひの金品を差し上げること」であるが、村翁（村の年寄り、ゐなかのおやぢ）がさうするとは考へ難い。漢書にある「無《む》疆《きやう》之寿ヲ献ズ」（無疆は無窮に同じ）で、要するに聖寿の万歳をことほぎ奉ること、であらう。　氤氳―気の盛んなる様。

次に御紹介する「哭有栖川宮威仁親王」の御製詩は『大正天皇御集』には採られてゐないが、『大正天皇実録』大正二年七月六日の条に「今ヤ親王ノ訃天聴ニ達スルヤ、」左の「御製ヲ賦シ、宸悼アラセラルルコト深シ。」として記録されてゐる。その御製詩を拝読申し上げる。なほ『大正天皇実録』には題も無く、白文のみが載せられてゐるので題は「大正天皇御製稿本一」にある通りとし、筆者が適宜訓点を付した。

哭有栖川宮威仁親王　　有栖川宮威仁親王ヲ哭ス

多年輔朕盡誠忠
忽驚仙去白雲中
追懷往時偏回首
晃山鹽溪感不窮
一病深勞先帝念
三歳療養終無功
縱令一旦幽明隔
英靈暗輔在碧空

多年朕ヲ輔ケテ誠忠ヲ尽ス
忽チ驚ク白雲ノ中ニ仙去スルヲ
往時ヲ追懐シテ偏ニ首《かうべ》ヲ回《めぐ》ラセバ
晃山塩渓感窮マラズ
一病深ク労《つと》ム先帝ノ念
三歳ノ療養終《つひ》ニ功無シ
縦令《たとひ》一旦幽明隔ツトモ
英霊暗《ひそ》ニ輔ケテ碧空ニ在リ

〔語釈〕輔—付き添つて政務をたすけるのが輔佐。はぐくみたすけるのが輔翼。有栖川宮威仁親王は東宮の御頃は近侍し、致仕後は療養の日々であつたやうであるが、東宮の御事には種々心を砕き奉つてゐた事であらう。 仙去—本義は、仙人となつて去る事であるが、仙逝と同義で、亡くなる事である。 偏—ひとへに。そればかり。 回首—ふりかへりみる。 晃山—晃は上下に分解すれば分かるやうに日光。日光には日光御用邸、日光田母沢御用邸と二ケ所の御用邸があつたが。「山」とあるので御用邸及びその周辺の山々を指し給うたものと推察申し上げる。 塩渓—塩原。「謹解本」の他の御製詩の解に依れば「渓谷に沿へるよりかく言ふ」由。此処には塩原御用邸があつた。（現在御用邸は栃木県の那須、静岡県の須崎、神奈川県の葉山と僅か三ケ所だけである。）『大正天皇実録』の東宮の御頃の部分は未公開であるので、有栖川宮威仁親王が右の日光の二ケ所の御用邸に東宮（大正天皇）をお訪ねした、或いは付近のご散策のお供をした、との確証は今の所ないが、それは十二分に有り得る事で、「追懐往時」は、その思ひ出をも含めての事と拝察し奉る。　労―此処は「苦労・つかれ、くるしむ」ではなく、「孜々営々とつとめる」意である。　一病―一は「ひとつ」のことではなく、この場合「一苦労」の如く後にくる語の意味を強める為のものである。　三歳―三は「多い」の意味もあり、この場合がそれである。多年。碧空―青空。

〔意訳〕有栖川宮威仁親王は長年に亘り至誠一貫、よく朕を輔けて呉れた。然るを、仙人が雲の中に飛び去るが如く、此くも早く亡くならうとは、ただただ驚きに堪へず、過ぎにしかの日のこどもが、懐かしく振り返りみられるばかりであり、殊に日光や塩原での思ひ出には実に尽きぬものがある。思へば威仁親王は、病に倒れた後も、朕が輔導と云ふ先帝のお考へに深く心を砕いてゐたのであるが、多年の療養も到頭薬石効無く逝つてしまつたのである。しかし、たとへひとたび幽明遠く隔てたりとは云へ、威仁親王のみたまは、現し身の目にこそ見えね、かの碧空に在つて変らず朕を輔けて呉れてゐるのである。

恭遇皇考忌辰書感

恭シク皇考ノ忌辰ニ遇ヒ感ヲ書ス

上誄敍哀宵已分

誄《るゐ》ヲ上《たてまつ》リ哀ヲ叙べ宵已ニ分ル

樹陰燈火雨紛紛
靈輀徐出葬場殿
悵望西天低黯雲

樹陰灯火雨紛紛
霊輀《れいじ》徐ニ出ヅ葬場殿
西天ヲ悵望《ちやうばう》スレバ黯雲《あんうん》低《た》ル

〔語釈〕 皇考―「考」は亡父。この場合は明治天皇。　忌辰―亡くなつた人（特に親）の命日。忌日に同じ。誄―此処では、天皇の奏し給ふ御弔詞。しのびごと。死者の生前の功徳を誉めて、之を連ねる言葉。　紛紛―散り乱れるさま。　霊輀―柩を載せる車。　悵望―嘆き悲しみつゝながめやる。　黯雲―黯《くろ》く、暗い雲。黯は黒と同義。

〔意訳〕 一年前の今日の日を想ひ起せば、先帝の御霊前に御誄をたてまつり、哀しみを叙べる時には、夜も已に十二時を過ぎて、樹陰の灯火には細かな雨が散り乱れてゐた。やがて、霊輀は静かに葬場殿を出て行く。深き悲しみのまゝに、遥か西の方桃山のあたりを望めば、黯雲低くたれこめるばかりである。

〔参考〕 御題の「皇考忌辰」即ち、明治天皇の崩御は七月三十日であり、この御製詩は一年後のこの日に、前年の九月十三日より三日間に亘りとり行はせられた先帝の大喪儀を御追想遊ばされての御作である。

『大正天皇実録』を参照しつゝ、当時の御模様を略述すれば、大正元年九月十三日午後八時輀車御発引、大正天皇は通御の轜車を御拝の後、青山葬場殿に行幸、午後十一時十五分より葬場殿の儀を行はせられ、親しく御誄を奏し給ひ、翌十四日午前二時青山仮停車場を発する轜車をお見送りの後青山離宮に還御。翌十五日午前五時二十分、桃山にて御埋柩。同時刻、大正天皇は御座所北側縁端に出御、遥かに桃山を拝し給うた。

又

億兆今朝涕涙新
靈轜肅肅路無塵
翻思千里桃山上
杜宇聲聲啼血頻

又

億兆今朝涕涙新ナリ
霊轜粛粛路ニ塵無シ
翻ツテ思フ千里桃山ノ上
杜宇声声血ニ啼クコト頻リ

〔語釈〕又―その上、重ねて。　億兆―なべての日本国民。　今朝―一年前の、先帝大喪儀の九月十三日の朝。そして、翌十四日午前二時青山仮停車場を轜車の発する朝。　翻―場面を転換するに用ゐる語。　桃山―伏《ふし》見《み》桃山陵《ももやまのみささぎ》。昭憲皇太后の御陵は伏見桃山東陵。『大正天皇実録』大正元年九月十三日の条に「陵名ヲ伏見桃山陵ト勅定アラセラル」とある。　杜宇―ほとゝぎす。　啼血―ほとゝぎすの啼き声の、血を吐くが如く哀切なるを言ふ。

〔意訳〕その日の朝、なべての国民は涙も新たに、轜車の進み給ふ御道筋は塵一つ無く掃き清められてゐた。翻つて、伏見桃山の御陵に思ひを致せば、ほとゝぎすも悲しみも新たにさぞ、血を吐かんばかりに啼き頻つてゐることであらう。

〔参考〕崩御に際して、又、大喪儀の九月十三日と云ふその日に、朝と言はず夕と言はず、皇居からの轜車御発引の時と言はず、御埋柩の為の葬場殿からの轜車御発引の時と言はず、億兆はその折々に「涕涙新」たなるを覚えたであらう。「今朝」はそれらの折々を〝代表〟させ給うた詩句であらうと拝察、謹訳し奉る。御題を「又」とし給うた所、意味まことに深長。

翻つて、折々に「涕涙新」たにした、昭和天皇崩御のかの日、並びにそれ以後の諸儀のことどもの日々をかへりみ偲び奉れば、その事は自づから理解し得るであらう。

轜車、皇居から御発引の九月十三日午後八時、乃木大将御夫妻が殉死された事は既に述べた通りである。

八月二日奉遷皇考神位於皇靈殿恭賦

八月二日皇考ノ神位ヲ皇霊殿ニ遷シ奉リテ恭シク賦ス

神位今朝茲奉遷　　神位今朝茲ニ遷シ奉ル

皇靈殿外奏朱絃　　皇霊殿外朱絃ヲ奏ス
諒闇一歳眞如夢　　諒闇一歳真ニ夢ノ如シ
從此心喪更幾年　　此ヨリ心喪更ニ幾年

〔語釈〕 皇考―先帝。　神位―神霊の依り代。霊代《れいだい》（みたましろ）。　皇霊殿―宮中三殿（賢所、皇霊殿、神殿）の一つ。神武天皇より昭和天皇に至る御歴代を始め、皇后等皇族の御霊奉祀の所。崩御、薨去一ケ年後に御合祀あらせられる。　賦―詩歌を詠む。　朱絃―朱色の糸を張った絃楽器。　諒闇―天皇が大行《たいかう》天皇（崩御後、諡《おくりな》・御追号《ごつゐがう》を奉る迄の先帝の尊称）の崩御に際し服喪し給ふ期間。大行天皇、皇太后崩御の際は一年。皇族も臣下国民も倣ひ奉る。　心喪―規定の喪の期間が過ぎた後も、心の中で喪に服すること。

〔意訳〕〔八月二日、先帝の霊位を皇霊殿に奉遷申上げ、恭しく詩を賦した。〕
先帝の神位を今朝皇霊殿にお遷し申し上げた。皇霊殿の外では朱絃にて楽が奏され、この諒闇の一年はまことに夢の如くに過ぎた。この後も心の中で喪に服することが幾年続くであらうか。

〔参考〕 明治天皇霊代奉遷の儀は、午前六時の皇霊殿に奉告の儀に始まり、同三十分、権殿《ごんでん》（大喪儀を終へさせられた後、皇霊殿に奉遷し給ふ迄の間、御霊代を奉安し給ふ権《かり》の御殿）に於ける祭典（東園基愛侍従代拝）、御霊代皇霊殿に渡御の儀に続き、十時、天皇皇霊殿に出御、親祭を以て奉遷の儀を行はせられた。

憶陸軍大將乃木希典

陸軍大将乃木希典ヲ憶フ

滿腹誠忠世所知　　満腹ノ誠忠世ノ知ル所
武勳赫赫遠征時　　武勲赫赫遠征ノ時
夫妻一旦殉明主　　夫妻一旦明主ニ殉ジ
四海流傳絶命詞　　四海流伝ス絶命ノ詞

〔語釈〕絶命詞―辞世の歌。（『乃木将軍詩歌集』より）
乃木大将　神あがりあがりましぬる大君のみあとはるかにをろがみまつる
うつし世を神さりまし丶大君のみあとしたひて我はゆくなり
静子夫人　いでましてかへります日のなしときくけふのみゆきにあふぞかなしき
〈註―「謹解本」にも乃木大将御夫妻の辞世の歌が引用されてゐるが、此処も前記の惜花の和歌と同様、用字に異同が見られる〉

〔意訳〕乃木大将の全身全霊を打ち込んだ誠忠は世間のよく知る処である。わけても日清、日露の遠征の際の武勲は実に赫赫たるものであつた。そして乃木大将夫妻がひとたび明君明治天皇に殉じ奉るや、その辞世の歌はただに我が国のみならず、広く世界の国々に迄知られる事となつたのである。

〔参考〕『大正天皇実録』に載る、乃木大将を詠ませ給ひし他の御製詩等に就き、中央乃木会機関誌『洗心』第一三九号（平成十四年七月三十日発行）に稍詳しく論じた拙稿を抄出しておきませう。

（一）〜（四）略）

（五）、『大正天皇実録』に見る乃木大將を詠ませ給ひし御製詩

今回公開された『大正天皇実録』は巻四十八大正元年七月から同三年迄の分であるが、その巻四十八は大正元年七月十三日大正天皇踐祚の御事から始つてゐる。そして乃木大將を詠ませ給ひし御製詩を見るのは巻四十九の大正元年九月十八日、即ち乃木大將送葬の日の記事の中である。これを見ると、この日の記事には先づ「英國よりのガーター勲章捧呈式」の記録があり、続いて項を改めて次のやうな記事があり、それに続いて三首の乃木大將を詠ませ給ひし御製詩が載せられてゐる。

是ノ日、故學習院長陸軍大将従二位勲一等功一級伯爵乃木希典送葬ニヨリ侍従高辻宜麿ヲ其ノ邸ニ遣シ、幣帛・神饌竝ビニ榊一対ヲ賜ヒ、霊前及ビ葬斎式場ニ玉串ヲ供セシメラル。

謹ミテ按ズルニ天皇未ダ龍潜ノ昔宝算十歳ノ夏箱根御転地（筆者註―以下約二行、一行約二十五字計凡そ五十字墨塗）。畏クモ左ノ御製アリ。何レモ叡慮ヲ拝スルノ資タルヲ以テ、茲ニ掲ゲ奉ルベシ。

哭乃木大將

滿腹誠忠萬國知　武勳赫々戰征時
勵精督學尤嚴肅　夫婦自裁情耐悲

追懷乃木希典

追懷情不已　名將又忠臣
北伐或南戰　用兵驚鬼神

懷乃木希典

平生忠勇養精神　旅順攻城不惜身
颯爽英姿全晩節　淋漓遺墨々痕新

右の御製詩は『実録』では何れも白文であるので筆者が訓点を付させて頂く。

乃木大将ヲ哭ス

満腹ノ誠忠万国知ル　武勲赫々戦征ノ時
励精督学尤モ厳粛　夫婦自裁ス情悲シムニ耐ヘタリ

乃木希典ヲ追懐ス

追懐ノ情已マズ　名将ニシテ又忠臣
北ニ伐チ或ハ南ニ戦フ　用兵鬼神ヲシテ驚カシム

乃木希典ヲ懐フ

平生ノ忠勇精神ヲ養フ　　旅順ノ攻城身ヲ惜シマズ

颯爽タル英姿晩節ヲ全ウス　　淋漓タル遺墨々痕新タナリ

右に明らかなやうに「哭乃木大將」は『大正天皇御製詩集』に載る「憶陸軍大將乃木希典」とほゞ同じであり、この三首のうちの後の二首は『実録』公開により初めて一般の目に触れる事となつたものである。なほ『実録』にはまだまだ未公開の部分が多いが、次項にも述べるやうに、公刊されない諸種の御製詩稿本から見ても、『実録』にはこれら三首以外には乃木大將を詠ませ給ひし御製詩は無いと見てよいであらう。

㈥、その他稿本にある乃木大將を詠ませ給ひし御製詩

その他稿本（稿本であるので公刊はされない）にある乃木大將を詠ませ給ひし御製詩と申しても全く別の御製詩がある訳ではない。

『大正天皇御製詩集』の稿本が幾種類か存することは別項の通りであるが、その最も初期のものと推定されるのは、昭和の何時頃か不明であるが「実録編修用」の文字と罫線とが朱色にて印刷された原稿用紙に墨にて（ごくごく一部ペン書き）手書きされた「大正天皇御製詩集稿本」（二冊、未公刊、以下「稿本Ⅰ」）であらう。これは宮内省編修課にて書かれた模様であり、『実録』所載の

御製詩はその用字の点から見てこの「稿本Ⅰ」から採られたものと思はれる。この「稿本Ⅰ」の「二」の「雑の廿四」（この番号は小さな字にてメモ程度に書き込まれてゐる）には『実録』所載の「哭乃木大將」のみが見られ、「憶陸軍大將乃木希典」は無い。

（中略）

「稿本Ⅱ編年集」の上下三冊の稿本の下巻の大正元年の部には「悼乃木大將」として『大正天皇御製詩集』にある「憶陸軍大將乃木希典」と全く同じものがあるが、ただ違ふ点は御作の年である。「稿本Ⅱ編年集」の目次に大正元年の部にあるだけでなく「悼乃木大將」とある題の下にはやゝ小さい字にて「九月十三日」と書かれてゐる。つまり明治天皇御大葬、そして乃木大將夫妻殉死の当日にお詠み遊ばされたかの如く表記されてゐるのである。そして同じくこの「稿本Ⅱ編年集」の大正元年の部に前出『実録』の「懷乃木希典」が「懷乃木大將」の題で、大正二年の部に『実録』の「追懷乃木希典」が「追懷乃木大將」の題で夫々載せられてをり詩句には『実録』所載のものとやゝ相違が見られる。つまり、『実録』所載の御製詩は「稿本Ⅰ」の中から、『大正天皇御製詩集』所載のそれは「稿本Ⅱ編年集」と「稿本Ⅲ詩体別」の中から夫々採られたものと思はれるのである。

文章であれ詩歌であれ推敲がされるのは当然の事である。詩句の異同はさて措き、「哭ス」と宣ひ、「追懷ス・懷フ」等と詠じ給ふその真率なる玉詠は洵に畏き限りである。

臣下に関する御製詩の数としては乃木大將のそれは伊藤博文、三島中洲に次ぐものであつた、と

『御製詩集（謹解）』にある。そして今回公開された『実録』の中にも皇族は別として、本居豊穎（東宮にましました頃の侍講、御歌所寄人）、伯兒都（東宮にましました頃の独逸人侍医ベルツ博士）、山座圓次郎（当時の在支特命全権公使）の薨去を悼み給ひし御製詩も拝するのである。

本稿では觸れなかつたが『実録』には大正三年一月十二日桜島大爆発の折、これを深く案じ給ひ罹災した島民に大御心をかけさせられた御製詩も拝する事が出来、この時救恤金一万五千円を鹿児島県に下賜あらせられた記事を始め、この年は天災、大火等相次ぎ『実録』には救恤金の下賜として二十六件が記録されてゐる。

重臣顕官と言はず、草莽黎庶と言はず、一視同仁。優渥なる大御心をありがたく畏み奉るものである。

㈦、をはりに

この度筆者は公刊されてゐる大正天皇御製詩集のみならず、未公刊の稿本にも出来得る限り目を通したが、明確に〈乃木大将を詠ませ給ひし大正天皇の御製詩〉と言へるのは、詩句の異同による重複を同一の御製詩と看做して数へると、

①『大正天皇御製詩集』にある「讀乃木希典惜花詞有感」。

②『大正天皇御製詩集』にある「憶陸軍大將乃木希典」（これは『実録』と「稿本Ⅰ」の「哭乃

木大將」、「稿本Ⅱ編年集」と「稿本Ⅲ詩体別」の「悼乃木大將」と詩句の異同があるが同一であらう)。

③『実録』にある「追懷乃木希典」(これは「稿本Ⅰ」にある同じ題のものと詩句も同じであり、且つ「稿本Ⅱ編年集」と「稿本Ⅲ詩体別」にある「追懷乃木大將」と詩句の異同があるが同一であらう)。

④『実録』にある「懷乃木希典」(これも「稿本Ⅰ」にある同じ題のものと詩句も同じであり、且つ「稿本Ⅱ編年集」と「稿本Ⅲ詩体別」にある「懷乃木大將」と詩句の異同がやゝ多いが同一であらう)。

以上の四首と見て差し支へないであらう。

「差し支へないであらう」などと、些か歯切れの悪い言ひ方で恐縮であるが、実は「稿本Ⅰ」の記載からして「これも乃木大將に関する御製詩にあらずや」と推測されるものが一首ある、それは『大正天皇御製詩集』に「老將」として載せられてゐる御製詩であり、その大正四年の部に

白髮將軍鐵石腸　　據鞍顧眄氣猶剛
夢中夜夜煙塵裡　　叱咤精兵百戰場

〔木下氏訓〕

白髪ノ将軍鉄石ノ腸。　　鞍ニ拠ツテ顧眄気猶ホ剛ナリ。

夢中夜夜煙塵ノ裡。　精兵ヲ叱咤ス百戦場。

とある。ところが前出の「稿本二」の（雜の部七十六）には同じ「老將」の題で

白髮將軍金鋏腸　據鞍顧眄惜斜陽
天涯記得風塵裡　叱咤精兵幾戰場

〔筆者訓〕

白髪ノ将軍金鋏ノ腸　鞍ニ拠ツテ顧眄斜陽ヲ惜シム
天涯記シ得タリ風塵ノ裡　精兵ヲ叱咤ス幾戦場

そして、「稿本Ⅱ編年集」と「稿本Ⅲ詩体別」には

白髮將軍鐵石腸　據鞍顧眄氣猶剛
天涯記得風塵裡　叱咤精兵幾戰場

とあり、『大正天皇御製詩集』は恰もこれら三種の稿本を合したかのやうな感を与へるが、「稿本Ⅰ」の「老將」には「惜斜陽」、又同じ題の『大正天皇御製詩集』の詩句には「百戰場」、「稿本Ⅱ編年集」と「稿本Ⅲ詩体別」には「幾戰場」とあり、この「惜斜陽」「百戰場」「幾戰場」を見れば乃木大將のかの有名な「金州城外作」

山川草木轉荒涼　十里風腥新戰場
征馬不前人不語　金州城外立斜陽

〔『乃木將軍詩歌集』訓〕

山川草木転夕荒涼　十里風腥シ新戦場
征馬前マズ人語ラズ　金州城外斜陽ニ立ツ

を連想しない者は居ないであらう。木下彪氏はその『大正天皇御製詩集（謹解）』において「大正の初には、日清日露の役に三軍を叱咤し百戰を経て来た老將軍の尚ほ多く生存したのを見給ふにつけ云々」と謹解し「老將」は老將軍一般の謂とされる以上、筆者としては「老將」は乃木大將であるとの主張はしないが飽迄参考として書き記しておく。

乘馬到裏見瀑　馬ニ乗リテ裏見ノ瀑ニ到ル

山中跨馬緩緩行　山中馬ニ跨リ緩緩トシテ行ク
綠樹風涼聽蟬聲　緑樹風涼シク蝉声ヲ聴ク
石徑崎嶇時移歩　石径崎《き》嶇《く》時ニ歩ヲ移ス
忽看懸瀑白練明　忽チ看ル懸瀑白練明ナルヲ
如雨如霧飛沫散　雨ノ如ク霧ノ如ク飛沫散ジ

清冷之氣襲衣生　　清冷ノ気衣ヲ襲ヒテ生ズ
笑踞巖角擅吟賞　　笑ヒテ巌角ニ踞シ吟賞ヲ擅《ほしいまま》ニス
往復不必問里程　　往復必ズシモ里程ヲ問ハズ

〔語釈〕裏見瀑―華厳、霧降と共に日光三大名瀑の一つ。落差四十五メートル、幅二メートル。八月十八日より九月六日迄の間、避暑の為、田母沢御用邸に御滞在。その間に貞愛親王や侍従武官を従へ、御乗馬にて裏見、寂光、羽黒等の滝をも訪ね給ひし折の御製詩。明治時代に滝の上部が崩落し規模が縮小、「裏見」は出来ぬ由。「瀑」は「たき」。「滝」は国訓では「たき」であるが、本義は「雨が降りしきる」の意。径―こみち。ほそみち。「道」は人等の往来する「みち」の総称。崎嶇―山道の険しいさま。看―目の上に手をかざして、よくみる。白練―白絹。此処では瀑の美しい様。吟賞―うたひ、めでる。

〔意訳〕日光の山中を馬に跨り緩々《ゆるゆる》行けば緑の樹間に風は涼しく、蝉の鳴く声しきりである。石だらけの径は険しく時には徒歩にて行く。すると忽ち裏見の瀑のまるで白絹を懸けたやうな素晴しい景色が看えてきた。飛沫《しぶき》は雨や霧のやうに飛び散り、その清らかな冷気は不意に衣服を通して膚に感じられる。笑つて岩角に腰掛け、心ゆくまで吟賞するのである。往復に要した距離など、問ふこともなからう。

〔参考〕「奥の細道」に依れば「岩窟に身をひそめ入りて滝の裏より見れば、裏見の滝と申し伝へはべるなり。―しばらくは滝に籠るや夏《げ》の初め」とあり、芭蕉の時代には名前の如く裏からも見る事が出来た。

「大正天皇御製集稿本」には、「御集」に謹載され、此処に拝読した七言古詩の他に日光三大名瀑の夫々に御製詩を拝することが出来る。御作の年代は定かならざるも、その内容からみて同じ頃の御作にあらずやと推察仕る。題と詩形のみ御紹介しておかう。

「観霧降瀑」（五言絶句）、「観裏見瀑」（五言絶句）、「観華厳瀑」（七言絶句）。

到鹽原訪東宮

巖下流水有清音
屋後青山好登臨
鹽原光景佳絕處
東宮相見情轉深
携手細徑樂閒步
亭午同餐共怡心

塩原ニ到リ東宮ヲ訪フ

巌下流水清音有リ
屋後ノ青山登臨ニ好シ
塩原光景佳絶ノ処
東宮相見テ情転《うた》タ深シ
手ヲ携ヘテ細径閒歩ヲ楽シム
亭午餐ヲ同ジウシテ共ニ心ヲ怡《よろこ》バス

帰路入山又出野　帰路山ニ入リ又野ニ出デ
暮色蒼茫満雲林　暮色蒼茫雲林ニ満ツ

〔語釈〕塩原―塩原御用邸。明治三十七年、同地に在つた子爵三島弥太郎の別邸をお買ひ上げの上、皇太子殿下の御避暑地とされた。幾度かの改築、拡張を経て敷地凡そ一万六千坪。中に清冽なる渓流箒川流れる等実に幽邃閑寂たりし由。今は廃された。　閒歩―しづかに歩く事。　亭午―真昼。正午。　怡―顔色にこにことして、いかにも嬉しげな事。　蒼茫―「蒼」は濃い青色。又、薄暗いさま。「茫」は広々としてゐるさま。雲林―雲のかかつてゐる林。

〔意訳〕巌下の渓流は清らかな音を立てて流れてゐる。そして、御殿の背後の緑豊かな山は登るに手頃である。塩原はまことに絶景と言ふに相応しい所である。東宮と会ふと情愛愈々深きを覚え、手を取り合つて邸内の小径の閒歩を楽しみ、昼食を共にしてはにこにこ顔でよろこび合つた。そして帰路山野を通り抜ける頃には、暮色は既に蒼茫として雲のかかる林に満ちてゐるのであつた。

〔参考〕大正天皇は八月十八日以来、皇后宮と共に日光にて御避暑中に坐しましたが、三十日、折柄塩原に御滞在中の東宮（後の昭和天皇）をお訪ね遊ばして、この御製詩を詠み給うた次第である。『大正天皇実録』大正二年八月三十日の条に、御推敲段階の御作が記録されてゐるので、参考までに掲げ奉らう。題は付されてゐない。訓読は筆者。

巖下流水作清音
庭前青岳可登臨
鹽原光景最堪喜
東宮相見情轉深
閑歩細徑携手好
時同午餐慰兩心
歸路入山又出野
暮色蒼茫滿雲林

巌下流水清音作《おこ》ル
庭前ノ青岳登臨スベシ
塩原ノ光景最モ喜ブニ堪ヘタリ
東宮相見テ情転タ深シ
閑歩ス細径手ヲ携フルニ好シ
時ニ午餐ヲ同ジウシテ両心ヲ慰ム
帰路山ニ入リ又野ニ出デ
暮色蒼茫雲林ニ満ツ

※両心は、二人の心、の意であり、天皇皇后両陛下の事を指し給ふのかと思つたが、『大正天皇実録』には「御遊幸」とあるのみであるゆゑ、皇后陛下はお出ましにならなかつたものと思はれる。従つて、「二人」とは御自分（天皇）と東宮、を指し給うたのであらう。

又、同じく八月十八日の条には御集に採られてゐない御作が「聖作年月ヲ失スト雖モ、御用邸御滞在中ノ御動静ヲ拝スルニ資スベク、且ツ禁庭ノ様ヲ窺フニ余アリ」として記録されてゐるので御紹介しよう。『大正天皇実録』には題は付されてゐないが「大正天皇御製集稿本一」には七言古詩六十首の一つとして「日光避暑」の題が付けられてゐる。念の為付記すると、この御製詩も前出の御推敲段階の御作も共に白文で載せられてゐる。訓読、意訳は筆者。

帝都炎暑正鑠金　　帝都ノ炎暑正ニ金ヲモ鑠《と》カス
遠入晃山養吟心　　遠ク晃山ニ入リテ吟心ヲ養ハン
離宮朝夕涼味足　　離宮ノ朝夕涼味足リ
四顧峰巒白雲深　　四顧ノ峰巒白雲深シ
有時園中試散歩　　時ニ園中散歩ヲ試ムレバ
花草色媚緑樹陰　　花草色媚ビ緑樹ノ陰ニ有リ
曲池水清魚亦樂　　曲池水清クシテ魚モ亦樂シム
徘徊不知夕日沈　　徘徊夕日ノ沈ムヲ知ラズ

〔意訳〕帝都の暑さは正に鉄をも溶かすくらゐである。遠く日光の山に入つて「うたごころ」を養はう。離宮の朝夕は十分に涼しく、回りの山々は深い白雲に包まれてゐる。時に園内を散歩してみると、花も草も色も形も美はしく、木々の陰に咲きかをつてゐる。色々な形をした池の水は澄み、魚も楽しさう。かうして歩き回つてゐると、日の暮れるのも忘れてしまつた。（訓読に当つては中澤伸弘氏の御教示を忝くした。）

この御製詩は『大正天皇実録』にある通り田母沢御用邸の園内散策の折お詠み遊ばした御製詩で、其処は今は日光市花石町の「国立大学法人東京大学大学院理学系研究科附属植物園（通称、小石川植物園）日光分園」通称、日光植物園の一部となつてゐる。同分園は明治三十五年東照宮付近に開設され、同四十四年現在地に移転、現在では旧田母沢御用邸用地等も合せて凡そ三万二千坪に近い敷地面積といふ。右のやうな所縁により、日光植物園内には大正天皇御由緒地の碑も建立されてゐる由で、丁度大正天皇御由緒地の碑改修計画の出た頃に『大正天皇実録』の一部公開があり、その中に日光植物園所縁の御製詩も載つてゐる事が判明し、折柄の日光植物園開設百周年記念に大正天皇御由緒地の碑改修の一環として「日光避暑」の御製詩も刻み奉つた由。この芽出度い事業により、大正天皇御製詩碑は次の三箇所に建立されてゐることとなる。

富山市　呉羽山　「登呉羽山」

沼津市　大中寺　「大中寺観梅」

日光市　日光植物園　「日光避暑」

余談乍ら、塩原に東宮を訪ね給うたその翌日三十一日は天長節であるが、『大正天皇実録』八月三十一日の条に「天長節ニ就キ自今八月三十一日ニアリテハ天長節祭ノミヲ行ハセラレ、特ニ十月三十一日ヲ天長節祝日ト定メ、宮中ニ於ケル拝賀・宴会ハ同日ニ行ハセラルベキ旨仰アリ」とあるやうに、この年に十月三十一日が天長節の代日と定められた。大正元年の天長節は素より諒闇により祝宴は取止められたが、祝電を寄せた諸外国には答礼の電報を発せられた。

喜二位局獻蕣花　二位ノ局蕣花ヲ献ズルヲ喜ブ

蕣花佳色弄曉晴　蕣花《しゆんくわ》ノ佳色暁晴ヲ弄ス
葉上團團露珠淸　葉上団団露珠清シ
此物幽閒殊堪愛　此ノ物幽閒《いうかん》殊ニ愛スルニ堪ヘタリ
風流進獻有餘情　風流進献余情有リ
喜卿平生重修養　喜ブ卿ガ平生修養ヲ重ンジ
資質貞靜且聰明　資質貞静且ツ聡明
更娛詞藻能延壽　更ニ詞藻ヲ娯《たのし》ンデ能ク寿ヲ延バス
不比世間一朝榮　比セズ世間一朝ノ栄

〔語釈〕二位局—天皇の御生母、柳原愛子《やなぎはらなるこ》。　蕣花—国訓「あさがほ」。字義は「むくげ（木槿）」。　団団—露の多い様。「月団団」の「団団」は「まん丸い様」。　幽閒—静かで、奥床しい。第六句の「貞静」と併せ「幽閒貞静」と熟語を成し、淑やかで、奥床しくて正しいといふ女徳を称へる語。　堪—さうする価値が十分に有る。　卿—人の尊称。君が臣を、同格の者を、下位の者を、夫が妻を、妻が夫をと、色々な場合の、人を呼ぶ時に用ゐる。　娯—心ゆつたりとたのしむ。　詞藻—詩文を作る才能。　一朝—わづかの間。忽ち。

〔意訳〕朝顔はこの清々しい朝を楽しむかのやうに綺麗な色に咲き、葉に置く沢山の露も清らかである。朝顔のこのもの静かな様は殊に愛するに堪へるものであり、その奥床しい人柄をも偲ばせるやうな風流な献上の花には風情尽きぬものが有る。この花を献上してくれた二位局は日頃から修養を重んじ、元々淑やかで奥床しく聡明な上に、和歌を詠んで娯しむなど長生きしてゐることは洵に喜ばしい。それは世間によく見られるやうな栄枯の移り変はりの速さには比べられぬ尊いことである。

〔参考〕柳原愛子は安政二年生。従一位柳原光愛の次女。明治三年皇太后上臈として出仕。同五年より明治天皇に仕へる。従二位に叙せられたのは大正四年であり、この時から「二位局」と呼ばれ、準皇族待遇となつた。従つてこの御製詩が「大正二年の作」とされるのには疑問が残る。大正十四年勲一等瑞宝章を受けた。殊に和歌に堪能にて宮中歌御会始には三回も選歌の栄に浴した。昭和十八年歿。従一位を贈らる。因みに、この御製詩は「稿本」には詩句に若干の異同が見られるが、何より題が「二位局」ではなく「喜愛子献蕣花」となつてをり或は大正四年以降の御作と考へられないことも無い。

『貞明皇后御詩集』の大正二年の部に「応制詠蕣花」なる七言絶句がある。「応制（天子の命により詩文を詠む）」とある点から、御製詩と同じ頃に詠まれた御作と推察仕るので、併せて拝読申上げよう。訓読等は筆者。

應制詠蕣花
湛湛露華如水晶
奇葩麗蕋慰心情
清涼花愛清涼趣
毎綻朝晴萎午晴

応制蕣花ヲ詠ズ
湛湛《たんたん》タル露華水晶ノ如ク
奇葩《は》麗蕋《ずゐ》心情ヲ慰ム
清涼ノ花ハ清涼ノ趣ヲ《を》愛シム
毎《つね》ニ朝晴ニ綻ビ午晴ニ萎ム

〔語釈〕湛湛―露の盛んなさま。 露華―露のひかり。 奇葩麗蕋―奇麗（すぐれてうるはしい。「綺麗」に同じ。）な花。「葩」は「花」。「蕋」は「しべ・花の生殖器官」と「花」の二義あるが、此処では後者であらう。 愛―持つたものと離れ難い。

〔意訳〕沢山の露の光はまるで水晶のやうで、綺麗な花は心を慰めてくれる。さつぱりとして清々《すが》しい花は、清々しい趣を愛しみ、何時も晴れた朝には開き、午後には萎むのです。

夜雨

冷雨中宵到
瀟瀟響砌階

夜雨
冷雨中宵ニ到リ
瀟瀟砌階《せいかい》ニ響ク

夢醒燈火底　　夢ハ醒ム灯火ノ底
秋意入閒懷　　秋意閒懐ニ入ル

〔語釈〕中宵―夜更け。　瀟瀟―雨のもの寂しく降ること。　砌階―石畳と階段。　底―物の下《もと》にの意。　秋意―秋の気配。　閒懐―「閒」は「静」で意訳すれば「静かな胸の中」。

〔意訳〕夜更けに冷たい雨が降り出した。もの寂しい雨音は石のきざはしのあたりに響き、灯火の下に夢も醒めて、その秋の気配が静かな胸の中に沁み入るやうである。

秋　雲　　秋　雲

秋雲度天半　　秋雲天半ヲ度《わた》リ
淺淡薄于羅　　浅淡羅ヨリモ薄シ
此夜南樓上　　此ノ夜南楼ノ上
月明風露多　　月明風露多シ

〔語釈〕天半―なかぞら。　羅―うすぎぬ。　月明―月の明るい夜。

〔**意訳**〕秋の雲が中空をゆつくりと動き、そのうつすらとした様は、まるで薄絹よりも薄いやうに見える。その夜、南楼に登れば、月は明るく、風も露も天に地に満ちてゐる。

皇太后將謁桃山陵內宴恭送

皇太后将《まさ》ニ桃山陵ニ謁セントス、内宴恭シク送ル

新秋移居入皇宮　　新秋居ヲ移シテ皇宮ニ入ル
諒闇一歳意何窮　　諒闇一歳意何ゾ窮マラン
恭迎太后開內宴　　恭シク太后ヲ迎ヘ内宴ヲ開キ
座有懿親情相同　　座ニ懿親《いしん》有リ情相《あひ》同ジ
姻族近臣亦陪侍　　姻族近臣亦陪侍《ばいじ》シ
西風送涼滿簾櫳　　西風涼ヲ送リテ簾櫳《れんろう》ニ満ツ
回首桃山陵寢遠　　首《かうべ》ヲ回《めぐ》ラセバ桃山陵寝《りようしん》遠シ
山河相隔西與東　　山河相隔ツ西ト東ト

〔語釈〕桃山陵―京都伏見に在る明治天皇の御陵。　皇太后―昭憲皇太后（明治天皇の御后）。　懿親―近親。　姻族―縁組による親戚。　陪侍―天子のお側近くに侍る。　簾櫳―すだれの掛かつた連子窓。　回首―後方を振り返る。或は過ぎ去つた事を思ふ。　陵寝―天子の御陵。「寝」は天子の御霊舎《みたまや》。

〔意訳〕〔皇太后が桃山陵におまゐりなされるに当り、内々の宴を催し恭しく御送りする〕秋の始め、青山離宮より皇居に移つた。諒闇の一年を思へば感無量である。此の度、皇太后が桃山陵におまゐりなされるに当り、恭しく皇居にお迎へして、内々の宴を催したところ、座には近親の者が連なり、その感慨は同じである。更に姻族や近侍の臣下もこの内宴に侍り、涼しい西風はすだれの掛かつた連子窓から部屋中に満ちてゐる。遥か桃山の御陵のあたりを望めば、山河東西相隔たり何と遠いことか。

〔参考〕この年七月、両陛下は皇居にお移りになり、二十一日に東宮の頃よりお住ひであつた青山離宮を皇太后のお住ひになる青山御所と改称なされ、皇太后はその日に移御なされた。そして、この内宴は九月二十六日午前十一時五十分より催された。両陛下、皇太后が臨御、皇妹昌子内親王、貞愛親王がお成り、宮内大臣渡邊千秋、侍従武官長内山小二郎はじめ重臣が陪侍、中には皇后宮職御用掛柳原愛子の姿もあつた。

吹上苑習馬

秋風拂面氣新鮮
苑中習馬好加鞭
侍臣從後何颯爽
行樹少停汗漣漣
雨後馬埒塵不起
緩驅疾走共整然
樓上歸來一回首
嘶聲搖曳林樹邊

吹上苑ニ馬ヲ習フ

秋風面ヲ払ウテ気新鮮
苑中馬ヲ習フ好シ鞭ヲ加ヘン
侍臣後ニ従フ何ゾ颯爽タル
行樹少シク停レバ汗漣漣
雨後馬埒《ばれつ》塵起ラズ
緩驅疾走共ニ整然
楼上帰リ来リテ一タビ首《かうべ》ヲ回《めぐら》セバ
嘶声《せいせい》揺曳《えうえい》ス林樹ノ辺

〔語釈〕 吹上苑—当時吹上御苑内に「広芝の馬場」と言ふ馬場が設けられてゐた。　習—「学ぶ（教へて貰ふ）」と「習熟する」、更にその上の段階「積み重ねる」の意味もある。大正天皇は御年八歳にて初の御乗馬。爾来極めて熟達遊ばされた由。従つて、少なくとも「学ぶ」の意とは拝察し得ない。　行樹—並木。　漣漣—涙或いは汗が流れ落ちる様。　場埒—ばれつ、ばらつ、二通りの読み方がある。馬場。　疾—矢のやうに極めてはやい。疾走。　嘶—馬のいなゝき。　揺曳—長い物が揺れ動く。此処では走りを終へた馬のいなゝきが、辺りにゆつたりと聞こえる事。

〔意訳〕秋風が頬を撫し、空気も新鮮。さあ、吹上の馬場で馬を習ひ、鞭を加へよう。侍臣も後について来る。何と颯爽たる様か。並木の間で暫時馬をとめてみると、我が身も、馬も汗しとゞ。雨の後の馬場には塵も立たず、時に緩く、時にはやく駆けたのであるが、隊伍は整然たるものであつた。やがて馬を習ふ事も終へて部屋に帰り、馬場を振り返つてみると、馬のいなゝきは林間にゆつたりとたゆたふが如く聞こえて来る。

〔参考〕大正天皇は乗馬にも極めて熟達遊ばされて坐しました。その事は木下氏の「謹解本」に詳しいので長文ではあるが引用させて頂かう。

（筆者註・明治十九年御年八歳より乗馬を始められた事は既述の通りであり、以下は明治二十二年以降の事である。）秋よりは乗馬を学科の一に加へ、毎週三日御練習あり、天性の御技倆は忽ち長足の進歩を遂げさせられ、殊に乗馬に肝要な騎坐が堅固にあらせらるることは、専門の騎兵武官でさへ驚歎し奉る程であつたと云ふ。又非常に馬を御可愛がりになり、馬に対する御鑑識も殊の外高くあらせられたといふことである。御即位後も毎週二、三回、一回に二時間から長き時は四時間に及んで乗馬遊ばされ、其の間に馬三、四頭御乗換へになり、時には御親ら先頭に立たせられ、駆歩《かけあし》を以て縦横に馳騁《ちてい》（馬を走らせること。―筆者註）遊ばされ、御伴の臣下は之に追及すること能はず、熟練せる武官と雖も困難を感ずること屢ばであつたと云ふ。又高等馬術などと言つて、障害物を飛越えたりなど曲芸めいた事は一切遊ばされず、それは時々天覧馬術を行はせて御賞覧になつたといふことで、かういふ所にも自らなる王者の御気象が窺へるのである。観兵式や大演習の際には、将兵や拝観者に御英姿を仰ぐ機会を与へ給ふ大御心から、幾里もの長い道を必ず御乗馬で進ませられた。

併し、大正六年頃より「玉体違和」の為、漸次御乗馬の事も少なくなられ、やがて大演習等にも馬車をお召し遊ばすやうになり、終には乗馬も止め給ふに至りたる由。

車中作

百里行程鐵路通
颷輪快走疾於風
眼前光景卜秋熟
萬頃秧田翠接空

車中ノ作

百里ノ行程鉄路通ズ
颷輪《へうりん》快走風ヨリモ疾《はや》シ
眼前ノ光景秋熟ヲ卜《ぼく》ス
万頃《ばんけい》ノ秧田《あうでん》翠《みどり》空ニ接ス

〔語釈〕 颷輪――「颷」は「つむじ風」。車輪がつむじ風の如く物凄く回転する、と云ふ訳で汽車の事。 快走

―「快」は「はやい」で「疾走」と同義。　卜―直訳すれば亀甲を焼いてうらなふ事であるが、此処では期待を籠めて近い将来の事を想像する。　万頃―田畑、水面等の極めて広い事。一頃は百畝、我国の一町七反余。秧田―育苗用の田。苗代。　翠―萌黄色。

〔意訳〕 仮令遠い旅路であらうとも鉄道線路が通じ、その上を走る汽車の早い事は風以上である。そして、眼前の光景に秋の実りを想像してみると、沿線には広い苗代が萌黄色に萌え立ち、恰も天に接せんばかりであり、さぞかし豊作であらう。

〔参考〕 この御製詩は、どう考へても初夏の頃の御作である。即ち「眼前光景」とは「萬頃秧田翠接空」であり「秋熟」はこれから先にさうなるであらう処の光景である。然るに、木下氏はその「謹解本」に、是年十月十八日の京都行幸の折の御作とされる。不可解である。

看菊有感

光陰冉冉已深秋
閒歩園中景色幽
菊帶露華如有淚

看菊感有リ

光陰冉冉《ぜんぜん》已ニ深秋
閒歩園中景色幽ナリ
菊ハ露華ヲ帯ビテ涙有ルガ如シ

諒闇天地物皆愁

諒闇天地物皆愁フ

〔語釈〕冉冉—年月の移り行くこと。　閒歩—しづかに歩く。　愁—悲しみ。

〔意訳〕月日の経つのは早く、秋も已に深まつた。園の中を閒《しづ》かに歩けば景色はまことに趣尽きず、殊に菊に置く露は光を帯びて恰も涙を湛へてゐるやうに見える。諒闇の天地はなべてが愁ひに包まれてゐる。

〔参考〕木下氏は「謹解本」に、この御製詩は十一月十一日の観菊会の折の御作の如く解説してをられるが、午後凡そ二時間足らずと思はれる群臣や各国使臣を召されての御催に、時間の長短は措くとしても、観菊会といふ謂はば公式の席で、陛下が「閒歩」し、しかも「有涙」や「皆愁」と詠み給うたとは思はれない。

前日十日は横須賀沖にて観艦式（午前六時四十五分御出門、午後五時二十分還御）、当日十一日は貞愛親王、山縣元帥、大山元帥、山本内閣総理大臣等との午餐、その後、午後二時御出門、観菊会会場赤坂離宮御苑に行幸、午後四時二十三分還御。そして翌十二日には午前六時三十五分宮城御発輦、以後六日間に亘り、陸軍特別大演習統裁の為愛知県下に行幸。このやうな諸事御繁多の中、公式の席にあらざる所で、先帝を偲び給ひ、お詠み遊ばしたと、筆者は恐れながら推察仕る。前出「八月二日」の御製詩中の「従此心喪更幾年」の思はれる処である。

癸丑秋統監陸軍大演習有此作

晴日跨馬出城行
路傍民庶送又迎
揚鞭直登八事山
山下幾處聞軍聲
青紅樹色相掩映
百里曠原一望平
憶起二十年前事
先帝此地閱大兵
櫻樹猶護駐蹕處
秋風蕭颯難爲情

癸丑《みづのとうし》ノ秋陸軍大演習ヲ統監シ此ノ作有リ

晴日馬ニ跨リ城ヲ出デ行ク
路傍ノ民庶送リ又迎フ
鞭ヲ揚ゲテ直ニ登ル八事山
山下幾処カ軍声ヲ聞ク
青紅樹色相掩映
百里ノ曠原一望平カナリ
憶ヒ起ス二十年前ノ事
先帝此ノ地ニ大兵ヲ閲ス
桜樹猶ホ護ル駐蹕《ちゆうひつ》ノ処
秋風蕭颯《せうさつ》情ヲ為シ難シ

〔語釈〕城―この大本営に当てられた名古屋城。　八事山―名古屋市東部の丘陵、眺望佳く当時は市民遊楽の好適地なりし由。　掩映―掩ひ、且つ映る。　曠原―樹木等遮る物も無い広々とした野原。駐蹕―行幸の折、お車を駐め給ふこと。　蕭颯―ものさびしい。

〔意訳〕晴天の下、大演習統監の為大本営の名古屋城を騎乗して出立した。路傍には奉送奉迎の市民が並んでゐる。一鞭馬を走らせ直ちに八事山に登ると、山下のをちこちより軍声のあがるのが聞える。常緑、紅葉、夫々の樹色は互ひに掩ひ映り、更に広々とした野原が続いてゐる。憶ひ起せば二十年前、先帝も此の地で大兵を閲し給うた。当時植ゑられた桜は今も、先帝駐蹕の処を護るが如く残つてをり、秋風吹いてものさびしく、当年を偲び転《うた》た感慨に堪へぬのである。

〔参考〕明治二十三年四月二日、この地で陸軍大演習が行はれ、先帝が統監し給うた。その往時を偲び給ふ御製詩であり、これ亦「従此心喪更幾年」の一篇と拝察し奉る次第。

秋夜卽事

上林霜落氣蕭森

樹帶秋聲夜已深

秋夜即事

上林霜落チテ気蕭森《せうしん》

樹ハ秋声ヲ帯ビテ夜已ニ深シ

座有詞臣尚相侍　　座ニ詞臣有リテ尚ホ相侍ス
南樓燈火兩詩心　　南楼ノ灯火両詩心

〔語釈〕上林―天子の苑。禁苑。　蕭森―しづかで、ものさびしい。　秋声―秋風の吹く声や、木の葉の散る音。　詞臣―文学を以て仕へる臣。

〔意訳〕禁苑には霜が降り、静かで物寂しい限りであり、樹に吹く風は正に秋、夜も已に更けた。南楼の灯火の下、座にはなほ詞臣が侍し、互ひに詩を語り合ふのである。

〔参考〕詞臣とは明治二十九年、東宮侍講に任ぜられた本居豊穎、三島中洲であらう。但し本居豊穎は此の年二月に歿してをり、此処は三島中洲である。

新嘗祭有作　　新嘗祭作有リ

神嘉殿裏獻新穀　　神嘉殿裏新穀ヲ献ズ
修祭半宵燈火鮮　　修祭半宵灯火鮮カナリ
偏願國中豐稔足　　偏ヘニ願フ国中豊稔足リ
五風十雨一年年　　五風十雨一年年

〔語釈〕 新嘗祭―「しんじやうさい」、「にひなめまつり」また「にひなめさい」。天皇が新穀を天神地祇にお供へして、その高く深きご恩を謝し、そして御親《みづか》ら之を聞食《きこしめ》し給ふ神事。遠く神代よりの宮中の大典であり天皇の親祭し給ふ祭儀であり、後に御即位の初めに行はれるのを「大嘗」、毎年のそれを「新嘗」とされた。後世中断の時期もあつたが、東山天皇（第百十三代）が再興し給ひ、櫻町天皇（第百十五代）の御代元文五年（皇紀二四〇〇年）十一月やうやく旧儀に復し給うた。明治以来、宮中の大祭として十一月二十三日より二十四日にかけて神嘉殿にて齋行され、伊勢神宮を始め全国津々浦々の神宮・神社に於いても祭儀が齋行され、或は遥拝が行はれてゐる。 豊稔―穀物が豊かに稔ること。 五風十雨―五日に一日程よく風が吹き、十日に一日程よく雨が降る。天候の極めて順調なこと。 一年年―「一」は句調を整へるもので、意味は「年年」に在る。

〔意訳〕 神嘉殿に新穀を獻り、新嘗のみ祭りをさめ奉るその真夜中に、篝火は赤々と燃え弾けてゐる。そのみ祭りに願ふのは、毎年々々天候順調に、国中の穀物が豊かに稔ること、只々それのみである。

〔参考〕『大正天皇御集』には（従つて木下氏の「謹解本」等にも）、この御製詩を大正二年の御作とするが、これは誤りであらう。『大正天皇実録』のこの年十一月二十三日の条には「新嘗祭ヲ行ハルルモ出御アラセラレズ」とのみあり、ただこの十七字の為に「侍従職日記」、「侍従武官府日誌」、「典侍日記」、「祭祀録」、「官報」と六種類もの史料が列挙されてゐる。これらの記録の方が誤りであるとは到底思へない。

大正天皇が御製詩をお詠み遊ばされたのは既述の如く大正六年迄である。この年迄の『大正天皇実録』に新嘗祭御親祭のことが明記されてゐるのは大正五年（「新嘗祭ニヨリ親祭ヲ行ハセラル云々」）、六年（「新嘗祭ニヨリ御親祭アリ云々」）の二ヶ年のみであり、この何れかの年の御作としか考へられない。何故かと言ふと、大正三年のこの日の『大正天皇実録』の記録は、現在、宮内庁当局により公開されてゐるそれに依れば、墨塗り抹消されてゐるが、この年四月十一日には昭憲皇太后が崩御し給ひ、天皇は服喪の時にあらせられた。又、四年には十一月十六日「即位・大嘗祭」挙行あらせられ、十一月二十二日より二十四日にかけて神宮並びに神武天皇陵御親拝のことがあつた。これらの事からして、大正七年以降の事は措くとして、少なくとも御製詩を詠み給うた期間に在つては大正五年、六年以外には新嘗祭御親祭のことは有り得ない。

新嘗祭には皇后陛下の出御はない。併し、仮令出御はなくとも祭典中は皇后陛下も亦、天皇陛下とそのお祈りを一つにし給ひて坐しますのである。『貞明皇后御詩集』大正二年の部に「新嘗祭」の題の七言絶句が載つてゐる。訓読等は筆者。

新嘗祭

雲晴風暖小春天　　雲晴レ風暖ニ小春ノ天
先獻新禾孝道宣　　先ヅ新禾《しんくわ》ヲ献ジ孝道宣《の》ブ
神祖欣然賜慶福　　神祖欣然トシテ慶福ヲ賜フ

來秋足卜亦豐年　　来秋トスルニ足ル亦豊年ナルヲ

〔語釈〕禾—稲。　慶福—めでたく、さいはひな事。

〔意訳〕新嘗祭の今日、雲は晴れ風は暖かく穏やかな小春日和。天皇陛下は先づ天神地祇に新穀を献げ、御自らも聞召して、その広大無辺の神恩を謝し給ひます。そして、御祖の神々は大変およろこびになり、この国土国民に有難い幸せを賜ふのです。来年の秋も屹度間違ひ無く豊作となることでせう。

昭和五十年の歌会始の御題は「祭り」でした。その中に新嘗祭の御歌二首を拝することが出来ます。

皇太子殿下（今上天皇陛下）

神あそびの歌流るるなか告文《つげぶみ》の御声《みこゑ》聞え来《く》新嘗の夜

〔註〕宮中の新嘗祭は十一月二十三日午後六時から同八時頃迄の「夕《よひ》の儀」と、午後十一時より二十四日午前一時頃にわたる「暁の儀」と二回に分けて斎行される重儀である。

秩父宮妃勢津子殿下

新嘗のみまつりも今ははてけむとあふぐ夜空に星のまたたく

歳晩書懐

歳晩懐《おもひ》ヲ書ス

歳晩天晴月似鎌
北風吹起動畫簾
此時獨坐中心痛
傳聞水旱苦蒼黔
牧民今日要救助
夜深燈前感更添

歳晩天晴レテ月鎌ニ似タリ
北風吹キ起リテ画簾ヲ動カス
此ノ時独坐中心痛ム
伝ヘ聞ク水旱蒼黔《さうけん》ヲ苦シムト
牧民今日救助ヲ要ス
夜深ク灯前感更ニ添フ

〔**語釈**〕書懐―思ふところを書く。　画簾―彩色したすだれ。　中心―心のうち。　蒼黔―「蒼《あを》」は民が草木の青々と多いやうに多く、「黔《くろ》」は庶民は冠を用ゐず黒髪のままであるから（或は黒い頭巾をかぶるから）、二字で人民のこと。　牧―やしなふ。

〔**意訳**〕今年も暮れゆかんとし、冬の夜空の月は鎌のやうである。そして寒風は画簾を揺り動かして吹いてゐる。このやうな時、独り坐して、国民が風水害や火の禍に苦しんだことに思ひを致せば、洵に心の底から痛ましく思はれるのである。今日、民を養ひ治めるには何よりも先づ災害に苦しむ人々の救助が必要である。夜も更けゆき、灯火の下、民を思ひ遺るその思ひは尽きぬ。

〔参考〕この年、救恤の思召に依り金員を下賜されたのは『実録』大正二年一月十日の記録に依れば、前年十二月二十三日の北海道夕張炭鉱のガス爆発事故を始め、福岡県二瀬炭坑のガス爆発（二月二十五日）、静岡県沼津の大火（三月五日）、岩手県唐丹村の大火（四月九日）、北海道函館の大火（五月七日）、台湾の台風災害（八月二十五日）、東京・宮城・福島・新潟・埼玉等一府八県の暴風雨（九月二十六日）、福井県武生の大火（同二十七日）、北海道の暴風雨（十月二日）、新潟県五泉の大火（同十五日）。

偶感

世上何事貪苟安
苟安畢竟成功難
廓清弊事要愼重
擧頭仰望碧落寛
有司唯能盡其職
勿使黎民憂飢寒

偶感

世上何事ゾ苟安《こうあん》ヲ貪ル
苟安畢竟《ひつきやう》功ヲ成スコト難シ
弊事ヲ廓清スル慎重ヲ要ス
頭ヲ挙ゲテ仰望ス碧落ノ寛ナルヲ
有司唯《たゞ》能ク其ノ職ヲ尽シ
黎民《れいみん》ヲシテ飢寒ヲ憂ヘ使ムル勿《なか》レ

磻溪老翁宜出仕　　磻溪《はんけい》ノ老翁宜シク出仕スベシ
今日不須把釣竿　　今日須《もち》ヒズ釣竿ヲ把ルヲ

〔語釈〕苟安―ほんの一時の安楽。　畢竟―つまるところ。結局。　廓清―多年の不正、腐敗を綺麗さつぱり祓ひ清める。　碧落―あをあをとした大空。　有司―役人。官吏。　黎民―一般庶民。「黎」は「黒」の義で、前項を参照されたし。　磻溪老翁―支那周代の賢人呂尚、太公望の事。磻渓は太公望が釣をしてゐた川。周の文王、磻渓にて呂尚に会ひ、その非凡を見抜き「わが太公（父親）が望んでゐたやうな人物である」として師と立てる。呂尚、後に武王を佐け、天下を平定させた。

〔意訳〕世には一時の安楽を追ひ、事足れりとする風潮があるが何事であらうか。そのやうな事では、結局は成果を挙げる事は難いのである。諸々の弊害を廓清するには、素より慎重を期すべきであり、恰も、高く澄み渡る大空を仰ぐが如き大度量を持つて事に当らねばならぬ。

苟も官吏たるものは只管その職務に尽瘁し、庶民をして飢ゑや寒さの心配をさせてはならない。そして野に隠棲する賢人は出でて仕へるべきであり、今や悠々釣糸を垂れてゐる時ではないのであるぞ。

〔参考〕この御製詩は大正二年年末、即ち、即位・大嘗祭の重儀を翌年に控へ（結果的には、翌三年四月、昭憲皇太后崩御の事あり、一年延期となつたが）給ひての御作である事に留意して拝読申上げるべきである。「謹解本」にはこの御製詩は「格別の意味もなく、御思ひのままを、韻語に託して仰せられて居るに過ぎない」、として「包容の御気象の現はれて居る所が王者の詩である」と〝謹解〟してゐる。「包容の御気象」はさて措き、「格別の意味もなく」とは不遜、不敬にあらずや。「綸言汗の如し」。詔には非ざるも御作の年月といひ、その内容といひ、臣民我等殊に心して拝読申上ぐべき御製詩の一つと拝さなければならぬ。

教育

大中小學育俊英
教育從來任不輕
切磋琢磨須勉勵
天下皆期大器成
國家隆盛因問學
于文于武要相幷

教育

大中小学俊英ヲ育ス
教育従来任軽カラズ
切磋琢磨須《すべか》ラク勉励スベシ
天下皆期ス大器ノ成ルヲ
国家ノ隆盛問学ニ因ル
文ニ武ニ相并スヲ要ス

〔語釈〕 切磋琢磨―象牙等を刀で切り、鑢《やすり》で磋《みが》き、宝玉の原石を槌で琢《う》ち、砂や石で磨く。元来が優れた素質を持つた者同士が、互ひに励まし合ひ、学問修養を積重ね、人格識見をよりねりみがく事。須―すべからく何々すべし、と読み、「是非何々する必要がある」の意。期―待ちまうける。期待する。問学―「学問」に同じ。

〔意訳〕なべて学校教育とは、優れた人物を育成すべきものであり、教育の任たるや、素より軽からず。切磋琢磨、勉励之怠らず、大器の成るを国中が期待してゐる。国家の隆盛は「問ひ、学ぶ」ことにより得られるのであり、文に流れず、武に偏らず、両つながら励む事が肝要である。

〔参考〕明治五年八月二日、明治天皇は学制頒布を仰せ出された。その書中に曰《のたまは》く。（括弧内は筆者註）「自今以後一般の人民（華士族農工商及婦女子―原註）必ず邑《むら》に不学の戸なく、家に不学の人なからしめん事を期す。人の父兄たるもの、宜しく此意を体認し、其愛育の情を厚くし、其子弟をして必ず学に従事せしめざるべからざるものなり。」と。而して大正十一年十月三十日（この日は明治二十三年十月三十日「教育に関する勅語」が渙発された、その記念日である）大正天皇は学制頒布五十周年に当り勅語を下し給ひ、その中に「惟フニ教育ハ、心身兼ネ養ヒ、知徳並ヒ進ムヲ尚フ。国家ノ光輝、社会ノ品位、政治・経済・国防・産業等ノ発達、一トシテ其ノ効ニ待タサルナシ。皇考（先帝）ノ制ヲ定メ学ヲ勧メタマヘルハ、是カ為ナリ。朕深ク前後従事諸員ノ労績ヲ嘉シ、更ニ克ク朕カ紹述（先人の業績を受継ぎ、それに従つて事を行ふ）ノ意ヲ体シテ、遺訓ヲ遵奉シ、常ニ中外ノ時勢ヲ察シテ、心ヲ啓発成就ニ用ヒ、益々力ヲ教学ノ振興ニ尽シテ、以テ文運ノ昌明ヲ図ラムコトヲ望ム。」と述べ給うた。

このやうな大御心を無みし奉つた我国戦後教育の惨状、為政者、教育者以て如何と為す。まこと、赤色偏向教育、自虐史観教育の害毒はこれが日本人か、と疑ひたくなるやうな人間を量産するに至つてゐる。大東亜戦争に散華された英霊の或る御夫人は「かくばかり醜き国になりたるか捧げし人のただに惜しまる」と詠まれたと云ふ。本当に申し訳ない。教育の任、正に軽からずである。

誇りや責任感、使命感無き処に、健全なる精神が育つ筈が無い。嘗ての陸軍士官学校の校歌に「君の御楯と選ばれて、集まり学ぶ、身の幸よ」なる一節がある。之を鼻持ちならぬ選良意識と捉へるのは誤りである。現代の各級学校の校歌でさへ、その郷土の明媚なる風光、歴史上の佳話を詠み込み、それに倣はうといふ歌詞が普通である。陸軍士官学校校歌も旧制高等学校の寮歌も現代の多くの学校の校歌も、その根柢を貫流する心は一つである。父祖への誇りと、子孫への使命感、それが中今に在る現在の自己の責任感に直結するのであり、これこそ国としての活力、国民個々人の生甲斐の源泉に他ならない。これ等を無視否定若しくは揶揄嘲笑してゐる現今の風潮は、既に、誤りを通り越して、狂つてゐるといふ事に気付くべきである。

日本橋

絡繹舟車倍舊饒
高樓傑閣聳雲霄
神州道路從茲起
不負稱爲日本橋

日本橋

絡繹《らくえき》舟車旧ニ倍シテ饒《おほ》ク
高楼傑閣雲霄《うんせう》ニ聳ユ
神州ノ道路茲《ここ》ヨリ起ル
負《そむ》カズ称シテ日本橋ト為スニ

〔語釈〕絡繹—往来の絶えないさま。　饒—物が多くて満ち足りてゐる。　雲霄—空。

〔意訳〕橋の上下に絶え間なく往来する舟も車も昔に比べれば大変増えてをり、辺りに建つ高く立派なビルは天高く聳え立つてゐる。此処こそ我が日本の道路の起点であり、日本橋のその名に相応しい。

〔参考〕「日本橋」は日本橋川（神田川の分流。千代田区小石川橋で分岐し、中央区永代橋付近で隅田川に合流。全長約五千メートル）に架かる。最初の日本橋は慶長八年（皇紀二二六三年）に架けられ、木製であつた。翌年幕府は此の橋を五街道（東海道、中山道、甲州街道、奥州街道、日光街道）の起点と定めた。現在の日本橋は「帝都を飾る」趣旨にて、石造二連アーチの道路橋として明治四十四年完成。この時「東京市道路元標」が設置された。御製詩はこの頃の様子を詠み給ひしもの。昭和四十七年、「東京市道路元標」は北西の橋詰に移設され、その跡に「日本国道路元標」が埋め込まれた。平成十一年国指定重要文化財となる。なほ、橋の四本の親柱に刻まれてゐる「日本橋」の文字は十五代将軍徳川慶喜公の揮毫にかゝる由。

比叡山

山中多老木
蓊鬱翳斜陽
石徑行人少
鐘聲出上方

比叡山

山中老木多ク
蓊鬱《をううつ》斜陽ヲ翳《おほ》フ
石径行人少《まれ》ニ
鐘声上方ヨリ出ヅ

〔語釈〕 比叡山—京都市北東から大津市に跨る山。京の鬼門に当り、皇城鎮護の為、延暦寺が在る。　蓊鬱—草木の盛んに繁茂するさま。

〔意訳〕 比叡山の山中には老木が多く、蓊鬱として斜陽を掩つてゐる。石の小道は行く人も稀である。山上に寺は見えぬながら鐘の声は聞えて来る。

武内宿禰

老軀能護主
忠愛匹儔稀
絶海從征戰
風雲入指揮

武内宿禰《たけしうちのすくね》

老躯能ク主ヲ護リ
忠愛匹儔《ひっちう》稀ナリ
絶海征戦ニ従ヒ
風雲指揮ニ入ル

〔**語釈**〕忠愛―忠君愛国。天皇陛下に忠義を尽くし、祖国日本を愛する。　絶海―海を渡る。

〔**意訳**〕武内宿禰は老躯ながら能く、天皇を守護し、その忠君愛国の至誠は匹儔稀《たぐひまれ》であつた。中でも、神功皇后の三韓征伐に従ひ、風雲の間に、皇后の指揮下に奮励したのである。

〔**参考**〕武内宿禰は景行・成務・仲哀・応神・仁徳の五朝に歴事し齢三百を越える、と伝へられる。「古事記」に、仁徳天皇は「たまきはる、うちのあそ、なこそは、よのながひと（建内宿禰よ、お前は長命で何でも知つてゐる）云々」と詠ませ給ひ、ともあれ長寿であつた。景行天皇の時代の蝦夷地視察、神功皇后の三韓征伐に従軍、応神天皇御降誕後の反乱討伐等の功績顕著。福井敦賀の気比神宮の御祭神に加へられてゐる。「武内」は「たけのうち」とも読む。古事記等には「建内」、日本書紀等には「武内」とある。

小池

蘆梢生晩風
魚躍小池裏
樹上月方昇
玲瓏照秋水

小池

蘆梢《ろせう》晩風生ジ
魚ハ小池ノ裏《うち》ニ躍ル
樹上月方《まさ》ニ昇リ
玲瓏秋水ヲ照ラス

〔語釈〕晩風―夕方の風。　玲瓏―透き通るやうな清らかな美しさ。　秋水―秋の澄み切つた水。

〔意訳〕小さな池の夕《ゆふべ》、蘆の葉末からは風が生じ、魚は水に跳ねてゐる。折柄、樹上には月が昇り、透き通るやうに清らかに美しく、澄み切つた池の面を照らしてゐる。

海上明月圖

蒼溟千里濶
明月照波瀾
半夜秋風動

海上明月ノ図

蒼溟《さうめい》千里濶《ひろ》ク
明月波瀾ヲ照ラス
半夜秋風動キ

魚龍不耐寒　　魚龍寒ニ耐ヘザラン

〔語釈〕蒼溟―あをうなばら。「蒼」は濃い青色。　明月―「曇りの無い月」と「満月、特に陰暦十五夜の月」と二通りの意味があるが前者をとる。　波瀾―大小様々な波。「波」は「なみ」の総称。「瀾」は激しく泡立つなみ。　半夜―夜中。

〔意訳〕蒼い海原は遥かに広がり、明るい月はうねり波立つ大海原を照らしてゐる。夜も更けて秋風は吹き、魚も龍もさぞかし寒さに耐へ難からう。

痩馬

痩馬看來感慨生　　痩馬看来リテ感慨生ズ

崎嶇山路仰天鳴　　崎嶇タル山路天ヲ仰ギテ鳴ク

臨風戀舊尤憐爾　　臨風旧ヲ恋フ尤モ爾《なんぢ》ヲ憐レム

朔北當年從遠征　　朔北当年遠征ニ従フ

〔語釈〕崎嶇―山路の険しいさま。　朔北―北方。此処では支那大陸。　当年―その昔。当時。

〔意訳〕痩せ馬を見ては感慨を催さずにはをれない。険しい山路に喘ぎ、天を仰いで鳴いてゐた。

風に対して昔を恋しく思つてゐるであらうお前は真に憐れである。思へばその昔大陸の戦線に従軍した名誉の馬ではないか。

〔参考〕「稿本」には元気一杯の軍馬を詠み給ひたる御作も載る。訓読、訳は筆者。

馬

駿馬勇姿事遠征
騰驤磊落壮心生
煙塵漠々旌旗動
塞上断風自在行

馬

駿馬勇姿遠征ニ事フ
騰驤《とうじやう》 磊落壮心生ズ
煙塵漠々旌旗動ク
塞上風ニ断キ自在ニ行ク

〔語釈〕 騰驤—とびあがり、こえる。 磊落—堆いさま。 漠々—暗いさま。

〔意訳〕 駿馬は勇姿も颯爽と遠征に従事した。うづたかい所も飛び越えて、戦意益々さかんとなる。戦場に煙塵は漠々と軍旗は閃いてゐる。馬は塞《とりで》の上に風に向つて断き自在に活躍してゐる。

大正三年　宝算三十六

元　日

瑞氣氤氳上苑邊
鼕鼕神鼓隔林傳
願教黎庶得其所
四海昇平年又年

元　旦

瑞気氤氳《いんうん》上苑《じやうゑん》ノ辺《へ》
鼕鼕《とうとう》神鼓林ヲ隔テテ伝フ
願ハクハ黎庶《れいしよ》ヲシテ其ノ所ヲ得シメン
四海昇平年又年

〔語釈〕氤氳―天地の気の盛んなるさま。　上苑―天子の庭園。　鼕鼕―太鼓や鼓のよく鳴る音の形容。　黎庶―国民。　四海―天下。此処は「世界大」の意味の天下ととるべきであらう。

〔意訳〕元旦のいとも芽出度く、天地の盛んなる気が上苑一面に漲つてゐる。御神楽の太鼓や羯鼓の鼕鼕たる音が林を隔てて伝はつて来る。新年に当り願ふのは、国民各自が所を得て、天下の泰平が何時何時までも続くことである。

〔参考〕この年の元旦、天皇は四方拝、歳旦祭共に出御あらせられなかつた。「謹解本」に依ると、

「出御あらせられなかつた祭儀の奏楽の声を、隔たつてお聴きになつた意味であらう。（中略）楽器は笙、篳篥《ひちりき》（管楽器）、笛、羯鼓《かつこ》（小型の打楽器）、太鼓、鉦鼓《しやうこ》（青銅製の鉦《かね》の打楽器）であつた。神鼓と仰せられた所以である。」と。

歳朝示皇子

改暦方逢萬物新
戒兒宜作日新人
經來辛苦心如鐵
看取梅花雪後春

歳朝皇子ニ示ス

改暦方ニ逢フ万物新ナルニ
児ヲ戒ム宜シク日新ノ人ト作《な》ルベシ
辛苦ヲ経来リテ心鉄ノ如シ
看取セヨ梅花雪後ノ春

〔語釈〕歳朝―元旦。　皇子―天皇陛下の男子のお子様。当時で申せば、
迪宮《みちのみや》裕仁《ひろひと》親王・昭和天皇。御年十四歳
淳宮《あつのみや》雍仁《やすひと》親王・秩父宮。御年十三歳
光宮《てるのみや》宣仁《のぶひと》親王・高松宮。御年十歳
なほ、大正四年十二月二日には澄宮《すみのみや》崇仁《たかひと》親王（三笠宮）がお生まれになつた。
宜―「よろしく何々すべし」と読むが、命令の意味にはあらずして、「何々した方が良い」といふ意味である。

日新―日毎にその徳を増進する。儒教の政治思想の根幹を纏めた「大学」の伝二章に載る。支那、古の聖人、商の湯王が日々洗顔に用ゐた盤《たらひ》に彫られてゐたといふ銘（器具に刻んだ自警の句）「苟《まこと》ニ日ニ新タニ、日々ニ新タニ、又日ニ新タナリ」に由来する。看取―「取」を単に助辞ととれば「みる」であるが、此処は「確実に看て取る―見抜く」であらう。抑々「看」は「目の上に手をかざして、遠くをよくみる」、或は「環」に通じて「ぐるりと、よく見渡すこと」であり、「見護婦」にあらずして「看護婦」である意味も其処に在る。

〔意訳〕暦の改まる新年には、万物も亦新たなりといふ。皇子達よ、汝等も日新の人となるやうに心懸けなさい。辛い事、苦しい事を経験してこそ、始めて（漸く）心は鉄の如く堅固となるのである。梅の花は雪積む寒い冬に耐へて後、能く春に先駆けて咲くといふ摂理を、よくよく看て取りなさい。

〔参考〕彼の二宮金次郎が薪を背負ひつゝ、読んでゐたのが「大学」である。二宮尊徳翁は特別と言ふ勿れ。裾野広からざれば、頂上高からず。先人の志高く、向学心の旺盛なりし事に謙虚に学ぶべきにあらずや。「ゆとり教育」などと僭称する〝まがひ物〟から、一日も早く脱却すべきである。

贈貞愛親王

貞愛《さだなる》親王ニ贈ル

萬里邉城曾督師

万里辺城曽テ師ヲ督ス

山河幾處足驅馳　山河幾処駆馳足ル
如今在內資初政　如今内ニ在リテ初政ニ資シ
欲使黎民樂盛時　黎民ヲシテ盛時ヲ楽シマシメント欲ス

〔語釈〕貞愛親王―伏見宮邦家親王第十四子。略伝は「参考」に。　資―たすける。　初政―天子が初めて政務を採り給ふこと。　盛時―国運隆々たる時。

〔意訳〕貞愛親王は曾ては支那大陸に台湾にと、遠く異域の戦場に在つて能く軍の指揮に任じてゐた。その転戦の所は踏まぬ地は無いくらゐである。今や内に在つて、御代替りの重大な時の補佐に任じ、国民をしてこの盛時を楽しましめるやうに望む。

〔参考〕貞愛親王は安政五年生。万延元年妙法院門跡を相続なさるも、文久二年伏見宮継嗣となられ、明治四年親王宣下を受け、貞愛の名を賜る。六年陸軍幼年学校入校。陸軍中尉にて西南戦争に従軍。日清戦争には歩兵第四旅団長として威海衛攻略等に参戦、更に台湾征討にも従事。三十七年陸軍大将。日露戦争には歩兵第一師団長として金州、南山等に戦ふ。文武智勇両道兼備、皇族中の長老として殊に天皇の御信頼篤し。大正元年内大臣府出仕を仰せ付けられ、欠員中の内大臣に代り常侍輔弼の重任を負ふ。四年出仕を解かれ、元帥の称号を賜る。十二年二月四日薨去。齢六十六。国葬を以て豊島岡墓地に葬らる。後程拝読するが、大正四年には「和貞愛親王韻」なる御製詩も詠ませ給うた。

櫻島噴火

櫻島噴火變忽聞
聞來不覺眉幾顰
居民狼狽爭避難
黑煙濛濛冲天頻
家屋畜産皆焦土
誰識天明跡已陳
直遣侍臣審視察
不日歸來定報眞
大艦救急自遠到
況復警護有陸軍

桜島噴火

桜島噴火変忽チ聞ク
聞キ来リテ覚エズ眉幾《いくたび》カ顰ス
居民狼狽争ヒテ難ヲ避ク
黒煙濛濛天ニ冲スル頻リナリ
家屋畜産皆焦土
誰カ識ラン天明跡已ニ陳ス
直チニ侍臣ヲシテ審《つまびらか》ニ視察セ遣《し》ム
不日帰来定メテ真ヲ報ゼン
大艦急ヲ救フニ遠キヨリ到リ
況ヤ復タ警護陸軍有リ

常願四海長靜謐
今日何事祝融瞋
一視同仁是吾事
欲使治化被兆民
天災地變眞難測
要恤無衣無食人

常ニ願フ四海長ク静謐
今日何事ゾ祝融瞋《いか》ルハ
一視同仁是レ吾ガ事
治化ヲシテ兆民ニ被ラシメント欲ス
天災地変真ニ測リ難シ
恤《あはれ》ムヲ要ス無衣無食ノ人

〔語釈〕顰―心配のあまり顔をしかめる。　天明跡―桜島は記録に残るものだけでも和銅元年（約千三百年前）の噴火を始め、史上何度も大小の噴火を繰り返してゐる。此処は大正の御代の直近の桜島噴火、江戸時代天明年間に起きた桜島噴火を指し給ひしものと拝察申上げる。気象庁の記録に依れば天明元年から五年にかけて四回の噴火、海底噴火があり特に天明元年には噴火による津波の為死者八名、行方不明七名等を生じた。因みにこの大正三年の大噴火では死者五十八名、負傷者百十二名、その他家屋、農作物等が大被害を受けた。桜島の噴火では他に文明、安永の大噴火が名高い。　陳―古びたこと。　祝融―火をつかさどり給ふ神。瞋―「瞋」はいかりが激しく、目をむく事。　治化―民を治めて善に導く。　恤―あはれみ、同情する。

〔意訳〕桜島噴火の急報が齎され、それを聞いてからは案ずるあまり、知らず知らずのうちに何度も顔をしかめるのであつた。

住民達は慌てふためいて先を争つて避難し、黒い噴煙は濛濛と頻りに天高く噴き上げ、為に、家屋も家畜も皆焼けて焦土と化してしまつた。かの天明噴火の跡も已に古い昔の事となつてしまひ、一体誰が往時を識るであらうか。

直ちに侍従日根野要吉郎をして詳細に状況を視察せしむべく差遣したのであるが、日ならずして帰り、必ずやその真相を報告するであらう。そして、陸海軍は協同して救護、警護に任じてゐる。

世の永久の平安こそ常に願ふところであるのに、この火の神の瞋りは一体何事であらうか。なべての民草を分け隔て無く慈しむことこそ吾が為す事であり、治化に万民を浴せしめたく欲してゐる。天災地変といふものは何時起きるか真に予測困難であり、その天災地変の為に着るに衣無く、食べるに食無き国民をあはれむ事が肝要である。

〔**参考**〕桜島の「大正大噴火」は一月十日から地震が起き、十二日から十三日にかけて最も盛んとなり、約二週間後に弱まつた。地震、噴火による被害は先述の他に村落埋没、全壊家屋百二十棟、降灰は遠く仙台に迄達したといふ。

『大正天皇実録』三年一月十四日の条には「即チ其ノ惨状ヲ憫ミ詩ヲ賦シ給フ」として次なる御製詩が記されてゐる。前掲の『大正天皇御集』にある御製詩は、之の推敲後の御作である。

櫻島噴火忽然聞
警護麑城有陸軍
市民狼狽争避難
黒煙濛々日夜頻
眼前光景何慘淡
誰識天明跡已陳
家屋家畜皆焦土
目擊使人忽生顰
時遣侍臣審視察
海邊踏破岩石頑
大艦援助自遠到
從横波浪似鵬鶤
四海唯願常靜謐（マヽ）
今日何事祝融瞋
一視同仁是正道
欲使皇化及夷蠻

桜島噴火忽然ト聞ク
警護ニ麑城《げいじやう》陸軍有リ
市民狼狽争ヒテ難ヲ避ク
黒煙濛濛日夜頻リナリ
眼前ノ光景何ゾ惨淡タル
誰カ識ラン天明跡已ニ陳ス
家屋家畜皆焦土
目撃人ヲシテ忽チ顰ヲ生ゼシム
時ニ侍臣ヲシテ審《つまびらか》ニ視察セ遣《し》ム
海辺ヲ踏破スレバ岩石頑《にぶ》シ
大艦援助スルニ遠キヨリ到リ
縦横ノ波浪鵬鶤《ほうこん》ニ似タリ
四海唯願フ常ニ静謐
今日何事ゾ祝融瞋《いか》ルハ
一視同仁是レ正道
皇化ヲ夷蛮ニスラ及ボサシメント欲ス

天災地變難奈何　　天災地変奈何《いかん》トモシ難シ
宜恤無衣無食人　　宜シク無衣無食ノ人ヲ恤《あはれ》ムベシ

（『大正天皇実録』には白文で載つてをり、訓読の文責は筆者に在る。次に、ごく簡単に語釈のみ掲げる。）

麑城陸軍―鹿児島の陸軍歩兵第四十五聯隊。　惨淡―惨憺に同じ、ひどくうすぐらい。　岩石頑―火山砕屑物の軽石。　鵬鶤―想像上の大鳥と大魚。　荒れ狂ふ波浪。

『大正天皇実録』に載る「静謐」は「静謚」となつてゐるが誤植であらう。現に『大正天皇御集』は素より、「大正天皇御製集稿本二」にも「静謐」となつてゐる。

この御製詩をお詠み遊ばされた一月十四日に、両陛下は救恤金一万五千円を鹿児島県に御下賜（之が一回目で、後日再度御下賜）に相成り、罹災者救済の資に充てしめ給ひしのみならず、この年も、天災、不慮の遭難等に因る罹災者救恤の思召《おぼしめし》にて、数多度金員を御下賜遊ばしたのであるが、この事実を『大正天皇実録』より、煩を厭はず列挙し以て、優渥なる大御心を偲び奉りたい。

月日	事由	救恤金
一月　十五日	愛鷹丸沈没	金七百円
同二十三日	東北地方凶作及び桜島噴火	金拾五万円

二月	十日	北海道及び青森他五県凶作	金七万六千五百円
同	十九日	福岡県糟屋郡志賀村火災	金四百円
四月	四日	秋田県下地震	金参千円
五月	五日	巌手県気仙郡横田村及び竹駒村火災	金参百円
六月	二日	樺太庁管内暴風雨の為漁船艀船遭難	金五百円
同	六日	鹿島灘にて暴風雨の為漁船遭難	金参百円
同	十日	北海道後志国寿都町火災	金八百五十円
七月	九日	熊本・山口・鹿児島各県下暴風雨	金弐千百円
同二十二日		沖縄県下暴風雨	金千弐百円
八月	七日	台湾総督府管内暴風雨	金七千円
九月	五日	沖縄県下暴風雨	金八百円
同	十四日	富山・新潟両県下暴風雨	金参千六百円
同二十三日		栃木福岡熊本静岡佐賀各県下暴風雨	金六千百円
十月	一日	長崎県下暴風雨	金千六百円
同	七日	台湾県下暴風雨	金千七百円
同	八日	高知・愛媛両県下暴風雨	金弐千八百円

同　十三日　鹿児島県下暴風雨　金九百円
同二十一日　群馬県下暴風雨　金七百五十円
十一月　十日　朝鮮総督府管内暴風雨　金八千六百円
同　十六日　沖縄県下暴風雨　金千百円
同二十六日　朝鮮総督府管内豪雨　金千弐百円
十二月　四日　北海道新夕張若鍋炭鉱瓦斯爆発　金千参百円
同　十九日　福岡県方城炭鉱瓦斯爆発　金弐千円

なほ、救恤金に関して筆者にも身近な一例を挙げれば、昭和二十五年、筆者の住む富山県地方はジェーン台風により甚大な災害を被つた（九月三日伏木測候所は最大瞬間風速三十四・五メートルを観測。富山県下の被害、死者四名、重傷四十二名、全壊家屋百十一戸、半壊家屋千百四戸等々―『富山県警察史』。ジェーン台風全体としては、神戸で最大瞬間風速四十八メートルを観測。京阪神方面を中心に死者・行方不明者五百九十三名、負傷者二万六千六十二名、全半壊・流失家屋一万九千百三十一戸等々）。この時我が西川家も罹災し、畏くも救恤金拾円御下賜の恩命に与つた。当時筆者は頑是ない頃でよく覚えてゐないが、父は生前よく「この御下賜金を心の支へに頑張つた」と語つてゐたもので、勿論一銭も手をつけることなく、白い封筒に入れられた件の御下賜金は今も大切に仕舞つてある。
終戦時、或は近年の阪神淡路大震災の折等に見られる如く、国難又は大災害の復興に当り国民を心の底から奮起せしめるのは、洵に恐れ多い事乍ら、慰問・激励の行幸啓である。「優渥なる大御心」と之に応へ奉らんとする「民草の真心」之こそ我が日の本の淳風美俗の最たるものである。

今上陛下御製（平成七年）
阪神・淡路大震災
なゐをのがれ戸外に過す人々に雨降るさまを見るは悲しき
雲仙普賢岳噴火の被災地を訪れて
四年余《よとせ》も続きし噴火収まりて被災地の畑《はた》に牧草茂る

示學習院學生　　学習院学生ニ示ス

修身習學在文園　　身ヲ修メ学ヲ習ヒ文園ニ在リ
新固宜知故亦温　　新固《もと》ヨリ宜シク知ルベシ故モ亦温《たづ》ネヨ
勿忘古人螢雪苦　　忘ル、勿レ古人蛍雪ノ苦

映窓燈火郭西村

窓ニ映ズルノ灯火郭西ノ村

〔語釈〕 学習院―「学習院」はもと学習所と称され、公家の子弟の教育機関として孝明天皇の御代弘化三年閏五月創立、翌四年三月京都建春門前に竣功、開講式を挙げたのがその創めである。明治十年東京神田錦町に華族学校設立、十月十七日、両陛下開業式に臨御。「学習院」の号を賜ひ同十月二十五日に、京都の旧学習院に掲げられてゐた、仁孝天皇の勅額「學習院」を御下賜あらせられた。その後制度、所在地等に幾多の変遷があつたが、この当時（この御製詩は大正三年四月二日、学習院卒業式に臨御の折の御作-「謹解本」の説）であれば、男子部、女子部共に豊島区目白に、初等科が麹町区永田町に在つた頃である。 新固云々―「論語・為政篇」に見える「温故知新《をんこちしん》―ふるきをたづねて、あたらしきをしる」を指し給へるものであらう。故《ふる》い事を探求した上で、新しい事をも熟知する。なほ「故」は「新」の反、「古」は「今」の反。 蛍雪苦―支那の古、貧苦の為、灯火用の油を買へなかつた、車胤《しやいん》は蛍を採集しその光で、又孫康《そんかう》は窓辺の雪明りで、勉学に励んだ（「晋書・車胤伝」並びに「晋書・孫康伝」）の故事より、苦学勉励後に有為の人材となる事。 郭西村―「郭」は「城郭」の郭、城（此処では皇居の事）の西は即ち目白の地、当時の学習院の所在地。

〔意訳〕 身を修め、学問を習はんが為に学生は学園に在るのである。新知識を知る事は固よりさうした方が宜しいし、故い事の探求も亦疎かにすべからざるものである。古人の蛍雪の苦労をゆめゆめ忘れてはならぬ。あの窓に灯の映ずるは学習院にあらずや。

〔参考〕「大正天皇御製集稿本二」の「雑」の部に「示學習院生徒」と題される七絶が載つてゐる。題はよく似てゐるが、その内容から推して「示學習院學生」の推敲前の御作とは思はれない。左に掲げ奉る。訓点、語釈は筆者が施した。

　示學習院生徒　　学習院生徒ニ示ス
追懷先祖策勳功　　先祖ヲ追懐シテ勲功ヲ策シ
沐雨櫛風專奉君　　沐雨櫛風《もくうしっぷう》君ニ奉ズルヲ専ラトス
祗合青衿持氣節　　祗《こ》レ青衿《せいきん》ヲ合《あつめ》テ気節ヲ持ス
不辭夙夜克精勤　　夙夜ヲ辞セズ克《よ》ク精勤セヨ

沐雨櫛風―「櫛風沐雨」。風にくしけづり、雨に体を洗ふ。旅にあつて風雨に曝され、艱難辛苦に耐へて、末終に大を成す（「晋書・文帝紀」）。青衿―学生。支那の古に学生は衿の青い服を用ゐた、ゆゑにかく云ふ。気節―気高くして、操堅きこと。夙夜―朝早くから、夜晩くまで。

右に見られるやうに。題はよく似てゐるが、その内容は異なつてをり、一日に同じやうな御製詩を二首お詠み遊ばすとは考へ難く、又「稿本」には一方しか記録されてゐない。大正八年三月三十一日にも学習院卒業式に臨御の御事があり、その折にも御詠み遊ばされしにあらずやと推察し奉る訳にはまゐらぬであらうか。現に御製（和歌）にあつては大正十年まで記録されてゐる。

なほ、「大正天皇御製集稿本二」の、この御作の「雑」の次に「賜」の文字も書き込まれてをり、何れかに御下賜せられたるにあらずやと拝察し得るが、「同稿本一」の「大正天皇御製宸筆下賜録」の部には入つてゐない。

明治十年十月十七日、明治天皇は学習院開業式に臨御、勅語を下し給うた。拝読以て学習院建学精神の根本を拝し奉らむ。

学習院開業式臨御の際下されし勅語

朕惟フニ、汝等能ク旨ヲ奉シ、此校ヲ協立シ、開業ノ典ヲ行フ。其志嘉ミスヘシ。嘗テ仁孝天皇京都ニ於テ、學習院ヲ建テ、諸臣ヲシテ就学セシム。朕今先志ヲ紹述シ、本校ヲ名《なづ》ケテ學習院ト号ス。冀《ねがは》クハ汝等ヲシテ、黽勉《びんべん》（つとめる。勉強する）時習セシメ、以テ、皇祖ノ前烈ヲ恢張セヨ。

春夜聞雨

春城瀟瀟雨
半夜獨自聞
料得花多發
明日晴色分
農夫應尤喜

春夜雨ヲ聞ク

春城瀟瀟ノ雨
半夜独リ自ラ聞ク
料《はか》リ得タリ花多ク発キ
明日晴色分ルルヲ
農夫応《まさ》ニ尤モ喜ブベシ

夢入南畝雲　　夢ハ入ル南畝《なんぽ》ノ雲

麥綠菜黃上　　麦ハ緑ナリ菜黄《さいくわう》ノ上《ほとり》

蝴蝶隨風紛　　蝴蝶風ニ随ヒテ紛タリ

〔語釈〕料得―推察するに。　南畝―南の畠。畠は南向きが理想的故、単に田畑の意とも。　菜黄―菜の花の黄色。　蝴蝶―蝶の美称。胡蝶とも書く。「胡」には「長く垂れ下がる」意があり、蝶の髭は長いのでかく言ふ。

〔意訳〕春の夜更けに独りしとしとと降る雨を聞いてゐる。この雨で花も多く開き、明日はきつと晴れるであらう。そして、こんな時候を農夫はきつと喜んでゐやうと、夢は日当たりの良い畑の上に通ふ。それは、黄色い菜の花の辺り一面に緑の麦畑が広がり、蝶が風にひらひらと舞つてゐる夢である。

〔参考〕『明治天皇御集』に見える「蝶」より一首。

夏草のしげみをわくる蝶みれば下にや花のさきまじるらむ

清明　　清明

清明時節柳垂絲　　清明ノ時節柳絲ヲ垂レ

爛漫紅桃花滿枝　　爛漫紅桃花枝ニ満ツ
好向駐春閣邊過　　好シ駐春閣辺ニ向ヒテ過ギン
東風習習午晴時　　東風習習午晴ノ時

〔語釈〕清明―陰暦三月、今の四月五六日頃。「天下が平らかに治まる」と言ふ意味もある。　好―さあ何々しよう。　駐春閣―大正二年の「駐春閣」参照。　習習―春風の和らぎ、ゆるやかな様子。そよそよ。

〔意訳〕清明の候、柳の枝は綵のやうに垂れ下がり、紅色の桃の花は枝一杯に咲き満ちてゐる。さあ、好天の昼時、そよ吹く春風の中、駐春閣のあたりに行つてみよう。

〔参考〕この御製詩より少し早い頃の御作であらうか「駐春閣にて」の御製も拝する。

吹上の庭にはいまだ消えのこる雪もみゆるを梅のにほへる

六月十二日卽事　　六月十二日即事

幾時能見一天晴　　幾時カ能ク見ン一天晴ル、ヲ
節到黃梅雨滿城　　節ハ黄梅ニ到リテ雨城ニ満ツ
池上已涵荷葉影　　池上已ニ涵《ひた》ス荷葉ノ影

樓頭又過杜鵑聲
禁園漠漠千章樹
廣陌茫茫萬戶甍
明日桃山拜陵處
白雲黯淡定傷情

楼頭又過グ杜鵑《とけん》ノ声
禁園漠漠タリ千章ノ樹
広陌茫茫タリ万戸ノ甍
明日桃山、陵ヲ拝スルノ処
白雲黯淡《あんたん》定メテ情ヲ傷《いた》マシメン

〔語釈〕黄梅―梅雨のこと。　城―「城」は本朝では、敵を防ぎ、或いは威容を誇示する為の、砦の大型のものを言ひ、又、都や、天子様のおはします建物を言ふ場合等もある。支那では城壁をめぐらした町全体を指す。此処では「皇居」ではなく「都」を指し給ひしものであらう。　漠漠―暗い有様。　陌―街路。　茫茫―景色のぼんやりとしてゐる様。　甍―いらか、特に棟の瓦。又、屋根の意味もある。　桃山陵―京都市伏見区桃山町に在る、伏見桃山陵（明治天皇）並びに伏見桃山東陵（昭憲皇太后）。　黯淡―うすぐらい様。

〔意訳〕一体何時になつたら晴渡る天を見る事が出来るのであらうか。季節は梅雨に入り、都はなべて雨に降り込められてゐる。池の面にははすの葉影が映り、高殿には時に杜鵑《ほととぎす》の鳴声が聞える。皇居の御苑の樹木茂り合ふ森は暗く、広い都の街路に軒を連ねる家々の屋根は雨に煙つてゐる。
明日は桃山の御陵を拝するのであるが、さなきだに悲しみに沈んでゐるのに、白雲うすぐらく垂れ込めて、なほ我が胸を傷ましむるであらう。

〔参考〕この年四月十一日昭憲皇太后崩御。五月二十四日大喪儀。仝二十六日斂葬の儀。陵名を伏見桃山東陵と定め給ふ。

両陛下は六月十三日両御陵御参拝の為、京都に行幸啓。十四日に両御陵に御参拝あらせられた。行幸啓御発輦前日の六月十二日に「明日桃山拜陵處、白雲黯淡定傷情」と詠ませ給ひし所以である。なほこの時、皇后陛下も次の如き御詩をお詠み遊ばした。訓並びに語釈は筆者が付した。

拜桃山東陵賦此奉奠　桃山東陵ヲ拝シ賦シテ此《ここ》ニ奉奠ス

登仙已過六旬日　登仙已ニ過グ六旬日

來拜東陵臨澱原　来リテ東陵ヲ拝《をろが》ミ澱《よど》ノ原ニ臨ム

表哀黑布連神道　表哀ノ黒布神道《しんだう》ニ連ナリ

德音難忘泣無言　徳音《とくいん》忘レ難ク泣キテ言無シ

登仙―貴人の死去を敬って言ふ語。旬日―十日間。六旬日は即ち六十日間。澱原―澱は淀。伏見区の旧町。宇治川、桂川、木津川の合流するあたりで、「延喜式」に「与等津《よとのつ》」とある。桃山の地より南西に低く広がるその辺りを見放け給ひしならん。神道―「しんだう」と訓み「墓所への道」の事である。「しんたう」は「神ながらの道」。徳音―善言。

六月十八日作　六月十八日ノ作

雲黯無由解我顔　雲黯《くら》クシテ我ガ顔ヲ解クニ由無シ
雨聲淋瀝響林間　雨声淋瀝《りんれき》林間ニ響ク
去年今日猶能記　去年ノ今日猶ホ能ク記ス
一路薫風入葉山　一路薫風葉山ニ入ル

〔語釈〕淋瀝―水のしたたること。

〔意訳〕黒雲が空を蔽ひ、したたり落ちる雨音が林間に響き、我が顔色も晴れない。去年の今日の事はよく覚えてゐるのだが、薫風の中、一路葉山に入つたのだつた。

〔参考〕『実録』に依ればこの御作は若干の字句の異同が見られるとは言へ、前年二年の御作とある。併し「基礎的研究」で古田島洋介氏が詳細な考察を加へてをられるやうに、大正三年の御作とするのが正しからう。

余談ながら古田島氏は該書に「(『実録』には) 前年の大正二年六月二十九日の作として本詩を録してをり」とするが、『実録』のこの部分は判り難い記述ではあるものの、六月十八日の聖作と記録されてゐる。

園中卽事

知是梅雨斷
雲散禁園晴
千章夏木秀
已聞早蟬鳴
綠陰佇立處
黃梅摽有聲

園中即事

知ル是レ梅雨ノ断ユルヲ
雲散ジテ禁園晴ル
千章夏木秀デ
已ニ聞ク早蟬《さうせん》鳴クヲ
緑陰佇立ノ処
黄梅摽《お》チテ声有リ

〔**語釈**〕章—大木を数へるのに用ゐる語。　早蟬—「早」を副詞の「はや・早くも」ではなく、他の名詞と複合して用ゐられる「早足」等の「早」と解した。　黄梅—黄色に熟した梅の実。　摽—草木が枯れ落ちる。「摽梅《へうばい》・梅の実が熟し過ぎて落ちる」の熟語がある。　声—「鐘声」の如く「ひゞき」「おと」の意。

〔**意訳**〕暗い雲が散じ、宮殿の園も晴れ上がり、梅雨も上がつたことが知られる。沢山の夏の木々も茂り、已に早い蟬が鳴いてゐるのも聞える。緑陰に佇んでゐると、黄梅の落ちる声がする。

〔**参考**〕「謹解本」に、詩経（召南）に有る「摽有梅。其実七兮（摽《お》つる梅有り、其の実七つ）」というふ有名な景と同様な光景を目の当たりに見て、興を覚えて詠み給ひたるものであらう、とされるが、筆者もさう思ふ。但し、目加田誠氏は『新釈詩経』（岩波書店、昭和四十一年第十二刷）、石川忠久氏は『新釋漢文大系「詩經・上」』（明治書院、平成九年）に「摽」は「抛」と同じで「なげうつ意」の説もあり、その方が正しいのではないか、とも書いてをられ、或は、詩経（召南）の「摽有梅」と同様の光景との解は訂正を要するやも知れず。

聴笛　　笛ヲ聴ク

夏夜涼風裏　　夏夜涼風ノ裏《うち》
誰弄玉笛音　　誰カ弄ス玉笛ノ音
數聲已溜亮　　数声已ニ溜亮《りうりやう》
一曲感更深　　一曲感更ニ深シ
支頤閒倚檻　　支頤《しい》閒《しづか》ニ檻《かん》ニ倚《よ》レバ
露氣滿衣襟　　露気衣襟《いきん》ニ満ツ

【語釈】溜亮―音が響いてよく透る。嚠喨。　支頤―ほほづゑを突く。　檻―おばしま。手摺。　衣襟―着物の襟。

〔意訳〕夏の夜、涼風の中から、誰が吹くのか美しい笛の音が聞えて来る。幾度もよく透る音色がして、一曲終はつた時には更に深い感興を覚えた。ほほづゑを突き、しづかにおばしまに倚つてゐたら、何時の間にか夜露が衣を潤してゐた。

西瓜

濯得清泉翠有光
剖來紅雪正吹香
甘漿滴滴如繁露
一嚼使人神骨涼

西瓜

清泉ニ濯《あら》ヒ得テ翠《みどり》光有リ
剖《わ》リ来レバ紅雪《こうせつ》正ニ香ヲ吹ク
甘漿滴滴《かんしやうてきてき》繁露《はんろ》ノ如ク
一嚼《いつしやく》人ヲシテ神骨涼カラシム

〔語釈〕紅雪―清泉に冷やされた西瓜の冷たい、真赤な果肉を譬へた語。　神骨―精神と肉体。

〔意訳〕西瓜は清らかな湧き水に濯はれて、皮の翠色は艶やかな光を帯びてゐる。剖つてみると、その真赤な冷たい果肉は正しく芳香を吹き放ち、その甘い汁はぽたぽたと、まるで沢山の露のやうだ。ひとたび嚼《か》めば心も体も涼しくしてくれる。

〔参考〕「紅雪」に就いては「基礎的研究」に詳細な論考が載る。大いに教へて戴いた。

竹溪消暑

竹溪自清幽
小亭臨流碧
千竿帶涼風
綠陰多苔石
雨過暑氣銷
鳥鳴少人跡
巖下有深潭
知是蛟龍宅

竹溪消暑

竹渓自ラ清幽
小亭流碧ニ臨ム
千竿涼風ヲ帯ビ
緑陰苔石多シ
雨過ギテ暑気銷《き》エ
鳥鳴キテ人跡少《まれ》ナリ
巌下深潭有リ
知ル是レ蛟龍《かうりよう》ノ宅

〔語釈〕 清幽─俗世間を離れた清らかで、静かな所。 竿─竹竿の竿ではなく、竹渓の竹を言ふ。 蛟龍─「蛟」は「みづち」形は蛇の如く、角・四肢を有し、毒気にて人を害する。「龍」は巨大なる蛇の如く、鱗に覆はれ角や耳そして長き髭《くちひげ》有り。共に想像上の動物。

〔意訳〕岸辺に竹の生える谷川は自づから俗世間を離れた趣が有り、小さな亭《あづまや》は碧《みどり》なす流れに臨んでゐる。沢山の竹は涼風を帯び、その緑陰には苔生《む》した石が多い。雨も過ぎて暑気は消え、鳥は鳴き、人跡も殆ど見えない。巌の下には水の深い所が有るが、此処こそ蛟龍の棲家であらう。

〔参考〕「謹解本」に木下氏は「所謂る詩中有画もの」と記してをられるが。或はその画とは次のような絵であつたか。

御製（大正三年）

塩原のけしきをうつしたるかけもの、絵をみて

茂りあふ青葉のひまにひとすぢの瀧もみえけり塩原の里

山樓偶成

爲愛山水有清音
百尺高樓一登臨
雷雨方收天色霽
涼風爽氣滿衣襟

山楼偶成

山水清音有ルヲ愛スルガ為ニ
百尺高楼一タビ登臨ス
雷雨方《まさ》ニ収マリテ天色霽《は》レ
涼風爽気衣襟《いきん》ニ満ツ

昨日看瀑知何處　　昨日看瀑知ル何レノ処ゾ
樓頭指點白雲深　　楼頭指点白雲深シ
綠樹鬱葱殊堪喜　　緑樹鬱葱《うつそう》殊ニ喜ブニ堪ヘ
松柏已藏歲寒心　　松柏已ニ蔵ス歳寒ノ心

〔語釈〕清音―自然の中に聞える清らかな音。指点―一々指差し示すこと。鬱葱―こんもりと茂る。歳寒心―松や柏が寒気厳しくとも色変へざるが如く、逆境に遭ふとも節操を変へない心。

〔意訳〕自然の中に聞える清らかな音を愛するが故に、百尺もの高楼に登り臨んだ。雷雨は丁度収まつて、空も晴れ上がり涼風と爽気とに体中が包まれた。昨日看た瀑は何処であらうと、高楼の上に指点すれば白雲が深い。鬱葱とした緑の樹木も殊に喜ばしく、松や柏は已に歳寒の心を蔵してゐる。

山行　　山行

雨餘山路暮雲生　　雨余山路暮雲生ズ
鬱鬱喬杉影自清　　鬱鬱喬杉影自ラ清ク

茅屋炊煙映斜日　　茅屋炊煙斜日ニ映ズ
時聞童子讀書聲　　時ニ聞ク童子読書ノ声

〔語釈〕雨余―雨あがり。　鬱鬱―樹木のこんもりと茂るさま。　喬―すらりと高い。

〔意訳〕雨あがりの山道には夕雲が生じてゐる。こんもりと茂つた高い杉の影は自づから清らかで、粗末な家から上る夕餉の支度の煙は夕日に映え、時に子供たちの本を読む声が聞えてくる。

盆栽茉莉花盛開涼趣可掬乃成詠

盆栽ノ茉莉花《まつりくわ》盛ニ開キ涼趣掬スベシ、乃《すなは》チ詠ヲ成ス

月光如水滿庭中　　月光水ノ如ク庭中ニ満ツ
茉莉花開盆上風　　茉莉花開ク盆上ノ風
馥郁使吾胸宇淨　　馥郁吾ガ胸宇ヲシテ浄カラシム
清香來自畫欄東　　清香画欄ノ東ヨリ来ル

〔語釈〕掬―目には見えないものを、心でくみとる。　乃―そこで。　茉莉花―香気高く、花は晩に開き、朝

に散る。花の色は始め白色、後に黄色。木犀科の常緑潅木。原産地はインド、ペルシャ、支那と諸説あり。
胸宇—「胸中」に同じ。　画欄—美しく彩られた欄干。

〔意訳〕〔盆栽の茉莉花が盛んに花開き、その涼しげな趣はまことに捨て難い。そこで、詩を詠んだ〕月の淡い光は青白く庭中を照らしてゐる。丁度そんな時に盆栽の茉莉花が花開き、辺りに微風起り、えも言はれぬ香気に吾が胸中は自づから清められる。その清らかな香りはあの美しい欄干の東の方から漂つて来るのであるなあ。

〔参考〕この御製詩の起句「月光如水」の部分が木下氏の「謹解本」では「月明皓々」となつてゐるが、確かに御推敲の段階で、大正天皇御製詩集の稿本である「詩体別」並びに「編年集」には、起句は「月明皓皎満庭中」とある。併し御推敲を加へ給ひ「月光如水」なされたのであり、「奉呈本」には「月光如水」となつてゐる。

聞青島兵事　　青島《チンタオ》ノ兵事ヲ聞ク

炎風吹滿幕營間　　炎風吹キ満ツ幕営ノ間

醫渇喫梨心自寛　　渇ヲ医スルニ梨ヲ喫シ心自ラ寛ナリ

不比曹瞞征戰日　　比セズ曹瞞《さうまん》征戦ノ日
思梅將卒口先酸　　梅ヲ思フノ将卒口先ヅ酸

〔語釈〕青島―支那の山東省膠州湾に臨む臨港都市。明治三十一年（西暦一八九八年）ドイツの租借地となる。第一次世界大戦の折、皇軍此処を攻略、大正三年十一月七日占領。同十一年十二月十七日撤退、支那に返還。曹瞞―「三国志」に有名な魏の曹操のこと。その小字（幼名）阿瞞より「曹瞞」と称される事もある。魏の武帝。曹操は本朝流に言へば「文武両道の達人」であり、兵馬の間にあつても一日も読書を怠らざる事三十年「槊《ほこ》を横へて詩を賦す」と伝へられる。　思梅将卒云々―曹操軍が進軍中、水を汲む道を見失ひ、渇きに苦しんだ折、曹操は機転を利かし「もう少し行けば梅林がある」と言つて将卒を励ました処、一同は梅の酸味を思ひ一時的に渇きが癒され、何とか次の水場まで辿り着くを得た、と云ふ故事。

〔意訳〕青島攻略の我が軍陣には熱風が吹きまくり、将卒は渇きを癒す為に梨を食べ、余裕を持つて戦ひに臨んでゐる。翻つて思へば、かの曹操軍が進軍中渇きに苦しんだ折、梅酸を思ひ一時的に渇きを癒したと伝へられるが、比較にもならぬ話である。

〔参考〕大正天皇は、この第一次世界大戦に関して多くの御製（和歌）並びに御製詩（漢詩）をお詠み遊ばされた。『御集』の「御製詩」の部に謹載の分は「聞青島兵事」以下十二編であるが、「稿本」には『御集』謹載の分の推敲段階の御作と思しい作以外にも、第一次世界大戦に関するものと拝察される御作十編余が見え、又「大正天皇実録」にも『御集』謹載の分以外に二編が載せられてゐる（この二編は共に「稿本」には載つてゐる）。

『御集』謹載の御製（和歌）は演習等に関する御作は別として、明らかに第一次世界大戦に関する御製と拝察される御作は十四首である。

時事有感

風雨南庭木葉疎
乾坤粛殺九秋初
況逢西陸干戈動
頻向燈前覧羽書

時事感有リ

風雨南庭木葉疎ナリ
乾坤粛殺九秋ノ初
況ヤ逢フ西陸干戈《かんくわ》動クニ
頻リニ灯前ニ向ヒテ羽書ヲ覧ル

〔語釈〕粛殺―秋の気が草木をそこなひ枯らす。九秋―秋季の九十日間。干戈―干《たて》と戈《ほこ》。武器の総称。「干戈動」は戦争になること。羽書―急を告げるに用ゐられた鳥の羽を付けた触れ文。又、至急の徴兵の為の檄文。此処では至急に到来する戦況報告の類。

〔意訳〕風雨が吹き荒れ、南庭の木の葉も大分疎らになつた。時は秋の初め、天地には粛殺の気が満ちてゐる。況して西の欧州大陸では戦争が勃発した今、仮令夜中であつても至急に到来する戦報は灯をともして之を覧るのである。

〔参考〕第一次世界大戦の勃発はこの年七月二十八日、我国は日英同盟に基づき八月二十三日に対独宣戦布告をした。

「謹解本」には〈陛下には御軫念殊に深く、侍従武官長を召されて「今後戦争中戦報又は急を要する機務は、休日又深夜といへども直ちに奏上し機を失せざるやうにせよ」と仰付けられたと云ふ〉とある。

時事偶感

西陸風雲慘禍多
列強勝敗竟如何
山河到處血成海
神武憑誰能止戈

時事偶感

西陸ノ風雲慘禍多シ
列強勝敗竟《つひ》ニ如何
山河到ル処血海ヲ成ス
神武誰ニ憑《よ》リテカ能ク戈ヲ止メン

〔語釈〕神武―人間の力を遥かに超えた、神の如き武徳。

〔意訳〕欧州大陸の戦乱は多くの慘禍を生じてゐる。列強の勝敗は結局はどうなるであらうか。大陸の山河到る処血は海を成すくらゐに多く流されてゐる。この戦ひを一体、誰の神武によつて止めることが出来るであらうか。

聽蟲聲　　蟲ノ声ヲ聴ク

夜來明月照南樓　　夜来明月南楼ヲ照ラス
愛聽階前蟲語幽　　愛聴ス階前蟲語ノ幽
想得山中涼氣動　　想ヒ得タリ山中涼気動クヲ
禁園風露又新秋　　禁園ノ風露又新秋

〔語釈〕　蟲――「むし」の総称。「虫」は「まむし」。但し、今は「虫」が「蟲」の新字体とされてゐる。

〔意訳〕　夜になつて、明るい月が南楼を照らしてゐる。この階前に鳴く幽かな蟲の声を聴くのも好いものである。さう言へば、日光の山中はもうすつかり涼しくなつたことであらう。禁園の風も露もまだ秋の初めであるけれども。

観月

晩天風起白雲流
明月方昇畫閣頭
遙想軍營霜露冷
勞山灣上雁聲秋

観月

晩天風起リテ白雲流ル
明月方ニ昇ル画閣ノ頭《ほとり》
遥カニ想フ軍営霜露冷カナルヲ
労山湾上雁声ノ秋

〔**語釈**〕画閣―彩色を施した美しい高殿。　労山湾―山東省に在り。

〔**意訳**〕晩に風が起り空には白雲の流れが急である。そんな時丁度明月が昇り画閣の辺りを照らしてゐる。このやうな夜には遠く労山湾の戦線が思はれる。軍営に霜露冷たく、雁の声は秋を告げてゐるであらう。

〔**参考**〕労山湾敵前上陸を敢行したのは歩兵第二十三旅団長堀内文次郎少将指揮の堀内支隊、九月十七日から十八日にかけてのことであつた。素より、この御製詩は直接労山湾敵前上陸のことを詠み給ひしにはあらざれど、殊に転句、結句、上杉謙信の「九月十三夜」の一節「霜は軍営に満ちて秋気清し、数行の過雁月三更」も思はれ、さぞかし出征将兵の労苦を思ひ遣り給ひて坐しましたことと拝察仕る次第。同年の御製より三首を掲げ奉る。

秋日憶遠征

軍人《いくさびと》つゝがなかれと思ふかな秋の夜寒になるにつけても

秋深くなり行くまゝにつはものゝ敵《あだ》うつ野辺を思ひやるかな

憶遠征

ぬば玉の夢のうちにもつはものゝ出でゝ戦ふさまぞみえける

擬出征將士作　　出征将士ノ作ニ擬ス

平生雄志劍相知　　平生雄志剣相ヒ知ル

萬里從軍正及時　　万里従軍正ニ時ニ及ブ

好爲邦家盡心力　　好シ邦家ノ為ニ心力ヲ尽シ

誓消氛祲護皇基　　誓ツテ氛祲《ふんしん》ヲ消シテ皇基《くわうき》ヲ護ラン

〔語釈〕氛祲―禍を起す悪い気。　皇基―天皇を奉戴する国家の基《もとゐ》。

〔意訳〕〔出征将士はさぞこのやうな思ひであらうか、と詠んだ〕平生の尽忠報国の雄々しい志は剣の相知る処。万里従軍して今こそ正に為すべき時である。さあ、お国の為に精神も肉体も尽くして、必ず、氛祲を消し去つて、皇基を守護し奉るのだ。

〔参考〕矢張この年「武士」と題し給ふ御製がある。この「武士」当然昔の「さむらひ」ではなく、皇軍将士を指し給ひしものである。なほ「武士」に振仮名は無いが「もののふ」と読むのであらう。

梓弓やそとものをはたけき名を行くすゑ遠く世にのこさなむ

慰問袋

慰問袋

作成千萬袋　作成ス千万ノ袋

盡寄遠征人　尽《ことごと》ク寄ス遠征ノ人

慰問情何厚　慰問ノ情何ゾ厚キ

勝他金玉珍　他ノ金玉ノ珍ニ勝ル

〔語釈〕慰問袋―前線の将兵を慰める為、銃後の家族を始め国民が送る慰問品（「お守」や日用品や嗜好品等）を詰めた袋。日露戦争の頃から始まつたと云ふ。最初の頃は肉親、知人と特定の宛先であつたが、後には宛先は不特定となつた。

〔意訳〕遠く海外に遠征してゐる将兵に送らんと実に数多の慰問袋が作られた。懇篤な慰問の心を籠めたこの袋は、前線に戦ふ将兵達にとつては、金銀財宝にも勝る貴い贈り物であるだらう。

〔**参考**〕この年、御製にも同じく「慰問袋」を詠み給うた。

つはものは笑みてうくらむ人みなの真心こめて送る袋を

この慰問袋に関して特記しておくべきは、昭和十四年、朝鮮に於て結成された処の「皇軍慰問作家団」の活動である。当時の朝鮮は日本の一部であつたのであり、半島の人々も勿論日本国民、大日本帝国の臣民であつた。そして半島の人々は自ら「内鮮一体」を唱へて〝鬼畜米英〟に敵愾心を燃やし、〝暴戻支那〟の膺懲を呼号してゐたのである。そんな中で皇軍将兵への慰問袋や千人針の製作、発送等に活躍してゐたのが「皇軍慰問作家団」であつた。なほ同年結成された「朝鮮文人協会」は内地の護國神社での勤労奉仕活動等も実施してゐた。

聞海軍占領南洋耶爾特島

海軍南洋ノ耶爾特《ヤルート》島ヲ占領セシヲ聞ク

艨艟破浪到南洋

艨艟《もうどう》浪ヲ破リテ南洋ニ到ル

孤島受降天一方

孤島降ヲ受ク天ノ一方

要使民人浴皇化　民人ヲシテ皇化ニ浴セシムルヲ要ス

仁風恩露洽恍榔　仁風恩露恍榔ニ洽《あまね》シ

〔**語釈**〕耶爾特島―マーシャル群島とギルバート諸島とのほぼ中間に位置する孤島。この島の占領が成つたのは、この年九月二十九日である。艨艟―軍艦。皇化―天皇の聖徳により、民を教化する事。恍榔―黒つげ。棕櫚に似た木である由。

〔**意訳**〕我が海軍は万里の波濤を押し渡り、遥か南洋に到達した。そして我国は、今までドイツの治下に在つた南洋の孤島耶爾特島の降伏を受け容れた。かくなる上は、この孤島の住民達を皇化に浴せしめる事が大切であり、さうすれば朕が仁恩《いつくしみ》は風露あまねきが如く、島の隅々までに及ぶであらう。

〔**参考**〕第一次世界大戦に際し、我国が占領したドイツ領の南洋諸島を略記すれば以下の通りである。

九月二十九日、ヤルート島。その後、クサイエ、ポナペの諸島、続いてトラック島、東カロリン群島。十月七日、ヤップ島、次いでパラオ群島。同十四日、サイパン島。等々。

これら南洋諸島の陸地総面積は凡そ二千二百五十平方キロで東京都と同じくらゐである。大戦終了後の大正八年、ヴェルサイユ条約により関係諸国は、これ等諸島の施政を日本に委任、翌九年国際連盟理事会において日本が委任統治する事が確認された。

明治の御代、西南戦争終了後逸名氏が西郷南洲を偲んで詠んだものとされる作に「兵児《へこ》の謠《うた》」がある。その起句に曰く「勝てば是れ官軍、負くれば是れ賊」と。大東亜戦争後の我が日本が置かれた立場も正に之である。我等が父祖は、侵略や虐殺などと、そんなにも悪行を重ねて来たと言ふのか。違ふ、断じて違ふ。此処で大東亜戦争の大義を説く紙数はない。ただ、かの南洋諸島に関する筆者の体験談は書き残すに足るものと信ずる。

昭和六十年、筆者は有志各位と共に、大東亜戦争終戦四十周年の年に当り、南方方面戦歿英霊顕彰慰霊のみ祭を仕へ奉るべくサイパン島、グアム島の戦跡を巡拝した。その折、サイパン島万歳岬に於る慰霊祭の時に現地人のガイドが沁々と語つた言葉が今も耳に残る。

サイパン島万歳岬とは昭和十九年七月、米軍に追ひ詰められた我が軍民の数多が、捕虜となるを潔しとせず、「天皇陛下万歳」を叫んで断崖絶壁から身を投げた悲劇の場所である。以下は、嘗て自らが直接日本人の教育を受けたと言ふ現地人のガイドが、流暢な日本語で語つた話の概要である。

昔の日本人は偉かつた。併し今の日本人は全然駄目だ。日本人の観光客を此処に案内して、万歳岬の名前の由来を話さうとしても「我々は観光に来たんだ。そんな事関係無い」と言つて、話を聞かうとする人など殆ど居ない。礼儀もなつてゐない。貴方がたのやうな人は珍しい。

昔の日本人は本当に偉かつた。単に我々を助けるのではなく、我々に「自立」の精神を教へ、その具体策に農業の遣り方など懇切に教へて呉れた。勿論厳しかつたことは厳しかつたが、教育の場だけではなく、個人的な生活の面でも色々と心配して呉れたり、世話して呉れたりして、大変親切でもあつた。云々。

正に我等が父祖は「要使民人浴皇化」の大御心を体し奉り、南洋開拓に粉骨砕身してゐたのである。彼のガイド氏は、我々の祭典準備を一所懸命に手伝ひ、バスの車中では喜々として日本人に習つたといふ軍歌、唱歌、童謡を歌つてゐた。

使命感に燃えて万里の波濤を越えた嘗ての父祖達と、まともな教育も受けてゐない戦後の日本人観光客とを比較するのは、元々無理な話しとは言へ、人間の程度の差は蔽ふべくもない。筆者は「今の日本人は全然駄目だ」の言葉に「今の日本人」の一人として忸怩たる思ひを禁じ得なかつたのである。

なほ、大正天皇は前記の御製詩をお詠み遊ばされたのと同じ頃に、同様の聖旨と拝し奉る次のやうな御製も詠み給うた。

わがいくさ占めつる島をおごそかに護りて民を撫でよとぞ思ふ

平成十七年の歌会始に天皇陛下は「歩み」のお題にて「戦《いくさ》なき世をあゆみきて思ひ出《い》づかの難《かた》き日を生きし人々」と詠み給ひ、そして、天皇皇后両陛下は六月二十七、八日、慰霊の大御心によりサイパン島に行幸啓あらせられたのである。

サイパン島は大正天皇の御製詩にある如く、第一次世界大戦後我が国の委任統治領となり軍、官、民多くの日本人が大正天皇の大御心を戴いて、現地の人が今猶「昔の日本人は偉かつた」といふ程現地人を指導、支援しつつ開発に勤しんだ島である。サイパン島のみならず日本の委任統治領となつた同方面の島々は全てさうであつた。以下、日本会議の機関誌「日本の息吹」平成十七年八月号を参照しつつ、両陛下のサイパン島行幸啓に就き略記しよう。


サイパン島は大東亜戦争末期には絶対国防圏の要衝となり、最後には軍人軍属、合せて四万三千名が玉砕し、他に民間人一万二千名も運命を共にし、合せて我等が先人、同胞五万五千名が激戦に散華された。両陛下は遺族や戦友の人達に直接当時の体験談を聞し召され、二十八日、日本政府が中部太平洋地域の全戦歿者慰霊の為建立した「中部太平洋戦没者の碑」に花をお供へされ、御拝礼。又、バンザイ・クリフの断崖絶壁に立ち黙祷を捧げ給うたのであります。それのみならず、更に「おきなわの塔」「韓国平和記念塔」「マリアナ記念碑」（現地人の慰霊碑）「第二次世界大戦慰霊碑」（米兵の慰霊碑）にも御参拝あらせられたのであります。

「一視同仁」の大御心は大正・昭和・平成と貫流し、その濫觴は悠遠の神代にあり、神武天皇このかた万世一系、連綿として流れて已まずと、このサイパン島行幸啓に更めて拝し奉ったのであります。

なほ、この時両陛下は次のやうな御製、御歌を詠み給ひました。

御製（サイパン島訪問　二首）

サイパンに戦ひし人その様を浜辺に伏して我らに語りき

あまたなる命の失せし崖の下海深くして青く澄みたり

御歌（サイパン島）

いまはとて島果ての崖踏みけりしをみなの足裏《あうら》思へばかなし

（「日本の息吹」平成十八年二月号より）

南洋諸島

南洋島嶼一帆通

散在千波萬浪中

想見早春猶盛夏

南洋諸島

南洋島嶼《たうしよ》一帆通ズ

散ジテ千波万浪ノ中ニ在リ

想ヒ見ル早春猶ホ盛夏ノゴトシ

鳥呼椰子綠陰風　　　鳥ハ呼ブ椰子緑陰ノ風

〔語釈〕島嶼—大小の島々。大なるが島、小なるが嶼。帆—「船の帆」ではなく、此処では南洋に航行し得る船或は艦の意味。

〔意訳〕今や南洋の島々にも船が通ずるやうになつた。その島々は千波万浪の中に散在してゐる。彼の地を想像してみるに、早春もまるで盛夏のやうで、鳥は椰子の木の葉陰に吹く風に啼いてゐることであらう。

重陽

重陽

登高佳節値重陽　　　登高ノ佳節重陽ニ値《あ》フ

風物清澄霜菊香　　　風物清澄霜菊香ル

翻憶懸軍人萬里　　　翻ツテ憶フ懸軍人《けんぐんひと》万里

海天西望水蒼茫　　　海天西望水蒼茫

〔語釈〕重陽—陰暦九月九日の節供。陽数「九」が重なる故にかく言ふ。此の日高所に登り菊の花びらを浮べた酒を飲み、邪気を払ふといふ漢土の風習。曾て宮中にてもこの節供の行事が行はれてゐたが、明治六年廃止された事は大正二年の御製詩「人日」の項で略述した。懸軍―本隊より分離して、遠く敵中に攻め込んだ軍。遠方出征の軍隊。海天―海上の空。海と空。蒼茫―青々として広い。

〔意訳〕重陽、登高の佳節となつた。風物は清澄に、霜を帯びた菊の香も高い。翻つて、海と空とを隔て西方遠く万里水蒼茫の彼方に出征してゐる我が将士が憶はれてならぬ。

聞赤十字社看護婦赴歐洲

赤十字社看護婦歐洲ニ赴クヲ聞ク

白衣婦女氣何雄　白衣ノ婦女気何ゾ雄ナル
胸佩徽章十字紅　胸ニ佩《お》ブ徽章十字ノ紅《くれなゐ》
能療創痍盡心力　能ク創痍ヲ療スルニ心力ヲ尽ス
回生不讓戰場功　回生譲ラズ戦場ノ功

〔意訳〕白衣の看護婦達の意気は何と健気なことであらうか。胸に佩びた紅《あか》い十字の徽章も誇らしく、遠く欧州の戦地に赴くのである。治療に当つては、一所懸命に真心と能力との限りを尽くし、傷病の将卒を治癒に導く従軍看護婦のその功績は、軍人が戦場で立てる手柄にも遜色ないものである。

〔**参考**〕第一次世界大戦の勃発がこの年七月二十八日、我が国が日英同盟に基づきドイツに宣戦布告したのが八月二十三日、そしてこの八月中には早くも日本赤十字社による「第一次大戦救護活動」が開始され、十月にはロシア赤十字社に救護班が派遣された。

なほ、『大正天皇実録』のこの年の八、九、十月の部には陸海軍の動向に就いては相当詳しく書かれてゐるが、日本赤十字社による救護活動に関しての記述は見当たらない。併しこの御製詩はこの頃の御作と拝察申上げる。

「大正天皇御製詩集稿本一」の「大正天皇御製宸筆下賜録」に依れば、この御製詩は大正四年五月二日閑院宮載仁《かんゐんのみやことひと》親王に下賜されてをり、題、詩句共に左の如く若干の異同が見られる。

聞赤十字社看護婦赴露國

白衣婦女氣方雄　白衣ノ婦女気方《まさ》ニ雄

佩得徽章十字紅　佩《お》ビ得タリ徽章十字ノ紅

一意療瘡盡心力　一意療瘡《れうせう》心力ヲ尽ス　（療瘡は瘡《きず》を療《なほ》す。）

回生不讓戰場功　回生譲ラズ戦場ノ功

従軍看護婦を称へる名曲に「婦人従軍歌」がある。この歌は日清戦争の折に作られた歌であるが、従軍看護婦と言へば、この大正天皇御製詩「聞赤十字社看護婦赴欧洲」と共に「婦人従軍歌」も忘れ難い。堀内敬三著『定本　日本の軍歌』（昭和四十四年実業之日本社刊）により「婦人従軍歌」に就き一瞥しておかう。

明治二十七年八月頃、近衛師団軍楽隊が陸軍高官出征歓送の為新橋駅に赴いた。その軍楽隊員の中に加藤（当時は菊間姓）義清が居た。彼はこの時、その同じ列車でうら若き赤十字社看護婦達も盛大な見送りの裡に、涙も見せず健気に戦場に向けて出発するのを目の当たりにし、感に打たれて、帰宅後一夜にして歌詞を作つたといふ。その後加藤氏は近衛師団軍楽隊員として広島大本営に在つたが、二十八年、皇后陛下が広島に行啓遊ばされた折に、皇后陛下の思召により、この歌を広島陸軍予備病院の看護婦に教へ、そこから内地、戦地の病院に広まり、又、全国の小学校や女学校でも教へられ、次第に津々浦々の家庭にまで普及していつた由である。

婦人従軍歌　　作詞・加藤義清　作曲・奥好義

一　火筒《ほづつ》の響き遠ざかる　　後には虫も声立てず
　　吹き立つ風は腥《なまぐさ》く　　紅《くれなゐ》染めし草の色

二　わきて凄きは敵味方　　帽子飛去り袖ちぎれ
　　倒れし人の顔色は　　野辺の草葉にさも似たり

三　やがて十字の旗を立て　天幕《てんと》を指して荷《にな》ひ行く
天幕に待つは日の本の　仁と愛とに富む婦人
五　味方の兵の上のみか　言《こと》も通はぬあだ迄も
いと懇ろに看護する　心の色は赤十字
（四番、六番略）

聞我軍下青島　我ガ軍青島《チンタオ》ヲ下スヲ聞ク

所向無前是我軍　向フ所前無シ是レ我ガ軍
喜聞異域奏奇勳　喜ビ聞ク異域奇勳ヲ奏スルヲ
平和時頼干戈力　平和時ニ頼ル干戈ノ力
東亞自今生瑞氛　東亜今ヨリ瑞氛ヲ生ゼン

〔語釈〕下—「降す・降参させる」に同じ。　瑞氛—めでたい気。
〔意訳〕向ふ所前に敵も無いのが我が軍である。その我が軍が異域に素晴しい手柄を立てたと言ふ上奏を喜んで聞いた。平和といふものは、時として武力に頼つて得るしかないのは已むを得ざるところである。これによつて東亜の天地には瑞気が生ずることであらう。

【参考】「対独宣戦詔書」には、局外中立を守らんとし、ドイツ政府に平和的手段を勧告せるも回答無く、ドイツ海軍による東亜海域に於る威圧は止まず、日英同盟に基づき必要の措置を執る旨が述べられ、「朕、皇祚《くわうそ》ヲ践ミテ未タ幾《いくば》クナラス。且今尚皇妣《くわうひ》（「妣」は亡母）ノ喪ニ居レリ。恒ニ平和ニ眷々《けん》（深く心にとめる）タルヲ以テシテ、而《し》カモ竟《つひ》ニ戦ヲ宣スルノ已ムヲ得サルニ至ル。朕深ク之ヲ憾《うらみ》トス。」の一節がある。転句、殊に心して拝し奉るべきであらう。

このやうな経緯もあつてか、青島出征軍の神尾中将に対して優渥なる大御心を示し給ひ、従来公にされてきた詔勅集や御製集等には見えない勅語等がある。関連する勅語等を掲げ奉らう。

大正天皇の御信任篤かりし陸軍中将神尾光臣

「大正天皇実録」や「大正天皇御製集稿本」を読んでゐて、印象深いのは陸軍中将神尾光臣である。公刊されてゐる『大正天皇御集』の御製、御製詩の部、双方に全く載せられてゐないが、大正天皇は侍従等の側近としてお仕へしてゐた訳でもなく、又、大将（現役の時は）でもなかつた神尾光臣に対して、勅語（後掲―「大正天皇実録」所収）を賜ひ、又、御製（後掲―「大正天皇実録」所収）、御製詩（後掲―「大正天皇御製集稿本」所収）をお詠み遊ばしたのである。推察し奉るも恐れ多い事ながら、御在位中、ただ一度の大きな戦争の勝利の立役者であり、篤く御信任遊ばされたからであらう。

神尾光臣の経歴を略述すると、安政二年（皇紀二五一五年）生。信州高島藩士神尾平三郎の次男。明治七年陸軍教導団入団。日清戦争の際は第二軍参謀。日露戦争には歩兵第二十二旅団長として旅順攻略戦に参加。明治四十一年中将に昇任、第九師団長。その四十二年、第九師団隷下歩兵第三十五聯隊の日露戦争戦歿者忠魂碑が立山連峰浄土山頂に建立されるに当り（当時同聯隊は金沢に在つたが、その徴兵区は富山県全域及び岐阜県の一部であり、日露戦争時の第三軍の戦死者は第九師団が最多であつた）、その碑銘「軍人靈碑」を揮毫。その後第十八師団長。

大正三年八月二十三日、ドイツに対し宣戦布告。同日独立第十八師団を出征軍とするに決し、神尾独立第十八師団長は青島《チンタオ》出征軍総司令官に任ぜらる。同二十六日賜謁、勅語を賜る。十一月七日青島攻略成る。この日、陸海軍に青島陥落嘉尚《かしやう》の勅語を賜ふ。

「大正天皇実録」に依れば、青島入城式は十一月十六日に挙行される事となつたが、式に先立つて八日に長谷川好道参謀総長が開城規約を上奏した処、天皇は参謀総長に対し、青島開城に際しドイツ軍のワルデック総督以下各将校に刀剣携帯を許す旨を伝へしめ給ひたる由。これは日露戦争の旅順開城の際の佳話に匹敵する特筆すべき史実である。

神尾青島出征軍総司令官は十二月十八日参内、青島陥落の顚末を復奏、勅語（後掲）を賜る。同二十一日、宮中に午餐の御催あり、神尾中将は幕僚諸員と共に陪食を賜り、午餐後、天皇は特に神尾中将を御座所に召し給ひ、地図を広げしめて青島に於ける戦闘の状況を奏上せしめ給ひ、この事を御製及び御製詩（共に後掲）にお詠み遊ばさる。

神尾中将は五年六月大将となり待命。同年戦功により男爵を授けらる。昭和二年二月六日歿。行年七十三。

青島出征軍総司令官陸軍中将神尾光臣に賜りたる勅語

（大正三年十二月十八日）

卿ノ統率セシ独立第十八師団ハ天候ノ険悪ヲ冒シ強敵ノ堅守ヲ排シ速ニ偉功ヲ収メ我武ヲ中外ニ宣揚セリ朕今親シク戦況ヲ聴キ卿等将卒ノ忠烈ヲ嘉ス

（「大正天皇実録」より）

御製

十二月二十一日神尾中将にあへるをよろこひて

つはらかにいくさかたりをきくまゝにそのつらかりしほとそしらるゝ

（「大正天皇実録」より）

御製詩

示神尾光臣　　神尾光臣ニ示ス

夙期一擧大成功
今日欣然酒可傾
雨注彈丸摧堡壘
敵軍降伏若爲情

夙ニ期ス一挙大成功
今日欣然酒傾クベシ
弾丸ヲ雨注《うちゆう》シ堡塁ヲ摧《くだ》ク
敵軍降伏 若為《じやくゐ》ゾ情ハ

若為―どうであるか、と問ふ言葉。　情―事の実際。

〔「大正天皇御製集稿本二」より。なほ稿本は白文のみであり、訓読は筆者が付した。〕

秋夜讀書

秋夜漫漫意自如
西堂點滴雨聲疎
座中偏覺多涼氣
一穗燈光繙古書

秋夜読書

秋夜漫漫意自如《じじよ》
西堂点滴雨声疎ナリ
座中偏ニ覚ユ涼気多キヲ
一穂《すゐ》ノ灯光古書ヲ繙ク

〔語釈〕漫漫―夜の長いこと。　自如―落ち着き払つてゐること。自若。　点滴―したたり落ちるしづく。
穂―「穂」のやうな形をした物（灯、筆、槍等）に付ける語。

〔意訳〕秋の夜長、心自づから自若。西堂には雨だれのしたたる音も静かで、座中はただ涼気の募るを覚える。こんな時こそ灯火の下、古書を繙くに相応しい。

初冬卽事

池上白雲蔽
樹間紅葉存
凄風吹後塢
寒雨洒前園
對畫時催興
題詩或役魂
萬機猶有暇
如坐別乾坤

初冬即事

池上白雲蔽ヒ
樹間紅葉存ス
凄風後塢《こうを》ヲ吹キ
寒雨前園ニ洒《そそ》グ
画ニ対シテ時ニ興ヲ催シ
詩ニ題シテ或ハ魂ヲ役《えき》ス
万機猶ホ暇有リ
別乾坤ニ坐スルガ如シ

〔語釈〕塢―小さい土手。　役魂―心を遣ふ。　万機―天皇のなべてのまつりごと。

〔意訳〕池の上は一面に白雲に蔽はれ、樹々の間にはまだ紅葉が残つてゐる。後方の土手にも、前方の園にも、寒々とした風が吹き、冷たい雨が洒いでゐる。時には画を観ては興を催し、或は詩作に心を遣るなど、万機を統べる中にも猶ほ暇は有り、画に対したり、詩に題したりしてゐる時は、恰も別天地に在る思ひがする。

冬至

窮陰早已遇來陽
自此方添一線長
將士凱旋恰斯日
城中雲物帶祥光

冬至

窮陰《きゆういん》早ク已ニ来陽ニ遇フ
此《これ》ヨリ方ニ添フ一線ノ長キヲ
将士凱旋恰モ斯ノ日
城中雲物祥光ヲ帯ブ

〔語釈〕窮陰—陰気の窮まる厳冬。　添一線長—冬至の後、日影が日に一線分づつ長くなるを言ふ。　雲物—景色。

〔意訳〕長かつた冬も末、陰気も窮まり、早くも一陽来復の日に遇ふこととなつた。今日から少しづつ日も長くなる。この一陽来復の佳き日は恰も将士凱旋の日ではないか。帝都の景色は之を寿いで芽出度い光を帯びてゐる。

〔**参考**〕　この年の御製より抄出申上げよう。

義足

切りすてし足もつくりてつはものゝなほ世に立つをみるぞうれしき

負傷兵を見て

国の仇《あだ》うち払はむと軍人《いくさびと》いたでおひても進み行きけむ

戦死者遺族

国のためたふれし人の家人《いへびと》はいかにこの世をすごすなるらむ

をりにふれて

かち軍《いくさ》われにことほぐ国民《くにたみ》の心をみするともし火のかげ

軍人かへるまちえてくに民のよろづ代よばふ声ぞとゞろく

出征軍の凱旋しけるとき

仇うちて今日かへりくるますらをの心も駒も勇み立つらむ

第二艦隊司令長官加藤定吉の凱旋しける時

国のため力つくしゝますらをゝ待ち迎へてもみるぞうれしき

久留米病院に侍従武官をつかはして負傷したる軍人を慰問せしめけるとき

とくいえて皆もとの身にかへらなむいたで負ひたる武士《もののふ》のとも

偶成

良辰美景入詩歌
秋月春花興趣多
願使蒼生衣食足
山無噴火水無渦

偶成

良辰美景詩歌ニ入リ
秋月春花興趣多シ
願ハクハ蒼生ヲシテ衣食足リ
山ニ噴火無ク水ニ渦無カラシメン

〔語釈〕 渦―水が渦を巻いて暴れる。水害。

〔意訳〕 良い季節や美しい景色は詩歌に詠まれ、殊に秋の月や、春の花は興趣多いものである。願はくは、国民なべて衣食足りて、山に噴火無く、川には水害無くあらしめたいものである。

前出、桜島の噴火や打ち続く水害等に軫念ただならず、この御作となつたものと拝察仕る。

勸農

夙念鄕官務勸農
深耕易耨戒疎慵
秋成五穀致豐稔
培養邦基百姓雍

農ヲ勧ム

夙《つと》ニ念《おも》フ鄕官ノ務メテ農ヲ勧メ
深耕《しんかう》易《い》耨《どう》疎《そ》慵《よう》ヲ戒ムルヲ
秋成五穀豊稔ヲ致シ
邦基ヲ培養シテ百姓雍《やはら》グ

〔語釈〕 勸農—農業を奨励する。　夙—かねてから。　深耕易耨—深く耕し、よく雑草を刈る。　疎慵—なまける。

〔意訳〕 村里の官吏が農業を奨励し、深く耕し、よく雑草を刈つて、決して怠けることのないやうに戒めてくれるやう、かねてから念じてゐた。さうすれば、秋には五穀豊穣となり、国家の基も盛んとなり、万民の和合が得られるのである。

寒夜

朔風蕭颯月侵帷

寒夜

朔風蕭颯《さくふうせうさつ》月帷《とばり》ヲ侵ス

正是寒雲釀雪時　　正ニ是レ寒雲雪ヲ醸スノ時

想得村家貧女苦　　想ヒ得タリ村家貧女ノ苦

護兒燈下理機絲　　児ヲ護リテ灯下機絲ヲ理《をさ》ム

〔語釈〕朔風―北風。蕭颯―風の、もの寂しく吹く音。理―「をさめる」にも種々の漢字が宛てられ、意味にも相違があるが、「理」は「宝玉をみがきをさめる」、「筋道を正してをさめる」の意で用ゐる。「機絲を理む」を意訳すれば「機《はた》を丁寧に織る」とならうか。

〔意訳〕北風がもの寂しく吹き荒れる寒い夜、カーテンの合間から月が覗き込んでゐる。寒さが段々と募り、丁度雲が雪となつて舞はうかといふやうな時である。こんな時には田舎の貧しい家の母親の苦労が思ひ遣られる。をさなごを見守りつゝ、ほの暗い灯火の下に機織にいそしんでゐるのであらう。

〔参考〕母親の労苦を思ひ遣り給ふこの御製詩に、側に居るであらう筈の父親が詠まれてゐない点、「婦人愛国の歌」を連想するのは唐突であらうか。

「婦人愛国の歌」は昭和十三年五月の『主婦の友』の懸賞当選歌である。副題を「抱いた坊やの」と云ふ。作詞仁科春子、作曲古関裕而。最近では平成九年にソプラノの藍川由美女史がこの歌をCDにをさめてゐる。

婦人愛国の歌（抱いた坊やの）

一、抱いた坊やの　ちひさい手に
手を持ち添へて　出征の
あなたに振つた　紙の旗
その旗かげで　日本の
妻の覚悟は　出来ました（以下二～四略）

詠　松

參天老木勢崢嶸
翠色四時無變更
曾拜先皇宸詠賜
不論秦政大夫名
枝頭鳴鶴瑞聲響
月下流雲祥影横

松ヲ詠ズ

参天ノ老木　勢《いきほひ》　崢嶸《さうくわう》
翠色四時《しじ》変更無シ
曾テ拝ス先皇宸詠ノ賜
論ゼズ秦政《しんせい》大夫《たいふ》ノ名
枝頭ノ鳴鶴瑞声響キ
月下ノ流雲祥影横《よこた》ハル

靈壽超過千百歳　　霊寿超過ス千百歳

蒼蒼繞膝子孫榮　　蒼蒼膝ヲ繞リテ子孫栄ユ

〔語釈〕参天―空に届く。　崢嶸―高く聳える。　四時―四季。慣用で「しいじ」とも読む。　秦政―秦の始皇帝、名は政。　蒼蒼―古色蒼然たるさま。

〔意訳〕老松は天にも届かんばかりの勢で高く聳えてゐる。その翠の色は四季を通じて変ることが無い。曾て先帝は殊のほか松を愛で給ひ、度々勅題に賜つた。松を愛するとは言へ、秦の始皇帝が、泰山に風雨を松の樹下に避けた際、その松を大夫に封じたが如き、驕慢な暴政とは全く違ふ。松の枝の辺りには鶴の芽出度い鳴声が響き、月下に雲は流れ、之又芽出度い影が横たはつてゐる。松の寿命の霊妙なること、千百歳を超え、子の松、孫の松と殖えて、恰も老人の膝に孫、曾孫がまつはりついてゐるやうである。

〔参考〕折角ですので、明治天皇の「松」を詠ませ給ひし御製を若干拝し奉りませう。御作の年は略します。詞書の付してない御製は「松」の題にて詠ませ給ひしものです。

いつも見る庭の松が枝年をへて立ちさかえけるいろぞ久しき

をりにふれたる（一首）

まつはれる蔦の若葉に時しらぬ松のすがたも夏めきにけり

霜雪をしのぎし松は年たかき人のみさをにたぐへてぞみる
雲の上にたちさかえたる山松の高きにならへ人のこころも
さまざまの世にたちながら高砂の松はうごかずさかえきぬらむ

鶴（一首）

あしたづのやどりとなれる老松はいくらの雛かおほしたてけむ
千年へむまつにやどりてこころなき風もゆたけきこゑたてつなり
ふく風にたへしすがたもあらはれてつくらぬ松のおもしろきかな

團扇　　団扇

團扇如明月　　団扇明月ノ如ク
一揮生夜涼　　一揮夜涼ヲ生ジ
風流足題句　　風流句ヲ題スルニ足ル
南殿興偏長　　南殿興偏ニ長シ

〔**語釈**〕題—記す。

〔意訳〕団扇の形は明月のやうである。扇げば夜の涼しさが生じるし、扇面に風流な句でも書かうかと思ふ。かうして南殿に居ると興も尽きない。

古　祠

林間有古祠　　林間古祠有リ
清淨稱靈境　　清浄霊境ト称ス
拂曉賽神來　　払暁神ニ賽《さい》シ来ル
里人心自儆　　里人心自ラ儆《いまし》ム

〔語釈〕賽―「おまゐり」ではあるが、字義としては「祈願」よりも「お礼のおまゐり」である。「賽社」と言へば、鎮守様のお祭であるが、これは収穫を終へて、神様にお礼申上げる「秋祭」を指す。但し「賽銭」と言へば祈願・御礼の参拝、双方に差上げるお金であり、「お礼のおまゐり」と限定的に解することもないが、「賽神―お礼の為の神祭」といふ熟語も有る。

〔意訳〕林の中には古びた祠が祀られ、村人達は此処を清浄な、神霊坐《おは》す所と称《たた》へて朝早くからおまゐりしてゐる。かうして此の里人達は心自づからいましめる処があるのである。

〔参考〕御製にも御製詩にも、庶民の生活をお詠み遊ばされた聖作も数多拝するが、「古祠」もその中に数へられる。この大正三年と云ふ年には、三月には第一次世界大戦が勃発し、四月十一日には昭憲皇太后が崩御遊ばされ、即位の大礼の前年でもあつた。従つて、帝国議会、陸軍大演習、軍関係の学校への行幸等以外の、所謂〝視察〟に類する行幸は六月十七日の東京大正大博覧会への行幸以外には無かつた。如上の理由から之等の聖作は、或は東宮時代の巡啓の折の見聞を想起し給ひ、この年にお作り遊ばされたものかと恐れながら推察申上げる次第である。庶民の日常に大御心を注がせ給ふこと、恐れ多くも、ただに畏し。

豊臣秀吉

征伐多年戡國艱
老來餘勇壓三韓
浪華城郭儼然在
猶作龍蟠虎踞看

豊臣秀吉

征伐多年国艱ヲ戡《かん》ス
老来余勇三韓ヲ圧ス
浪華城郭儼然トシテ在リ
猶ホ作《な》ス龍蟠《りようばん》虎踞《こきよ》ノ看

〔語釈〕戡─戦に勝つて乱を鎮める。

〔意訳〕征伐すること多年、国の騒乱を鎮め、老いても有り余る勇気を以て三韓を圧した日もあつた。かの大阪城は今も厳然として在り、猶ほ、龍虎が蟠踞する（とぐろを巻き、うづくまり、他を圧倒してゐる）の観を呈してゐる。

〔参考〕秀吉は少なくとも東アジア大の一大帝国建設を構想してゐた。朝鮮はその通過点に過ぎなかつた。併し、惜しむらくは「結果においては悲惨な失敗であった」（西尾幹二著『国民の歴史』）のである。

この年陸軍特別大演習御統裁の為大阪に行幸。十一月十三日宮城御出門、この日は名古屋離宮に御駐蹕。翌日大本営たる大阪城本丸の第四師団司令部に著御。二十日迄御駐蹕。名古屋離宮を経て二十一日還幸あらせらる。この御製詩はその折の御作と拝される。

なほ、「刊行会本」には起句のをはりが「國難」となつてゐるが、「奉呈本」は「國艱」である。大正四年十一月十一日、御大典記念の恩典が行はれた。それは第一に贈位・叙位及び叙勲、第二に養老賑恤、第三に恩赦であった。この折、故従一位豊臣秀吉が正一位を追陞せられたのを始め、四百九十八名がこの恩典に与つた。

御製「城」（大正四年）

ますらをがちからのかぎりたゝかひし昔を語る大阪の城

源義家

東征跋渉幾山河
竹帛功名馬上多
別有風懷足千古
勿來關外落花歌

源義家

東征跋渉ス幾山河
竹帛《ちくはく》功名馬上ニ多シ
別ニ風懐千古足ル有リ
勿《な》来《こそ》関《くわん》外《ぐわい》落花ノ歌

〔語釈〕跋渉―山を越え、川を渡り歩き回る。　竹帛―文字を書く竹と帛（うす絹）。紙の無かつた古、竹帛に書き記したことから書物、又、転じて歴史を言ふ。「竹帛功名」は歴史に残り、後世に語り伝へられるやうな功名。　風懐―みやびな心。　勿来関―凡そ千五百年程前に、蝦夷の南下防止の為に今の福島県南東部いわき市勿来に設置されたとされる関所。白河、念珠《ねず》の関と共に奥州三関と言はれた。「なこそ」は「来る勿れ」。落花歌―源義家が蝦夷討伐に下向の際、この関を通つた折詠んだ歌「吹く風をなこその関と思へども道もせに散る山桜かな」

〔意訳〕山河遠く越え且つ渡り、陸奥に出羽にと遠征した源義家は、馬上多くの功名を歴史に残した。併し、単なる武の人にはあらず、かの勿来の関に落花を詠みし歌にみられる如く、千古に伝へられる、みやびな、ゆかしい心を持つ人でもあつた。

〔参考〕源義家は京の岩清水八幡宮にて元服の式を挙げたので八幡太郎義家とも称される。前九年の役の折、衣川の館に安部貞任を攻めた際、逃げる貞任に義家が「衣の館はほころびにけり」と歌ひ掛けたところ、貞任が「年を経し絲の乱れの苦しさに」と返した逸話、又、後三年の役の折、金《かね》沢《ざわ》の柵で雁の列の乱れから伏兵の待伏せを看破る等、文武両道に名を残す。承徳二年（皇紀一七五八）従四位下に叙せられ、大正の御代に至り正三位に叙せられし由であるが、前記御大典の折であらうと思はれる。

源爲朝

八郎雄武有誰儔
絶技穿楊膂力優
破浪南遊果何意
長留遺蹟在琉球

源為朝

八郎ノ雄武誰有リテカ儔《たぐひ》セン
絶技穿楊《せんやうりよりよく》膂力優ナリ
破浪南遊果シテ何ノ意ゾ
長ク遺蹟ヲ留メテ琉球ニ在リ

〔語釈〕穿楊―支那の古、養由基といふ弓の名手が、百歩離れた所から柳の葉を射抜いたといふ話から、卓絶した弓の名手。　膂力―「膂」は背骨。膂力は全体としての筋肉の力を言ふ。

〔意訳〕鎮西八郎爲朝は比類無き武勇の士で、殊に卓絶した弓の名手であり、並外れた膂力があつた。可惜《あたら》それだけ優れた処を持ちながら、それを生かさず、海の彼方南方に行つたのは、一体如何なる考へだつたのか。その遺蹟は今猶琉球に残つてゐると言ふ。

〔参考〕 源爲朝は平安時代後期の武将。爲義の八男。母は遊女。幼時より武名高く殊に弓の名手の名が高かつた。十三歳、父の不興を買ひ都を追はれ、豊後に下り鎮西八郎と称した。そして九州惣追捕使と自称し同地を従へんと転戦。朝廷の召喚の命を拒否した廉により父爲義は官を解かれた。この為上洛、折から保元の乱に遭遇、父に従ひ崇徳上皇方について奮戦するも敗れて捕へられたが、その武勇を惜しまれ死一等を減じて伊豆大島に流された。その後又同地で国司に反抗、朝廷の追討を受け自害して果てた。それは治承元年（皇紀一八三七）三月六日のことと言ふ。なほ巷説に依れば爲朝はその後琉球に渡り、妻を娶り舜天王を産み、その舜天王は文治三年（皇紀一八四七）琉球王朝の祖となつたと伝へられる。

「謹解本」に曰く「勇武材略有り余つて而も朝に容れられず、時に志を得ずして荒陬《くわうすう》偏土（筆者註—遠く離れた辺鄙な地）に身を終へし豪傑を惜み給うた」と。

孝子養親圖　孝子親ヲ養フノ図

菽水承歡養老親　菽水《しゆくすゐ》歡《くわん》ヲ承ケ老親ヲ養フ

人憐孝子閲酸辛　　人ハ憐ム孝子酸辛ヲ閲スルヲ

浮雲富貴茅廬下　　富貴ヲ浮雲ニ茅廬《ばうろ》ノ下《もと》

日事耕耘不厭貧　　日ニ耕耘ヲ事トシテ貧ヲ厭ハズ

〔語釈〕 菽水承歓―「菽」は豆の総称。「礼記・檀弓」にある「菽水之歓《しゆくすゐのくわん》」。豆を食べ、水を飲む貧しい暮らしながらも、親を喜ばせる。仮令貧窮に在るとも、親に孝養を尽くす。　茅廬―ごく粗末な家。

〔意訳〕 〈孝子が親を養ふの絵に寄せる〉親孝行な子は貧しい中にも能く年老いた親を養ひ、喜ばせてゐる。人は親孝行な子が辛酸を嘗めてゐるのを憐れむが、当人は仮令住む家は粗末であらうとも、清く正しく富貴を求めず、日々農耕に勤しみ少しも貧困を厭ふことが無い。

〔参考〕 「不義」に依るものでさへなければ、「富貴」を求める事自体は非難さるべき事ではなく、「富貴」は「浮雲」、つまり「自分にとって無関係の存在」（貝塚茂樹『孔子・孟子』昭和四十一年、中央公論社）なのである。「論語・述而篇」に「疏食《そし》を飯《くら》ひ、水を飲み、肱を曲げて之を枕とす。楽《たのしみ》亦其の中《うち》に在り。不義にして富み且つ貴きは、我に於て浮雲の如し。」と。

將士談兵圖

燈火青熒秋氣清
營中將士共談兵
更闌笑看腰間劍
霜冷半天鴻雁鳴

将士兵ヲ談ズルノ図

灯火青熒《せいけい》秋気清シ
営中ノ将士共ニ兵ヲ談ズ
更闌《かうらん》笑ヒ看ル腰間ノ剣
霜ハ冷ニシテ半天鴻雁鳴ク

〔語釈〕 青熒―「熒」は小さいあかり。　更闌―一夜を五更に分つた「闌《たけなは》」の時で、夜更け。

〔意訳〕〔将士が共に兵を談ずるの絵に寄せる〕小さいあかりが灯り、秋気も清い夜、軍営の中で将士達が戦話《いくさばなし》に花を咲かせてゐる。夜も更け、手柄話しでもしてゐるのか、腰の剣を笑顔で見てゐる者も居る。営外は霜も冷え、空には雁が鳴き渡る。

憶舊遊有作

登山臨水遠遊曾
干戈遺跡感廢興

旧遊ヲ憶ヒテ作有リ

山ニ登リ水ニ臨ミ遠遊ヲ曾テス
干戈ノ遺跡廃興ニ感ズ

杜鵑啼血雲漠漠　杜鵑血ニ啼キ雲漠漠
林間遙認蕭寺燈　林間遥ニ認ム蕭寺《せうじ》ノ灯
人事紛糾因名利　人事紛糾名利ニ因ル
政治由來資賢能　政治由来賢能ニ資ス
僻鄉到處問風俗　僻郷到ル処風俗ヲ問フ
不在吟詠事攀登　吟詠攀登ヲ事トスルニ在ラズ

〔語釈〉　蕭寺―寺のこと。梁の武帝が寺を造り、自らの姓「蕭」を寺の名としたことから。

〔意訳〕〔曾てあちこちに出掛けた事を憶つて詠む〕山に登り水に臨むなど、曾てはよく遠くへ出掛けたものである。戦跡を訪ねては興廃に感ずる処があり、杜鵑は血を吐くやうに啼き、雲は漠々として、林間遥かにお寺の灯を見たこともあつた。斯くして、熟々思ふに、人事の紛糾は名誉や利益に起因してをり、政治といふものは、賢明で能力のある者に頼るべきものである。都を遠く離れた所にも、民情を視察した事もあり、それらは、詩歌を詠んだり、山に登つたりが目的ではなかつたのである。

大正天皇の「遠遊」に関しては巻末「御製詩小論」中の「大正天皇の行幸（行啓）など」を参照

されたい。

大正四年　宝算三十七

新正値第四回本命

開暦還逢本命春
顧思往時感懐新
由來治國非容易
誓則天行安庶民

新正第四回本命ニ値《あ》フ
開暦還《また》逢フ本命ノ春
往時ヲ顧思シテ感懐新ナリ
由来治国ハ容易ニ非ズ
誓ツテ天行ニ則《のつと》リ庶民ヲ安ンゼン

〔語釈〕新正―新年の正月。　本命―自分の生れ年の干支。　顧思―かへりみ、おもふ。　天行―天の運行。易経に「天行健。君子ハ以テ自ラ彊《つと》メテ息《や》マズ」と。

〔意訳〕〔この正月に、四回目の本命を迎へた〕新年となり、新たな暦が始まり、又、本命の春を迎へた。往時を顧思すれば感慨も新たなるものがある。元来が国を治めるといふことは決して容易なことではない。必ずや、天行の健なるに則り、自ら万機を統べるに努め、国民を安んじよう。

〔**参考**〕大正天皇は明治十二年、己卯《つちのとう》の年のお生れ。大正四年は乙卯《きのとう》で、四回目の卯年に当る。

雪意

雪意生天外
同雲影欲昏
梅花唇尙澀
爐火手宜溫
樹上禽聲罷
階前犬影奔
題詩呵凍筆
轉覺潔吟魂

雪意

雪意天外ニ生ジ
同雲影昏《くら》カラント欲ス
梅ノ花唇尚ホ渋リ
炉火手宜シク温ムベシ
樹上禽声罷《や》ミ
階前犬影奔ル
詩ヲ題シテ凍筆ヲ呵シ
転《うた》タ覚ユ吟魂潔《いさぎよ》キヲ

〔**語釈**〕雪意—雪のまさに降らんとする、その気配。或いは雪空そのものを指す場合もある。　天外—天空遥かなる所。　同雲—雪雲。どんよりとして雪も雲も一色であるゆゑかく言ふ。　昏—これは本来は「夕暮のくらいこと」を指す語であつたが、そこから、「暗い」に通用されるに至つた。　花唇―はなびら。本字は「花脣」。「花脣」には「美人のくちびる」の意味もある。「唇」の原義は「おどろく」。「振」「震」と同じで語原は「ふるふ」。「唇」はその音が「脣」に通ずる所から「くちびる・脣《しん》」と同義にも用ゐられるやうになつた。呵―息を吹き掛けて暖める。　凍筆―寒気で穂先の凍つた筆。　炉―ゐろり、火鉢の二義あるが、この御製詩の尾聯から推察し得るやうに、小型の火鉢「手炉・手あぶり」であらう。　吟魂―詩歌を詠む心。

〔意訳〕空は一面に、今にも雪が降り出さんばかりに、どんよりとした雪雲に暗く覆はれてゐる。この空模様に梅はなほ中々に花開かず、こんな時には手あぶりで手を温めるのが良からう。樹上の鳥も鳴きやみ、階段の前を犬が走り去る。この凛たる寒気の中に、詩を記さうと、凍つた筆の穂先を暖めるべく息を吹き掛けてゐると、「うたごころ」ますます澄みゆくを覚えるのである。

登　臺

雨後登臺處
春風淑氣催
煙波千里闊
長嘯意悠哉

台ニ登ル

雨後台ニ登ル処
春風淑気催ス
煙波千里闊《ひろ》シ
長嘯《ちやうせう》意悠ナル哉《かな》

〔語釈〕台―高い建物、又は人工的に築かれた高い台地。　淑気―春の温和な気。　長嘯―長く嘯く（口を細くして、声を出したり、息を吐いたりする。悠然とした様）。

〔意訳〕雨の後、高台に登つてみると、春風がそよ吹き、辺りは穏やか、靄の立ち込める海は千里遠く広々としてゐる。此処に立ち、長嘯洵に意気悠然たるを覚える。

和貞愛親王韻

貞愛親王ノ韻ニ和ス

瞳曈旭日映波浮
瞳曈《とうとう》旭日波ニ映ジテ浮ブ

海外妖氛忽爾收
海外ノ妖氛《えうふん》忽爾《こつじ》ニ収マル

喜見三軍精鋭力
喜ビ見ル三軍精鋭ノ力

宣揚威武壯神州
威武ヲ宣揚シテ神州ヲ壮ニス

〔語釈〕貞愛《さだなる》親王―略伝は大正二年の「贈貞愛親王」を参照されたい。この御製詩のもととなつた親王の詩は遺憾ながら伝はつてゐない。　瞳曈―日の出の輝き出づること。　海外―此処では「海を隔てた国外」ではなく、主として日本軍の戦場となつた南洋諸島方面を指し給ひしものであり、欧州方面の戦線は含まれてゐない。　妖雰―妖しい気配。転じて、戦乱。　忽爾―たちまち。

〔意訳〕旭日は海上に輝き出で、波に映えて浮かび、海外の戦乱は忽ちのうちに収まつた。我が皇軍の精強なることは真に喜ばしく、その威武を広くあらはして、神州日本を益々さかんにするものである。

〔参考〕木下氏は「謹解本」に、この御製詩を「前年青島《チンタオ》の役が終つて、戦勝の新年を迎へたことを御喜びになつた」作とするが、その根拠は明示されてをらず、筆者はさうとは断言し得ない。

大正天皇の御製詩で、明らかに大正の御代の世界大戦に関する御製詩と分る御作は『大正天皇御製詩集』に謹載の十三編、他に「大正天皇実録」、「御製詩集稿本」にある御作も含め、重複と思はれるものを一編と数へて、合計三十九編である。その内、その内容等からお詠み遊ばされた時日が大凡判明する御作は十数編であらう。その中にはこの「和貞愛親王韻」は含み得ない。さ憾に、この「和貞愛親王韻」は起句に「旭日」とあり、新年の御作と考へられぬでもないが、さうとばかりも言へない。その理由は

①「旭日」は新年に限定された語ではない。

②世界大戦は未だ終結してをらず（戦闘の終了は大正七年十一月、媾和締結は八年一月）、この段階で「戦勝の新年を迎へたことを御喜びにな」るとは到底思へない。ゆゑに承句の「海外妖氛忽爾收」は限定的局面を指し給ひしものと拝される。

③現に、この御作は後掲の如く推敲段階では、承句は「海外」ではなく「海上妖氛早已收」となつてをり、又、稿本にはこの御作の次の方には『御集』には載せられてゐないが前年九月、十月の「聞海軍捷報」と題する太平洋上の勝利を嘉尚し給ふ七絶も載る。稿本が御作の年代順になつてゐるとは断言出来ないが、態々御作の年代順を入れ替へてあるとも思へない。即ち、「和貞愛親王韻」は「聞海軍捷報」よりも前の御作であり、「和貞愛親王韻」「聞海軍捷報」は共に、前年のドイツ領南洋諸島制圧の際の御作にあらずやと拝察し得るのである。そして「旭日」からは「聯隊旗」よりも、この場合寧ろ「軍艦旗―海軍」が連想される。

④如上の理由により大正四年新年の御作とするには疑問が残る。

仮に木下説の如く、大正三年十一月の青島陥落の頃の状況をも踏まへての御作と拝すると、木下氏の『大正天皇御製詩集謹解』編纂は昭和三十年代であり、御製詩は大正初期。御作の当時は朝鮮は日本領であつた。即ち青島は支那領とは言へ日本とは地続き、又、仮に長崎を起点に、海路で言へば長崎・東京間と長崎・青島間とは略《ほぼ》等距離。昭和三十年代ならばいざ知らず、筆者としては大正初期に青島は所謂〝海外―海を隔てた国外〟の概念にありしか、疑問を覚える。

⑤もう一つの傍証は「大正天皇実録」である。その大正四年元旦の記録には「諒闇中ニヨリ（筆者註・前年四月昭憲皇太后崩御）四方拝・晴御膳・朝賀・新年宴会・陸軍始ノ諸儀式ヲ止メサ

セラル」とある。戦勝気分に浸り給ふやうな新年ではなかつたのである。この大正四年の新年に詠ませ給ひし御製が三首ある。

戦中新年

軍人くにのためにとうつ銃の煙のうちに年立ちにけり

新年鶏

ほがらかに歌ひあげたる鶏の声のうちにぞ年は立ちける

若　水

年立ちてまづ汲みあぐる若水のすめる心を人は持たなむ

特に一首目、とても「戦勝の新年を迎へたことを御喜びになつ」てをられるとは拝し得ない。

「大正天皇御製集稿本 一」に附載されてゐる「大正天皇御製宸筆下賜録」によれば、大正四年四月二日に貞愛親王に下賜されてゐる。その記録により詩題及び詩句の相違を見てみよう。

和貞愛親王韵《いん》

瞳々曉日映波浮
海上妖氛早已收
偏喜三軍精鋭足
宣揚威武壯神州

恭遇皇妣忌辰書感

恭シク皇妣ノ忌辰ニ遇ヒテ感ヲ書ス

靈櫬遲遲入帝京
櫻花散落鳥哀鳴
回頭靜浦凄涼景
拍岸寒潮咽有聲

霊櫬《れいしん》遅遅帝京《ていけい》ニ入ル
桜花散落鳥哀鳴ス
頭《かうべ》ヲ回《めぐ》ラセバ静浦《しづうら》凄涼《せいりやう》ノ景
岸ヲ拍《う》ツ寒潮咽《むせ》ビテ声有リ

〔語釈〕 皇妣―「妣」は「亡母」。天皇の亡き御母君。昭憲皇太后。　忌辰―命日。　霊櫬―みたまを安んずる柩。　回頭―過去を振り返る。　静浦―沼津付近の海岸。　凄涼―もの寂しい。

〔意訳〕〔亡き御母君の命日にあたり、恭しく、思ひを詠む〕皇太后は昨年四月十一日沼津御用邸にて崩御あらせられ、柩は遅遅として帝都に入り、折から桜花は散り、鳥も哀しく鳴いてゐた。顧れば、沼津付近の海岸はもの寂しさうで、岸に寄せる寒々とした潮にも悲しみに咽ぶやうな声がするのである。

〔参考〕「謹解本」には「十日沼津御用邸に崩ぜられ」とあるが『実録』には、御危篤の侭、十日午後六時二十五分沼津御用邸御出門、十一日午前一時四十分、一旦青山御所に還啓、同二時十分崩御あらせられたる旨記録されてゐる。『実録』の大正三年四月十日には、この「恭遇皇妣忌辰書感」と酷似する後掲の「四月十一日拝皇太后霊柩」と題し給ふ御作が載つてをり、一年前のこの御作を御推敲の上、一周年祭に当り「恭遇皇妣忌辰書感」とされたのであらうと拝察仕る。訓読は筆者。

四月十一日拜皇太后靈柩
四月十一日皇太后ノ霊柩ヲ拝ス

靈柩無端入帝京　霊柩端無クモ帝京ニ入ル
櫻花歷亂鳥悲鳴　桜花歴乱鳥悲シミ鳴ク
回頭靜浦寂寥夕　頭ヲ回ラセバ静浦寂寥ノ夕
拍岸暗潮空有聲　岸ヲ拍ツ暗潮空シク声有リ

起句から拝察されるやうに崩御の所は「謹解本」が正しいと思はれる。

臨靖國神社大祭有作

靖國神社大祭ニ臨ミテ作有リ

武夫重義不辭危　武夫《もののふ》義ヲ重ンジテ危キヲ辞セズ
想汝從戎殞命時　想フ汝ノ戎《たたかひ》ニ従ヒテ命ヲ殞《おと》スノ時

靖國祠中嚴祭祀　　靖國祠中祭祀ヲ厳ニス

忠魂萬古護皇基　　忠魂万古皇基ヲ護ル

〔語釈〕武夫―軍人。稿本にはこの部分は「戦場将士」とある。　義―「正しいすぢみち―正義」「臣下として践むべき道―忠義」「正義の中にあつても、殊に重んずべき道―大義」等が〝漢和辞典的意味〟であるが、それら易姓革命の国の意味をも考へ合せ、筆者は此処は「天皇への忠節の道」と解する。具体的には「軍人勅諭」に示されてゐる。　想―あれこれと、推し量り考へる。　殞―「落」に同じ。　皇基―大正三年の「擬出征将士作」参照。

〔意訳〕軍人達は「義」を重んじて、一旦緩急に当つては命の危険をも顧みることが無く、その軍人達が従軍し、命を落した時の事が種々に想はれるのである。靖國神社にあつては厳かに祭祀が執り行はれ、忠義のみたま達は、とこしなへに皇基を護つてゐるのである。

〔参考〕この年四月二十九日靖國神社に於ては、大正三年戦役・台湾蕃匪討伐の折戦死した軍人、警察官並びに維新前の国事殉難者を合祀して、臨時大祭が挙行された。天皇は午前十時御出門、靖國神社に行幸、御親拝、同五十分還幸あらせられた。この御製詩はその際の御感懐を七絶と成し給ひしものである。なほ翌三十日の例祭には立花掌典を勅使として参向せしめ給うた。

大正天皇はこの後八年五月二日、鎮座五十年記念祭にも御親拝。合せて御在位中に二回御親拝遊ばされた。御親拝（天皇陛下が御自ら御参拝遊ばす事）に就き御参考までに付記すると、明治天皇は七回。昭和天皇は二十八回、その内八回は戦後。今上陛下は皇太子の御時に五回御参拝、御即位後の御親拝は未だおありでなく、皇太子殿下は昭和四十四年の一回のみであります。

なほ、御歴代の皇后陛下におかせられましても軍事に関する御歌も数多拝する処でありますが、『貞明皇后御歌集』より靖國神社に関する御歌三首を御紹介申上げませう。

靖國神社大祭のおこなはれけるをりに（昭和十四年）

羽車の今かわたらすすすりなくやからの声のとほくきこゆる

まつられて妻子に親にはらからにあひます神のこころをぞ思ふ

うからどち神をろがみていまさらにかど出のさまをしのびてやなく

羽車《はぐるま》―御霊代《みたましろ》をお乗せした輿。合祀祭の時などに用ゐられる。

戦後の総理大臣の靖國神社参拝に就いては吉田茂首相の二十六年十月十八日の参拝を始め、六十年八月十五日の中曽根首相の参拝まで、歴代殆ど春秋の例大祭に参拝してゐたのであるが、その六十年八月十五日の中曽根首相の参拝以後、暴戻支那の内政干渉に屈した形にあることは実に遺憾千万である。

昭和天皇御製（昭和六十一年）

八月十五日

この年のこの日にもまた靖国のみやしろのことにうれひはふかし

『おほうなばら　昭和天皇御製集』（平成三年読売新聞社）

靖國神社略記

「国の為に尽くした人々の〝みたま〟は、国の手に依つて永久にお祀りすべきである」との、明治天皇の聖旨により、そのお社「東京招魂社」が明治二年、東京九段の地に創建されました。明治七年、天皇は初めて東京招魂社に行幸遊ばされ、その折「我国の為をつくせる人々の名もむさし野にとむる玉垣」の御製を詠み給ひました。

明治十二年六月四日、「招魂」といふ〝一時的にお祀りする〟やうな感を与へかねない名称を変更し、その祭祀の永遠不変を明らかにすべく「靖國神社」と改称されました。「靖」は「安」で、安らかな国となるやう、国の危機に際して身命を国に捧げられた方々の「みたま」を永久にお祀りする神社、であると云ふことを闡明された訳です。同年六月二十五日勅使丸岡莞爾掌典をして大前に奏上せしめ給うた「招魂社を靖國神社と改称し給へる御祭文」には、

（前略）明治元年と云ふ年より以降《このかた》、内外《うちと》の国の荒振《あらぶ》る冦等《あだども》を刑罰《こらし》め、不服人《まつろはぬひと》を言和《ことむけやは》し給ふ時に、汝命等《いましみことたち》の赤き直き真心を以《も》て、家を忘れ身を擲《なげう》ちて、各《おのもおの》も死亡《みまかり》にし其の大き高き勲功《いさをし》に依りてし、大皇国《おほすめらみくに》をば安国《やすくに》と知食《しろしめ》す事ぞと思食《おもほしめ》すが故に、靖國神社と改め称へ、別格官幣社と定め奉《まつ》りて、御幣帛《みてぐら》奉《たてまつ》り斎《いは》ひ奉《まつ》らせ給ひ、今より後弥遠永《いやとほなが》に怠る事無く祭り給はむとす。

（以下略）

とあります。なほ、戦後はＧＨＱの発した神道指令の為に已む無く国の手を離れましたが、「国事殉難者を未来永劫に大切にお祀りするという理念」（『ようこそ靖國神社へ』・平成十二年近代出版社刊）は全く不変なのであります。

御祭神の総数は二百四十六万五千余柱。その中には当然の事ながら、大日本帝国臣民として大東亜戦争に散華された朝鮮出身者二万千百八十一柱（その内、特攻戦死者十五名）、台湾出身者二万七千八百柱の英霊も含まれてゐる。

この御製詩「臨靖國神社大祭有作」の大祭は臨時大祭であるが、当時の例大祭は明治天皇の御遺徳を称へ奉り、日露戦争の陸・海軍凱旋観兵式に夫々行幸の日に因み春季が四月三十日、秋季が十月二十三日であつた。例祭日には「東京招魂社」御創建以来若干の変遷があり、現在は春季は四月二十一日より三日間。勅使参向は二十二日。秋季は十月十七日より四日間。勅使参向は十八日。なほ、全国各地の「招魂社」に就いては昭和十四年三月十五日「招魂社ヲ護國神社ト改称スルノ件」と言ふ内務省令第十二号が公布され、同四月一日より施行「護國神社」と改称された。

なほ、皇軍精神の根幹「陸海軍人に下し給へる勅諭」（明治十五年一月四日）は長文であるので左の通り主題の五ヶ條のみ掲げる。

一《ひとつ》、軍人は忠節を尽すを本分とすへし。

一、軍人は礼儀を正しくすへし。

一、軍人は武勇を尚ふへし。
一、軍人は信義を重んすへし
一、軍人は質素を旨とすへし。

春日偶成

上林花木向春榮
習習東風雨正晴
天意人心相合好
綿蠻鶯語又怡情

春日偶成

上林ノ花木春栄ニ向ヒ
習習タル東風雨正ニ晴ル
天意人心相合シテ好シ
綿蠻《めんばん》タル鶯語又情ヲ怡《よろこ》バシム

〔語釈〕 上林―天子のお庭。　習習―春風のやはらぎ吹くこと。　東風―春風。　綿蠻―小鳥の鳴声。

〔意訳〕 御苑の花も木も、春ともなれば芽をふき、花を咲かせる。やはらかい春風に雨も晴れた。春栄も晴雨も天意であるが、それが丁度人心の求むるところと合致して結構なことである。折から鶯も鳴いて心楽しくさせてくれる。

春日水郷

習習東風滿水郷
分明佳景屬春陽
輕寒輕暖天成候
半落半開花競芳
曲渚釣魚情可遣
扁舟賞月興難忘
數聲鶯囀知何處
垂柳絲絲擁一塘

春日水郷

習習タル東風水郷ニ満ツ
分明佳景春陽ニ属ス
軽寒軽暖天、候ヲ成シ
半落半開花、芳ヲ競フ
曲渚《きよくしよ》魚ヲ釣ル情遣ルベシ
扁舟月ヲ賞ス興忘レ難シ
数声鶯囀《あうてん》知ル何レノ処ゾ
垂柳絲絲一塘ヲ擁ス

〔**語釈**〕習習─風のそよ吹く様。　分明─はつきりと、明らかなこと。　春陽─春の陽光、或いはその季節。

軽─或る事の程度が軽度である。　候─きざし。兆候。　曲─地形の湾曲した所。　絲絲─春雨の細かなる様。

擁─とりかこむ。

〔**意訳**〕春風は水郷一面にそよそよと吹いてゐる。この明るく、素晴しい風景は春の到来を告げてゐる。少し寒く、時にや、暖かく、季節はすつかり春を兆し、花は半ば落ちたり、開いたり、芳香を競ひ合つてゐる。陸に入り込んだ波打ち際で魚釣をするは思ひを放つに良く、小舟を浮べて月を賞でては、その趣は忘れ難い。鴬は屢々囀り、何処に居るのか知られ、しだれやなぎは池を繞《めぐ》り、春雨にけぶつてゐる。

歸雁

江湖到處便成家
飛向朔天辭水涯
猶記秋宵明月底
西風如雪散蘆花

帰雁

江湖《かうこ》到ル処便《すなは》チ家ヲ成シ
飛ビテ朔天ニ向ヒ水涯ヲ辞ス
猶ホ記ス秋宵明月ノ底
西風雪ノ如ク蘆花ヲ散ズルヲ

〔語釈〕江湖―川や湖。水のある所。　朔天―北の空。　底―下《もと》。月下の「下」の如し。　蘆花―蘆の花。「蘆雁《ろがん》・蘆の生える水辺の雁」といふ熟語もあるくらゐ、蘆と雁とは縁が深い。

〔意訳〕雁は川や湖など水のある所を棲家とし、春が来ればその江湖を去つて北の空に向けて飛んで行く。秋の宵、明るい月のさすところ、西風が蘆の花を雪のやうに散らす中に雁が居る様を今も覚えてゐる。

観新造戰艦

榛名霧島兩艨艟
海上儼然姿態雄
彷彿大山高拔地
凝將蒼翠聳晴空

新造戦艦ヲ観ル

榛名霧島両艨艟
海上儼然姿態雄ナリ
彷彿ス大山高ク地ヲ抜キ
蒼翠ヲ凝ラシ将《もっ》テ晴空ニ聳ユルニ

〔語釈〕 榛名霧島—榛名・霧島共に軍艦の名前。　艨艟—艨も艟も「いくさぶね」。艨艟の原義は「船体を狭く、長く作り、敵船に体当たりして沈める為のいくさぶね」で、所謂軍艦を指す。

〔意訳〕 新たに建造された「榛名」「霧島」の二艦はその雄姿を海上に儼然とうかべてゐる。それは艦名の由来となつた榛名、霧島の二大山が地上高く抜きん出て、みどり深く装ひを凝らして、晴れた空にそびえる様そつくりである。

〔参考〕 この年六月五日、天皇陛下は横須賀軍港に行幸、民間の造船所にて最初に国産なつた主力軍艦、榛名（川崎重工業神戸造船所）・霧島（三菱重工業長崎造船所）の両艦を親閲遊ばされた。

これより先に、同型艦が英国にて「金剛」、横須賀海軍工廠にて「比叡」が建造されてゐた。これ等は超弩級と言はれる重巡洋艦で、当時の列強中の最有力巡洋艦艇であつた。又、当時は駆逐艦も国産されてゐたが、軍備充実の上のみならず、工業発達の上からも、特に重巡洋艦の国産は重視され、「榛名」建造の際、竣功直前に故障を生じ、為に責任を感じた工作部長が自決した程である。そして榛名・霧島の竣功は殊に記念すべきものとされ、特に行幸を仰ぎ奉つたのである。

首夏卽事

首夏園林風氣淸
雨餘新綠繞軒楹
知他求得安巢處
時有幽禽樹上鳴

首夏即事

首夏園林風気清シ
雨余新緑軒楹《けんえい》ヲ繞ル
知ル他ニ安キ巣処《さうしよ》ヲ求メ得タルヲ
時ニ幽禽樹上ニ鳴ク有リ

〔語釈〕首夏—「首」は首位、首席の首で「或るもの（こと）のはじめ」。初夏。　園林—園の中の林。　風気—風。空気。　軒楹—「のき」と「はしら、殊に丸く、太い柱」。　巣処—営巣のこと。　幽禽—静かな山奥に住む鳥。

〔意訳〕初夏の園林は吹く風も清涼であり、雨あがりの新緑も瑞々しい中、鳥は軒や柱の間を飛び回つてゐる。樹上には時に鳥の鳴声が聞えるが、さぞかし安らかな巣作りの場所を得たのであらう。

〔参考〕この御製詩中の鳥の名は知り得ないが、同様の趣と思はれる御製より若干を拝し奉らう。

禁中鴬（大正三年）

吹上の庭の林にうつり来て鳴く鴬をはるかにぞきく

時鳥（大正四年）

雨はれて月のかげさす渡殿にやすらひをれば鳴く時鳥

夏の初の歌の中に（大正六年）

時鳥なかむけしきも見ゆるかな花にゐひしは昨日と思ふに

時鳥（大正の御代なるも何年かは定かならず）

三日月のほのかににほふわが山の青葉の上に鳴くほとゝぎす

竹陰讀書

風竹清陰夏尙寒

庭前涼月露珠團

竹陰書ヲ読ム

風竹清陰夏尚ホ寒シ

庭前ノ涼月露珠団ナリ

半宵靜坐燈光下
帝範繙來仔細看

半宵静坐ス灯光ノ下《もと》
帝範繙《ひもと》キ来リテ仔細《しさい》ニ看ル

〔語釈〕風竹—竹が風に吹かれてそよそよとさやぐこと。又、その竹。　清陰—すずしい陰。　団—まるい。「団々」と言へば、露の多いさま。　半宵—夜中。半夜。　帝範—唐の太宗が親撰し、その太子に授けた、帝王の心得を説いた書物。支那の貞観二年（本朝大化四年・西暦六四八年）に成り、我国には平安時代初期清和天皇の御代に伝来し、平安時代後期頃からは天皇はその御進講を受け給ひし由。　看—此処では単に視覚的に「みる」に止まらず、そのことに依り、考へたり、判断したりすること。

〔意訳〕涼風そよそよと吹き渡る竹林は夏とは云へ寒いくらゐであり、庭に照る月亦涼しく、辺り一面玉なす露である。そのやうな半夜、灯火の下に静かに坐り、『帝範』を繙き詳しく看てゐるのである。

〔参考〕「謹解本」に依れば、『帝範』は陛下の御愛読書の一つであつた由にて、明治二十七、八年には枢密顧問官細川潤次郎をして之を進講せしめ給うた。更に大正二年には『帝範』のみならず、唐の則天武后が撰した、人臣たる者の道を説いた書『臣軌』をも併せて、従来伝はる刊本の字の写し誤りを前記細川に校訂を命じた上で刊刻し、宮中に蔵し、その上諸臣にも頒賜遊ばされた由である。大正天皇も亦学問探求に深く大御心を砕き給ひしこと、いとも畏きかぎりと拝し奉る。

雨中偶成

満城霖雨氣如秋
漠漠陰雲何日收
聞說西陲洪水漲
壞廬沈稼不堪憂

雨中偶成

満城ノ霖雨気秋ノ如シ
漠漠タル陰雲何ノ日ニカ収マラン
聞説《きくならく》西陲《せいすゐ》洪水漲ルト
廬ヲ壊《やぶ》リ稼ヲ沈ム憂ニ堪ヘズ

〔語釈〕 城—既出。大正三年の「六月十二日即事」を参照されたし。　霖雨—長雨。　漠漠—一面に暗いさま。陰雲—雨雲。　聞説—聞き及ぶ処によれば。　西陲—西の果て。「陲」は、そのあたり（辺）。　廬—あばらや。稼—植ゑつけられた穀物。

〔意訳〕 都の一帯は長雨が続き、季節は夏とは言へ秋のやうに膚寒い。垂れ込める雨雲は一体何時になつたら晴れ上がるのであらうか。聞く処によると、九州方面は洪水になつてゐるとか。家々を壊し、田畑を流し去るとは洵に憂慮に堪へぬことである。

〔参考〕「謹解本」に依れば、この御製詩は当年六月中下旬の鹿児島県内の洪水に関する御作で、八月四日、救恤金九万五千円を下賜遊ばされたる由。

同じ頃の御作と拝される御製をも拝し奉らう。

梅　雨

余りにもふる梅雨《さみだれ》のはれずして思ひやらる、民のなりはひ

晃山所見

日暮風微竹樹閒
新涼生檻足怡顔
隔溪漠漠歸雲合
光景依稀畫裏山

晃山所見

日暮レ風微ニシテ竹樹閒ナリ
新涼檻《かん》ニ生ジテ顔ヲ怡《よろこ》バスニ足ル
渓ヲ隔テテ漠漠帰雲合ス
光景依稀タリ画裏ノ山

〔語釈〕晃山―日光山の異称。「晃」は「日」と「光」とを合せた字。　閒―しづか（閑）。　檻―欄干。又、欄干の設けられた所。　怡顔―「怡」は、にこにことして如何にも嬉しさうな様。そのやうに顔色を和らげること。　漠漠―暗い様子。　帰雲―夕方に帰り行く雲。　依稀―迚も似てゐる。

〔意訳〕日は暮れ、風もかそけく、竹林の趣も閑寂。欄干のあたりには初秋の涼風がそよそよと吹き渡り、顔色を和らげるに十分である。たにがはを隔てた向うには夕雲が暗く群がるが如く、その

光景は画に描かれた山そつくりではないか。

〔**参考**〕起句の「閒」を「刊行会本」は「閑」、「謹解本」は「間」とするが、「奉呈本」には「閒」と読める。実はこの御製詩は「稿本二」に載る「晃山所見」から大幅な御推敲がなされてゐる。「稿本二」には次のやうにある。訓読・語釈は筆者。

林樹風微暮鳥閑　林樹風微ニ暮鳥閑ナリ

滿簾涼氣是仙寰　満簾ノ涼気是レ仙寰　仙寰—俗界を離れた仙境。

看他漠々溪雲合　看他《かんた》漠々渓雲合スルヲ　看他—看る。「他」は助字。

光景依稀畫裡山　光景依稀タリ画裡ノ山

「帰雲」は「夕方に帰り行く雲」、これで間違ひではないが、今少し説明すると、支那では雲は朝、山中の洞穴に生じ、夕刻に其処に帰ると思はれてゐた。「帰雲」の名のある所以である。併し、杜甫は「返照（夕映え、の意）」の七律に「帰雲樹を擁して山村を失ふ—帰雲が木々をおし包み、山中の村も見えなくなつた」と詠み、陶淵明は「擬古」に「百尺の楼」が「暮に帰雲の宅と作《な》る」と詠んでゐる。つまり必ずしも「夕刻に其処（洞穴）に帰」るとのみ考へられてゐる訳ではないやうである。これらの用例からすると、具体的に「何処々々へ帰る雲」と言ふより、寧ろ単に「夕雲」と解する方が理解し易いであらう。

新秋

一林樹色白雲收
石徑青苔傍水流
倚檻微吟覺衣薄
月明今夕入新秋

新秋

一林ノ樹色白雲収マリ
石径青苔水流ニ傍《そ》フ
檻ニ倚リテ微吟衣ノ薄キヲ覚ユ
月明今夕新秋ニ入ル

〔語釈〕収―その景観に相応しく其処に在る。　新秋―秋の初め。

〔意訳〕樹林は新秋の色に、その上には白雲がよく収まり、石の径は青く苔生し水の流れに傍つてゐる。欄干に倚つて低声で詩を口ずさんでゐると、今宵の涼気に衣服の薄きを覚える。さう言へば月も明るい今夕、もう立秋となつたのだ。

秋涼

秋來薄露促蟲聲
清夜階前喞喞鳴

秋涼

秋来薄露蟲声ヲ促ス
清夜階前喞《しよく》喞《しよく》トシテ鳴ク

在手齊紈不須動　　手ニ在ルノ斉紈《せいぐわん》動カスヲ須《もち》ヰズ
箇中涼味愜幽情　　箇中ノ涼味幽情ニ愜《かな》フ

〔語釈〕薄—くさむら。　喞喞—沢山の小さな蟲が集まつて鳴くさま。　斉紈—団扇。　箇—これ、この、と或ることを指し示す。　愜—適《かな》ふ。　幽情—静かな思ひ。

〔意訳〕秋が来て叢《くさむら》の露はまるで蟲に「さあ鳴きなさいよ」と言つてゐるやうで、この爽涼の夜、階前にはまるで、それに応へるやうに沢山の蟲が鳴いてゐる。手には団扇も持つてはゐるが、扇ぐこともなからう。此処に感ずる涼味は、秋の夜の静かな思ひにぴつたりではないか。

臨議會有感　　議会ニ臨ミテ感有リ

外交内治重經綸　　外交内治経綸ヲ重ンズ
國運興隆逐歳新　　国運興隆歳ヲ逐ヒテ新ナリ
頼有臣民能議政　　頼《さいはひ》ニ臣民能ク政《まつりごと》ヲ議スル有リ
和衷協贊竭精神　　和衷《わちゆう》協賛精神ヲ竭ス

〔語釈〕経綸—国を斉《ととの》へ、治める方策。　頼—丁度都合が良い。　和衷協賛—皆が心を合せて事に当り、目的の実現を期する。

〔意訳〕外交に内治に、経綸を重んじ、我が国運の興隆は年々新たになつてゐる。臣民は適材適所に、よく国政を議してをり、和衷協賛ますます真心を以て全力を傾けてゐる。

〔参考〕十二月一日貴族院に行幸、第三十七回帝国議会開院式に臨御の折の御作である。此の時勅語に曰《のたまは》く「卿等克《よ》ク朕カ意ヲ体シ和衷協賛ノ任ヲ竭サムコトヲ望ム」（「大正天皇実録」）と。

「大正天皇御製詩稿本二」の下賜録に依れば、この御製詩は翌年二月十二日に宮内大臣波多野敬直に下賜されてゐる。題は同じであるが詩句に若干の異同が見られる。訓読・註筆者。

外交内治要經綸　　外交内治経綸ヲ要ス
國運興隆追歳新　　国運興隆歳ヲ追ヒテ新ナリ
有此臣民朕推拱　　此ノ臣民有リテ朕推拱《すゐきよう》
和衷協贊竭精神　　和衷《わちゆう》協賛精神ヲ竭ス

（「推拱」は、臣下をよく信頼し腕組をして側で見てゐる。）

即位式後大閲兵青山

即位式後大イニ兵ヲ青山ニ閲ス

堂堂隊伍陣形成　　堂堂タル隊伍陣形成ル
練武場中大閲兵　　練武場中大イニ兵ヲ閲ス
正是車馳馬断處　　正ニ是レ車馳セ馬断クノ処
芙蓉晴雪映旗旌　　芙蓉ノ晴雪旗旌ニ映ズ

〔語釈〕即位式―この年十一月十日京都に於て即位の大礼を行はせられた。　芙蓉―富士山。　旗旌―軍旗。

〔意訳〕隊伍堂々と、陣形は整ひ、青山の練兵場に於て大いに兵を閲した。野砲、重砲、輜重隊等々車は馳せ、軍馬は断き、遥か晴れ渡る富士の高嶺の白雪に、軍旗は正に照り映えるが如く輝いて見える。

〔参考〕大礼観兵式は十二月二日小春日和の晴天の下、青山練兵場に於て挙行された。指揮官は元帥貞愛親王。天皇陛下は九時十五分青山練兵場に著御、この時百一発の皇礼砲殷々天地を震撼す。閲兵の大凡の順は、陸軍戸山学校と近衛師団の軍楽隊、陸軍歩兵学校、近衛師団、第一師団、野砲・重砲部隊、鉄道聯隊、電信隊、騎兵、輜重兵の各部隊。「幾万ノ貔貅《ひきゅう》（勇猛無比なる軍隊）ハ粛然トシテ動カザルコト山ノ如シ」と『実録』は伝へる。なほ「晴雪ニ映」じたる軍旗は九十一旒であつた。その折賜りたる勅語。

朕即位ノ大礼ヲ訖《をは》リ茲ニ親シク観兵ノ式ヲ行ヒ帝國陸軍ノ綱紀張リ威容整ヘルヲ視テ深ク之ヲ嘉《よみ》ス（よし、として誉める）汝将卒益々奮励シ以テ報効《はうかう》（御恩に感じて努力する）ヲ期セヨ

なほ、観兵式陪観の帝國在郷軍人会会員一万余名に対しても、還幸後、宮城御車寄に出御、御親閲の上、龍顔殊に麗はしく、勅語を賜つた。

下賜録に依れば前項と同じ日に、此の御作を侍従武官長内山小二郎に下賜されてゐる。題は同じであるが、詩句に若干の異同を見る。

堂堂隊伍列方成　　堂堂タル隊伍列方ニ成ル
演武場中大閲兵　　演武場中大イニ兵ヲ閲ス
好是車馳馬嘶處　　好シ是レ車馳セ馬嘶クノ処
芙蓉晴雪映旗旌　　芙蓉ノ晴雪旗旌ニ映ズ

示萬里小路幸子　　萬里小路幸子《までのこうぢさちこ》ニ示ス

歴事三朝備苦辛　　三朝ニ歴事シテ備《つぶさ》ニ苦辛
従公導衆見情眞　　公ニ従ヒ衆ヲ導キ情真ヲ見ル

百年全壽何須卜　百年寿ヲ全ウス何ゾト《ぼく》スルヲ須《もち》ヒン
老健後宮推此人　老健後宮此ノ人ヲ推ス

〔語釈〕歴事—二代以上の天子に続いて仕へること。情真—人情のまこと。老健—老いてなほ健康であること。後宮—宮中の奥御殿。

〔意訳〕孝明天皇、明治天皇、そして朕にとよく仕へ、備に苦辛を重ね、常に公に従ひ他の者達を導き、人情のまことを尽くしてゐる。百年の寿命を全うするであらうことは疑ひない。老いてなほ健康で宮中の奥御殿に奉仕するのは此の人を措いて無からう。

〔参考〕萬里小路幸子は嘉永六年十九歳にして宮中に出仕、明治を経て大正四年に至る迄六十二年に亘り三朝に歴事。終生嫁する事無かつた。大正七年歿。行年八十四。

ところで、この萬里小路幸子に関する同一と思はれる和歌の御作が大正天皇御製と貞明皇后御歌の双方に伝はつてゐる。宮内庁版の『大正天皇御集』、『貞明皇后御集』には勿論、新しいところでは『大正天皇御集　おほみやびうた』（平成十四年邑心文庫発行）、『貞明皇后御歌集』（昭和六十三年主婦の友社発行）両方に載つてゐる。

大正天皇御製としては、大正の御代の御作ではあるものの正確な年代は不詳とされてをり、

三月八日庭にて鶯の鳴きけるにこもりゐ

たる萬里小路幸子がまゐりければ

鶯やそゝのかしけむ春寒みこもりし人のけさはきにけり

貞明皇后御歌の方は大正三年の部に

三月八日庭に鶯の鳴きける日こもりゐ
たる萬里小路幸子がまゐりければ

うぐひすやそそのかしけむ春さむみこもりし人もけさは来にけり

と、用字、用語にほんの少しの異同は見られるものの、同一と言ふ他無い御作である。これは一体どういふことなのであらうか。

筆者はこの御作は、大正天皇御製に相違ないと恐れながら推察申上げる。何故なら『大正天皇御集』編纂に当つては、『明治天皇御集』編纂の先例に倣ひ、先帝の皇后（この場合は貞明皇后）の懿意《いい》をお伺ひの上、勅裁を仰いで事を進められ、御製詩の場合と同様に、御集完成の相当前から貞明皇后が目を通された事は間違ひ無いと思はれる。御製詩の場合に実に丹念に事前に貞明皇后が目を通された事は木下氏の「謹解本」に詳述する処であり、御製には目を通されなかつたとは到底思へない。若し「鶯やそゝのかしけむ」が貞明皇后の御歌であれば、その段階で必ず御指摘があつた筈であり、大正天皇御製とされる事もなかつた。それが貞明皇后の御目を経て『大正天皇御集』に載つてゐるのであるから、御製と断定して然るべきであらう。『貞明皇后御集』は昭和二十六年九月六日の奉旨であり、この年五月十七日崩御された貞明皇后が事前に御自らの歌集に目を通されることは有り得ず、筆者はこの萬里小路幸子に関する和歌の御作は大正天皇御製であると推察申上げる。

望富士山　　富士山ヲ望ム

神州瑞氣鍾　　神州瑞気《ずゐき》鍾《あつま》リ
曉日照芙蓉　　暁日芙蓉ヲ照ラス
雪色何明潔　　雪色何ゾ明潔ナル
餘光被衆峰　　余光衆峰ニ被ル

〔語釈〕瑞気―「気」は、吹く風の目にこそ見えね、天地の間に漲り、森羅万象に或る働きを為さしめるもの。この場合は「芽出度い気」。　鍾―濃密にあつまる。

〔意訳〕神国日本には瑞気が鍾り、朝日は雪を戴く霊峰富士を照らしてゐる。その朝日に映える雪の何と麗しく清らかなことか。回りの山々もその余光を被つてゐるのである。

〔参考〕大正天皇が御製に詠ませ給ひし富士山も鑑賞致しませう。

遠山雪（大正六年）

雪白きふじの高根のみゆるかなかしこ所の松のこずゑに

富士のかたに（同年）

はれわたるふじの高嶺を朝なゆふな吾窓《まど》近くみるが楽しさ

詠海

海ヲ詠ズ

積水連天足偉觀　　積水天ニ連ツテ偉観足ル
百川流注涌波瀾　　百川流注波瀾涌ク
由來治國在修徳　　由来治国ハ修徳ニ在リ
徳量應如大海寛　　徳量応《まさ》ニ大海ノ寛《ひろ》キガ如クナルベシ

〔語釈〕積水―海の異名。　波瀾―大波。　由来―元来。　徳量―有徳の器量。「徳量寛大・徳が広大で、よく人を容れる」といふ熟語が有る。

〔意訳〕海は広々として遥か水平線の彼方天に連なり、洵に偉観とするに足る。しかも、多くの川が流れ注ぎ、大きな波を涌き立たせてゐる。元来が国を治める道は、先づ何より徳を修める処に在る。治者たる者、その有徳の器量は必ずや大海の寛きが如くあらねばならぬ。

〔参考〕「謹解本」に依ればこの御製詩は三島中洲が、明治天皇の御製「天—あさみどり澄みわたりたる大空の広きをおのが心ともがな」を、大正天皇への絶好の訓言として、件の明治天皇御製の大御心を三島自身が漢詩に詠んで大正天皇の叡覧に供した処、大正天皇は先帝の「大空」に対するに此の「詠海」の御製詩を賦し給うた由である。三島の奉つた漢詩は左の作である。題は付されてゐない。御参考迄に筆者に依る訓読と意訳とを掲げる。

紹述政煩に聖襟を労す。万機余暇講筵に臨む。先皇訓有り経伝《けいでん》に勝る。一碧の大空朕が心と為さん。

先帝の大業を引継ぎ給ひ、政務には何かと煩瑣な事も有り、色々と御苦労もおありでございます。しかも、万機を統べ給ふ中にも、余暇には勉学も怠り給ひません。このやうな今上陛下に相応しい、先帝のみ訓へがございまして、それは外《と》つ国の聖人の書物や、賢人の著述にも勝るものであります。そのみ訓へとは「あさみどり澄みわたりたる大空の広きをおのが心ともがな」の御製でございます。

三島は自分のこの作に応へて、天皇が「詠海」の御製詩を賦し給うたことに甚《いた》く感激して、更めて先帝陛下と今上陛下とが「大空」「大海」と御製、御製詩に治者の心構へを詠み給ひたるを称へ奉る漢詩を詠んだのであつた。

次に稍長いが「謹解本」より引用させて頂かう。振り仮名、丸括弧内の註は筆者が付した。

「徳量応如大海寛」とは畏くも陛下之を身に体して実践遊ばした所であり、生れながら王者の徳を備へ、寛仁大度《くわんじんたいど》（心が広く、憐れみふかく、度量が大きい）にわたらせられたことは、陛下の側近に奉仕した者の一様に感激してゐる所である。陛下はたとひ臣下に過失が有つても決して御叱責なく、御立腹の御顔色を見た者は未だ曾て無いと云ふことである。而も御自身は臣下より正しき諫言など申上る場合は、直ちに御聴入れになり、或は少しく御気に逆ふやうな事であつても斥け給ふことなく、所謂る従善如流（善に従ふこと、流るるが如し。—速やかに善に従ひ、行ふ。「流」は迅速）の態度であらせられたと云ふ。又一視同仁《いっしどうじん》（全てのものを差別せず、平等に慈しむ）の大御心から、臣下に対し最も公平にあらせられ、側近の侍従、侍医、武官等に対しても、官の高下、勤めの新故などによつて其の待遇を差別し給ふことなく、若し強ひて御意を迎へんとする者あれば、之を御避けになつたといふことである。又人を御用ひになるにも、よく其の人の能不能と適不適とを御考へになり、決して御無理なことが無かつたとのこと。但《ただ》老臣は殊の外御いたはりになり、時と場合に応じて細かき御心遣ひあり、本人は固《もと》より、側に在る者まで余所ながら感泣する程であつたと云ふ。

木下氏はよくぞ、大正天皇の御聖徳を詳らかに書き記して下さつたと、この尊い記録を筆者も畏み奉るものであります。

なほ結句を「刊行会本」は「大海ノ寛キガ如ク」、「謹解本」は「大海ノ如ク寛ナル」と訓むが、前述の如く、明治天皇の御製「大空の広きを」を踏まへ給うた御作であるので「刊行会本」の訓の方が宜しからう。

「大正天皇御製集稿本一」に附載されてゐる「大正天皇御製宸筆下賜録」によれば、この御製詩「詠海」は大正四年六月二十八日に侯爵西園寺公望に、同五年十二月十九日に元帥山縣有朋に夫々下賜された由、記録されてゐる。なほ下賜の御作は「奉呈本」とは、左の如くほんの少し詩句に異同が見える。

積水連天足大観
衆川流注湧波瀾
由來治國在修徳
徳量祇應如海寛

結句は「徳量祇応《ただまさ》ニ海ノ寛キガ如クナルベシ」

詠　鶴

十洲三島路迢迢
仙翮飛來此地飄

鶴ヲ詠ズ

十洲三島《じつしうさんたう》路迢迢《てうてう》
仙翮《かく》飛来此ノ地ニ飄《ひるが》ヘル

佇立好従松下望
縞衣如雪點晴霄

佇立好シ松下従《よ》リ望マン
縞衣《かうい》雪ノ如ク晴霄《せいせう》ニ点ズ

〔語釈〕十洲―仙人の住む島。　三島―同前。　迢迢―遥かに遠いさま。　仙―なべて超俗の人等を形容する辞。　翮―羽の根元。羽。　飄―飛ぶ。　縞衣―縞（白い練り絹）で作つた衣。　晴霄―晴れた大空。

〔意訳〕鶴は仙人の住むと言ふ遥か遠い島から、見事な羽を羽ばたかせて飛び来り、此の地の空に舞つてゐる。その鶴に相応しい松の根元に立つて望むと、雪のやうに真白いその姿は、まるで真青な大空に打たれた点かと見まがふばかり。

詠梨

鳳卵稱佳果
美味蔑以加
靈液能癒渴
不比餐紅霞

梨ヲ詠ズ

鳳卵《ほうらん》佳果ト称ス
美味以テ加フル蔑《な》シ
霊液能ク渇ヲ癒シ
比セズ紅霞ヲ餐スルニ

殿中閒倚榻　殿中閒《しづか》ニ榻《たふ》ニ倚リ
消暑時勝茶　消暑時ニ茶ニ勝《まさ》ル
想見春雨後　想見ス春雨《あめ》ノ後
欺雪枝枝花　雪ヲ欺ク枝枝ノ花

〔語釈〕鳳卵―梨の異名。　餐霞―「霞を餐《く》ふ」は仙術の一つ。　榻―やや横長の腰掛。ねだい。

〔意訳〕梨は実に良い果物であり、その美味なること、上に出る物も無い。何とも言へぬ甘い果汁はよく喝を癒しくれて、仙人が食すると言ふ紅の霞もこれには及ぶまい。殿中でしづかに寝台《ね》に腰掛けて、よく冷やされた梨を食べると、消暑の効果は時に茶に勝るものが有る。春、雨の後に、雪かと見まがふばかりに、一面の枝枝に咲くあの白い花が想はれる。

高樓　　高　楼

高樓獨坐夜將分　高楼独坐夜将ニ分レントス
萬里晴空無片雲　万里晴空片雲無シ

俯讀詩書知古道　俯シテ詩書ヲ読ミテ古道ヲ知リ
仰觀星斗察天文　仰ギテ星斗ヲ観テ天文ヲ察ス

〔語釈〕夜分―夜中十二時。　詩書―支那の古典「詩経」と「書経」、転じて儒家の典籍の総称。　星斗―星。「斗」（柄杓）は南斗六星と北斗七星。

〔意訳〕夜、独り高殿に坐してゐると、何時しか十二時にならうとしてゐる。夜空は隈なく晴渡り、一片の雲も無い。この静けさの中に、俯しては詩書を読んで古の聖賢の道を知り、仰いでは星々を観察して天体運行の諸相を察するのである。

寶刀　宝刀

自古神州產寶刀　古ヨリ神州宝刀ヲ産ス
男兒意氣佩來豪　男児意気佩《お》ビ来リテ豪ナリ
能敎一掃妖氛盡　能ク妖氛《えうふん》ヲ一掃シ尽クサシメ
四海同看天日高　四海同ジク看ン天日ノ高キヲ

〔語釈〕妖氛―不祥の気。災禍。又、転じて戦乱を指す場合もある。

〔意訳〕 我が神国日本は遠い神代の古より、単なる武器にあらざる「宝刀」を産して来た。そして日本男児は意気も勇ましく日本刀を佩び、斯くして、天日を蔽ふ妖氛を一掃し尽くさしめて、天下万民等しく恩沢を蒙るやうになるであらう。

〔参考〕 神典「古事記」に見る「刀」の初出は、伊邪那美神《いざなみのかみ》の神避《かむさり》（亡くなられること）の因、迦《か》具土神《ぐつちのかみ》を斬る為に、伊邪那岐命《いざなぎのみこと》が用ゐ給ひし「十拳剣《とつかのつるぎ》」である。しかも、この時十拳剣の切先、鍔元等に血糊が付き、その血潮滴る中から建御雷之男神《たけみかづちのをのかみ》（別名、建布都神《たけふつのかみ》）等、岩や石や、火等八柱の神々がお生まれになつたと言ふ。この意味に就き『古事記精講・上巻』（影山正治著、平成十一年、影山正治全集刊行会刊）は説く。

　岩石の神、火の神、水の神、これらは精鋭無双の剣を鍛へるための働きをなす神々です。鉱山の原鉄鉱石を吹きわけ、これを鍛へることにより百錬の鉄となり、その精粋が凝つて剣の神たる建御雷神・経津主神に集中し、この二柱の神が天孫降臨の完成の最も偉大な点に仕へ奉り、神勅奉行が完成してゆくのです。

又、此処に「妖氛」と詠み給ひしことよりして、神武天皇御東征の砌の熊野に於る御苦難を偲び奉らない訳にはゆかない。「古事記」の当該箇所を意訳してみよう。

　神武天皇が熊野の村に到着なさいました時に、大きな熊が山から出て来て、直ぐに何処かへ消え失せた。ところが、天皇は急に体調を崩し給ひ、又、皇軍の兵士達も病気となり寝込んでしまつた。この時、熊野の高倉下《たかくらじ》なる者が、一振の剣を持つて、病臥し給ふ天皇のお側に参じ、その剣を献上申上げたところ、天皇は忽ち恢復し給ひ、「長い間寝てゐたものである」と仰せになられた。そして、その御剣を受取り給ふ時に、その熊野の、暴れ回る悪神どもは自然に皆切り仆されてしまひ、病臥してゐた皇軍の兵士達も全員元気に目覚めた。（この刀の名を佐士《さし》布都神《ふつのかみ》、別名甕布都神《みふつのかみ》と言ひ、石上神宮に祀られてゐる。「ふつ」は即ち、邪霊を「ぶつり」と断ち切る御神徳を表してゐる。）

この御製詩「宝刀」はこのやうな神典の尊い伝へを思ひ給うての御作にあらずやと、恐れながら拝察申上げる次第。

なほ、天皇にして御自ら刀を鍛へ給ひし御方は第八十二代後鳥羽天皇（御降誕治承四年・皇紀一八四〇年、崩御延応元年・一八九九年）にまします。天皇は当初は鑑定をなさつてをられたが、やがて御自ら鍛刀。中心《なかご》に菊花を打ち給ひ「菊御作」と称されたる由。又、諸国より名工と言はれる者を招き、月番の御番鍛冶として鍛刀を命じ給ふこともなされた。これが御所焼と言はれる刀で、今も御物として若干が伝へられてゐると洩れ承る。勿論、隠岐にても鍛刀、御番鍛冶も続け給うた。

大正天皇御製（大正四年）

刀

磨きあげしつるぎを床にかざらせて明暮に身の守りとぞする

偶感

将卒堂堂氣象雄　　将卒堂堂気象雄ナリ
攻城野戰策奇功　　攻城野戦奇功ヲ策ス
若能使爾加精鋭　　若シ能ク爾ヲシテ精鋭ヲ加ヘシメバ
會見隨年國運隆　　会《かなら》ズ見ン年ニ隨ヒテ国運隆《さかん》ナルヲ

〔語釈〕将卒―将校と兵卒。　策―立てる。

〔意訳〕我が皇軍の将卒は態度は堂々、士気壮んであり、攻城に野戦に素晴らしい手柄を立てた。若し、この上に更に比ひ無き強さを加へたならば、必ず、年々国運隆々たるものがあらう。

老将

白髮將軍鐵石腸　　白髪将軍鉄石ノ腸

據鞍顧眄氣猶剛　　鞍ニ拠リテ顧眄《こべん》気猶ホ剛ナリ
夢中夜夜煙塵裡　　夢中夜夜煙塵ノ裡
叱咤精兵百戰場　　精兵ヲ叱咤ス百戦場

〔語釈〕 顧眄―振り返つて見る、或は、周囲を見回す。自らの威勢を他に示す動作。

〔意訳〕 白髪の老将軍は豪胆無双、馬上全軍の士気を鼓舞して自らも意気壮んである。夜毎の夢の中にも、戦塵濛々の裡に精強な兵達を叱咤した幾多の戦場が出て来ることであらう。

〔参考〕「大正天皇御製宸筆下賜録」には大正八年四月十五日内大臣松方正義に下賜されたと記録されてゐる。それに依り詩句の異同を見てみよう。題名に異同は無い。

白髪將軍金鐵腸
據鞍顧眄惜斜陽
天涯記得風塵裡
叱咤精兵幾戰場

飛行機

飛行機

凌空倏忽渺天程　空ヲ凌ギ倏忽《しゆくこつ》天程渺《べう》タリ
上下四方随意行　上下四方随意ニ行ク
此物如今稱利器　此ノ物如今《じよこん》利器ト称ス
應期戰陣博功名　応ニ期スベシ戦陣功名ヲ博スルヲ

〔語釈〕 倏忽―たちまち。　天程渺―空高く、かすんで見える。　如今―只今。　博―得る。

〔意訳〕 飛行機は忽ちのうちに、天空高く揚り、小さく霞んでしまつた。上下に、左右に、思ふが侭に飛んで行く。此れこそ、今や優れた武器と称すべき物。応に戦陣に功名を立てることを期すべきである。

〔参考〕 我国の「航空機の歴史」は明治中期、先駆者二宮忠八に始まり、模型的段階から、日清戦争への従軍経験に基づく軍部への三度に亘る飛行機開発の上申、そして軍部の却下とライト兄弟の先行（明治三十六年）に依る二宮の挫折に始まる。その後明治四十三年四月航空機の重要性に気付いた軍部は、日野熊藏歩兵大尉と徳川好敏工兵大尉をフランスに派遣。日野大尉は途中ドイツに変更。共に十月に帰朝した。そして十二月十三日から十九日の間、代々木練兵場に於て初飛行が試みられた。十四日に日野大尉はドイツ製の単葉機で高度十《メートル》、距離六十《メートル》を〝飛び〟日本の初飛行と記す史料もあるが、「飛行」の定義、「一定時間を自力で浮揚し」「操縦者の操縦によつて飛ぶ」の観点から疑問視されてをり、十四日の日野大尉は「些か長いジャンプ」であつたやうで、途中エンジン停止もあり、日野大尉自身も、これが「飛行」であるとの認識はなかつたやうである。十九日この日は徳川大尉がフランス製の複葉機で飛行時間三分で高度七十《メートル》、距離三千《メートル》を飛び、これが本邦初飛行である。

なほ、明治四十四年九月十七日早稲田戸塚グラウンドで模型飛行機競技会が開催され「のちの大正天皇を始め、七名の皇族が台覧になられた」（『雲の上から見た明治』平成十一年横田順彌著）、又、大正元年十月、徳川操縦将校が帝都上空を飛行、此れを青山離宮より御覧遊ばされた天皇が、「先帝おはしまさば、さぞ御満足し給ひしならんとの御感想を洩らし給ひし」、と『大日本航空記・大正編』は伝へる。

大正二年三月二十八日「帝國航空界最初ノ犠牲」者が出た。『実録』に依れば、陸軍砲兵中尉木村鈴四郎、同歩兵中尉徳田金一とは青山練兵場より所沢飛行場に帰還の途中、埼玉県入間郡松井村山中に墜落、殉難した。天皇はこれを深く悼み給ひ、正七位に叙し、勲六等単光旭日章を授け、その上、四月三日には奥村侍従武官を所沢に差遣し給うた。

此の時、貞明皇后は左の御詩を詠み、殉難の二人を悼まれた。訓読は筆者。

悼飛行家墜死　　飛行家ノ墜死ヲ悼ム

東飛西走御虚空　　東飛西走虚空ヲ御ス
自在操縱輕似鴻　　自在ニ操縦シ軽キコト鴻ニ似タリ
忽遇旋風身墜死　　忽チ旋風ニ遇ヒ身墜死ス
誰人不惜萬夫雄　　誰人カ惜シマザラム万夫ノ雄ナルヲ

なほ、その後「やまと新聞」の呼掛けにより、義捐金が寄せられ二名の慰霊塔が殉難地に建立され、変遷を経て現在は所沢の航空記念公園（旧陸軍飛行場）に在る。

海軍も大正元年十一月以降、欧米にての訓練を終へた飛行将校の指導により訓練開始。同三年対独戦の折初めて航空機による実戦が戦はれた。即ち、同年八月二十三日横須賀海軍工廠にて運送船若宮丸を水上機搭載用に改装、青島攻略戦に初陣。『靖國神社忠魂史』は伝へる「（大正三年）九月五日霊山の南端約二浬に投錨、二台の飛行機は相踵いで青島上空に進入し敵弾を冒して敵情偵察爆弾投下を敢行して無事帰還した。是実に我国飛行機を戦時に実用した嚆矢である。」なほ、若宮丸は同年九月三十日労山湾付近にて触雷、沈没は免れたものの戦死一名、負傷六名を出した。

この御製詩「飛行機」は大正五年の御作であるが、天皇は前年四年に既に御製に「飛行機」を詠んで坐しました。

軍人ちからつくしてとりふねの大空かける時となりにき

大正三年末には男爵滋野清武等四名が戦闘機搭乗員としてフランス陸軍航空隊に志願、滋野は大尉として参戦、六機撃墜と伝へられ功により大正五年一月レジオン・ドヌール勲章を授けられてゐる。そしてこの大正五年、我国では海軍航空隊新設の予算が成立し愈々航空軍備の充実に向けての歩みが本格化することとなつた。大正天皇の御製、御製詩「飛行機」はこのやうな時代背景を念頭に拝読申上ぐべき御作であらう。

艨艟

艨艟先後破波濤
將卒三千意氣豪
半夜舵樓對明月
一天雲盡雁行高

艨艟

艨艟先後波濤ヲ破ル
将卒三千意気豪ナリ
半夜舵楼明月ニ対ス
一天雲尽キテ雁行高シ

〔語釈〕 舵楼―かぢを取る船室。操舵室。古はかぢを取る所は船の後方、高い部分に置かれたので「楼」と言ふ。

〔意訳〕 我が艦隊は先に後にと波濤を蹴立てて進んで行く。乗組む将卒三千名は意気真に壮んである。明月の下、操舵室は夜中も眠らない。天高く雲の極まる所、雁が列を成して飛んで行く。

〔参考〕「将卒三千」とは具体的にどの方面の艦隊なのか不明であるが、「多くの将卒」ととるべき処であらう。当時は、対独宣戦布告が大正三年八月二十三日、そしてその少し前八月十八日に時局の切迫により我が海軍は戦時編制の一部を実施、出師準備を整へ、大命降下を待つてゐた。宣戦詔書発布と共に作戦に従事、戦時編制の一部実施が廃止されたのは翌大正四年十二月十三日である。この御作はこの間の事を詠み給ひしものである。この間に「先後破波濤」の作戦に従事したと思へるのは、本邦沿岸警備並びに病院船、運搬船等の特務艦を除き、概略は以下の如くであらう。膠州湾方面作戦（第一第二艦隊）、東海及び支那海方面作戦（第三艦隊）、印度洋方面作戦（特別南遣支隊）、太平洋並びに亜米利加方面作戦（第一艦隊の一部を以て編制された第一第二南遣支隊）、以上である。なほ先の「飛行機」の項に略述した若宮丸は膠州湾方面作戦に従事した中の、第二艦隊の特務艦の一隻である。

なほ、此の時膠州湾方面作戦に於てこの海戦中最大の悲劇が起きた。即ち大正三年十月十八日午前二時三分膠州湾外にて軍艦高千穂が敵の水雷攻撃により撃沈されたのである。殉難者は艦長伊東祐保大佐以下二百八十名。

天皇はこの時次の御製を詠み、悼み給うた。

膠州湾外にて軍艦高千穂敵の水雷のために沈没して艦長以下戦死し十二名あ

まりいきのこりけるよしをきゝて

沈みにし艦はともあれうたかたと消えし武夫のをしくもあるかな

大正四年十二月十三日海軍戦時編制は解かれたが、大凡大正九年の平和克復に至る迄航路警戒等々常時幾らかの艦隊が海外の作戦に従事してゐた。ただ、前記大正四年十二月十三日を以て本作戦は終了し、翌五年左の如き御製を拝する。

湊

仇浪はしづまりはてゝ軍艦みなかへり来ぬくれの湊に

斥候

西風驅馬度荒原
秋草茫茫天欲昏
深入敵中迷徑路
燈光遙認數家村

斥候

西風馬ヲ駆リ荒原ヲ度《わた》ル
秋草茫茫天昏《く》レント欲ス
深ク敵中ニ入リ径路ニ迷フ
灯光遥カニ認ム数家《すうか》ノ村

〔語釈〕斥候―ひそかに敵の様子を探ること。又、その任に当る将兵。

〔意訳〕西風の中、敵情を探るべく馬を駆つて荒れた野原を渡つて行く。荒原は秋草茫茫と愈々夕暮が迫らんとしてゐる。敵地に深く入り込み、径に迷つてしまつた。見渡せば遥かに数軒の農家の灯が見える。

〔参考〕偵察衛星、諜報活動等、戦勝の為には古今を問はず「斥候、スパイ」は必須不可欠である。明治三十七年七月、陸軍の各兵科を歌詞に詠み込んだ「日本陸軍」と言ふ軍歌が発表された。一番目の歌詞は兵科に関係無く出征将兵を鼓舞歓送する「出陣・天に代りて不義を討つ、忠勇無双の我が兵は」であるが、二番目が「斥候」、つまり斥候が如何に重要視されてゐたかの一証左であらう。

日本陸軍　大和田建樹作詞　深澤登代吉作曲

二、斥候

或は草に伏し隠れ　或は水に飛び入りて

万死恐れず敵情を　視察し帰る斥候兵

肩に懸れる一軍の　安危は如何に重からん

この後、工兵、砲兵、歩兵、騎兵、輜重兵、衛生隊、凱旋、平和と続く。なほ、昭和十二年に藤田まさとが次の五章を追加した由である。爆撃隊、機関銃隊、戦車隊、皇軍、凱旋。

頼襄

終生在野抱誠忠
筆挾風霜氣慨雄
議論堂堂竭心血
文章報國有誰同

頼襄

終生在野誠忠ヲ抱ク
筆ハ風霜ヲ挾《さしはさ》ミ気慨雄ナリ
議論堂堂心血ヲ竭《つく》ス
文章報国誰有リテカ同ジキ

〔語釈〕頼襄《じやう》―江戸時代後期の儒学者頼山陽。襄は諱《いみな》（死者の生前の名。実名。死後に諡を呼んで生前の名を呼ぶのをいむことからいふ）。字《あざな》（元服の時付ける名）は子成。

〔意訳〕頼襄は終生野に在つて、しかも忠誠心を抱いてゐた。そして、その筆は実に厳しく、氣慨雄々しく、議論は堂堂として心血を竭すものであつた。文章報国の道で彼に匹敵する者はをるまい。

〔参考〕頼山陽は安永九年（皇紀二四四〇年）大坂生れ。父は芸州藩儒者春水、母は静子。五歳頃から安芸（広島）に移る。天才か狂気か脱藩、脱走の上、寛政十二年廃嫡。自由の身となり却て筆は奔る。日本外史、日本政記等々著作、詩文数多。幕末、勤皇の志士に多大なる影響を与へた。天保三年（皇紀二四九二年）京都に歿。

北畠親房

干戈満地暗風塵
著述千秋筆有神
顚沛不移心若鐵
能明大義古忠臣

北畠親房

干戈地ニ満チ風塵暗シ
著述千秋筆ニ神《しん》有リ
顚沛《てんぱい》移ラズ心鉄ノ若《ごと》シ
能ク大義ヲ明カニス古ノ忠臣

〔語釈〕 北畠親房《きたばたけちかふさ》―鎌倉時代末期から南北朝時代頃の公卿。　風塵―兵乱。　著述―此処では親房の著述「職原鈔（抄）」「古今集註」「神皇正統記」等多数。　千秋―長年月。　神―精神。たましひ。　顚沛―顚《たふ》れ沛《くつが》へる。危急存亡の秋《とき》。

〔意訳〕 我が国土が戦乱に蔽はれてゐた時、北畠親房の著述は千秋に亘り実にたましひの籠る書であつた。天朝の危機にも節操を変へず、心は金鉄の如く、真に、能く大義を明らかにした古の忠臣である。

〔参考〕 北畠親房は永仁元年（皇紀一九五三年）生れ。父は師重、母は左少将隆重の女《むすめ》。その数多の著述の中でも「干戈満地暗風塵」の際のそれと言へば「神皇正統記《じんわうしやうとうき》」「職原鈔《しよくげんせう》（抄）」であらう。建武の中興惜しくも潰え南風競はざる時、延元四年（皇紀一九九九年）筑波山の麓、小田の城に賊軍包囲の中に奮戦する間に著したのが「神皇正統記」であり、その翌年に著したのが「職原鈔（抄）」である。その後一旦は皇運恢復の日もありしも、再び賊勢跋扈、親房は吉野、賀名生《あなふ》の地に大政を輔翼し奉りつつ、正平九年（皇紀二〇一四年）此処で歿したのである。行年六十二。

では、畏くも、大正天皇が御製詩に称へ給ひし「神皇正統記」「職原抄」とは如何なる書物であるのか、此処も極めて重要な処であるので、平泉澄先生著『少年日本史』（物語日本史）に之を採り抜粋しよう。

「神皇正統記」―日本といふ国は、どうして建設せられたのであるか、この国の理想は何であり、本質は何であるか、建国以来二千年を通じてその基底《そこ》に流れてゐる精神はいかなるものであるか、それを説いたものであります。（中略）やがて江戸時代になりますと、すぐれたる学者は、この書によつて、日本国の本質を理解し、そしてそれが明治維新を導き出してきたのです。

「職原抄」―当時の武士、たいていは官職を誇称したでせう。たとえば楠木正行《くすのきまさつら》を攻めに来た賊軍、高師直《かうのもろなほ》は武蔵守、その弟師泰は越後守、そしてこれに参加する者、甲斐守、（中略）左衛門尉《じょう》などを称してゐます。賊軍でさへ、この通りでしたから、武士といふ武士で、官職を誇称しない者はなかったでせう。しかも彼らは、その官職がもともと何を意味するかを知らなかつたでせう。そこで「職原抄」の講義を聴いて、その意味を理解し、また上下の序列を知らうとしたのでした。それがまた、大きな結果を生じましたのは、しらべてみればいつさいの官職は、天皇の授け給ふものであり、将軍といへども天皇によつて任免せられるものであることが分つてきたからであります。そして国民の大多数が気楽に自称してゐた左衛門、右衛門、左兵衛、右兵衛、などが、実は皇居の護衛をその本務とするものであることに気がついてきますと、そこに国民としての自覚が生じてきたのです。

芳野懐古

芳山秀出白雲中
萬樹櫻圍古梵宮
往事茫茫遺恨在
延元陵上鳥啼風

芳野懐古

芳山《はうざん》秀出ス白雲ノ中《うち》
万樹桜ハ囲ム古梵宮《ぼんぐう》
往事茫茫遺恨在リ
延元陵上鳥風ニ啼ク

〔語釈〕芳野─吉野に同じ。今の奈良県吉野町内の地名。南朝の史跡として世に知られる。芳山─吉野山。梵宮─お寺。「梵」は「清浄」。此処では吉野朝の行宮の置かれた「吉水院」を指す。延元陵─第九十六代後醍醐天皇御陵、塔尾陵《たふのをのみささぎ》。奈良県の吉野山に在り。

〔意訳〕吉野山は白雲の中、辺りに秀で、数へきれぬくらゐの桜樹が嘗て吉野朝の行宮の置かれた「吉水院」を囲んでゐる。往事茫茫とは言へ、かの時、後醍醐天皇が「逆賊平らがず四海安からず、此を恨と為す」とのたまひしことが思はれる。嗚呼、延元陵のほとりには、今なほ鳥が悲風に啼いてゐる。

〔参考〕大正天皇は吉野にお出ましの事は一度もあらせられなかつた。ただ、史書に歌書に吉野朝の悲史を偲び給ひ、お詠み遊ばしたのであらう。

後醍醐天皇の御代、専横を極めしは執権北條高時、彼が時に皇居さへも侵し奉らんとするに及び、元弘元年（皇紀一九九一年）後醍醐天皇は笠置山に移御、而して同二年隠岐に遷幸。この時天皇を守護し奉らんとしたのが児島高徳。事成らざるも美作《みまさか》院の庄の行在所に潜入、桜の幹を削り忠志を披瀝し奉つた。「天、勾践《こうせん》を空しうする莫《なか》れ、時に范蠡《はんれい》無きにしも非ず―支那の越王勾践は一旦は呉王夫差に捕へられましたが、後日忠臣范蠡の忠勤により遂に呉を滅ぼしました。（不肖高徳も必ず逆賊を滅ぼして御覧に入れ奉ります）」。同三年逆賊北條の大軍は天朝復興の為吉野に起ち給ひし護良《もりなが》親王を攻めたが、この時、親王に忠勤を励む村上義光《よしてる》が親王の身代りとなつて殉難。子の義隆も親王を守護して自決。親王は危機を脱し給ひ、その後、楠木正成等忠臣の翼賛を得て元弘四年、改元あつて建武元年正月、後世に言ふ「建武の中興」が成つた。この時、勲功第一と後醍醐天皇よりお褒めを頂いたのが足利高氏。処が、これこそ大奸物であつた。彼は護良親王を妬むこと甚だしく、讒言を以て親王を陥れ鎌倉の東光寺（今の鎌倉宮）の土窟に幽閉し奉つた。親王は金枝玉葉の御身を以て櫛風沐雨《しつぷうもくう》（風にくしけづり、雨に体を洗ふ、程の筆舌に尽し難い大変な苦労）、皇運復興に尽瘁あらせられしも遂に冤罪を受けさせ給ひ、建武二年（皇紀一九九五年）北條時行の乱の際に足利高氏の弟直義《ただよし》が親王を弑し奉つた。北條時行の反乱は足利高氏が破つたが、この後高氏は本性を露にし叛乱、楠木正成に打ち負かされ一旦は九州に逃げるも、再び来攻、楠木正成は遂に湊川に忠死を遂げた。

かくて、後醍醐天皇は吉野に遷らせ給ひ南朝五十七年に亘る悲史となるのであるが、後醍醐天皇は延元四年に崩御遊ばされた。〔『増補改訂吟道詩歌集』（平成九年大東塾出版部）参照〕

宇治採茶圖

宇治田園綠葉新
羅裙纖手采茶人
鳳凰堂畔歌聲緩

宇治採茶ノ図

宇治ノ田園緑葉新ナリ
羅裙繊手《らくんせんしゅ》茶ヲ采《と》ルノ人
鳳凰堂畔歌声緩《かせいくわん》ナリ

一様東風四野春　　一様ノ東風四野ノ春

〔語釈〕羅裙纖手―羅（薄絹の着物）の裙《すそ》と、細くしなやかな手。美人のこと。鳳凰堂―京都宇治の平等院の阿弥陀堂の別名。四野―四方に広がる野。

〔意訳〕宇治の田園は新茶の葉の緑も鮮やかに、麗しい乙女達が茶摘をしながら歌ふ声が鳳凰堂の辺りから緩やかに聞えて来る。辺り一面、野は春真盛りではないか。

身延山圖　　身延山ノ図

樹密山深石逕斜　　樹密ニ山深ク石逕斜ナリ
爛然佛閣帶雲霞　　爛然仏閣雲霞ヲ帯ブ
開基僧去多經歳　　開基ノ僧去リ多ク歳ヲ経《ふ》
猶有鶯聲唱法華　　猶鶯声ノ法華ヲ唱フル有リ

〔語釈〕身延山―日蓮宗総本山身延山久遠寺。山梨県身延町に在り。文永十一年（皇紀一九三四年）日蓮此の山に入り草庵を結び、弘安四年（同一九四一年）一寺を創建したるに始まる。爛然―見事。

〔意訳〕周辺の樹木は生えること密に、山は深く石のこみちは斜めに続いてゐる。見事な仏閣は雲霞を帯びて、開基の日蓮が去つて歳も久しい。併し、日蓮開基の寺らしく鴬は「ホッケキヨー」と鳴いてゐる。

農家圖

農家幾處掩華門
清風滿地絕塵煩
豚柵鷄塒相連接
田畬耕耨世業存
秋穀已登輸租稅
時招隣人酒可溫

農家ノ図

農家幾処カ華門《ひつもん》ヲ掩フ
清風満地塵煩《ぢんはん》ヲ絶ス
豚柵《とんさく》鶏塒《けいじ》相連接シ
田畬《でんよ》耕耨《かうどう》世業《せいげふ》存ス
秋穀已ニ登《みの》リ租税ヲ輸《ゆ》ス
時ニ隣人ヲ招キテ酒温ムベシ

〔語釈〕華門—華《いばら》で作つた門。貧者の家。「華が門を掩ふ」と採るべきか。塵煩—俗世間の煩はしさ。田畬—田圃。「畬」は耕作して二年又は三年目の新しい田。耕耨—耕し、耨《くさぎ》る。世業—代々の家業。登—成熟する。輸—「輸租《ゆそ》・租税を官に納入する」の意味。

〔意訳〕あちこちの農家はいばらに門が掩はれ、清風が地に満ちて俗世間の煩はしさを絶つてゐるやうだ。豚の囲ひや鶏小屋が連なり、代々伝へられて来た家業の農業も継がれてゐる。季節は秋、稲も立派に稔り、無事租税も納め終へた。さあ、隣人を招き共に酒でも酌み交はすがよからう。

元寇圖

元寇傳警到紫宸
臨機果斷有武臣
國家安危之所決
上皇以身禱明神
敵軍十萬忽覆沒
西海從此絕邊塵
對圖懷古情不盡
茫茫弘安七百春

元寇ノ図

元寇警ヲ伝ヘテ紫宸ニ到ル
臨機果断武臣有リ
国家安危ノ決スル所
上皇身ヲ以テ明神ニ禱ル
敵軍十万忽チ覆没
西海此レヨリ辺塵ヲ絶ス
図ニ対シテ懐古ノ情尽キズ
茫茫弘安七百春《しゆん》

〔語釈〕紫宸―紫宸殿。御所の正殿。　七百春―「春」は年月。大正四年から弘安四年は計算上は六百三十四年前であるが、詩歌に切れの良い概数は当然。

〔意訳〕元の来寇を警戒する報せが朝廷に届いた。この非常時に臨んで勇断を以て対処する武臣、執権北條時宗が居た。そして、国家の安危の決する重大事に当り、亀山上皇は御自ら石清水八幡宮に参籠、敵国降伏を徹宵御祈願遊ばされたのである。かくして敵軍十万は忽ちにして西海の藻屑と消え、これ以後対馬、九州の海は外敵の煩はしさも無くなつた。この「元寇の図」に向ひ茫茫七百年前、弘安四年の夏に懐古の情尽きないものがある。

〔参考〕《元寇略述》第九十代亀山天皇の御代文永五年（皇紀一九二八年）、元の使者が通交を求めると称して来朝した。通交とは言ふものの、その書面は内容が無礼であり、幕府は朝廷にお伺ひを立てたが返書無用との御裁可であり、使者は追ひ返した。翌年又もや来るなど何度か繰返されたが、その都度追ひ返した。

やがて、文永十一年（皇紀一九三四年）、元は遂に本性を露にし侵略の毒牙を剥き出しに、三万の軍勢が大小九百余の艦船に乗つてやつて来たのである。対馬、壱岐等侵略の毒牙を蒙つたものの、防戦の努力に大風が加はり遂に敵を斥けた。処が、これにも懲りず翌年又もや元使が来たが執権北條時宗は之を龍口の刑場（現、神奈川県藤沢市片瀬）に斬捨て、外侮を攘ひ除けたのである。かくては元の来襲は必至と見た幕府は要所の防備の強化に努め、更に、逆に大陸に膺懲の軍を出すことさへ企てた。武士達は必ずしも時宗の命に従はうとはしなかつたが、時宗は亀山上皇の宣旨を受けてをり、武士達は「上皇のお言葉ならば」と幕命に応じ戦意は大いに揚つた。処が遠征前に又々元使が来たが之は博多に斬捨てた。

かくして弘安四年（皇紀一九四一年）夏、遂に元軍は蒙古人のみならず、支那人、高麗人をも組み込んで大軍十四万を以て我国に襲ひかかつて来たのである。壱岐、対馬を侵し博多に迫つた元寇を迎へ撃つ我が武士団は勇戦奮闘、合戦二ヶ月に亘るも勝敗は決しなかつた。

この時、亀山上皇は御自ら国難に殉ぜんと「世のために身をばをしまぬ心ともあらぶる神はてらしみるらむ」との御製を詠み給ひ、又、石清水八幡宮に参籠の上、敵国降伏を徹宵御祈願遊ばされたのであつた。この事を洩れ承つた国民、老若男女も感奮興起、ただただ国あるを知り、我が事は忘れて、挙国一致大国難に当つたのである。而して、神慮の動き給ふ処、再び大風が吹きまくつたのである。即ち、閏七月一日、元軍が愈々本州を突かんとの気勢を示した時、大風俄かに起り、逆浪天に漲り、敵艦大小凡そ五千、或は岩礁に叩き付けられ、或は海中に覆没し、死屍海を埋めて十四万の元軍残りしはただ三人と。世にこの両度の大風を〝神風〟と称ふ。名君に坐します亀山上皇の聖旨を体し奉る、智謀勇猛の臣北條時宗、捨身奉公日本男児の勇戦敢闘、矢後の国民の滅私協力。これ等を天は嘉し給うたのである。（『増補改訂吟道詩歌集』参照）

明治の御代、日清の間風雲急を告げる秋、父祖の偉業を仰ぎ、国民の士気を鼓舞せんと、時の陸軍軍楽隊長永井建子が作詞作曲したのが名曲「元寇」である。

一、四百《しひやく》余州を挙る　十万余騎の敵
国難ここに見る　弘安四年夏の頃
何ぞ怖れん我に　鎌倉男児あり
正義武断の名　一喝して世に示す

二、多々良《たたら》浜辺の戎夷　そは何蒙古勢
傲慢無礼もの　倶に天を戴かず
いでや忠義に　鍛へし我が腕《かひな》
ここぞ国の為　日本刀を試し見ん

三、こころ筑紫の海に　波押し分けて行く
ますら猛夫《たけを》の身　仇を討ち帰らずば
死して護国の鬼と　誓ひし箱崎の
神ぞ知ろし召す　大和魂《やまとだま》いさぎよし

四、天は怒りて海は　逆巻く大浪に
国に仇をなす　十余万の蒙古勢は
底の藻屑と消えて　残るは唯三人《ただみたり》

四〇六

いつしか雲はれて　玄界灘月清し

（多々良浜は元寇の折、我が軍勢が乱杭を用ゐ防衛せし所。「箱崎の神」は同地鎮座の筥崎宮。明治三十三年の御作「箱崎」参照。）

大正五年　　宝算三十八

新年書懐

日照瑞雲年又新
梅花香動入陽春
禁園早有黄鶯囀
和氣欲頒天下人

新年懐《おもひ》ヲ書ス

日ハ瑞雲ヲ照シテ年又新ナリ
梅花香動キテ陽春ニ入ル
禁園早クモ黄鶯ノ囀ル有リ
和気《わか》頒タント欲ス天下ノ人

〔語釈〕黄鶯―うぐひす。鶯は別名「黄鳥」とも言ふ。　和気―陽春の暖かい気候。

〔意訳〕日は明るく瑞雲を照して今年も新年を迎へた。梅花も香り始め季節は陽春。禁園には早くも鶯が囀つてゐる。この和気を国民なべてに頒ちたいものである。

〔参考〕鶯を詠み給ひし大正天皇御製抄。

東宮の御頃

鶯

春雨にぬれつゝきなく鶯の声しづかなる竹の下いほ

夕鴬（大正四年）

梅の花さける岡辺にたゝずめば夕日をあみて鴬の鳴く

野鴬（大正五年）

鈴菜咲く春の野路をすぎくれば霞のおくに鴬のなく

一月八日閱觀兵式

一月八日観兵式ヲ閲ス

春風滿野旭光明　　春風野ニ満チ旭光明カナリ

馬上東西閱萬兵　　馬上東西万兵ヲ閲ス

威武堂堂軍氣肅　　威武堂堂軍気粛タリ

時聞部將指揮聲　　時ニ聞ク部将指揮ノ声

〔語釈〕軍気―軍隊の士気。

〔意訳〕春風は野に満ちて、明るく照り輝く旭日の下、馬上にあつて東西に進む部隊を閲兵した。

その威武真に堂堂と、士気亦粛然たるものがある。そして、時に部隊指揮官の凛たる声が聞える。

〔参考〕 一月八日には宮城前の外苑にて陸軍始の観兵式が挙行され、陸軍式御正装の上、午前十時御料馬を御し給ひ、御出門。還御は十一時半であつた。御料馬を御し給ふ天皇陛下。貔貅皇軍の威武堂堂たる勇姿。現実には、その光景を拝し奉つたことの無い者にも、大正聖代の緊張と感激の一齣が眼前に髣髴としてくるやうな感を覚える。

「謹解本」に依れば、大正天皇の御製詩は確認し得るだけでも千三百六十七首有る由。それ等の中から「御製詩集」に採録されたのは二割程度であり、事項別の割合を論じても余り意味が無いかとも思はれるが、それでも分類の仕方にも依らうが、「軍事」に関する御製詩の割合は非常に高い。その「軍事」に関する、と言つても自衛隊ではなく「皇軍」を全く目にする事の無かつたのが大東亜戦争後に小学校教育を受けた年代である。筆者もその一人。併し、大正天皇の「軍事」に関する御製詩、中でも観兵式等、軍事式典に関する御製詩を拝読すると、筆者の如き懦夫すら、「勤皇、殉国」の念、弥益々に昂揚して言ひ知れぬ緊張と感激とを覚える。

大正天皇御製（大正九年）

猫

国のまもりゆめおこたるな子猫すら爪とぐ業は忘れざりけり

偶成

讀書三十歲
治化意常存
涵養剛柔德
優游禮樂園
每看時運變
輒證聖人言
一室春風滿
此心誰與論

偶成

読書三十歳
治化ノ意常ニ存ス
涵養ス剛柔ノ徳
優游ス礼楽ノ園
時運ノ変ヲ看ル毎ニ
輒《すなは》チ証ス聖人ノ言
一室春風満ツ
此ノ心誰ト与《とも》ニカ論ゼン

〔語釈〕治化―政治と教化。　優游―ゆったりとしたさま。　礼楽―礼節と音楽。礼は社会の秩序を定め、楽は人心を和らげる作用の有るもの、として尊ぶべきもの。　時運―時世の動き。　輒―その度毎に。　証―明らかにする。　論―「語る」の意。

〔意訳〕読書をし、帝王学を修めること三十年を数へる。心は常に良き政治と教化とに存する。帝徳を涵養するにも剛柔調和宜しきを得るを心掛け、礼楽の道に依つて、秩序定まり、人心和らぐ境に優游せんとするのである。時運の変遷を見る都度、古の聖人の教への正しい事が知られる。部屋には春風が満ちてゐる。今の此の心を誰と語らうか。

〔参考〕この御作の前年から三島中洲は老齢と病とに依り、御進講に参内する事もなくなつてをり、天皇には「明良《めいりやう》の際会《さいくわい》―明君と忠良の臣とが出逢ふこと」を願つてをられたので、その御意が寓されてゐる、と「謹解本」に言ふ。そして更に「含蓄無窮、一唱三嘆して余りあるもの」とも。

葉山偶成

積水涵虛霽色開
葉山彷彿是蓬萊
魚龍出沒知何處
萬里長風海上來

葉山偶成

積水虚《きよ》ヲ涵《ひた》シテ霽色《せいしよく》開ク
葉山彷彿是レ蓬萊
魚龍出没知ル何レノ処ゾ
万里長風海上ヨリ来ル

〔語釈〕涵虚―虚《そら》が水に涵《ひた》る。「水に涵る」つまり「水に写つてゐる」。霽色―晴れ上がつた空の色。開―広がる。彷彿―そつくり。蓬萊―神仙の住むと言ふ想像上の島。長風―遠くから吹いて来る風。

〔意訳〕葉山の海は真青な空を写して広がつてゐる。此処はかの蓬萊山そつくりで、魚や龍が何処に出没するかも知られる。風は万里遠く海の彼方から吹いて来る。

奈　良

飛花芳草鳥頻呼
春日遲遲舊帝都
雲外鐘聲何處是
燦然金碧幾浮圖

奈　良

飛花芳草鳥頻リニ呼ブ
春日遅遅タリ旧帝都
雲外ノ鐘声何レノ処カ是《これ》ナル
燦然タル金碧幾浮図《ふと》

〔語釈〕飛花―散りゆく花。　金碧―金色と青色と。彩りの美しいこと。　浮図―仏、仏教等の意味があるが、此処では「仏寺の塔」。

〔意訳〕花は散りゆき、草青々と、鳥は頻りに呼び交してゐる。古の都奈良は春日遅遅と、雲の彼方から聞え来る鐘は、何処で撞いてゐるのであらう。彩りも燦然と、あちこちに堂塔伽藍が聳えてゐる。

〔参考〕神武天皇二千五百年式年祭の為四月一日御発輦。名古屋離宮に御一泊。二日奈良に著御。

三日神武天皇山陵に行幸、御拝あらせられた。この時、奈良にての矚目を詠み給うたのがこの御作である。

恭謁畝傍陵

松柏圍山緑鬱然
白雲搖曳寝陵前
肇基垂統仰天業
緬邈二千五百年

恭《うやうや》シク畝傍陵《うねびのみささぎ》ニ謁ス
松柏山ヲ囲ミテ緑鬱然
白雲揺曳ス寝陵ノ前
基ヲ肇メ統ヲ垂ル天業ヲ仰グ
緬邈《めんばく》タリ二千五百年

〔語釈〕畝傍陵―神武天皇陵。畝傍山東北陵《うしとらのすみのみささぎ》。奈良県橿原市に在り。揺曳―ゆれたなびく。寝陵―大正二年の御作「皇太后将謁桃山陵内宴恭送」参照。天業―天下万民の為に天皇がなさる諸々の事。緬邈―遠く遥かな昔。

〔意訳〕松や柏が山陵を囲んで、緑深く茂り、畝傍陵の辺りには白雲が棚引いてゐる。此処に参詣すれば更めて、国の基を肇め、それを子孫に伝へ給うた尊い諸々の事が仰がれるのである。あゝ二千五百年前のなんと遠く遥かなことか。

〔参考〕神武天皇陵は古事記、日本書紀、延喜式の記載にも関らず、一時は湮滅の危機もあつたが、里人の言ひ伝へや、有志の士の記録等も有り、元禄の頃には幕府の手に依る修築も為された。正式に「神武天皇陵」として治定されたのは幕末の文久三年（皇紀二五二三年）二月である。その後逐次整備され、特に「紀元二千六百年」を迎へるにあたり、橿原神宮をも含めての整備が進んだ。

大正天皇は神武天皇二千五百年式年祭の為四月三日山陵並びに橿原神宮に御親拝遊ばされた。皇后も同道、御参拝あつた。

徳川十一代将軍家斉《いえなり》がその職に就いて二年目、幕府の儒官に挙げられたのが讃岐高松の人栗山《りつざん》柴野邦彦であつた。その栗山が年代ははつきりしないが、荒廃した神武天皇陵に参拝して、聖徳太子縁《ゆかり》の法隆寺や藤原鎌足縁の談山神社は「金闕、玉楼」であるのに、神武天皇陵の、この「半死孤松数畝丘」の有様は何事か、恐れ多いと七言律詩を詠み広く人口に膾炙するに至つた。而して将軍家斉もこの栗山の詩を知るに及んで大いに恐懼反省したと伝へられる。御陵の護持にはその根底に斯く古今に亘り、有名無名の国民の「尊皇の至誠」が在つた事実を忘れてはならない。

なほ『実録』にはこの日の御親拝の際の御作として「謁畝傍陵」が記録されてゐる。詩句に若干の異同が見られるが、その御推敲後の御作が此の「恭謁畝傍陵」であらう。

望金剛山有感於楠正成

金剛山ヲ望ミ楠正成ニ感有リ

金剛嵂崒勢何豪
絶頂浮雲想白旄
絶代忠臣憑大義
偉勳長與此山高

金剛嵂崒《りつしゆつ》勢何ゾ豪ナル
絶頂浮雲白旄《はくばう》ヲ想フ
絶代ノ忠臣大義ニ憑ル
偉勲長ク此ノ山ト高シ

〔語釈〕金剛山―元弘二年（皇紀一九九二年）後醍醐天皇隠岐島に遷幸後、吉野に挙兵し給ひし護良親王に呼応して楠正成がその西の中腹に千早城を築いた山。千早城は今の大阪府南河内郡千早赤阪村、金剛山地は大阪府と奈良県に跨り主峰金剛山は標高千百二十五メートル。嵂崒―「嵂」も「崒」も山が高く険しいこと。豪―強く、優れてゐる。又、勇ましく猛々しい。絶―此処では、その程度、物等が、それ以上が無いくらゐである、の意。旄―旗に付けた毛の飾り。指図用の旗に用ゐるといふ。

〔意訳〕金剛山の高く険しいこと、何と物凄いことか。その頂にかゝる浮雲には合戦の指図旗が想はれる。絶代の忠臣楠子一統は飽迄も勤皇の大義に立ち王事に尽瘁した。その偉勲は長《とこしへ》に金剛山の高きが如く高いのである。

同

一峯高在白雲中
千歳猶存氣象雄
不負行宮半宵夢
長敎孫子竭誠忠

同

一峯高ク白雲ノ中ニ在リ
千歳猶ホ存ス気象ノ雄
負《そむ》カズ行宮《あんぐう》半宵ノ夢
長ク孫子ヲシテ誠忠ヲ竭サシム

〔語釈〕 気象―気立て、気質。 行宮―御巡幸中の仮の御所。行在所《あんざいしよ》。 孫子―子孫。

〔意訳〕 金剛山は白雲の中に高く聳えて、千歳の長きに亘りその雄々しい気象を存してゐる。正成は後醍醐天皇の行宮の夜に見給ひし夢に負かず、自らは死してなほ、その子孫をして誠忠を竭さしめたのである。

〔参考〕 後醍醐天皇は笠置の行宮の或る夜、「緑も濃き木が南側に枝を伸ばし、重臣達が居並び、其の内に、忽然と二人の童子が現れ、あの木陰の南に向つた玉座は主上の御為のもの、とお出ましを願ふ」夢を見給うた。目覚めて「南の木」からお側の臣にも尋ねて楠《くすのき》多門兵衛《たもんひやうゑ》正成をお知りになられ、早速お召し遊ばされた。そしてこの時以来、正成は一族郎党挙げて命を捧げて御奉公申上げたのである。

『続維新者の信條・任じて立つの道』（「影山正治全集」第三巻所収）より。括弧内は筆者註。

「正成一人《いちにん》未だ生きてありと聞召し候はば、聖運遂に開かるべしと思召し候へ」とは、笠置行在所に於ける正成奉答の結論である。（中略）正成任じて立つ。既に立つの日より湊川はその心中に確立されてゐた。湊川は、むしろ結果に非ずして出発であつた。若し始めより湊川の決意なく、表相たゞ任じて立つの態を為すものあらば、そは憎むべき増長慢の限りである。即ちそは民草の道、草莽の思ひにあらずして天下取りの道、覇者の思ひに外ならない。正成の立ちし道と高氏の立ちし道、中興成るの以前に於てはその表相頗る近似し、中興成るの日忽ちにして雲泥万里の懸隔に至る。これ始めより湊川を決意せるものと、否定せるものとの相違である。清麿と道鏡の相違、松陰と直弼（井伊直弼）の相違、南洲と甲東（大久保利通）の相違まさにひとしくこゝに根柢して居ると云ふべきである。（中略）正成赤坂に死せず、千早に死せず、たゞ湊川の一戦に死した。しかも此の時すら決して死を急いだわけではない。ねんごろに策を奉つて後退挽回の方途を期したのである。「正成一人生きて在りと聞召さば」の大責任を痛記してゐたからである。

楠子一統は正成亡き後、正行、正儀、正勝と血統道統一如して勤皇に斃れたりとは言へ、その精神は絶えることなく水戸光圀の湊川建墓、幕末の志士の楠公仰慕、近くは大東亜戦争に於ける特攻隊の「菊水隊」等の名称に見られ、又山口二矢《おとや》の獄壁への遺書や、三島由紀夫の鉢巻に見る「七生報國」の四字の如く、その道統は連綿脈脈として今なほ生き続けてゐるのである。現に前記影山正治先生亦昭和五十四年の楠公祭の五月二十五日に祖国再建維新を祈念して割腹自決してをられる。

即事

牡丹花謝不留香
新樹青青映南堂
薫風日午吹入座
儒臣時復講文章
追思五絃解民慍
夏景冲淡興自長
晩來無人閒坐久
九重雲物盡夕陽

即事

牡丹花謝シテ香ヲ留メズ
新樹青青南堂ニ映ズ
薫風日午《にちご》吹キテ座ニ入ル
儒臣時ニ復《また》文章ヲ講ズ
追思ス五絃民慍《うん》ヲ解クヲ
夏景冲淡《ちゅうたん》興自ラ長シ
晩来人無ク閒坐《かんざ》久シ
九重《きゅうちょう》雲物尽《ことごと》ク夕陽

〔**語釈**〕謝—萎み、落ちる。　薫風—初夏の爽やかな風。　日午—正午。　追思—古を思ふ。　慍—心中にむかむかする怒り。　沖淡—あつさりとしてゐる。　晩来—日暮れの頃。「来」は助辞。　閒坐—閒《しづか》に坐する。
九重—宮中。　雲物—景色。

〔**意訳**〕牡丹の花も散り、香りも留めてゐないが、新緑は青々と南堂に映じてゐる。お昼には薫風が座に吹き入り、儒臣は今日も進講してをり、古の舜帝が五絃を弾いて民慍を解いたといふ故事が思はれる。今は儒臣も帰り、独り禁園に対すれば、あつさりとした夏の景色には興自づから尽きないものがある。日暮れ頃、長いこと人も来ず、しづかに坐つてゐると、禁園のなべては夕陽に染まつて来た。

〔**参考**〕舜帝が五絃を弾じての歌は「南風の薫り、以て吾が民の慍を解き、南風の時、以て吾が民の財を阜《ゆたか》にすべし」。
当時、三島中洲に替り、小牧昌業が御進講に参内してゐた由。

晩歩庭園　　晩ニ庭園ヲ歩ム

緑樹看將暝　　緑樹 看《みすみす》将《まさ》ニ暝《くら》カラントス
庭園晩歩時　　庭園晩歩ノ時

一痕新月影　　一痕新月ノ影
早已印清池　　早ク已ニ清池ニ印ス

〔語釈〕看—見す見す。見てゐるうちに。　暝—（日が暮れて）くらい。「刊行会本」には「瞑」とあるが、これは「（目を閉ぢて）くらい」であり、「奉呈本」に照らして誤植かと思はれる。

〔意訳〕暮れ方、庭園を散歩してゐると、緑の樹木も見る間に暝くなつて行く。そして新月は早くも清らかな池に影を映してゐる。

〔参考〕「刊行会本」には題も「散歩庭園」とあるが此処も「奉呈本」に照らして誤植かと思はれる。但し、目次には間違ひなく「晩歩庭園」とある。

夏日卽事　　夏日即事

榴花紅似火　　榴花《りうくわ》紅《くれなゐ》火ニ似タリ
緑葉滿繁枝　　緑葉繁枝ニ満ツ
倚檻看殊好　　檻ニ倚リテ看ル殊ニ好シ
南園雨霽時　　南園雨霽ルルノ時

〔語釈〕榴花—石榴《ざくろ》の花。

〔意訳〕石榴の花の紅色はまるで火のやうに、緑濃い混み合つた枝一杯に咲いてゐる。夕立が通り過ぎた南園に、欄干に凭れてこの景を看るのも殊に趣のあるものだ。

観螢

螢ヲ観ル

緑樹陰深月色微
清風一陣拂炎威
水邊螢火如星亂
又照詩書入殿幃

緑樹陰深クシテ月色微ナリ
清風一陣炎威ヲ払フ
水辺ノ蛍火星ノ如ク乱レ
又詩書ヲ照シテ殿幃ニ入ル

〔語釈〕一陣—ひとしきり吹く風。　炎威—猛暑。　幃—とばり。

〔意訳〕この夕《ゆふべ》、緑樹の陰深く、月光も微かに、一陣の清風が昼間の猛暑を払ひ去り、水辺には蛍が星のやうに乱れ飛んでゐる。その中の何匹かが窓に掛けられた幃より殿中に入り、我が読む詩の書物を照らしてゐる。

〔参考〕大正天皇御製に見える「蛍」も抄出しますので、御製詩とは又違ふ趣の蛍も鑑賞させて頂きませう。

蛍（明治三十一年）

夕やみの空にみだれて飛ぶ蛍遠き花火をみるこゝちする

池蛍（大正四年）

照る月ももらぬ木かげに池水のありとみせても蛍とぶなり

簾外蛍（大正五年）

夕立のなごりかわかぬ高殿のをすに蛍のひとつすがれる　（「をす」は「小簾」）

水辺蛍（大正七年）

さゞ波もほのかにみせて池どのゝおばしま近く蛍とびかふ　（「おばしま」は「欄干」）

農村驟雨《しゅうう》

沛然雨過近黄昏
殷殷鳴雷雲與奔
想得農夫多喜色

農村驟雨

沛然《はいぜん》雨過ギテ黄昏《くわうこん》ニ近シ
殷殷《いんいん》タル鳴雷雲ト与《とも》ニ奔ル
想ヒ得タリ農夫喜色多キヲ

稲田水足一村村　　稲田水ハ足ル一村村

〔語釈〕驟雨―にはか雨。夕立。　沛然―雨の盛んに降ること。　黄昏―たそがれ。　殷殷―音の盛大なこと。

〔意訳〕夕暮近く、凄いにはか雨となり、轟く雷鳴はまるで激しく流れる雲と一緒に走り回つてゐるやうだ。この雨で何処の村々の田にも水が行渡り、農夫達もさぞ大いに喜んでゐることであらう。

喜雨　　雨ヲ喜ブ

農夫辛苦務耕田　　農夫辛苦耕田ヲ務ム

流汗淋漓久旱天　　流汗淋漓久シク旱天

忽看沛然雷雨起　　忽チ看ル沛然雷雨起ルヲ

黒雲潑墨碧山前　　黒雲潑墨《はつぼく》碧山ノ前

〔語釈〕淋漓―したたる。　潑墨―山水を描く一方法で、水墨で巨点を作り、多く雨の景色に用ゐる。その描法が墨を注ぐが如くであることからの称。

〔意訳〕農夫達は大変な苦労を重ねて米作りに務めてゐる。流れる汗も激しい日照り続きに、忽ち沛然たる雷雨が起つた。看よ、あの碧の山にまるで墨を流したやうな黒雲が湧き上がつてゐるではないか。

〔参考〕 御製にも、田に注ぐ雨を詠ませ給ふ御作を数多拝するのであるが、それ等の中より、大正四年の「雷」と題し給ふ御製。

鳴神のおと近づきぬ山のはに一村雲の立つとみしまに

灌漑用水施設の整備された今日からは殆ど想像もつかない事であるが、筆者の聞き及ぶ範囲だけでも、農村の水問題は昭和三十年代までは時には深刻な場面も生じた。『近世義民年表』（保坂智著、吉川弘文館平成十六年刊）を一瞥すれば、農村の水問題に関する義民の話にも事欠かない。つまり、それ程、嘗ての米作りには、天の恵み「雨」の比重が大きかつたのである。御歴代の御製にも「農」を詠ませ給ひし御製も数多であるが、中には雨、或は水と農村に関する御作も亦少なからず拝し奉る処であり、大正天皇御製中より若干を拝し奉らう。

田家燕（大正三年）

はる雨のけぶる田中のくさの家の門の柳につばめとまれり

苗代（同年）

さくら散る谷のながれをせき入れて苗代つくる山もとのむら

苗代の水ゆたかにもみゆるかな引くしめ縄のひたるばかりに

苗代（大正七年）

雨はれしあしたの風に苗代のみなぐち祭るしめなびくなり

初秋偶成

天清露下早蟲吟
月照階前涼氣侵
燈火可親好披卷
文章欲見古人心

初秋偶成

天清ク露下リ早モ蟲吟ズ
月ハ階前ヲ照ラシテ涼気侵ス
灯火親シムべシ好シ巻ヲ披カン
文章見ント欲ス古人ノ心

〔語釈〕 吟—動物のなくこと。

〔意訳〕 初秋の天は清く、なべては露に潤ひ、早くも蟲が鳴き、月は階段の前を照らして涼気は部屋の中にも及ぶ。季節は正に灯火親しむ候である。さあ、書物を開き、文章に古人の心を見よう。

〔参考〕「燈火可親」は韓愈（唐代の人。官吏にして詩文に名高い）の詩に見える。「秋の夜長、清涼の気満ちて、心も爽やか、読書の好時節」の意。

讀書

機餘時讀案頭書
溫故知新樂有餘
記取秉鈞廊廟士
正心誠意愼其初

読書

機余時ニ読ム案頭ノ書
温故知新楽余有リ
記取セヨ鈞《きん》ヲ秉《と》ル廊廟《ろうべう》ノ士
正心誠意其ノ初ヲ慎ム

〔語釈〕機余―まつりごとの後。案頭―案（机）の上。記取―覚える。秉鈞―政権を採る。「鈞」は、物事の枢機。廊廟―朝廷。

〔意訳〕まつりごとを治めたる後、時に机上の書を読めば、「温故知新」の楽しみが尽きない。朝廷の中枢に在つて朝政に参画してゐる士よ、よく覚えておきなさい。心を正しく誠意を持つには、その初めを慎むべきことを。

〔参考〕「温故知新」は「嘗て学んで得たことを、改めて習ひ、更なる発展を図る」。『論語』に見える。「正心誠意」は『大学』に見える。「其の心を正しくせんと欲する者は、先づ其の意を誠にす。―其の心を正しくしようとする者は、先づ其の意思を誠実にする」。「愼初」は『礼記』に見える。「君に事《つか》ふるに初を慎む」。

望海　　海ヲ望ム

海天正空闊　　海天正ニ空闊

日霽遠帆明　　日霽《は》レ遠帆明カナリ

直駕長風去　　直チニ長風ニ駕シ去ル

何人掣巨鯨　　何人カ巨鯨ヲ掣セン

〔語釈〕海天―海と空。　空闊―広々と果てし無い。　長風―遠くまで吹いて行く風。　掣―取押へる。

〔意訳〕海も空も真に広々と果てし無い。天気は快晴、遠くにはつきりと見える帆も、遠くまで吹いて行く風に乗つて忽ちに去つた。この広大な海で、大きな大きな鯨は誰にも邪魔されず、悠々と泳いでゐることであらう。

看飛行機　　飛行機ヲ看ル

晴日風收不起波　　晴日風収マリ波ヲ起サズ

白砂灣上我來過
一機倏忽航空遠
卽自山前下海阿

白砂湾上我来リ過グ
一機倏忽空ヲ航シテ遠シ
即チ山前ヨリ海阿ニ下ル

〔語釈〕 海阿―海岸。「阿」は「岸」、「水際」。

〔意訳〕 よく晴れた日、風も収まり波も起らない。その時、白い砂浜の続く湾を散歩する我が上に、飛行機が一機飛んで来た。それは、忽ちのうちに遠くへ飛び去り、又、直ぐに、山の前に来たかと思ふと、海沿ひに在る飛行場に降りた。

楠正成

勤王百戰甚艱辛
妙算奇謀本絕倫
臨死七生期滅賊
誠忠大節屬斯人

楠正成

勤王百戦甚ダ艱辛
妙算奇謀本《もと》絶倫
死ニ臨ミテ七生滅賊ヲ期ス
誠忠大節斯ノ人ニ属ス

〔意訳〕王事尽瘁の数多の戦は甚だ悪戦苦闘の連続であつた。しかも、その軍略たるや始めより、人並み遠く外れた優れたものであつた。而して、死に臨んでは七たび人間に生まれて、必ずや国賊を滅ぼさんことを期した。誠を捧げて忠義を尽くすといふ大義の道は正成ならのものである。

〔参考〕湊川の戦の最後は、楠勢七百余騎に対し、朝敵足利は五十万騎。しかも、正成一統は獅子奮迅、凡そ六時間の間に十六度もの合戦に及び、討ちつ討たれつやがて残る味方は七十三騎となつた。この段階で落ち延びようと思へばそれも可能であつたが、正成は都より進発の時、已に深く決意する処あり、一歩も退かずに戦ひ続け、遂に精根尽き、腹を切るべく或る民家に入つた。鎧を脱いで見ると十一箇所もの斬り傷を負つてをり、他の七十二人も数箇所の傷を負つてゐない者は無かつた。そして一同念仏を同音に唱へて一度に切腹して果てたのである。「太平記・巻第十六・正成兄弟討死の事」の一節を読まう。括弧内は筆者の註。

正成上座に居つつ、舎弟の正季《まさすゑ》に向つて、「そもそも最後の一念に依つて、善悪の生《しやう》を引くといへり。九界《くかい》（迷ひの世界）の間に何か御辺（そなた）の願ひなる」と問ひければ、正季からからとうち笑うて、「七生《しちしやう》までただ同じ人間（前出九界の一つ、人間界）に生れて、朝敵を滅ぼさばやとこそ存じ候へ」と申しければ、正成よに（非常に）嬉しげなる気色にて、「罪業深き悪念なれども、われもかやうに思ふなり。いざさらば同じく生を替へてこの本懐を達せん」

と契つて、兄弟ともに差し違へて、同じ枕に臥しにけり。（中略）そもそも元弘よりこのかた、かたじけなくもこの君（後醍醐天皇）に憑《たの》まれまゐらせて、忠を致し功にほこる者幾千万ぞや。しかれどもこの乱（高氏の謀反）また出で来て後、仁を知らぬ者は朝恩（朝廷の御恩）を捨てて敵に属《しょく》し、勇みなき者はいやしくも死を免れんとて刑戮にあひ、智なき者は時の変を辨ぜずして道に違ふ事のみ有りしに、智・仁・勇の三徳を兼ねて、死を善道に守るは、いにしへより今に至るまで、正成ほどの者はいまだ無かりつるに、兄弟ともに自害しけるこそ、聖主ふたたび国を失つて、逆臣よこしまに威を振るふべき、その前表《ぜんぺう》のしるしなれ。

正成公殉節、時に延元元年（皇紀一九九六年）五月二十五日。この事に感動した人々に依り、その一族の墓は守られて来た。併し、時と共に一時荒廃はしたものの、太閤秀吉は検地の際、墓所の区画を免租地とし、又、その後、尼崎藩主青山幸利《よしとし》公に依り、松や梅が植ゑられ、五輪塔が建てられた。そして元禄五年（皇紀二三五二年）水戸光圀公は家臣を派遣して碑を建立、自ら「嗚呼忠臣楠子之墓」と揮毫、以来正成公殉節の史実は改めて世に喧伝され、勤皇精神を奮ひ立たせ、有志の士をして感奮興起せしめ、明治維新の大きな原動力となつた。慶応四年三月、深く正成一統の誠忠を嘉し給ひし天皇は神社造営を仰せ出だされ御自ら金員を御下賜、翌年殉節の地や墓所を含む七千余坪が境内地に定められ、明治五年五月二十四日に至り竣功、湊川神社の社号を賜ひ、別格官幣社に列せられた。御墓所、御殉節地、共に国指定史蹟となつてゐる。

なほ、湊川神社には主祭神大楠公の他、小楠公（正行《まさつら》）、正季卿他共に殉節された御一族等も配祀されてゐる。又、正成卿令夫人は摂社甘南備神社に祀られてゐる。

楠正行

楠正行《まさつら》

勤労王事節逾堅　王事ニ勤労シテ節逾《いよいよ》堅シ
表志題扉歌一篇　表志扉ニ題ス歌一篇
不負當時遺訓切　負《そむ》カズ当時遺訓ノ切ナルニ
千秋忠義姓名傳　千秋ノ忠義姓名伝フ

〔語釈〕逾―「愈」に同じ。　遺訓―父正成が湊川に赴くに当り、桜井の地にて「早く生い立ち大君に、仕へまつれよ国のため」と幼なかりし正行に遺したをしへ。

〔意訳〕王事に勤労して、その節義は愈々堅く、その志を表したのが、かの如意輪堂の扉に一統の名前と共に書き残した「返らじとかねて思へば梓弓なき数にいる名をぞとどむる」の歌である。正行の殉節も亦、洵に父の切なる遺訓に負かぬ見事なものであり、千秋に亘りその忠義の姓名を伝へてゐる。

〔参考〕楠公父子櫻井の訣別、之も「太平記・巻第十六・正成兵庫に下向の事」に見よう。話しは、正成殉節の少し前に遡る。

正成これを最後の合戦と思ひければ、嫡子正行が今年十一歳にて供したりけるを、思ふやう有りとて、櫻井の宿《しゆく》（今の京都府、大阪府の境辺り。大阪府三島郡島本町桜井）より河内へ返し遣はすとて、庭訓を残しけるは、「獅子子を産んで三日を経《ふ》る時、数千丈の石壁よりこれを投ぐ。その子獅子の機分（素質）あれば、教へざるに宙より跳ね返りて、死する事をえずといへり。いはんやなんぢすでに十歳に余りぬ。一言耳に留まらば、わが教誡に違ふ事なかれ。今度の合戦天下の安否（天下分目の決戦）と思ふあひだ、今生にてなんぢが顔を見ん事これを限り（最後）と思ふなり。正成すでに討死すと聞きなば、天下はかならず将軍（高氏）の代《よ》に成りぬと心うべし。しかりといへども、一旦の身命《しんみやう》を助からんために、多年の忠烈を失つて降人《かうにん》に出づる事あるべからず。一族若党の一人も死に残つてあらん程は、金剛山の辺に引き籠つて、敵寄せ来たらば命を養由《やういう》（支那春秋時代の弓の名手。百歩離れて、柳の葉に百発百中。）が矢さきに懸けて、義を紀信《きしん》（漢の高祖が楚の項羽に追ひ詰められんとした時、高祖の身代りとなつて、その窮地を救つた忠臣）が忠に比すべし。これをなんぢが第一の孝行ならんずる」と泣く泣く申し含めて、おのおの東西へ別れにけり。

斯くして、正平三年（皇紀二〇〇八年）正月五日、正行と其の一族郎党は四條畷（今の大阪府四條畷市）の地に、大楠公の遺訓を守り通して、見事殉節して果てた。そして、その後近くに遺体を埋葬し、小碑が建立され両脇に楠の若木を植ゑてお墓とされた。明治十年に至り、その境域は拡張され、同年明治天皇は此処に金幣を御下賜あらせられた。明治二十二年六月、時の大阪府知事が予てからの地元有志の懇請に基き、神社創建を願ひ出で、同年十二月勅許を仰ぎ、「四條畷神社」の社号宣下を賜ひ、別格官幣社に列せられ、翌二十三年御鎮座せられた。主祭神小楠公の他、共に殉節された一族郎党も配祀する。又、大正十四年には境内に正行卿の御母公を奉祀する御妣《みおや》神社が創建された。又、桜井駅跡には、明治四十五年五月、乃木希典大将の揮毫に依る「楠公父子訣別之所」の碑が建立された。この碑は平成十七年中央乃木会編『乃木将軍揮毫の碑』にも記録され、現存する。

平重盛

跋扈貪榮諫乃翁
闡明大義有誰同
平生涵養謙虛德

平重盛

跋扈《ばっこ》栄ヲ貪ル乃翁《だいをう》ヲ諫ム
大義ヲ闡明スル誰有リテカ同ジキ
平生涵養ス謙虚ノ徳

造次能全孝與忠

造次《ざうじ》能ク全ウス孝ト忠トヲ

〔語釈〕跋扈―悪の力の強大にして、擅《ほしいまま》なること。特に此処では臣下の分際で、御上をないがしろにし奉ること。　乃翁―父。平重盛の父は清盛。　造次―僅かの間。

〔意訳〕清盛が絶大な権力を揮つてゐた時、重盛は君臣の大義を説いて父清盛を諫めて、父の暴挙を押し止めた。重盛は日頃より謙虚の徳を涵養してをり、僅かの間に判断宜しきを得て、忠と孝とを全うしたのである。

〔参考〕清盛の跋扈を憂へて之を除かんと画策する者があつた。『平家物語』にある「東山のふもと鹿《しし》の谷といふ所（中略）に寄りあひ寄りあひ平家をほろぼすべきはかりごと」である。この計画に後白河法皇も関与し給うたとして、清盛は鎧を着け、兵を率ゐて御所に参上せんとしてゐた。其処に重盛が父の不忠を諫めんと駆けつけた。清盛は慌てて鎧の上に僧衣を着て隠さうとして、しきりに胸元をかき合せやうとしたが隠し切れない。そこで重盛は涙をおしのごひつつ言ふ。以下『平家物語・巻第二・大教訓』の抄出である。

「わが朝《てう》は粟散辺地《ぞくさんへんち》（仏教で言ふ、粟を撒き散らしたやうな小国）とは申しながら、天照大神の御子孫、国の主として、天《あま》の児屋根《こやね》の命《みこと》の御末、朝《てう》の政《まつりごと》をつかさどり給ひてよりこのかた、太政大臣の官にいたるほどの人の甲冑《かつちう》をよろひましまさんこと、礼儀にそむくにあらずや。」

「日本はこれ神国なり。神は非礼をうけ給はず。しかれば君（後白河法皇）のおぼしめし立つところ、道理なかばなきにあらずや（道理が全く無いとは言へない）。」「いたましきかな、不孝の罪をのがれんとすれば、君の御ためにすでに不忠の逆臣ともなりぬべし。（重盛自身の）進退すでにきはまれり。」

このやうに、衣の袖を絞るばかりの涙ながらの息子の諫言を受けて清盛は「いやいや、それ程までに思つてゐる訳でもない」と言ひ、御所への参上は止め、重盛は集まつてゐた侍達に、「父のお供をして上皇の許へ行くつもりなら、この重盛が父に首を討たれてからにせよ」と言つて、自邸に帰つたのである。

頼山陽も『日本楽府《につぽんがふ》・烏帽子《ゑぼし》』に言ふ。「（前段略）襟は鱗甲《りんかふ》（鎧）を吐きて我が児に愧づ。公に随はむと欲する者は、吾が頭《かうべ》の墜《お》つるを待てと。烏帽子（常人は儀式の際に用ゐたが、貴族は平服に用ゐた。要するに武装はしてゐない。）の上に青天（天皇の御威光）あり。帽子猶在り（重盛が居たので）天墜ちず（皇威は失墜しなかつた）。」と。

重盛の親への孝は、実は天皇への忠である。「忠孝一致・忠孝一本」の教へは此処に由来する。

諸葛亮

至誠不敢事權謀
三顧感恩興漢劉
名世文章出師表
忠肝義膽照千秋

諸葛亮《しよかつりやう》

至誠敢テ權謀《けんぼう》ヲ事トセズ
三顧恩ニ感ジテ漢劉《かんりう》ヲ興ス
名世《めいせい》ノ文章出師表《すゐしのへう》
忠肝義胆千秋ヲ照ス

〔語釈〕 諸葛亮―「三国志」に有名な軍師。字は孔明。　権謀―其の場に応じて企む謀《はかりごと》。　漢劉―蜀漢の王室劉氏。名は備、字は玄徳。その国は二代で亡びた。　名世―その時代に有名な。

〔意訳〕 諸葛亮は至誠の人であり、敢て権謀を事とするやうな人物ではなく、劉備が三度も草廬を尋ねてくれた恩に感じて、劉備に仕へ、劉備が蜀の地に国を興すことに貢献した。劉備亡き後、その遺詔を奉じて後主劉禅を輔けたが、かの出師表は一世の名文であり、孔明が忠義の精神は長く歴史を照らしてゐる。

〔参考〕 出師表は蜀漢の建興五年（西暦二二七年）孔明が中原に師（軍）を出すに当り、劉禅に奉呈した文。前後二篇有る。「臣亮言《まう》す。先帝創業未だ半ばならず、中道にして崩殂《ほうそ》す。今天下三分して益州（蜀の領地。今の四川省）疲弊せり。此れ誠に危急存亡之秋《とき》也」で始まる上表文は正に

「名世文章」であり、懦夫をも感奮興起せしめるものがある。古来「出師表を読んで泣かざる者は忠臣に非ず」と言はれて来た。

明治天皇に草盧三顧を詠み給ひし御製がある。平成二年明治神宮謹纂の『類纂　新輯明治天皇御集』には見えず、御作の年は不明である。筆者は『明治天皇御製謹解』（渡邊新三郎著、大正元年、実業之日本社刊）に依る。

臥す龍《たつ》の岡のしら雪ふみわけて草のいほりを訪《と》ふ人は誰《た》れ

岳飛

萬兵運用巧如神
高義精忠挺一身
百世煌煌兼墨妙
眞卿以後有斯人

岳飛

万兵運用巧神ノ如シ
高義精忠一身ヲ挺ス
百世煌煌墨妙ヲ兼ヌ
眞卿以後斯ノ人有リ

〔語釈〕岳飛―凡そ九百年前の支那南宋の武将。墨妙―書に秀でてゐること。眞卿―顔眞卿。唐代安禄山の乱に際し、節を守り、殺さる（凡そ千二百年前）。この人も書を能くした。

〔意訳〕軍の運用の巧妙なること、とても人間技とは思へず、敵の金軍と戦へば連戦連勝であった。又、高宗から「精忠岳飛」と親筆した旗を賜るくらゐ、忠義の心が篤く、常に挺身報国の念を持してをり、更に、武のみならず、書を能くすること、百世に光り輝くものがある。併し、最後は佞臣秦檜の讒言に遭ひ獄に殺されたが、かの唐代安禄山の乱に際し、節を守り、殺された顔眞卿以来の忠臣と言ふべきである。

〔参考〕岳飛は武勇軍略に優れるのみならず、母に至孝を尽した人としても知られてゐる。三十九歳の時、讒言に遭ひ獄に殺されはしたが、後に無実は晴らされ忠武と諡《おくりな》されるなど顕彰され、今も国民的英雄の扱ひをうけてゐる。岳飛廟は河南省に在り、今も参詣者も多いと聞くが、此処で日本人として留意すべきは、我々とは余りにも違ひ過ぎる、支那人の死者への態度である。

英雄岳飛を顕彰する。それは理解出来る。ところが、その岳飛廟の傍らには漢奸（売国奴、国賊）秦檜とその夫人等が、後ろ手に縛られ跪かされた実物大の銅像が鉄製の檻に入れられて据ゑられて有る。それは何の為かと言ふと、岳飛廟参詣者に唾を吐きかけさせる為であり、現に秦檜以下は今もその辱めに曝されてゐる。

支那事変の頃、支那統一には日本との提携の道が最善であるとした汪兆銘も亦、夫人と共に秦檜と同様の銅像にされ、更には東條英機首相も亦銅像とされて同様の辱めを受けてゐる。死者とあらば敵をも慰霊する、我が「くにぶり」とは懸隔万里である。支那の民族性として、「靖國のこころ」など、理解されないであらう、と言ふことを我々は認識しておくべきである。

愛宕山

樓閣參差千萬家
總山品海望中賒
塵飛不到神靈地
古木蒼蒼夕照斜

愛宕山

楼閣参差《しんし》千万ノ家
総山品海《そうざんひんかい》望中賒《はるか》ナリ
塵飛ビ到ラズ神霊ノ地
古木蒼蒼夕照斜メナリ

〔語釈〕 愛宕山—東京都港区の北部に在る標高二十六メートルの低山。江戸時代には此処から今の東京湾が一望できたと言ふ。山上に愛宕神社が鎮座まします。　参差—入り混じる。　総山—下総の山。今の千葉県北部と茨城県南西部の山。　品海—品川の海。　神霊地—愛宕神社の鎮座地。　蒼蒼—草木がよく繁茂するさま。「蒼」は緑の濃いこと。

〔意訳〕 愛宕山に登つてみると、高い建物や沢山の家々が入り混じり、遥か彼方には下総の山々や品川の海も見える。愛宕神社の鎮座する山上までは都会の塵も飛んで来ることはなく、古木は蒼蒼

と夕日が斜めにさしてゐる

神武天皇祭日拜鳥見山祭靈時圖

神武天皇祭ノ日鳥見山《とみのやま》ニ霊時《まつりのには》ヲ祭ルノ図ヲ拝ス

礭如明達仰英風　礭如明達《かくじよめいたつ》英風ヲ仰グ
創建神州帝業隆　神州ヲ創建シテ帝業隆《さかん》ナリ
報本兼垂無極統　報本兼テ垂ル無極ノ統
感深靈時畫圖中　感ハ深シ霊時《れいじ》画図ノ中《うち》

〔語釈〕 鳥見山―今の奈良県桜井市にある標高二百四十四メートルの山。　霊時―神霊を祭る為に設けられた神聖な所。　礭如明達―「日本書紀」神武天皇の段の冒頭に「天皇《すめらみこと》、生《あ》れましながらにして明達《さか》し。意《みこころ》礭《かたく》如《つよく》くます。」とある。　英風―すぐれた姿。

〔意訳〕 〔神武天皇祭の四月三日、鳥見山に霊時を祭るの図を拝した〕この図に神武天皇の建国への強固なる御意志と、事理によく通じ給ふ、すぐれた御姿を仰ぐのである。その建国以来、天皇の、神州をしろしめすことは愈々盛んとなつた。神武天皇は皇祖の天神《あまつかみ》に報い、兼ねて、極まり無き皇統をお伝へになつた。その有様を描いたこの画図を拝すれば、誠に感は深い。

〔参考〕 神武天皇は御東征を終へ、建国なされ、帝位に就き給ひて後、この御製詩に詠ませ給ひし如く鳥見山にみ祭を執り行ひ給うたのであり、其処を『日本書紀』神武天皇の段に拝し奉らう。

詔して曰く「我が皇祖《みおや》の霊《みたま》、天《あめ》より降《くだ》り鑒《み》て、朕《わ》が躬《み》を光《てら》し助けたまへり。今諸《もろもろ》の虜《あだども》已《すで》に平《む》けて、海内《あめのした》事無し。以て天神《あまつかみ》を郊祀《まつ》りて、用《も》て大孝《おやにしたがふこと》を申《の》べたまふべし」とのたまふ。乃《すなは》ち霊時《まつりのには》を鳥《と》見山《みのやま》の中に立てて、（中略）皇祖天神《みおやのあまつかみ》を祭りたまふ。

明治四十一年公布の「皇室祭祀令」に依れば、神武天皇祭は元始祭（一月三日）、紀元節祭（二月十一日）、春秋皇霊祭（春分・秋分の日）、神嘗祭（十月十七日）、新嘗祭（十一月二十三日より二十四日にかけて）、先帝祭（先帝崩御の日）等と共に、宮中の大祭であり、親祭にて御告文を奏し給ふ。戦後は紀元節祭は之に代るに「臨時御拝」を行はせらると漏れ承る。

仁徳天皇望炊煙圖　仁徳天皇炊煙ヲ望ムノ図

高津宮闕望炊煙　　高津ノ宮闕炊煙ヲ望ム
御製于今輝史編　　御製今ニ史編ニ輝ク

四海洋洋恩澤洽
聖君修徳不違天

四海洋洋恩沢洽《あまね》シ
聖君徳ヲ修ムル天ニ違ハズ

〔語釈〕仁徳天皇―第十六代の天皇。日本書紀によれば応神天皇の第四子。本来、太子の菟道稚郎子《うじのわきいらつこ》が皇位を継がれる所であつたが、自ら固く辞退され、即位を勧められた大鷦鷯尊《おほさざきのみこと》も固辞、三年もの空位が続いたが、稚郎子の薨去により結局大鷦鷯尊が即位され、仁徳天皇となられた。高津宮闕―今の大阪市東区、大阪城のあたりに在つた皇居。御製―天皇の詠み給ひし和歌。天皇の詠み給ひし漢詩は御製詩。此処では新古今和歌集、巻第七、賀歌「貢物許されて国富めるを御覧じて」仁徳天皇の詠み給うた御歌《おほんうた》として載つてゐる。

高き屋に登りて見ればけぶり立つ民の竈はにぎはひにけり

但し、この歌は実際には藤原時平が、宮殿の荒れるのも顧みず、三年間百姓の課役を免除し給うたと云ふ、仁徳天皇の故事を詠んだものが、仁徳天皇そのものの御歌と誤り伝へられたもの、と言ふのが真相のやうである。史編―古事記、日本書紀等の歴史書。天―至正、至高の正義、真理。

〔意訳〕仁徳天皇は民の竈から煙の立たざるを憂ひ給ひ、仁政を布き、三年の後高津の皇居より、民の竈に盛んに煙の立つのをご覧になり喜ばれたが、その事は今もかの御製と共に国史の華として光彩を放つてゐる。天皇の御恩は津々浦々に至るまで行き渡つたが、かの聖の君の徳を修め給ふ事は、天に違はぬものがある。

〔参考〕仁徳天皇が或る時、皇居の高殿から眺め給ふと、民の竈からは煙が立つてゐなかつた。天皇は、炊煙も立たぬ程に民は困窮してゐるのかと、案じ給ひ、三年間課役を免除し給うた。宮中でも質素倹約、食は粗食に衣住全て新調なく、皇居の垣根も屋根も荒れ放題、破れた屋根から雨漏りはする、星空は仰げる、此くして三年、民の暮らしはやうやく回復、盛んに煙の立つやうになつた。諸国からは課役免除も三年を経た、これを復活し荒れた皇居も改修申し上げよう、との声が上がつたが、天皇はその後も三年間課役を許し給はなかつた。そして課役が再開された時には老いも若きも進んで皇居の改修工事に馳せ参じたと云ふ。仁徳天皇はこの外にも、大阪平野の治水、新田開発にも尽力し給うた。

樵夫

伐木丁丁響翠巒
負薪歸去夕陽殘
聞言朔北曾從役
今老山中鬢影寒

樵夫

伐木丁丁《たうたう》翠巒《すゐらん》ニ響ク
薪ヲ負ヒ帰リ去リテ夕陽残ル
聞言《きくならく》朔北曽テ役ニ従フ
今ヤ山中ニ老イテ鬢影寒シ

〔語釈〕 樵夫―きこり。 丁丁―木を伐《き》る斧の音。「ちやうちやう」と読めば、続けさまに物を打つ響き。

翠巒—みどりの山のみね。　聞言—聞く処によれば。　朔北—「朔」も北の意。又、支那の北方。　鬢—耳際の髪の毛。

〔意訳〕木を伐る斧の音がみどりの山のみねにこだましてゐる。樵の男が薪を背負つて帰り去つた後には夕陽が残るばかりである。聞く処によると、あの樵は曾て北支の戦場に出征してゐたと言ふではないか。その歴戦の勇士も今やこの山中に老いて、鬢髪も薄くなつた事である。

〔参考〕前年大正四年には同様の趣旨の御製が拝される。

麦

昨日までほづゝを取りしつはものもとがまふるひて畑の麦かる

桃源圖

漁舟泝流往問津
煙霞深處絶埃塵
桃華風暖雞犬靜
居民生息互相親

桃源ノ図

漁舟流ニ泝《さかのぼ》リ往イテ津《しん》ヲ問フ
煙霞《えんか》深キ処埃塵ヲ絶ツ
桃華風暖カニシテ雞犬静カニ
居民生息互ニ相親シム

由來爲政忌苛刻
苛刻爭教風俗淳
仙源今在畫圖裏
使人空思駘蕩春

由来為政ハ苛刻ヲ忌ム
苛刻争《いかで》カ風俗ヲシテ淳ナラシメン
仙源今画図ノ裏《うち》ニ在リ
人ヲシテ空シク駘蕩《たいたう》ノ春ヲ思ハシム

〔語釈〕桃源―世俗的人間界と隔絶した仙境。　問津―直訳すれば「津（船着場）を尋ねる」であるが、此処では「（桃源への）道を尋ねる」の意。　煙霞―けむりとかすみ。　生息―生きてゐる。　駘蕩―春ののどかなさま。

〔意訳〕舟で流れを溯つた漁師は桃源への道を尋ねた。桃源は煙霞の遥か彼方、俗塵を絶つた所に在る。桃の花咲き、春風はそよそよと、雞《にはとり》や犬さへも静かで、住民達は互ひに仲良く暮してゐる。元来が政《まつりごと》といふものは厳しく酷い事を忌むものである。抑々《そもそも》、苛刻な政治がどうして民衆の生き方や考へ方を素直にするであらうか。理想の桃源郷が此の画図のうちに在る。理想の桃源郷ではあるが、見る人をして、いたづらに長閑な春を思はせるだけである。

〔参考〕この御製詩は陶淵明の「桃花源記」の画図を天覧遊ばされての御作である。「桃花源記」は人民和楽の理想世界を空想した謂はば短編小説であり、其の時代を「晋の太元」の頃としてゐる。西暦で言へば三百七十年から四百年にかけて、有名な書家王羲之の晩年に当らうか。支那大陸は何処も大変な時代であつた。何しろ西暦三一六年から四三九年にかけての東アジアは「五胡十六国時代」と言はれるくらゐで、戦乱に明け暮れてゐたと言ふのが実情なのである。であるからこそ「理想世界桃源郷」が渇望されたのであらう。併し、大正天皇はそのやうな、現実には人民が苦しんでゐる時代の、絵空事の空想世界を「空しく春を思はしむ」と詠み給うた。「桃源図」前半と後半の対比の妙と、意味の深長。大正天皇の御真意を次なる「庶民歓楽図」に拝し奉らう。「庶民歓楽図」は大正の大御代の現実を詠ませ給ひし御製詩である。

庶民歡樂圖

庶民歡喜樂昇平
東風吹暖酒堪傾
櫻花爛漫春色麗
影蘸一川水波明
四海無虞狼烟絕
游賞今日尤怡情

庶民歓楽ノ図

庶民歓喜昇平ヲ楽シム
東風暖ヲ吹キテ酒傾クルニ堪ヘタリ
桜花爛漫春色麗カニ
影ハ一川ニ蘸《ひた》リテ水波明カナリ
四海虞《おそれ》無クシテ狼烟《らうえん》絶エ
游賞今日尤モ情ヲ怡バス

畫師得意揮彩筆　　画師得意彩筆ヲ揮ヒ
眼前彷彿聽歌聲　　眼前彷彿歌声ヲ聴ク

〔語釈〕昇平―世が穏やかに治まつてゐること。　蘸―影が水に映る。　狼烟―のろし。此処では、戦《いくさ》等変事の合図の狼烟。　游賞―山川に遊び風景を愛でる。

〔意訳〕庶民は心から喜んで泰平の世を楽しみ、春風も暖かく吹いて酒を飲むのにも丁度良い。桜花爛漫、春の風光は麗かに、花の影は水に映り川面の波も輝いてゐる。天下には何の心配事も無く、変事を告げる狼烟もあがらず、こんな日の花見は取分け心楽しいものだ。絵描は得意になつて絵筆を揮つたのであらう、楽しげにゐらぐ人々の姿が恰も眼の前に見え、歌声さへ聞えて来るやうである。

〔参考〕「謹解本」に依れば、絵は向島か小金井辺りの花見の様子を描いたものとか。何れにしろ「桃源図」の空想とは違ひ、現実の庶民歓楽の様子を描いた絵である処が有難い。この年の「花」と題し給ふ御製。

うるはしく吾が日の本をかざりたる花こそ春はみるべかりけれ

大正六年　宝算三十九

元日

斗回晴日照佳辰
料識人心與歳新
歐土風雲猶黯淡
熙熙東海物皆春

元旦

斗《と》回《めぐ》リ晴日佳辰ヲ照ス
料《はか》リ識《し》ル人心歳ト新ナルヲ
欧土風雲猶ホ黯淡《あんたん》
熙《き》熙《き》東海物皆春

〔語釈〕 斗回—「斗」は北斗、南斗の星。それが一回りして、年が改まること。　黯淡—うすぐらい。　熙熙—やはらぐさま。　東海—東方の海。

〔意訳〕 年が改まり、晴天の好い元日である。人心は新年と共に新たとなつたことであらうが、欧州大陸の風雲は猶薄暗いものがある。それにつけても、我が国の周辺は、有難いことに春光あまねく、万物平穏である。

尋梅　　梅ヲ尋ヌ

林間通一逕　　林間一逕ヲ通ズ
獨步訪梅來　　独歩梅ヲ訪ヒ来ル
日霽寒香動　　日霽レテ寒香動キ
花從雪裏開　　花ハ雪裏従リ開ク

〔**意訳**〕梅を尋ぬべく、独り林間の一本の細道をやつて来た。寒中の晴天に梅の香がただよひ、花はと見ればこの雪の中に、もう開いてゐるではないか。

〔**参考**〕この頃詠み給ひし御製。

梅

海原もかすみ渡りてのどかなり葉山の里は梅かをりつゝ

寒香亭　　寒香亭

園林春淺雪餘天　　園林春浅シ雪余ノ天

剪剪風來鳥語傳
好是寒香亭子上
梅花相對似神仙

剪剪《せんせん》風来リテ鳥語伝フ
好シ是レ寒香亭子ノ上
梅花相対シテ神仙ニ似タリ

〔語釈〕寒香亭―明治二十一年、明治天皇の梅花観賞の思召にて、吹上苑内のやや高い所に作られた純和風の建物。平成元年保育社発行の『皇居の植物』に依れば、この建物は現存してゐる模様。雪余―雪の降つた後。剪剪―風のうすら寒いこと。鳥語―鳥の鳴声。好―肯定の時に用ゐる助辞。子―物の名に添へる接尾辞。

〔意訳〕雪の降つた後の時節、禁園に春は浅く、うすら寒い風が鳥の鳴声を運んで来る。さあ寒香亭に上がらう。此処に在つて梅花に向へば、その清爽の気に、身は神仙になりたるやと思はれるくらゐである。

〔参考〕大正天皇はこの年「蕨」と題して「吹上の花を見に来てうれしくも初蕨さへ折りてけるかな」と詠み給うた。この御製は或は御製詩「寒香亭」と殆ど同じ頃の御作にあらずやと拝察し奉る。なほ、「大正天皇御製集稿本 一」の宸筆下賜録に依れば、この御製詩は大正七年十二月十六日侍従長正親町實正に下賜されてをり、正親町侍従長に下賜の記録には、承句「風来」が「東風」となつてゐる。

初夏

風吹修竹緑
雲氣淡還濃
遠近秧應插
鳲鳩似勸農

初夏

風ハ修竹ノ緑ヲ吹キ
雲気淡還《また》濃
遠近ノ秧応《なへ》ニ挿《さしはさ》ムベシ
鳲鳩《しきう》農ヲ勧ムルニ似タリ

〔語釈〕 修―長い。　雲気―雲の動く様子。　秧―稲の苗。　鳲鳩―ふふどり（布穀鳥）。ほととぎす目の筒鳥。或は郭公のこととも言はれる。

〔意訳〕 風は長い緑の竹を吹き、雲は淡く又濃く動いてゐる。あちらでも。こちらでも、田植に丁度好い季節である。ふふどりも「さあ田植をしませう」と言はんばかりに鳴いてゐる。

〔参考〕 布穀鳥は挿秧《さふあう》（田植）の時季に鳴くことからの名づけと言はれる。杜甫の「洗兵行《せんぺいかう》」の一節に「田家《でんか》望望《ばうばう》雨の乾くを惜む。布《ふ》穀《こく》処処《しよしよ》春種《しゆんしゆ》を催《うなが》す」とあり、鈴木虎雄博士の註に依れば「布穀」は鳩の一種、戴勝《まめまはし》のことで、鳩が鳴くのは節《せつ》を知らせて種蒔きさせる為、と言ふ。

薫風

薫風吹百草　薫風百草ヲ吹キ
原上綠靑靑　原上緑青青
樹下行人息　樹下行人息《いこ》フ
鳥聲閒可聽　鳥声閒《しづか》ニ聴クベシ

〔語釈〕薫風―初夏、青葉を吹き来る爽やかな風。　行人―道を行く人。或は旅人。

〔意訳〕薫風は諸々の草を吹き、野原は緑も鮮やか、道行く人は木蔭に憩つてゐる。こんな時は静かに鳥の声を聴くのに丁度好いではないか。

雨中卽事

濛濛細雨鎖春城　濛濛細雨春城ヲ鎖《とざ》ス
明日難期陰與晴　明日期シ難シ陰ト晴ト
卻喜土膏多潤澤　卻ツテ喜ブ土膏《どかう》多ク潤沢

西疇南畝好農耕　　西疇《ちう》南畝《ぼう》農耕ニ好キヲ

〔語釈〕濛濛—小雨けぶるさま。　土膏—地中の養分。　疇畝—共に田畑。

〔意訳〕けぶる小雨に春の宮城もすつかり包まれてしまひ、明日の晴雨も予想し難い。併し、この雨で郤つて地中に十二分に養分が行渡り、あちこちの田畑で農耕に好都合であらうと、喜ばしい。

〔参考〕「郤」を「謹解本」は「却」、「刊行会本」は「郤」とするが、「奉呈本」には「郤」とある。

插秧　　挿《さふ》秧《あう》

水田千畝雨聲中　　水田千畝《ぼう》雨声ノ中
男女插秧西又東　　男女挿秧西又東
農事由來國之本　　農事由来国ノ本
陰晴兩順願年豐　　陰晴両順年豊ヲ願フ

〔語釈〕插秧—田植。　年豊—豊年。穀物（此処では特に米）が豊に稔ること。

〔意訳〕広い広い水田に雨音のする中、あちこちの田圃で沢山の男女が田植に勤しんでゐる。農事は元来が我が国の根本に在る大切な事である。雨天晴天、天の配分宜しきを得て、豊年満作となるを願ふばかりである。

〔参考〕入江相政編『宮中歳時記』（昭和五十四年、ティビーエス・ブリタニカ発行）に依れば、明治以前の宮中における稲作の沿革は詳らかならざるも、明治天皇は赤坂御苑内に水田を作らせ給ひ、御自ら耕作をなされた由。大正天皇の御自らの御田植等の記録は筆者には不詳なるも、昭和天皇、今上天皇の御田植等に就いては国民周知のことである。遠く神代の昔、天照大御神が「斎庭《ゆには》の稲穂の神勅」を降し給ひしより、正に農事は国の本であつた。その「斎庭の稲穂の神勅」とは「吾《あ》が高天原に所御《きこしめ》す斎庭の穂《いなほ》を以《も》て、また吾が児《みこ》に御《まか》せまつるべし」と言ふもので『日本書紀』に見える。

「神話に学ぶ」（影山正治全集第十九巻所収）には之を次のやうに説かれてゐる。

神勅の意味は、「自分が、高天原に於て、新穀を奉つて天つ神を祭り、天つ神とともに食べるために作つた清浄良質な〈斎庭の稲穂〉を、種子として汝等に授けるので、これを地上の中つ国に持ち降り、そこに、新たに〈斎庭〉を設営し、天孫を扶けて栽培・収穫し、その新穀を奉つて天つ神を祭り、天つ神とともにお食べになれるやうにしてさしあげよ」といふことです。もちろん、この、天照大御神から授けられて持ち降つた高天原の優秀な稲種《いなだね》は、葦原の中つ国の国つ神々にも頒《わ》け与へられ広く栽培され、神祭りに用ゐられるとともに、大いに日本民族の生活を豊かならしめたわけです。

御製詩「插秧」は遠く神代の昔を偲び給ひての御作であらうと拝察申上げる次第である。

貧　女

荊釵布被冷生涯
無意容姿比艶花
晨出暮歸勤稼穡
年年辛苦在貧家

貧　女

荊釵《けいさい》布被《ふひ》冷生涯
容姿艶花ニ比スルニ意無シ
晨ニ出デ暮ニ帰リ稼穡《かしょく》ニ勤ム
年年辛苦貧家ニ在リ

〔語釈〕 荊釵―荊《いばら》の釵《かんざし》。 布被―木綿の煎餅布団。 冷―いたつて清らか。清貧。 稼穡―農業。
〔意訳〕 荊の釵に木綿の煎餅布団と、貧しくはあるが、心清らかな生涯。容姿を艶やかな花のやうに飾らうなどとは思つてもみないで、朝から夕方まで一所懸命に農業に勤しんでゐる。斯くして、貧しい家に在つて年々辛苦を重ねてゐるのである。
〔参考〕 この御製詩は「貧乏な女」を、ただ「憐れ」とお詠み遊ばしたのではなく、貧しくはあるが、真面目に働く女に、仁慈の大御心をかけさせ給ふ御作と筆者は拝し奉る。大正三年の御作「孝子養親図」が思はれる。貧しい庶民を詠ませ給ひし御製の幾つかを拝読しよう。

若菜（大正三年）

朝こちをたもとにうけて里の子が門田《かどた》のくろに若菜つむみゆ

こち - 東風。門田 - 屋敷の周辺にある田。くろ - あぜ。

樵客帰里（大正四年）

こりつめる真柴をせには負ひながらうたおもしろくかへる山人

客 - 「剣客」の如く「士」や「人」の意。こりつむ - 伐る。

薪（大正七年）

大原女はたきぎおろしていこふなり朝霜白き賀茂のつゝみに

蕈

滿籃松菌采于山

佳味如斯可助餐

飽受清秋風露氣

蕈《きのこ》

満籃《らん》ノ松菌《しょうきん》山ニ采《と》ル

佳味斯《か》クノ如キ餐ヲ助クベシ

飽クマデ受ク清秋風露ノ気

生香偏在樹根間　　生香偏ニ樹根ノ間ニ在リ

〔語釈〕蕈―きのこ。　籃―かご。　松菌―松茸。

〔意訳〕かごに山盛りの松茸は山で採つたもの、その美味なること、結構な御菜《おかず》である。この美味なる松茸は飽くまで清々しい秋の風や露の気を受けて育つたもので、その新鮮な香りは専ら樹木の根の間より生ずるのである。

〔参考〕「松露《しょうろ》」といふ春から初夏の頃海浜の松林に生える、露のやうな形をしたきのこが有る。松のやうな芳香があつて特に吸ひ物によいと言ふ。「きのこの歌」と聞けば、先づ何より、明治何年の御作かは不詳であるが、大正天皇の東宮の御頃の相聞歌が思はれる。

　沼津用邸にて庭前の松露を拾ひて

はる雨のはるゝを待ちて若松のつゆよりなれる玉拾ひつゝ

　その松露を節子に贈るとて

今こゝに君もありなばともぐ\に拾はむものを松の下つゆ

そして、この御製に恰も呼応遊ばすが如き、貞明皇后の漢詩の御作が有る。明治四十三年の御作ゆゑ、当時は皇太子妃殿下にあられた。若しや「松露」の御製に応へ給ひしにや、と筆者は心弾む思ひで想像を逞しくしてゐる。訓読、意訳は筆者。

貞明皇后御詩「春磯采海苔（春ノ磯ニ海苔ヲ采ル）」

日暖閒浮波上鷗
午潮已落碧岩抽
欲供君膳搴裳采
鮮綠海苔筐底收

日ハ暖カニ閒《しづか》ニ浮ブ波上ノ鷗
午潮已ニ落チ碧岩抽《ぬき》ンヅ
君膳ニ供セント欲シ裳ヲ搴《かか》ゲテ采リ
鮮緑ノ海苔筐底《きやうてい》ニ収ム

日は暖かく鴎は静かに波に浮かび、昼の上げ潮も引いて碧色した岩が波間に顔を出してゐます。

そんな春の磯に、背の君の御膳に差上げようと思ひまして衣の裾をかかげて海苔を採りました。

その鮮やかな緑色の海苔を箱に収めたことでございます。

蟹

江鄕烟冷晩秋時
郭索經過水一涯
休道無腸只多足
横戈被甲見雄姿

蟹

江鄕《かうきやう》烟《けむり》冷カナリ晩秋ノ時
郭索《くわくさく》経過ス水ノ一涯
道《い》フヲ休《や》メヨ無腸只多足ト
横戈《わうくわ》被甲《ひかふ》雄姿ヲ見ル

〔語釈〕江鄕―川沿ひの村。　郭索―蟹のがさがさと動く様。

〔意訳〕川沿ひの村に煙も冷たく流れる晩秋、がさがさと水辺を行くものが居る。あれは蟹ではないか。蟹は腸も無く、只足が多いだけだと馬鹿にしてはいけない。見よ、恰も戈を横たへ鎧を着た武士のやうな雄々しい姿ではないか。

鸚鵡

鸚鵡

可憐鸚鵡弄奇音
可憐ナル鸚鵡奇音ヲ弄ス

飼養雕籠歳月深
雕籠《てうろう》ニ飼養セラレテ歳月深シ

聞説南方花木美
聞説《きくならく》南方花木ノ美

幽栖當日在清陰
幽栖当日清陰ニ在リ

〔語釈〕雕籠—彫刻で装飾された鳥籠。聞説—聞くところによれば。幽栖—奥深い所にある栖み家。清陰—涼しいかげ。

〔意訳〕可憐な鸚鵡が頻りに奇妙な声で鳴いてゐる。綺麗に彫刻を施された鳥籠に飼はれて年久しいものがある。聞くところによれば、この鸚鵡も昔は南方の花も木も美しい地の、奥深い涼しい木陰を栖み家としてゐたさうである。

〔参考〕この御製詩「鸜鵒」は稿本の「編年集」では大正五年の部に載せられてをり、承句の用字に若干の異同が見られる。なほ、「謹解本」には「幽棲」とあるが、「奉呈本」は素より、稿本の「編年集」にも「詩体別」にも「幽栖」とあり、「刊行会本」もさうなつてゐる。

雁

千里飛來南國秋
凄風殘月宿蘆洲
可憐此物亦辛苦
終歳唯爲梁稻謀

雁

千里飛来ス南国ノ秋
凄風《せいふう》残月蘆洲ニ宿ス
憐レムベシ此ノ物亦辛苦
終歳唯梁稲謀《りやうたうのはかりごと》ヲ為ス

〔語釈〕残月—夜明けになほ空にかかつてゐる月。有明の月。　蘆洲—蘆の生えた所に在る巣。　終歳—一年中。　梁稲謀—食べる為だけの手だて。

〔意訳〕雁は秋になると千里の遠くを南国に飛来し、風吹き荒び、残月空にかかる頃、蘆のさやぐ水辺の巣に宿つてゐる。思へば雁の辛苦するのも憐れなものである。年がら年中、唯食べる為の手だてに追はれるのみではないか。

李白観瀑圖

一道銀河落九天
香爐飛瀑帯晴煙
何人至此傳佳句
唯有風流李謫仙

李白観瀑ノ図

一道ノ銀河九天ヨリ落ツ
香爐ノ飛瀑晴煙ヲ帯ブ
何人《なんぴと》カ此ニ至リテ佳句ヲ伝フル
唯風流李謫仙有ルノミ

〔**語釈**〕 李白―支那唐代、蜀（四川省）の人（西暦七〇一～七六二の間在世）。青年より中年の頃には諸国遍歴、飲み歩き。後、文才を認められ玄宗の宮廷に迎へられたが、三年後讒により失脚。再び放浪。後、乱に巻き込まれ流され、又、許され召し抱へられんとしたが受けず、瓢遊。安徽省にて酔余、池の月をとらへんとして溺死、と伝へられるが事実は遠縁の家にて病死の由。 観瀑図―李白に「望廬山瀑布」といふ七絶があるが、これを描いた絵を天覧あつての御作であらう。 香爐―廬山の一峰香爐峰。その山頂に雲煙立ち上がり、その様恰も香爐より煙の立つに似たりと。 晴煙―晴れたかすみ。晴烟。 謫仙―謫は罪を蒙り流される事。賀知章李白を評して曰く「天上よりこの世界に謫せられし仙人なり」と。

〔**意訳**〕 一すぢの銀河が天上より落ち、香爐峰の瀑布には晴煙が立ちこめる、とは一体誰が伝へた素晴らしい詩句であらうか。それは他ならぬ風流人李謫仙ただ一人である。

〔**参考**〕李白「望廬山瀑布・廬山ノ瀑布ヲ望ム」の七絶

日照香爐生紫煙　日ハ香爐ヲ照ラシテ紫煙ヲ生ズ
遙看瀑布挂長川　遥ニ看ル瀑布ノ長川ヲ挂ルヲ
飛流直下三千尺　飛流直下三千尺
疑是銀河落九天　疑フラクハ是レ銀河ノ九天ヨリ落ツルカト

〔**通釈**〕（遠く廬山の滝を望めば）、日の光が香炉峰を照らして、紫色の靄が立ち込めてゐる。その辺りを遥かに看遣れば、滝がまるで長い川が流れ落ちるやうに見える。飛ぶが如く真つ逆さまに下る流れは三千尺。まるで、天の川が天空から流れ落ちてゐるのかと思はれる程である。

松鶴遐齡圖　松鶴遐齢《かれい》ノ図

曈曈海日映波時　曈曈海日《とうとうかいじつ》波ニ映ズルノ時
仙鶴翶翔雪羽披　仙鶴翶翔《かうしやう》雪《せつ》羽《う》披《ひら》ク
好養遐齡蓬島裡　好シ遐齢ヲ養フ蓬島《ほうたう》ノ裡《うち》
春風吹滿老松枝　春風吹キ満ツ老松ノ枝

〔**語釈**〕遐齢—長寿。　曈曈—輝く朝日。　海日—海の上の太陽。　翶翔—鳥が高く飛ぶこと。　好—よく似合つて形のよいこと。うつくしい。　蓬島—神仙の住む蓬莱島。

〔意訳〕海上には旭日が燦々と波に映え、此の世のものとも思へぬやうな鶴が、空高く雪のやうな羽を広げて舞つてゐる。そして、鶴が千年の長寿を養ふに恰好の蓬莱の島には、老松の枝に春風が吹き満ちてゐる。

大正天皇竝に御歴代の御製詩小論

一、はじめに

「御製・おほみうた」と言へば普通は「天皇陛下の詠み給ひたる和歌」を思ひ浮かべる。現に御歴代の御製、御日記、詔勅等を謹編した『列聖全集』に載る「御製集」の部は言はば「和歌」の部であり、「御製漢詩」は「御製詩集」の部となつてゐる。即ち『列聖全集』にあつては御製詩とは御製漢詩のこととされてゐる訳である。

因みに御製（和歌）と御製詩（漢詩）とを、お詠みになられた天皇様と、その数量の面で比較すると「御製・おほみうた」即「和歌」とされるのも宜なるかなであらう。

神武天皇このかた皇統連綿今上天皇まで百二十五代、その間、「和歌」をお詠みになられなかつた天皇は殆どおはしまさぬのであり、又、その数量から考へても、明治天皇御一代の凡そ十万首を始め全く比較にもならない。

その御歴代の中にあられて、実は大正天皇こそ「御製詩」の御歴代随一の天皇にまします。勿論、大正天皇は「御製」もお詠みになられ、『大正天皇御集』には御製詩二百五十一首と共に四百六十五首の御製が収載されてゐる。なほ、御製詩二百五十一首とは『大正天皇御集』に収載の分だけであり、実際には確認し得るだけでも大正天皇の御製詩は一千三百六十七首と洩れ承る。

二、御歴代の御製詩

前項に〔百二十五代、その間、「和歌」をお詠みになられなかつた天皇は殆どおはしまさぬ〕と述べたが、では逆に御歴代の中で「御製詩」をお詠みになられた天皇様に就いてみてみよう。『列聖全集』の「御製詩集」の部により、その御名と数とを挙げることとする。なほ詩歌の部でみると『列聖全集』には昭憲皇太后（明治天皇の皇后）の御歌迄が収録されてをり、その刊行年代（大正四年から六年）から見ても大正天皇の御作は『列聖全集』中には拝し得ない。

弘文天皇（第三十九代）	二首
文武天皇（第四十二代）	三首
孝謙天皇（第四十六代）	一首
平城天皇（第五十一代）	六首
嵯峨天皇（第五十二代）	九十八首
淳和天皇（第五十三代）	十六首
仁明天皇（第五十四代）	一首

宇多天皇（第五十九代）　一首
醍醐天皇（第六十代）　六首
村上天皇（第六十二代）　十八首
一條天皇（第六十六代）　二十三首
後一條天皇（第六十八代）　一首
後朱雀天皇（第六十九代）　一首
後冷泉天皇（第七十代）　一首
後三條天皇（第七十一代）　三首
白河天皇（第七十二代）　一首
高倉天皇（第八十代）　一首
亀山天皇（第九十代）　一首
後醍醐天皇（第九十六代）　一首
後小松天皇（第百代）　二首
後花園天皇（第百二代）　四首
後土御門天皇（第百三代）　一首
後柏原天皇（第百四代）　二首

後奈良天皇（第百五代）　三首
後陽成天皇（第百七代）　一首
後水尾天皇（第百八代）　三十六首
後光明天皇（第百十代）　九十八首
靈元天皇（第百十二代）　二十五首
光格天皇（第百十九代）　一首
二十九帝　三百五十八首

以上が『列聖全集』の「御製詩集」の部に載る御製詩をお詠みになられた天皇とその御作の数である。なほ、木下彪氏著『大正天皇御製詩集謹解』には、嵯峨天皇九十七首、村上天皇十五首、一條天皇二十一首、後水尾天皇四十一首とある。但し、典拠は明示されてゐない。また、弘文天皇、淳和天皇、後一條天皇の御名は『列聖全集』の「御製集」の部には拝し得ない。

『列聖全集』の記録が全てとは断言し得ないであらうが、それにしても明治天皇御一代だけでも九万三千三十二首を数へる御製に比すれば、御製詩が如何に僅少か一目瞭然である。その中にあつて大正天皇の御製詩一千三百六十七首は幾ら強調しても、強調し過ぎでは無い。

三、大正天皇の御製詩概観

『大正天皇御製詩集謹解』に依れば大正天皇の御製詩一千三百六十七首の内訳は次の通りである。

五言古詩	十四首	七言古詩	百三十一首
五言律詩	七首	七言律詩	九首
五言絶句	七十七首	七言絶句	一千百二十九首
		合計	一千三百六十七首

これら多くの大正天皇御製詩の中で現在一般に目にし得るのは僅か二百数十首に過ぎない。そこで、内容の比率分類はさて措き、せめて『大正天皇御集』に収載の御製詩に就き、その御作の年代を見ておかう。御製には御作の年代不詳とされてゐるものを東宮時代に六十首ばかりを数へるが、御製詩に就いては御作の年代不詳とされてゐるものは無い。併し、筆者は拝読を進める中に、ほんの少しではあるが『大正天皇御製詩集謹解』の御作の年代解説に疑問を呈せざるを得ない点があつた。それは本文の「参考」欄に記しておいた。

さて、御作の年代であるが、最も早いのは明治二十九年御年十八歳の時の御作であり、この年の御作として七首の収載を見る。以後大正六年に至る迄毎年御作を拝し、特に多くを拝するのは大正二年三十二首、三年四十四首、五年二十九首である。逆に日露戦争の頃は少なく明治三十七年三首、三十八年二首、三十九年三首となつてゐる。それは丁度日露戦争の折で、東宮は大本営附きにてあられた。御作の最後は大正六年の十四首である。

なほ、次は未公刊であるので飽迄参考であるが「稿本Ⅱ編年集」によれば、収録五百六十一首の御作の年代別は次の通りである。

明治二十九年	四十一首	明治三十年	三首
明治三十一年	二首	明治三十二年	二十七首
明治三十三年	二十八首	明治三十四年	二十九首
明治三十五年	十八首	明治三十六年	三十三首
明治三十七年	五首	明治三十八年	三首
明治三十九年	十首	明治四十年	九首
明治四十一年	二十五首	明治四十二年	三十首
明治四十三年	二十三首	明治四十四年	二十四首
明治四十五年	七首		
大正元年	十八首	大正二年	四十八首
大正三年	七十五首	大正四年	五十八首
大正五年	三十一首	大正六年	十四首

合計　五百六十一首

因みに同じく『大正天皇御集』に収載の御製の御作の年代を見ておくと、その収載数は四百六十五首。最も早いのは御製詩同様明治二十九年である。但し、前述の如く御製詩には東宮時代に六十首ばかりの年代不詳の御作を数へるので、明治二十九年が最も早いとは断定し難い。そして御製の御作の最後は大正十年の一首である。なほ、御即位後の御作ではあるものの年代不詳とされる御製が十一首拝される。

四、大正天皇の行幸（行啓）など

大正天皇は明治十二年八月三十一日青山御所にて御降誕。明宮嘉仁《はるのみやよしひと》と申上げる。二十年八月三十一日儲君《ちよくん》（御世継）に治定、二十二年天長節（天皇陛下御誕生日・十一月三日）に立太子の礼を挙げさせ給ふ。三十三年五月十日御成婚。妃は九條家四女節子《さだ》姫（後の貞明皇后）。お子様は後の昭和天皇始め四人の皇子がおいでる。大正元年七月三十日践祚。十五年十二月二十五日崩御。宝算四十八にあらせられた。御陵は多摩陵。

大正天皇に関しては余りにも恐れ多い不敬なる俗説が巷間にある。確かに幼時の御病弱、大正十年以来、皇太子が摂政となられるなど、特に御晩年は御不例が続かれたが、全生涯を通じて御病弱であられた訳では決してない。この小論は大正天皇の御一代を語るのが目的ではないので詳細は省くが、その行啓、行幸を略述し「全生涯を通じて御病弱であられた訳では決してない」事の証左の一斑を示しておかう。

明治二十七年（御年十四歳）広島大本営。三十三年御成婚後、妃殿下同道にて三重・奈良等。同年北九州・山口県方面凡そ五十日間。これより明治四十五年に至る迄の間の行啓は、信越・北関東（三十五年）、和歌山・瀬戸内（三十六年）、山陰（四十年）、韓国・南九州・高知（同年）、山口・徳島（四十一年）、東北（同年）。更に、埼玉・群馬にて近衛師団演習台覧（四十二年）、又、兵庫にて参謀本部演習台覧（此の年陸海軍中将となり給ひ、以後毎年の参謀本部演習台覧）、岐阜・北陸（同年）、北海道（四十四年）、山梨（四十五年）とほぼ全国に亘り、又、韓国迄も行啓された。御即位後は元年の京都行幸を始め、同年には川越にて陸軍特別大演習統監、四年即位大礼、その翌年畝傍へ。八年兵庫・大阪に陸軍特別大演習統監等。

此の後、御不例徐々に重らせ給ひ、大正九年三月第一回の御病状発表。同年七月第二回の御病状発表。同年十月皇太子殿下摂政に御就任。そして御不例治癒を見ず、大正十五年十二月二十五日崩御あらせられたのであります。

特に御幼少の頃や、御晩年には御不例にお悩み遊ばされたのは恐懼の極みでありますが、重ねて記すが決して「全生涯を通じて御病弱であられた訳では決してない」のであります。

五、貞明皇后と漢詩

是迄大正天皇の御製詩に就き縷々述べて来たが、実は大正天皇の皇后にあられる貞明皇后も亦漢詩の御作を能くし給ひ、歴代の皇后としては漢詩の御作において随一にあられる。即ち大正の御代の天皇皇后両陛下御揃ひにて漢詩の御作において御歴代の随一にましますのである。

『列聖全集』には須佐之男命より昭憲皇太后までの御製、御歌、御製詩が収載されてゐる。つまり天皇陛下のみならず、皇后陛下の御作も載せられてゐるのであるが、少なくとも『列聖全集』には皇后陛下にして漢詩を残されたお方はをられない。女性天皇としては孝謙天皇の御製詩一首を拝するのみである。

では貞明皇后はどれだけの漢詩（以後『貞明皇后御集』に倣ひ「御詩」とする）を詠まれたかと言ふと、実際の数は別として、昭和二十六年宮内庁書陵部奉旨、同三十五年編成の『貞明皇后御集』（加藤虎之亮、木下彪撰）には長歌一首を含む御歌一千百七十四首と共に、御詩七十一首が収載されてゐる。前述の如く、大正の御代の天皇皇后両陛下御揃ひにて漢詩の御作において御歴代の随一にましますのであり、これは誠にお目出度い事と申さねばなりません。

なほ、平成元年五月十七日、非売品ながら研志堂漢学会の木部圭志氏が「貞明皇后さま三十八年祭、雲處先生十二年祭之日」に小冊子ではあるが『貞明皇后御詩集』を刊行してをられる。これには返り点と送り仮名が付されてゐる。

跋

天皇は「現人神《あらひとがみ》」にましします。卽ち「人間」としての「現身《うつしみ》」のままに「神」にまします。「現身」にましますからこそ「御降誕（天長節）」、「不例（御病氣）」、「崩御（おかくれ）」等の言葉があるのであります。

森清人先生は『詔勅虔攷』第一巻（昭和十八年刊）に「現人神とは、神は隱り身なるに、顯《あら》はに人の體を以て世に現はれたまひし神、卽ち人にして人倫《ひとのかぎり》ならざる現《うつ》し身の神の意味」と釋《と》いてをられる。

大正天皇の御不例は眞に恐れ多い事でありました。それにしても、相手が誰であれ、病ゆゑに揶揄嘲笑するやうな者は人非人であります。殊に御自らは決して反論も辯護もなさらぬ天皇陛下、皇室に對し奉る「戰後的不敬」は實に苦々しい限りであり、そのやうな極く一部の者どもの品性の下劣さに筆者は憤りよりも、憐憫の情を覺えるのであります。

そして、假令、どんな人間であらうとも、皇室に弓引かんとする人間であらうとも、天皇陛下は「赤子《せきし》」「おほみたから」として廣大無邊なる慈しみを垂れ給ふのであります。

我が國史を貫流する眞實。天皇陛下と共にある日本。喜びも悲しみも、樂しみも苦しみも、光も影も、天皇陛下と共にある日本。その萬世一系の中のお一方にましまず第百二十三代大正天皇の御聖徳の一端なりとも、お傳へ出來ればと願ひつつ編んだのがこの本であります。

「編んだ」とは言へ、正直申しまして、かうして世に出す事が出來るとは當初は思つてゐませんでした。「刊行會本」は大學三年の頃ざつと目を通したのみで、その後は讀み直すことはありませんでした。平成十三年の夏、再版の「謹解本」を購入。改めて、丁寧に、それこそ「拜讀」を始めた次第。その年の暮より月に一首程度の割合で、その成果をこつこつと書き始め、翌年四月富山縣護國神社遺芳館の研究員として宮内廳書陵部に出向、『大正天皇實錄』『大正天皇御集』御製詩の各種の「稿本」を閲覽させて頂くに及び、「登吳羽山」の御作中の異同に氣附くなどのことが有り、出版などといふことは念頭には無い乍らも稍本腰を入れ始めた譯であります。そして、この「拜讀」を爲し得るのも影山正治先生、新田興先生、木下彪先生のお蔭と感謝の念を新たに致しました。

富山縣護國神社宮司栂野守雄兄は我が莫逆刎頸の友であります。「歸去來兮《かへりなんいざ》」と神職を辭した時も變らぬ友情を示して吳れ、この出版に當つても、自ら刊行會を作り、多くの有志の方々に呼掛けるなど、その物心兩面の俠援には感謝の言葉もありません。その栂野兄の呼掛けに應へ、數多の諸賢より出版の資にと少なからぬ義捐の金員を頂戴し唯々恐縮のほかありません。感謝の印にせめて芳名のみでも此處に記さうと刊行會に諮りました處、「お金は出すが、名前は出すな」とのこと。御言葉に甘えて芳名を擧げることは控へますが、小生は感謝低頭、心の中で拜んでをります。

この出版を「斷じて實現する」と決意した時點で、小生は「序文は是非々々靖國神社宮司南部利昭様にお願ひ申上げたい」と心が燃えました。栂野兄は小生の思ひを諒とし、眞心籠めて南部宮司様に斡旋の勞を取つてくれ、宮司様には快く御承引賜り、眞に光榮であり、恐縮、感謝の念あるのみであります。小生はかねてより、今日かうして生き永らへてをられるのも、親祖先は別として、たゞたゞ、英靈のお蔭であるとの思ひを強く抱いてゐたのであります。

又、乃木神社高山亨宮司様には、拙著の巻頭を飾る爲に、貴重かつ得難い社寶の「大正天皇御宸筆」の御提供を忝うしました。更に、錦正社の中藤政文様、吉野史門様には正に一方ならぬお世話に相成りました。篤く深く御禮申上げるものであります。

「刊行會本」の『御集』成るの日、「御製歌集題僉・高松宮殿下、御製詩集題僉・秩父宮殿下」と共に、「御製詩訓點・新田興」とあるのを御覽になつた雲處新田興先生は『雲處雜談』に「嗚呼不肖何物ぞ、草莽鉛槧《えんざん》の傭（在野で文筆に依つて頼まれた者―西川註）、今斯の御集の中・二殿下の後に賤名を挂けらる、死して餘榮ありと謂ふべし」と記されました。新田興先生程の大先覺すらかう仰るのです。不肖西川泰彦、敢て淺學菲才をも顧ず、唯只管、日々恐懼の念を抱きつゝ、又、影山正治先生のをしへ「世を擧げて濁りゆく時ますらをはいよゝ益々淸らなるべし」を反芻しつゝ「拜讀」を進めてまゐりました。

大正天皇樣の御聖德が、今に、將來に、彌益々讚へ仰がれますやうにと、ひたぶるに祈り念じつゝ此處に筆を擱くものであります。

皇紀二千六百六十六年・平成十八年紀元の佳節

草莽微臣 西川泰彦《にしかはやすひこ》謹識

《著者略歴》西川　泰彦（にしかわ　やすひこ）
昭和十九年十二月二十日樺太大泊に生る。二十年八月十四日母に背負はれ引揚。母は筆者を背負ひ、筆者の二人の姉の手を引き、十五日に稚内港にて終戦の玉音放送を拝聴したる由。両親の出身地富山県に帰る。九月末父も樺太より復員。昭和三十八年県立伏木高等学校卒業。國學院大學文学部文学科入学、漢文を専攻、藤野岩友教授の指導を受く。在学中に「昭和維新と新国学」の運動を唱道する影山正治先生を知り、その教へに傾倒。「漢心《からごころ》」を去り「真心《やまとごころ》」に立ち返らばやと大学を中退、影山先生の門下生となる。その間に國學院大學の神道講習を受講、神職資格を取得。帰省後昭和四十六年高岡市古城鎮座の射水神社権禰宜を拝命。平成十年思ふ処あり、拙を守り園田に帰るべく同神社を退職、浪人となり現在に至る。高岡市五十里一六二六番地在住。

主たる編著書　「歌集北天抄（尾田博清シベリア幽囚詠草）」（昭和五十六年）。「富山縣の今上陛下御製碑（昭和天皇御在位六十年奉祝出版）」（昭和六十一年）。「自選歌集破れ太鼓」（平成二年）。「富山県立近代美術館、同県立図書館の不敬行為について－第三巻」（平成四年）。「櫻之舍川田貞一歌集」（平成十一年）。「遺芳録－富山縣護國神社創建九十周年記念」（平成十三年）。

名誉職　富山縣護國神社遺芳館研究員。太刀ケ嶺歌會主宰。神通歌会講師。劔乃會代表幹事。

『天《てん》地《ち》十分《じゆうぶん》春風《しゆんぷう》吹《ふ》き満《み》つ—大正天皇《たいしようてんのう》御製《ぎよせい》詩《し》拝読《はいどく》—』

平成十八年三月二十一日　印刷
平成十八年四月　　三日　発行

※定価はカバー等に表示してあります

著　者　西川　泰彦
装　丁　吉野　史門
発行者　中藤　政文
発行所　錦　正　社
〒一六二―〇〇四一
東京都新宿区早稲田鶴巻町五四四―六
電　話　〇三（五二六一）二八九一
ＦＡＸ　〇三（五二六一）二八九二
振　替　〇〇一三〇―四―一三六五三五
ＵＲＬ　http://www.kinseisha.jp/

印刷　株式会社　平河工業社
製本　株式会社　関山製本社

ISBN4-7646-0270-9